Knaur

Über den Autor:

Erwin Jänsch studierte in München Politische Wissenschaften. Er betätigte sich als Szene-Journalist, rockte als New-Wave-Gitarrist und war neben anderen Veröffentlichungen Co-Autor einer Geschichte der Pop-Musik. Sein Lieblingsautor ist H. P. Lovecraft.

ERWIN JÄNSCH

Das Vampir-Lexikon

DIE AUTOREN DES SCHRECKENS UND IHRE BLUTSAUGERISCHEN KREATUREN

UNTER MITARBEIT VON ANNA LUSTHABER

Knaur

Der Soso-Verlag bedankt sich bei Peter Kremer für die Mitarbeit

Besuchen Sie uns im Internet:
www.droemer-knaur.de

Vollständige Taschenbuchausgabe April 2000
Droemersche Verlagsanstalt Th. Knaur Nachf., München

Redaktion: für diese Ausgabe durchgesehen von Ralph Thoms
Umschlaggestaltung: Agentur Zero, München
Umschlagabbildung: pwe Kinoarchiv, Hamburg
Satz: Ventura Publisher im Verlag
Druck und Bindung: Ebner Ulm
Printed in Germany
ISBN 3-426-77448-8

2 4 5 3 1

Für meine alten Freunde

in Augsburg

und meine neuen

in Tuttlingen

Vorwort

Für das *Vampir-Lexikon* habe ich 250 Autoren unterschiedlichster Herkunft und literarischer Genre-Zugehörigkeit zusammengetragen. Diese Schriftsteller verfaßten nahezu 350 Romane, Erzählungen und Short-Stories, in deren Mittelpunkt die Horror-Figur des Vampirs steht. Die Grusel-Gestalt begegnet uns als »klassischer Vampir«, untot und sich vom Blute der Lebenden nährend, oder als »Seelen-Vampir«, der parasitär den Menschen psychische Energie oder Lebens-Energie abzapft. Manchmal ist er »Vampir-Mutant« in einer Vielzahl von Ausformungen, in denen er als außerirdischer Vampir, als unsichtbarer Vampir, als nichtmenschliches Vampir-Monster erscheint, ja, sogar einen prähistorischen Vampir-Gott hat sich ein Autor ausgedacht.

Breiten Raum widmete ich *Den Autoren des Schreckens.* Soweit es mir möglich war, wird der betreffende Autor mit einer Biographie vorgestellt, und es wird auch auf sein »Non-Vampirisches« Werk eingegangen. Als vor einiger Zeit Stephen Kings *Tommyknockers* über den Bildschirm flimmerte, glaubte der Fernseh-Moderator, der den Streifen vorankündigte, besonders volksnah zu sein, als er den Satz ausstieß: »Ich möchte bloß wissen, was in dem Kopf von dem Mann [Stephen King] vorgeht?« Bei den Autoren, die in diesem Buch mit ihren Vampir-Texten vertreten sind, geht sehr wohl etwas im Kopfe vor. Wobei besonders auffällt, daß sie oftmals mit einer bewundernswerten Phantasie geschlagen sind. Ansonsten handelt es sich bei den vorgestellten Autoren um Menschen, die neben ihren liebenswerten Seiten genauso tiefe oder weniger tiefe Abgründe in sich bergen wie die Leserin oder Leser dieser Zeilen. Zwar finden sich unter der im *Vampir-Lexikon* versammelten Autorenschar einige ganz seltene Vögel (Gott sei Dank!), ganz abnorme Gnome konnte ich aber nur wenige aufscheuchen. (Um Psychopathen aufzustöbern, muß man nicht in den Biographien von Horror-Autoren wühlen.) Nur auf einen Herren bin ich gestoßen, von dem es heißt: »Er beschreibt das einzige unförmige Monster, mit dem er von Grund auf Erfahrung hat, sich selbst.« (Wie heißt der Kerl?)

Neben den *Autoren des Schrekkens* geht es im *Vampir-Lexikon* natürlich hauptsächlich um die *blutsaugenden Kreaturen.* In den Beschreibungen des Inhalts der jeweiligen Vampir-Romane oder Erzählungen ging es mir besonders darum, die vampirischen Unarten der unreinen Gesellen (und der Vampir-Damen) hervorzuheben. Der Vampir verschläft den Tag in einem Sarg in einer Modergruft, er verabscheut das Sonnenlicht, er ist unfähig, fließendes Wasser zu überqueren, er wirft keinen Schatten, reflektiert nicht in einem Spiegel und kann auch nicht auf einer Fotografie abgebildet werden. Der Vampir ist allergisch gegen Hostien, Kruzifixe, Weihwasser und Knoblauch. Das schlimmste Laster dieser untoten Kreaturen, die in einem Schattenreich zwischen Leben und Tod vegetieren, aber besteht darin, daß sie sich vom Blut der Lebenden ernähren. Durch den Vorgang des Blutsaugens mittels ihrer vampirischen Eckzähne töten sie entweder ihr Opfer oder verwandeln es ebenfalls in eine Kreatur der Finsternis. Vampire sind quasi unsterblich, sofern sie nicht mit einem Holzpflock vernichtet werden, der ihnen durch das Herz getrieben wird. Manche Autoren haben sich Vampire ausgedacht, die schon im alten Ägypten ihr Unwesen treiben. Auf Legenden, die Auskunft darüber erteilen, wie ein Normalsterblicher zu einem blutsaugenden Monster mutiert – zum Beispiel durch die Todsünde Selbstmord oder einen Pakt mit dem Teufel –, habe ich im jeweiligen Zusammenhang hingewiesen. Die Eigenheiten des vampirischen Verhaltens sind nur über christliche Symbole, oftmals aber auch heidnische zu begreifen. In manchen Vampir-Texten allerdings, wie zum Beispiele in Bram Stokers Roman *Dracula,* wird die religiöse Symbolik durch eine sexualpsychologische ersetzt. Der Vampir ist ein Diener Satans und somit Antipode des christlichen Gottes und des Gottessohnes Jesus. Der Holzpflock tötet den Vampir, weil Jesus Christus an ein Kreuz aus Holz genagelt wurde. In einem Spiegel reflektiert der vampirische Unhold nicht, weil er keine Seele hat. Fließendes Wasser kann er nicht überqueren, dies bleibt dem Gottessohn vorbehalten. In heidnischen Religionen aber stellt fließendes Wasser einen Schutz vor Dämonen dar.

Der Siegeszug der Blutsauger als literarische Figur begann Anfang des 19. Jahrhunderts, daher auch der Untertitel *200 Jahre Vampire in der Literatur.* Zwar geistern Vorfahren des Vampirs, die »Nachzehrer« und »Wiedergänger« genannt wurden, jahrhundertelang durch die Folklore zumeist osteuropäischer Länder, aber so richtig los ging es mit der Vampirerei erst 1819, als ein gewisser John Polidori einen Vampir-Aristokraten schuf, den er Lord Ruthven nannte und der seinerzeit so berühmt wurde wie heutzutage Graf Dracula. Als Lesetip aus dieser Periode der Jahre 1800 bis 1850 empfehle ich die Erzählung *Die liebende Tote* von Théophile Gautier. In der zweiten Hälfte des 19. Jahrhunderts erschienen der fabelhafte Kurzroman mit dem lesbischen Vampir *Carmilla* des irischen Schriftstellers Joseph Sheridan Le Fanu und später das absolute Vampir-Highlight *Dracula* seines Landsmannes Bram Stoker. Beide Bände sind Pflichtlektüre.

In den Jahren 1900 bis weit in die zwanziger Jahre hinein wurden eine ganz Anzahl hervorragender Vampir-Geschichten geschrieben, von denen fast alle auch heute noch der Kritik standhalten und die noch immer eine gepflegte Gänsehaut vermitteln. Besonders empfohlen seien hier die Vampir-Geschichten der Herren F. G. Loring *(Sarahs Grab)*, Algernon Blackwood *(Mortons befremdlicher Tod)* und Jean Ray *(Der Friedhofswächter)*. Ähnlich wie im amerikanischen Horror-Film ging es auch mit dem Vampir in der Literatur Ende der dreißiger Jahre rapide bergab. Das Vampir-Sujet war ausgelutscht bis auf den letzten Blutstropfen. Es wurden nur noch Faschingsnummern, Hanswurstiaden und Vampir-Kasperle-Sachen geschrieben, in denen sich der einst so gefürchtete Vampir mit debilen Werwölfen und syphilitischen Ghouls um räudige Rattenkadaver balgen mußte.

Die lange Nacht nahm kein Ende, bis endlich Mitte der fünfziger

Jahre Richard Matheson seinen fabelhaften Vampir-Roman *Ich bin Legende,* eine Mischung aus Horror und Science-fiction-Elementen, ablieferte (den Roman muß man sich unbedingt geben!). Doch so gelungen auch Mathesons Roman war, er fand keine Nacheiferer, und er blieb ein Rufer in der Wüste. Den Vampiren wurde übler denn je mitgespielt. Meistens mußten sie eine Schnaps-Knoblauch-Blut-Jauche saufen oder ähnliche Späße über sich ergehen lassen, die ihnen selten gut bekamen.

Von den sechziger Jahren bis in die siebziger Jahren hinein herrschte Grabesstille an der Vampir-Front. In den Siebzigern erbarmte sich endlich der junge Stephen King der untoten Blutsauger und hauchte mit seinem Roman *Brennen muß Salem* der Vampir-Literatur wieder neues Leben ein. In einer Reihe gelungener Romane feiert der Vampir seine Wiederauferstehung. In den achtziger Jahren erscheint Whitley Striebers Vampir-Roman *Der Kuß des Todes,* George R. R. Martin kommt mit seinem Meisterwerk *Fiebertraum* heraus, S. P. Somtow liefert *Ich bin die Dunkelheit* ab, und gnadenlos schlägt Nancy A. Collins mit *Der Todeskuß der Sonja Blue* zu. In den neunziger Jahren hat die Vampir-Literatur Hochkonjunktur. Beispiel: Poppy Z. Brite *mit Verlorene Seelen.* Immer mehr Frauen greifen zur Feder und schreiben blutrünstige Blutsauger-Geschichten. Der lesbische Vampir wird dadurch auch wiederbelebt. Bei der Kinderliteratur jagt ein Vampir-Buch das nächste. Auch die Sachbücher und Pop-up-Bücher finden bei den jungen Lesern Gefallen, die mit Gruselbüchern völlig überschwemmt werden. Selbst Walt Disneys Leute lassen den jähzornigen Enterich Donald Duck mit Vampiren zusammentreffen. Der Pop-Star Michael Jackson holt bei seinem berühmten Musik-Video *Thriller* die Untoten aus den Gräbern. Im Kino läuten Filme wie *From Dusk Till Dawn, Blade* oder *Vampire* eine neue Vampir-Epoche zum Jahr 2000 hin ein. Nach den romantischen Blutsauger-Movies *Bram Stokers Dracula* und *Interview mit einem Vampir* sind am Rande des Millenniums actionsgeladene Streifen gefragt. Auch die sehr populäre Reihe *Akte X* im Fernsehen berührt das Thema Vampirismus. Das Jahr 1998 hat zum 100jährigen Jubiläum des Stoker-Romans *Dracula* eine Vampir-Lawine ausgelöst. Die *Carmilla*-Geschichte von Sheridan Le Fanu wurde dazu im gleichen Jahr 125 Jahre alt. Es erschienen stapelweise CD-ROMs, Bücher, Comics und Spiele zum Thema Bluträuber. Die Ausstellung »Dracula und seine Kollegen – Ein Blutsauger erobert die Welt« wanderte durch ganz Deutschland. Talkshows und Magazinsendungen im TV zerren unzählige Vampir-Figuren aus den Grüften. Die Gothic-Welle bei den Jugendlichen mit Musik-Gruppen wie *Cure, Rammstein, Goethes Erben* und *Deine Lakaten* schätzt das Vampir-Thema sehr und wickelt es in einen romantisch-düsteren Sound, auch Dark Wave genannt. Die Band *Bauhaus* hat mit dem Song *Bela Lugosi* (berühmter Dracula-Darsteller aus den 30ern) einen Insider-Hit. Plötzlich erscheinen Bücher über das Blut und seine Magie. Der Vampirologe Friedhelm Schneidewind, der mit seinem Vampir-Stück *Carmilla* – Star ist seine Frau Ulrike – durch Europa tourt, installiert im Internet die erste Vampir-Zeitung mit dem Titel *Vampir-Journal*, die laufend aktualisiert wird. Im Internet wimmelt es von Beiträgen und Bildern über die Blutsauger aus allen Orten und Zeiten. Auch bei Büchern über das Thema Küssen hat der Vampir Einzug gehalten. Es erscheinen multimediale Vampir-Spiele für Spiel-Konsolen wie *Nintendo, Sega* oder *Play-Station.* Der moderne Vampir-Jäger kann die unheimlichen Untoten per Diskette oder CD über den Bildschirm jagen. Das Zeitalter des Interaktivismus hat auch bei den mysteriösen Wesen begonnen, die den Menschen seit Urzeiten verfolgen, um ihm das Blut abzunehmen. Erstmals schreiben bekannte deutsche Autoren für eine Vampir-Anthologie *(Draculas Rückkehr)* und gehen mit dem Blutsaugerstoff recht frei, unterhaltsam, satirisch und modern um. Es gibt bei ihnen den Vampir im Internet, als Boxer, als Beatle-Freundin oder als Biologie-Professor. Die Aliens versuchen zwar an allen Medienfronten langsam den Vampir als Schreckgestalt abzulösen. So wie einst die

Vampire die Hexen abgelöst haben. Aber es wird noch einige Zeit gelten, was der Klappentext bei *Draculas Rückkehr* verspricht: »Der Vampir ist und bleibt der Gänsehaut-Garant Nr. 1.« Was die im *Vampir-Lexikon* vertretenen Autoren anbelangt, habe ich keine literarischen Standesunterschiede gelten lassen. Adolf Muschg oder Herbert Rosendorfer sind ebenso vertreten wie die Autoren von Kinderbüchern oder Groschenromanen wie Jason Dark und Konsorten.

Bei den Heftroman-Autoren handelt es sich nur um eine Auswahl. Was auf diesem Sektor an Vampir-Romanen erschienen ist, darüber informiert ausführlich eine Arbeit von Dieter Hoven *(Katalex 3)*. Neben bekannten Horror-Autoren wie H. P. Lovecraft, Clark Ashton Smith oder Robert Bloch habe ich mich bemüht, alle diejenigen Autoren aufzunehmen, die oftmals im legendären amerikanischen Phantastik-Magazin *Weird Tales* zum ersten Mal veröffentlicht wurden. Klassiker wie E.T.A. Hoffmann, Théophile Gautier, Nikolai Gogol oder Guy de Maupassant sind ebenso vertreten wie Eintagsfliegen oder Autoren, die nur wenig publiziert haben. Bei den aufgeführten Autoren, die Vampir-Geschichten für Kinder oder Jugendliche geschrieben haben, sowie bei den behandelten Bildbänden und Comics handelt sich um eine Auswahl. Ich habe nur Vampir-Romane und Erzählungen von Autoren aufgenommen, die ins Deutsche übersetzt wurden. Die ins Deutsche übersetzte Vampir-Literatur ist nicht deckungsgleich mit Vampir-Literatur in anderen Ländern.

Wie jedes Lexikon kann auch das *Vampir-Lexikon* leider nicht vollständig sein.

So, jetzt wird es höchste Eisenbahn, daß ich schnell die Rolläden runterlasse und in meine Kiste krieche – das Sonnenlicht …

ERWIN JÄNSCH

A

Vampir-Zahn geht verloren
Alberts, Jürgen

Ein äußerst schräger Privatdetektiv namens J. B. Cool kommt bei der Vampir-Story *J. B. Cool sucht geilen Zahn* von Jürgen Alberts in der Anthologie *Draculas Rückkehr* mit seltsamer Kundschaft in Berührung. Sie tauchen mit dunkler Kleidung in seinem Detektiv-Büro auf, »wo sich frühes Ikea mit barockem Hertie vereint«. Es war nicht Zorro der Rächer, nein, es war Dracula der Sauger mit zwei häßlichen Zahnlücken. Den ersten Zahn hatte er bei einem transsylvanischen Wettbeißen vor dreihundert Jahren verloren. Beim zweiten Eckzahn, der im Hals einer flüchtenden Frau steckenblieb, schaltet der Graf der Finsternis J. B. Cool als Fachmann zur Auffindung ein. Für seinen Kriminal-Roman *Tod eines Sesselfurzers* erhielt Alberts den Deutschen Krimi-Preis. Über den Privatdetektiv J. B. Cool hat Alberts auch einen skurrilen Krimi mit dem Titel *Der große Schlaf des J. B.* Cool herausgebracht.

Vampir in der Latrine
Allen, Woody

Regisseur Woody Allen (geboren 1935) versteht es nicht nur, sein Publikum mit tiefsinnig-amüsanten Filmen zu erheitern. Woody Allen betätigt sich auch gerne als Schriftsteller und fabriziert extrem genußvolle Stories, rabenschwarze Intelligenzlerbosheiten vom Feinsten.
In dem Band *Wie du dir, so ich mir (Getting Even,* 1971) erfreut Woody Allen die Leser mit seiner humoristischen Version von *Graf Dracula (Count Dracula).* In dieser Story läßt sich das blutsaugerische Scheusal, durch eine Sonnenfinsternis getäuscht, zur Unzeit im Hause einer saftigen Bäckersfrau blicken, deren Ver-

trauen er sich durch gewisse Späße erschlichen hat. Als die Sonnenfinsternis vorbei ist, flüchtet sich der verdutzte Unhold schnurstracks in die düstere Latrine, wo er stundenlang verharrt. Schließlich wird der arglosen Bäckersfrau das Getue des merkwürdigen Grafen zu bunt, und sie schlägt kurzerhand die Aborttüre ein. »Das Tageslicht strömt herein und läßt das schreckliche Ungeheuer aufkreischen und dann sich vor den Augen der Umstehenden erst langsam zu einem Skelett und dann zu Staub auflösen.«

Drogensüchtige Vampire
Anderson, Kevin J.

Kevin J. Anderson ist ein amerikanischer Science-fiction-Schreiber. Auf diesem Gebiet ist er ein hochdotierter Newcomer, der seinen großen Durchbruch als Autor der offiziellen neuen *Krieg der Sterne*-Trilogie erlebte. Horror schreibt er eigentlich nur zur Entspannung und, wie er sagt, weil er hier »die Tiefen menschlicher Empfindungen ausloten kann«.
Ebenso wie seine wenigen hierzulande bekannten Horror-Stories *Besondere Schminke (Special Make-up*, 1991) und *Redmonds Privatkino (Redmond's Private Screening*, 1993) spielt auch *Much a Stake* (1991) in der Filmbranche. Die Handlung: In ihren Rauschgiftträumen begegnen sich der mit Morphium vollgepumpte legendäre Dracula-Darsteller Bela Lugosi und der mit Opium vollgeknallte historische Fürst Vlad Dracula. Anderson läßt das Vampir-Duo über *Das Wesen der Angst* – so der deutsche Titel der Erzählung – philosophieren.
Bela Lugosi wurde 1882 in Lugas (Ungarn) geboren und stellte zuerst Dracula auf der Bühne dar. Daher rührt auch seine dramatische Gestik auf der Leinwand. Seine Rolle als *Dracula* in dem gleichnamigen Film von Tod Browning aus dem Jahre 1930 machte ihn weltberühmt. Lugosi starb nach langer Drogenabhängigkeit im Jahre 1956. Auf seinen Wunsch hin wurde er in seinem berühmten Dracula-Cape beigesetzt. Die Gothic-Band *Bauhaus* und andere Depro-Formationen haben Bela Lugosi manche Song-Zeilen gewidmet.

Vampir-Nest
Anonymus I

In einer Horror-Grusel-Comic-Reihe für Erwachsene wurde ein umfangreicher Band mit dem Titel *Das Nest der Vampire* veröffentlicht. Die namentlich nicht genannten Texter und Zeichner (wahrscheinlich Italiener) fabrizierten eine Story für Leser, die sich an einem aus Horror und Pornographie gestrickten Garn erfreuen können. In der einfältigen Geschichte, die zur Postkutschenzeit in Österreich spielt, lassen sich vorwitzige Touristen dazu verleiten, in dem halbverfallenen Rastenburger Schloß auf Schatzsuche zu gehen. Ihr Pech, daß in der Gruft der Ruine ein ebenso blutrünstiger wie geiler Vampir und seine ähnlich veranlagte Gespielin auf der Lauer liegen.

Vampir-Königin
Anonymus II

Für eine Comic-Serie, die auf erwachsene Konsumenten ausgerichtet ist, schusterten ein namentlich nicht genannter Texter und Zeichner eine *Jacula, die Königin der Vampire* genannte Figur zusammen. In einer *Der Leichenball* betitelten Episode müssen sich Jacula und ihr Vampir-Kumpan Charles Verdier der immer eine Frauenleiche mit sich herumschleppt, auf dem Londoner Zentralfriedhof mit einer Horde Zombies herumärgern. Warum diese Jacula »Königin der Vampire« genannt wird, bleibt unerfindlich. Wahrscheinlich Etikettenschwindel.

Dracula zum Selberbauen
Anonymus III

»Entspannt, in Ruhe und vorsichtig arbeiten« ist die Devise für den Dracula-Bastler. Als *Dracula – Papermodel 6* wird der Dracula zum Selberbauen in Papier angeboten. Der Bausatz hat eine reichbebilderte Einleitung, eine ausführliche Schritt-für-Schritt-Beschreibung mit Fotos und soll leicht zu bauen sein mit haushaltsüblichen Hilfsmitteln wie Schere und Klebstoff. Der Papier-Dracula hat die Größe von 37 × 40 × 14 cm und besteht aus 53 Teilen. Der vollendete Papier-Dracula ist die ideale Abschreck-Deko für den Schreibtisch oder das Krankenhaus.

Blutrausch weckt Vampir-Instinkt

Anscombe, Roderick

Graf Dracula, der allseits Bekannte, hat unbekannterweise auch einen Bruder. Er heißt László. Dieser fährt als junger Medizinstudent im Jahr 1866 nach Paris. Eine hübsche Frau namens Stacia wird Lászlós Geliebte. Zuerst schneidet sie sich allerdings aus geheucheltem Liebesgram mit einem Skalpell selbstmörderisch in ihren Arm. László sinniert darüber: »Stacia hat ihre weiche weiße Haut offengelegt und zugesehen, wie das heiße Blut aufgewallt und aus der Wunde geströmt ist.« László denkt an eine Niederkunft, bei der er zusah: »Sie hatte am Tag davor ein Kind geboren, hatte aber einen Blutsturz von der zurückgehaltenen Nachgeburt. Dann kam die Hebamme, um sie zu säubern, schlug das Laken zurück, und ich sah, daß ihre Schenkel mit Blut beschmiert waren und Blut zwischen ihren Beinen hervorquoll. Ich hatte davor noch nie das Geschlecht einer Frau gesehen, außer an einer Leiche.« Bei einem Eifersuchtsanfall zwischen Stacia und László passiert es: Das Messer bohrt sich in ihre Kehle. Dann kommt der Schicksalsmoment: »Ich bückte mich, um sie auf die Lippen zu küssen, dehnte die Bewegung aber aus. Zärtlich drückte ich meine Lippen auf die weichen, nachgiebigen Ränder der Wunde und schmeckte das frisch herausquellende Blut.« Der Autor Roderick Anscombe wurde 1947 in Manchester/Großbritannien geboren. Er kommt aus einer Arztfamilie und studierte in Oxford Psychologie und Philosophie. Er nahm ein medizinisches Zweitstudium auf. Ende der 70er ging er als Psychiater mit dem Schwerpunktgebiet Schizophrenie in die Vereinigten Staaten von Amerika.

Draculas Hochzeit

Anton, Uwe

Uwe Anton (geboren 1956 in Remscheid) gilt als Kenner des Werkes von Philip K. Dick, von dem er eine repräsentative Sammlung unter dem Titel *Kosmische Puppen* (1986) zusammenstellte. 1990 gab er den Band *Willkommen in der Wirklichkeit – Die*

Alpträume des Philip K. Dick heraus.
Anton studierte einige Semester Germanistik und Anglistik, entschied sich dann jedoch für eine freiberufliche Tätigkeit im literarischen Bereich. Er übersetzte Comics und Horror-Stories (Lovecraft-Pastichen von Ramsey Campbell und Fritz Leiber) und schrieb zusammen mit Thomas Ziegler die Science-fiction-Romane *Die Zeit der Stasis* (1979) und *Erdstadt.* Unter einem halben Dutzend verschiedener Pseudonyme verfaßte er circa fünfzig Horror-Heftromane. Unter dem Pseudonym Olsh Trenton schrieb er für die Reihe *Vampir-Horror-Romane* den Band *Draculas Bluthochzeit* (1979).

Der älteste Vampir?
Arnold, Ignaz Ferdinand

Ignaz Ferdinand Arnold (auch: Theodor Ferdinand Cajetan Arnold, L. Arnold, oder Ernst Arnold) machte in Erfurt, der Stadt, in der er nach eigenen Angaben am 4. April 1774 geboren wurde und 1812 starb, seinen Dr. phil. Er veröffentlichte eine Reihe erfolgreicher Schauerromane mit so illustren Titeln wie *Das Bildnis mit den Blutflecken* (1800), *Der Brautkuß auf dem Grabe* (1801), *Die Nachtwandlerin* oder *Die schrecklichen Bundesgenossen der Finsternis* (1802), *Die doppelte Ursulinernonne – Aus den Papieren des Grafen R*** mit der aschgrauen Maske* (1800), *Der schwarze Jonas, Kapuziner, Räuber und Mordbrenner, Ein Blutgemälde aus der furchtbaren Genossenschaft des berüchtigten Schinderhannes* (1805) und *Mirakuloso oder der Schreckensbund der Illuminaten* (1802), der Carl Friedrich August Grossers Geheimbundroman *Der Genius* zum Vorbild nimmt. Arnolds Erzählung *Der Vampir* aus dem Jahre 1801 ist eine der ältesten, wenn nicht die älteste literarische Bearbeitung des Vampir-Motivs überhaupt. Arnold benutzte auch drastische Worte, um seine Grusel-Bücher gut verkäuflich zu machen: »Ihre körperlichen Reize überließ sie jedem für Geld und feierte, wie sie mir einmal selbst erzählte, im zwölften Jahr schon das Ende ihrer Jungfrauenschaft. Bei einer Mägdemieterin hielt sie sich auf. Während dieser Zeit nahm sie Besuche von liederlichen Männern, Bedienern und dergleichen an. Meine Mutter selbst führte mich zu allen Schlechtigkeiten an … dadurch ward ich zum Gauner erzogen … lockte sie an einen Ort, den nie ein menschlicher Fuß betrat … zog ich mein Messer und meuchelte sie … eilte mit dem Gelde davon …« Arnold unterläßt es aber nicht, Kirche und Militär indirekt scharf zu kritisieren.

Arnolds Gänsehaut-Werke werden vom Trivial-Experten Hainer Plaul der »schauervollen Trivial-Literatur« zugeordnet. Plaul: »Der entscheidende Anstoß kam aus England und ging insbesondere auf den Roman *The Castle of Otranto* (1764) von Horace Walpole zurück. Aber auch Schillers Geisterseher *Aus den Papieren des Grafen von O*** (1786/89) dürfte nicht ohne Einfluß gewesen sein. Eine Bestätigung hierfür liefert z. B. die *Geschichte eines Geistersehers. Aus den Papieren des Mannes mit der eisernen Larve* (1790/93) von Cajetan Tschink (1763–1813), die bezeichnenderweise 1795 auch ins Englische übertragen wurde. Vorherrschend ist die Stimmung des Grausigen, Gruseligen, Schauerlichen, die erzeugt wird.« In seinen Aufzeichnungen schildert Arnold das harte Schicksal eines Schriftstellers um 1800, an dem sich bis heute nicht viel geändert hat: »Man nehme nur einen armen Autor, der mit hohlem Rücken und Magen sich über sein Manuskript beugt und seine gelobten Länder und Eldorados aus seinem Gehirnorbispiktus, der einzig und alleinigen Welt, worin sie existieren, auf die Landkarte des Papierbogens entwirft, damit nachmals der ästhetische Geometer und Feldzeugmeister – der Kritiker – seine feindlichen Positionen darauf nehmen, und den armen Autor durch eine fürchterliche Kanonade seiner absprechenden Rezensionen aus seinen Verschanzungen und vom babylonischen Turm seines embryonischen Autorruhms herab in den Schuld- und Hungerturm von Pisa verjage. Man nehme so ein lebendiges Momento mori, hinter dem die Sense des literarischen Todes rauscht und dessen Spiritusstundenglas längst ausgelaufen ist, während Gläubiger von außen und der unerbittlichste von innen – der Magen – den Armen immer vorwärts geißeln auf die Bahn des Ruhms, dem das Leben nur Galle und Essig reicht und dem der Jammer mehr Tränen aus den Augen als Gedanken aus den Gehirnhöhlen aufs Papier setzt. Was würde solch ein darbendes Genie vollbringen, wenn nicht Armut und Unglück, Krankheit und Ungemach aller Art wie Bleigewichte an seinen Triebrädern hingen. Ja, ich wiederhole es noch einmal, hätte so ein Autor nur ein einziges elegantes Stübchen, warm geheizt, einen honetten Verleger und keine Nahrungssorgen – was könnte, was würde er leisten? Aber so – statt daß er zur Bearbeitung, Abfeilung und Politur mit dem Schachtelhalm und Bimsstein der Ästhetik seines Werkes ein halbes Jahrzehnt – (wir wollen von den alten Romanen gar nicht reden, denn indessen ist Werk und Autor wenigstens achtzehnmal – von einer Messe zur anderen gerechnet – des literarischen Todes verblichen und wiedererstanden) – anwenden müßte, ach da schreibt ihm sein Verleger: Mein Herr! Einen Roman! Aber nicht stärker als achtzehn Bogen, Katechismusformat, achtunddreißig Zeilen mit der Schrift Nonpareille kommen auf die Kolumne. Aber nur recht interessant, viele Geschichtchen und Episoden, Geister, Skelette, Femegerichte, Trompetenstöße hinein, nur nichts Sentimentales, denn ich habe eine Lesebibliothek und kenne den Geschmack der wachhabenden Offziere und Dienstmädchen, für die ich meine Produkte vorzüglich berechne, und die lieben das Sentimentale nicht. Man will viel für den Batzen Leihgebühr. Machen Sie das Ding so kraus und weinerlich und raubungeheuerlich, als es seyn kann. Sorgen Sie aber, daß ich mit der Zensur keine Händel kriege. Strengen Sie sich an, das Honorar ist für den Bogen, wenn er so voll gedruckt ist, daß nichts mehr draufgeht, einen Thaler achtzehn Groschen bar und sechs Groschen Büchern, aber Sie müssen schnell arbeiten. Wenn ich das fertige Manuskript binnen acht Tagen nicht habe, kann ich es nicht brauchen. Meine Buchdrukker verlangen Arbeit, und ich nehme zu dieser Messe ein halb Dutzend Ihrer Geistesprodukte. Der Autor möchte gern etwas Gutes liefern. Aber wie ist das bei so bewandelten Umständen möglich? Essen will und muß er. Frau und Kinder, wenn er das Unglück hat, welche zu besitzen (denn für einen Autor, der kaum sich selbst ernähren kann, sind Frau und Kinder der schrecklichste Appendix seiner ephemerischen Unsterblichkeit), wollen auch gesättigt und gekleidet seyn. Also man arbeite darauf los, die Messe kommt, das Dutzend literarischer Mondkälber macht mit möglichster Effronterie Front im Messekatalog, der Buchhändler macht das Röllchen beschnittener Dukaten zusammen. Der Postbote klingelt. Wem öffnete wohl der Geldverspektant – der Bücherschreiber und Brodswurm, der ästhetische Ellenreuter fröhlicher die ägyptische Türe seines schief zulaufenden Dachstübchens? Aber noch ist die Tinte im Postbuche nicht trocken, da hält auch schon die Hauswirtin die Hände für versessenen Miet- und Bettzins auf. Nun wohnen allenfalls der Garkoch und Bäcker gegenüber, die haben den Geld- und Paketträger, den schweren Postkavalier und Brieftauber, der vermöge seiner drückenden und beglückenden Last zugleich für die Schuldner des hoffenden Autors ein langsamer Latschtauber ist, ins Haus gehen sehn. Wie der Teufel sind sie mit ihren Kontos bei der Hand. Und ehe acht Tage vergehen, ist der arme Autor so kahl wie kurz vor der Messe. Nun wird wieder geschrieben und auf die nächste Messe geborgt, daß ihm bei jedem Bissen, wie Judas Ischariot, der Teufel in die Seele fährt, wenn er eben bei der erborgten Mahlzeit – denn sonst hat er ja zum Lesen keine Zeit – und die Eß-Stunde wird auch zugleich die Lese- und Katechifazionsstunde – seine literarischen Todesurteile aus der Literaturzeitung peletonweise auf sich abfeuern hört. Wo soll der Mut zur Geistproduktion herkommen bei Kummer, Gläubiger, Verleger, Rezensionen, Remittenden (Rücksendungen), ach das sind Bleigewichte, die zwar das schwache Triebrad immerfort umschwingen, aber auch so abreiben, daß es frühzeitig aus dem Gewinde fällt, und die Uhr stockt. Ach, was wollen die Menschen nicht? Aber es bleibt gewöhnlich bei dem idealischen Wollen, und die Ideen verpuffen unrealisiert, wie brennbare Luft im Irrlichtschein auf bemoosten Teichen.« Arnold schildert hier anschaulich seine eigene Lage. Die Verleger forderten von Arnold immer wieder mehr oder weniger veränderte Grusel-Geschichten von erfolgreichen Vorläufern. Parallelen zu Autoren um das Jahr 2000 sind durchaus vorhanden.

Dracula-Parodie
Artmann, H. C.

Hans Carl Artmann wurde 1921 in dem Wiener Vorort Breitensee als Sohn eines Schuhmachermeisters geboren. Nach dem Hauptschulabschluß unterzog er sich einer Schuhmacherlehre und begann mit ersten autodidaktischen Sprachstudien (Schwedisch, Walisisch, Malayisch) und literarischen Arbeiten (Detektivgeschichten). Von 1940 bis 1945 war H. C. Artmann Soldat. In amerikanischer Kriegsgefangenschaft half er als Lagerdolmetscher aus. Ende 1945 kehrte er nach Wien zurück, lebte dort von Gelegenheitsarbeiten und später (bis 1958) von Arbeitslosenunterstützung. In den fünfziger Jahren unternahm er ausgedehnte Reisen (Schweiz, Italien, Irland), von 1961 an hatte er Wohnsitze in Stockholm, Berlin, Malmö, Graz und Rennes. Seit Anfang der siebziger Jahre wohnt er abwechselnd in der Nähe von Salzburg und im Waldviertel. Artmann erhielt 1974 den Großen Österreichischen Staatspreis, 1977 den Preis der Stadt Wien, 1981 den Ring der Stadt Salzburg und den Rauriser Bürgerpreis und 1991 den Literaturpreis der Stadt Salzburg; er ist Mitglied der Akademie der Künste Berlin.

H. C. Artmann ist ein großer Kenner der phantastischen Literatur, dem das Werk des Weird-Fiction-Autors H. P. Lovecraft (er übersetzte eine Anzahl der besten Stories dieses Großmeisters der Horror-Literatur) ebenso vertraut ist wie Bram Stoker (unter dem Pseudonym Stasi Kull übersetzte er *Dracula*) und E. A. Poe. Frühzeitig setzte er sich für den flämischen Phantasten Jean Ray ein.

Artmann parodiert für sein Leben gern Genres der phantastischen Trivial-Literatur der viktorianischen Zeit und der zwanziger und dreißiger Jahre. In seiner Erzählung *Frankenstein in Sussex* will das legendäre Monster immerzu mit der kleinen Alice aus dem

Wunderland kopulieren; und in *Ein Wesen namens Sophia* muß ein besoffener kanadischer Tourist in den katakombenartigen Labyrinthen Wiens ein wenig erfreuliches Abenteuer bestehen.

In *Dracula, Dracula* – im Untertitel *Ein transsylvanisches Abenteuer* genannt – gerät der junge englische Forscher Johann Adderley Bancroft auf den Spuren Bram Stokers in das versponnene Karpatenschloß des blutsaugenden transsylvanischen Monster-Grafen. Damit es richtig drunter und drüber geht, packt Artmann in seine spermatriefende Dracula-Parodie auch gleich noch Le Fanus fischzähnige Vampir-Lesbe Carmilla und Lovecrafts gefürchtetes »Necronomicon« des wahnsinnigen Arabers Abu al-Hazred mit hinein. Die schaurige Mär, die Artmann im Jahre 1966 verfaßte, ist auch als Hörspiel auf Tonkassette bekannt, vom Meister selbst gesprochen.

Vampire und Roboter
Asimov, Janet

Bei *Infiziert (The Contagion,* 1991) handelt es sich um eine Science-fiction-Story mit Horror-Einschlag. Ein Dracula-Nachkömmling erwacht in einem galaktischen Medizinzentrum in einer Zukunft, in der nur noch Roboter existieren. Der Vampir ist das einzige »menschliche« Wesen in dieser Roboter-Welt.

Vampir im Comic-Shop
Atwood, Margaret

Margaret Atwood, 1939 in Ottawa geboren, ist die prominenteste Autorin der kanadischen Gegenwartsliteratur. In ihrem Buch *Die Giftmischer (Murder in the Dark,* 1983), einer Sammlung literarisch hochkarätiger Kurzprosa für die Freunde makabrer Grusel- und Gute-Nacht-Geschichten, findet sich die Short-Story *Horror-Comics.* Die Autorin erzählt von zwei zwölfjährigen Mädchen, die Horror-Comics klauen und mit verteilten Rollen, Radiostimmen und Geräuscheffekten die gelesenen Vampir-Bilder-Geschichten nachspielen. Ein anderes Hobby der beiden Mädels besteht darin, Schneebälle hinter Erwachsenen herzuwerfen. Einmal trafen sie sogar jemand, eine Frau mittleren Alters in einem Bisammantel. Die Frau drehte sich um und sah die beiden Herumtreiberinnen an, bleich und mit funkelnden Augen. »Hat die ein Gesicht gemacht!« schrien die Girls. »Aber wir waren erschrocken. Es war der Ausdruck in ihrem Gesicht, reiner Haß, er war wirklich. Die Nicht-Toten gingen unter uns um.«

B

Vampir im Blutrausch
Bach, Susanna

Für das Geschichtchen *B. Rausch* (1988) hat sich die unter Pseudonym schreibende Autorin Susanna Bach eine Figur mit einer Bißwunde am Hals ausgedacht, die sich zwanghaft bemüht, nur ja nicht das Wörtlein »Blut« oder gar ein Tröpfchen dieses roten Saftes in Gegenwart ihrer vampirischen Freundin fallen zu lassen. »Wenn sie erst einmal B. gerochen hat, gibt es für sie kein Halten mehr.«

Konservativer Vampir
Bagnall, Brian und Uschi

»Es ist schon ziemlich lange her, daß bei uns die letzten Vampire gesehen wurden. Das liegt nicht etwa daran, daß sie ausgestorben sind. Die Menschen fürchten sich einfach heute vor so vielen anderen Dingen, daß sie einen anständigen Vampir schlicht ignorieren oder irgendeine beleidigende, nichtssagende Erklärung für sein Vorhandensein finden würden. Die Geister und Ungeheuer sind arbeitslos geworden.
Momodoch, ein eher konservativer Vampir, hat daraus seine Konsequenzen gezogen. Sein Leben im Osten Englands wurde immer unbefriedigender, und so ist er mit einer kleinen Gruppe von Freunden ausgewandert. Es war nicht leicht, einen Ort zu finden, der allen zusagte und in dem man auch unter sich bleiben konnte. Nach langer Suche fanden sie endlich ein kleines Dorf nahe der transkoskasischen Grenze, gerade da, wo der Obstroch in die Selchar mündet. Dort duftete es herrlich nach jahrhundertealtem Moder, der Wind pfiff gemütlich durch sämtliche Ritzen, und es gab genügend Gebälk, das melodisch ächzte und stöhnte. Inzwischen haben sich alle gut eingelebt und

sind eifrig damit beschäftigt, sich die Zeit so sinnlos wie möglich zu vertreiben.«
Die Texte und farbigen Illustrationen, die Brian und Uschi Bagnall in ihr 1982 erschienenes Buch *Momodoch* gepackt haben, sind eine Freude für Hirn und Augen. Wer auf Grusel-Skurrilitäten mit humoristischem Einschlag steht, ist mit diesem hübschen Buch bestens bedient.

Vampir-Porno
Baker, Nancy

In dem Vampir-Thriller *Blutgesang (The Night Insider,* 1993) wird die Studentin Ardeth Alexander entführt und in eine ehemalige Irrenanstalt gesperrt. Dort trifft sie auf Rossokow, den Vampir, der für sadistische Pornofilme mißbraucht wird. In Nancy Bakers Vampir-Roman *Der Vamp* (1997) ereilt den berühmten Schriftgelehrten Simon Donovan eine alte Schuld auf dem Sterbebett: Seine ehemalige Geliebte Sidonie fordert Tribut für ihre Dienste. Mit einem Ruderboot gelangt der Maler Matthew Donovan, Simon Donovans Sohn, zu Sidonie, deren Haus auf einer Insel liegt. Sidonie erklärt ihm das Opfer, das er ihr für seinen betrügerischen Vater bringen soll: »Wollen Sie mir Ihr Blut zu trinken geben, auch wenn Sie daran sterben müssen.« Sidonie ist eine sensible Vampir-Frau, die sich einige Gedanken über ihre Existenz macht: »Ich bin ein Ungeheuer, ein Wesen, das man nur küssen konnte, wenn man vergessen wollte, eine Kreatur, der man nur im geringen Maße vertrauen konnte.« Sein Blut war ein Schock für sie. Sie erkannte, sie liebte ihn so, wie ein Mensch einen Mensch liebt. Sidonie: »Ich bin nicht mehr der Vampir, in den du dich verliebt hast.« Matthew: »Es ist nicht der Vampir, den ich liebe. Du bist es. Es ist die Seele, deine Seele, die ich unter der Haut des Vampirs erkennen lernte.« Mit ihrem Roman *Der Vamp* hat Nancy Baker einen Vampir-Roman geschrieben, wie ihn sich lesende Frauen wünschen. Sie hat damit auch versucht, den Begriff Vamp, der schon lange für verführerische Frauen steht, zu deuten. Vamps sind Frauen, die die Lebensenergie, das Selbstbewußtsein, den Willen, das Charisma, aber oft auch das Vermögen der Männer aussaugen können.

Opern-Vampir

Balmore, Cedric

Unter dem Pseudonym Cedric Balmore schrieb der deutsche Horror-Heftroman-Autor Hans E. Ködelpeter in den Jahren 1975 bis 1980 für die Reihe *Vampir-Horror-Roman* einige Dutzend Hefte, darunter die Bände *Vampire küßt man nicht* (1980), *Auf Vampire schießt man nicht* (1980) und *Der Vampir der Oper* (1975). Für seinen Opern-Vampir hat sich der Autor möglicherweise von Gaston Leroux und dessen Roman *Das Phantom der Oper* aus dem Jahre 1910 inspirieren lassen.

Über sich selbst teilt der Autor 1992 folgendes mit: »Ich selbst bin Jahrgang 1922. Das bedeutet: entgangene Jugendfreuden durch Krieg und Soldatenzeit, Gefangenschaft, und die Entlassung in die damalige sowjetische Besatzungszone. Die ließ ich 1950 hinter mir, ging nach Bremen und begann mit dem Schreiben. Was sonst hätte ich auch tun sollen? Erstens drängte es mich einfach danach (und daran hat sich bis heute nichts geändert), und zweitens galt es, Geld zu verdienen – für einen Ex-Kaufmannsgehilfen war damals nicht viel drin.

Los ging es mit einem Heftroman, der auf seine Weise Furore machte. *Die weiße Motte,* von sittenstrengen Tugendwächtern auf den Index verbannt, wurde selbst in der seriösen Presse auf den Titelseiten erwähnt. Heute würde man über die beanstandeten Szenen nur heiter lächeln; die hatten nicht mehr Sex als ein Schluck Wasser. Danach kamen Leihbuchromane wie *Hallo Amboss, John Tiger* und *Lucky Hello,* dann Krimis wie *Jerry Cotton* (um die hundert Stück), ebenso viele *Kommissar-X*-Hefte, schließlich auch Horror-Stories, die mich vor allem deshalb faszinierten, weil das Leben zeigt, wie schmal der Grat zwischen der Wirklichkeit und dem Unwirklichen ist.

Und heute? Ich schreibe immer noch, vornehmlich Kurzromane für Magazine. Die Zahl meiner Pseudonyme ist Legion, ebenfalls die der veröffentlichten Arbeiten. Sechshundert, siebenhundert, oder gar tausend? Ich habe sie niemals gezählt. Noch ein bißchen Grusel gefällig? In mir lebt ein Dämon. Er zwingt mich zum Schreiben. Dafür liebe ich ihn.«

Dracula der Pfähler
Barnaure, Mircea

Im Mittelpunkt des Romans *Der Name Dracula* (1993) von Mircea Barnaure steht die historische Figur des walachischen Fürsten Vlad Tepes, genannt Dracul. Vlad Tepes war ein diplomatisch geschickter und militärisch erfolgreicher, grausamer Balkanfürst des fünfzehnten Jahrhunderts. Man nannte ihn auch den Pfählen, weil er eine Vorliebe für diese Hinrichtungsart hatte, bei der das Opfer mit dem Gesäß auf einen spitzen Pfahl gesetzt wurde, der sich dank Schwerkraft und Körpergewicht immer tiefer in das Opfer hineinbohrte, bis nach Stunden der Tod eintrat.
Bei Barnaure liest sich das so: »Gleich unter zwei Namen kennen ihn seine Zeitgenossen, und mit beiden unterschreibt er seine Korrespondenz. Luzid und gewollt identifiziert er sich so mit seinen zwei widersprüchlichen Gestalten – Dracula: der Teufel, Dragula: der Geliebte –, denn sie sind beide Erscheinungen seines Wesens. Schon sein Name also erlaubt uns keine einfache Betrachtung, er zwingt uns geradezu, über seine paradoxe Essenz – grauenvoll und daher gefürchtet, faszinierend und daher geliebt – nachzudenken.«
Mircea Barnaure, geboren 1953 in Bukarest, promovierte in Medizin, übersiedelte nach Deutschland und arbeitet als Psychiater in Dortmund. »Das Buch erweist sich als ein scharfsichtiger politischer Essay«, urteilt die Kritik.

Vampir-Steppke
Barthel, Irmgard

Sie sind *Zwei ungewöhnliche Freunde:* der kleine Jimmy. der zusammen mit seinen Eltern im 22. Stock eines Wolkenkratzers in New York lebt, und der Vampir-Bengel Bobonowitsch von Transsylvanien, genannt Bobby. Der Vampir-Steppke darf mit seinen langen spitzen Eckzähnen ein bißchen Blut aus dem Ohrläppchen seines Spielkameraden nuckeln. Zum Dank dafür fliegt er mit ihm über das nächtliche New York auf die Freiheitsstatue. Damit Jimmy bei diesem Deal nicht vom

Fleisch fällt, rät ihm der kleine Blutsauger: »Allerdings, tüchtig essen solltest du schon. Milch, Spinat und rote Rüben. Vor allem rote Rüben, die machen viel frisches Blut.« Irmgard Barthel hat diese Vampir-Geschichte mit essenspädagogischen Absichten für Kinder ab neun Jahre verfaßt.

Blutspenden-Betrüger
Belen

Unter dem Künstlernamen Belen veröffentlichte die französische Filmregisseurin Nelly Kaplan einige Bände mit stark erotisch getönten Erzählungen, die von manchen Kritikern als Pornographie verschrien wurden. Manche Erzählungen der 1934 in Buenos Aires geborenen Autorin sind auch bei uns bekannt *(Königin des Sabbat. Panther mit goldgrünen Augen)*. In dem kurzen Text *Blut (Sang,* 1960) tarnt sich das Vampir-Volk als Ärzte und Krankenschwestern und ruft die Bevölkerung zu Blutspenden auf. Das seit Jahrtausenden verfolgte Geschlecht der Vampire hatte endlich die bequemste Lösung seines Problems gefunden.
Das Rote Kreuz grüßt!

Vampir-Massaker
Benesch, Kurt

Rupert, ein Reitersmann, gerät auf seiner Reise durch die Karpaten in *Das Schloß der Vampire.* In den Kellergewölben der alten Ruine vegetieren Horden von Blutsaugern, vor denen sich der Reisende schützt, indem er sein Bett durch einen Kreis aus Knoblauch unangreifbar macht. Der gute Rupert holzt ganze Wälder ab, um Holzpflöcke zu basteln, mit denen er in tagelanger Schwerstarbeit die blasphemische Meute reihenweise ins Jenseits befördert. Die Beschreibung dieses blutigen Massakers an Vampiren findet sich in einem Gruselbuch für Jugendliche ab elf Jahren. Kurt Benesch, geboren 1926 in Wien, schreibt Romane, Novellen, Dramen und Hörspiele. Er verfaßte auch Drehbücher für Filme. Der Autor wurde für seine Arbeiten schon mehrfach mit Preisen ausgezeichnet.

Vampir-Fledermaus
Benson, E. F.

Als eines von sechs Kindern des späteren Erzbischofs von Canterbury wurde Edward Frederic Benson 1867 in Wokingham geboren. Wie seine Geschwister, so bevorzugte auch er den gleichgeschlechtlichen Umgang. Seine beiden Brüder Arthur Christopher Benson und Robert Hugh Benson wurden bekannte Autoren. E. F. Benson war der Fleißigste und Erfolgreichste. Nach dem Erfolg seines Gesellschaftsromans *Dodo* (1893) schlug er die Schriftstellerlaufbahn ein. Zuvor war er für archäologische Gesellschaften in Ägypten und Griechenland tätig. Er veröffentlichte 80 Bücher, darunter satirische Gesellschaftsromane sowie phantastische Romane und Erzählungen.

Die früher so berühmte Familie starb mit dem letzten Überlebenden E. F. Benson (gestorben 1940 in London) aus. Fünfzig Jahre nach seinem Tod steht der Autor wieder auf den Bestsellerlisten der Welt. Miss Mapp und Lucia, die Heldinnen seiner satirischen Romane, geben einer BBC-Fernsehserie Namen und Inhalt.

Bensons phantastische Erzählungen sind im Deutschen bedauerlicherweise wenig bekannt. Nur verstreut in diversen Anthologien schwirren ein knappes Dutzend seiner Stories herum. Erst 1994 erbarmte sich in der BRD endlich ein großer Verlag Bensons Werks und veröffentlichte erstmals eine Wohlgefallen erweckende Sammlung seiner Gespenster-Geschichten. Benson gehört zweifellos zu den Meistern der englischen Gespenstergeschichte und an die Seite von hervorragenden Autoren wie M. R. James oder Algernon Blackwood. Seine Gespenster sind aber weit materieller, robuster, rachsüchtiger und allgemein bösartiger als die von James oder Blackwood. Weibliche Vampire, ein Raupengezücht, das den Krebs symbolisiert, sich windende schleimige Geschöpfe und gewalttätige Geister von Toten, die sich nachdrücklich bemerkbar machen, sind darunter. Bildhaft klar, sind sie ein Ausdruck der unbewußten Ängste und Obsessionen des Autors.

H. P. Lovecraft lobt Benson als ein vielseitiges Talent der unheimlichen Kurzgeschichte. Er attestiert seinen Geschichten »einzigartige Kraft« und hebt besonders die »geradezu tödliche Wirkung ihrer gnadenlosen Aura von Verhängnis« hervor.

»Typisch für Bensons Horror-Stories sind der Schauplatz der Handlung, oftmals abgelegene, unzugängliche Dörfer in Cornwall. Eine gemütliche Atmosphäre und ansprechende Leute vermitteln ein behagliches Gefühl der Entspannung, und dann bringt plötzlich irgend etwas Unruhe unter die Oberfläche, und man steckt mitten drin in dunklen Geschehnissen aus der Vergangenheit, die dann auch endlich irgendwie erklärt werden« (Tomlinson).

Einen originellen Beitrag zur Vampir-Literatur lieferte Benson mit seiner Erzählung *Mrs. Amworth* (1923). Ein Dutzend Häuser aus rotem Backstein, eine Reihe von Läden und einige mit Stroh gedeckte Hütten von Arbeitern, das ist Maxley, ein Dorf im Heidegebiet von Sussex. Die kleine Gemeinschaft der Dorfbewohner bekommt höchstwillkommenen Zuwachs in der Person von Mrs. Amworth, einer Beamtenwitwe, die bis zum Tod ihres Mannes in Indien gelebt hatte. Groß und energisch, lebhaft und genial, lustig und froh, erweckt ihre Persönlichkeit Maxley zu einem Grad von Gesellschaftsleben, das es nie zuvor gekannt hatte. Jeder mochte sie, ein jeder hatte das Gefühl, sie verbreite Sonnenschein.

Die einzige Ausnahme bildet Francis Urcombe, der Mrs. Amworth mißtrauisch beobachtet und überwacht. Urcombe mußte seine Professur an der Universität Cambridge aufgeben, nachdem er gefordert hatte, die Studenten sollten auf solchen Gebieten wie Spukhäuser, Vampirismus und Besessenheit geprüft werden. Dann trat jener mysteriöse Krankheitsfall auf, den der Dorfdoktor dem Biß giftiger Insekten zuschrieb. Der Patient war ein sechzehnjähriger Junge. Die Symptome waren anämische Blässe und Ermattung, begleitet von großer Schläfrigkeit und abnormem Appetit. Der Junge magerte trotz Riesenmengen guten Essens zu Haut und Knochen ab. Urcombe bringt bald Licht in die Angelegenheit. Er läßt den dahinsiechenden Jungen in sein Haus bringen. Um Mitternacht hört der Professor etwas, das offensichtlich bemüht war, das Fenster aufzustoßen. Da draußen war das

Gesicht von Mrs. Amworth, und ihre Hand lag auf dem Fensterrahmen – volle zwanzig Fuß über dem Boden. Die ganze Nacht lang flatterte sie draußen umher wie eine gräßliche Fledermaus und versuchte sich Einlaß zu verschaffen. Am nächsten Tag sagt Urcombe Mrs. Amworth die Wahrheit ins Gesicht. Als er mit seinem Zeigefinger das Zeichen des Kreuzes in die Luft malt, weicht sie sich krümmend zurück und wird von einem Auto überrollt. Einige Monate nach ihrem Tod sieht man Mrs. Amworth nachts wieder durch das Dorf schleichen. Die Frau eines Nachbarn liegt blutüberströmt im Bett. Urcombe macht sich auf zum Friedhof, wo er beobachten kann, wie die Untote auf ihr Grab springt und, die Hände über dem Kopf erhoben, Zoll für Zoll in der Erde verschwindet. Er öffnet mit einem Schraubenzieher den Sarg und schlägt ihr mit einer Spitzhacke mit voller Kraft in die Brust. Eine Blutfontäne steigt hoch in die Luft und fällt auf das Leichentuch nieder. Zur gleichen Zeit entringt sich den roten Lippen ein langer, fürchterlicher Schrei, der wie das Heulen einer Sirene anschwillt und wieder erstirbt. Und nun überzieht in Blitzesschnelle der Hauch der Verwesung ihr Gesicht.

Bensons Professor Urcombe hatte sofort das Vampirweib in Mrs. Amworth erkannt. Er wußte, daß es in Peschawar, in Indien, wo sie mit ihrem Mann gelebt hatte, zu einem Ausbruch von Vampirismus kam. Auch ihr Ehemann war eines der Opfer. Und Urcombe wußte auch, daß Mrs. Amworth aus Maxley stammte, jenem Maxley, das vor dreihundert Jahren das Zentrum von seuchenartig verbreitetem Vampirismus war.

Seinen »okkulten Detektiv« Professor Francis Urcombe bastelte Benson nach der Vorlage von Joseph Sheridan Le Fanus Dr. Hesselius, in dessen Akten sich der Fall des weiblichen Vampirs Carmilla findet.

Ein weiterer Vampir-Text Bensons ist seine Jahre vor *Mrs. Amworth* erschienene Geschichte *Das Turmzimmer* (auch: *Die Turmstube*), die 1912 in einer Sammlung erschien, der sie auch den Titel gab: *The Room in the Tower.* In dieser astreinen vampirischen Gruselgeschichte bekommt ein junger Mann, der seinen alten Kumpel John Clinton besucht (die Geschichte spielt mal wieder in Sussex), als Gästezimmer eine Räumlichkeit unter dem Dach in einem Turm zugewiesen. An der Wand der Turmstube hängt ein Gemälde, das die verstorbene Mrs. Julia Stone darstellt. Das Bild zeigt die Frau »alt, verwelkt und mit weißem Haar. Aber trotz der augenscheinlichen Hinfälligkeit des Körpers schien ein erschreckender Überschwang an Lebenskraft in der fleischlichen Hülle zu wohnen, eine völlig bösartige, verschwenderische Fülle von Lebenskraft, starrend und strotzend vor unvorstellbarer Bosheit. Böses strömte aus den engstehenden, schielenden Augen und lachte aus dem dämonischen Mund. Das ganze Gesicht schien von einer geheimen, abstoßenden Freude erfüllt. Die Hände. die gefaltet auf den Knien lagen. schienen vor unterdrückter, namenloser Heiterkeit zu zittern.«

Zusammen mit seinem Freund und einem Hausknecht nimmt der junge Mann das wenig anheimelnde Porträt von der Wand. Als sie das ungeheuer schwere Bild auf den Flur schaffen, bemerken sie, daß ihre Hände mit sehr viel Blut bedeckt sind, obwohl sich keiner der Männer irgendwie verletzt hat. Unser junger Held verbringt eine wenig erfreuliche Nacht in seinem Dachkämmerchen.

Er berichtet über die Ursache seiner gestörten Nachtruhe: »Mein Erwachen war gleichermaßen abrupt. Ich saß kerzengerade im Bett, unter dem Eindruck, daß mir hell ins Gesicht geleuchtet worden war. Kein Entsetzen, das ich je gefühlt hatte, kam jenem gleich, das mir nun die Kehle zuschnürte und das Blut in den Adern gefrieren ließ. Ich wußte, daß etwas mit mir zusammen im Raum war, und streckte instinktiv meine rechte Hand aus, um es abzuwehren. Meine Hand berührte einen Bilderrahmen, der nahe bei mir hing. Ich sprang aus dem Bett, riß dabei den kleinen Tisch um, der nahebei stand, und hörte, wie meine Uhr, die Kerze und die Streichhölzer zu Boden fielen. Im Augenblick brauchte ich kein Licht, denn ein blendender Blitz fuhr aus den Wolken und zeigte mir, daß das Bildnis von Mrs.

Stone wieder neben meinem Bett hing. Gleich darauf versank der Raum wieder in Finsternis. Aber der Blitz hatte mich noch etwas sehen lassen, eine Gestalt, die sich über das Fußende meines Bettes beugte und mich beobachtete. Sie war in ein eng anliegendes, weißes Gewand gehüllt, das von Moder befleckt war, und ihr Gesicht glich jenem auf dem Porträt.

Der Donner rollte über meinem Haupt, und wenn er aufhörte und tödliche Stille folgte, vernahm ich ein raschelndes Geräusch, das auf mich zukam, aber noch schrecklicher – ich nahm den Geruch von Fäulnis und Verwesung wahr. Dann legte sich eine Hand auf meinen Nacken, und nahe bei meinem Ohr hörte ich stoßweises Atmen. Ich wußte, daß dieses Ding, obwohl es über den Tast- und Geruchssinn als auch von Auge und Ohr wahrgenommen werden konnte, nicht von dieser Welt war, sondern etwas, das aus dem Körper ausgetreten war und die Kraft hatte, Gestalt anzunehmen.« Eine Stimme erklingt: »Ich wußte, daß du ins Turmzimmer kommen würdest«, sagte sie. »Ich habe lange auf dich gewartet. Endlich bist du gekommen. Heute nacht werde ich mich delektieren, und bald werden wir es gemeinsam tun.«

»Da wich der Schrecken, der mich einen Augenblick gelähmt hatte, dem wilden Instinkt der Selbsterhaltung. Ich schlug mit Armen und Beinen wild um mich und hörte ein leises, tierisches Wimmern, etwas Weiches fiel neben mich. Ich ging ein paar Schritte vorwärts, trat dabei fast auf das, was dort lag, und fand mit einigem Glück den Türgriff. In der nächsten Sekunde rannte ich auf den Treppenabsatz hinaus und schlug die Tür hinter mir zu. Fast im selben Augenblick hörte ich, daß sich irgendwo weiter unten eine Tür öffnete, und John Clinton kam mit der Kerze in der Hand die Treppe heraufgelaufen.«

Später gelingt es dem jungen Mann, sich Klarheit über den Besuch des entsetzlichen Gestank und Blut hinterlassenden Wesens zu verschaffen. Er erklärt abschließend folgendes: »Ich glaube, ich kann mich nun kurz fassen. Wahrscheinlich haben einige meiner Leser schon erraten, was es war, falls sie sich an das unerklärliche Vorkommnis im Friedhof von West Fawley erinnern, wo vor acht Jahren dreimal der Versuch unternommen worden war, die Leiche einer Frau, die Selbstmord begangen hatte, zu begraben. Jedesmal bemerkte man nach ein paar Tagen, wie der Sarg wieder aus dem Erdboden hervorkam. Nach dem dritten Versuch wurde die Leiche in ungeweihter Erde anderswo vergraben, damit niemand mehr darüber sprach. Und zwar war sie neben dem eisernen Gartentor begraben worden, das zu dem Haus gehörte, in dem sie gelebt hatte. In diesem Haus hatte sie in einem Turmzimmer Selbstmord begangen. Ihr Name war Julia Stone. In der Folge wurde die Leiche heimlich ausgegraben, wobei man fand, daß der Sarg voller Blut war.«

Der Plot der *Turmzimmer*-Geschichte ist stocksimpel: Junger Mann übernachtet in abseits gelegenem Landgut, und flugs springt nachts der Unhold aus der Schachtel. Die Story aber ist sehr kompakt gestaltet und wird höchst effektvoll erzählt, an Unmengen Theaterdonner zumindest mangelt es nicht. Benson ist es auch gelungen, die Primitivität der Handlung etwas zu mildern, indem er seinen Helden schon jahrelang vor den geschilderten Ereignissen von dem verhängnisvollen Gemälde und der Dachstube im Turm träumen läßt. Geschichten, in denen eine mehr oder weniger scheußliche Kreatur aus dem Bilderrahmen kommt – oder umgekehrt Geschichten, in denen der Protagonist sich in einem Bild verliert und dadurch Zugang zu anderen Dimensionen erlangt, gibt es in der phantastischen Literatur zuhauf. Erinnert sei nur an M. R. James' Erzählung *Der Kupferstich* oder an *Die Falle (The Trap)* von Henry S. Whitehead.

Vampirische Züge weisen auch noch andere Geschichten von Benson auf: In *Das Wesen in der Halle (The Thing in the Hall,* 1912) findet man tote Menschen »mit durchtrennten, aufgerissenen Halsschlagadern«; in *Negotium Perambulans* (1923) gibt es Leichname, die »nur noch aus Haut und Knochen bestehen, als ob jeder Tropfen Blut aus ihnen herausgesaugt worden wäre«; und in der hervorragenden Geschichte *Und es singt kein Vogel*

(And no Bird sings) stolpert man in einem dschungelartigen kleinen Wäldchen allenthalben über die ausgetrunkenen Kadaver von Wildkaninchen. »Es war nur ein kleines Loch in ihrer Kehle, und sie waren völlig blutleer. Nur noch Knochen und eine Art Sehnenbrei, wie das Fruchtfleisch einer ausgepreßten Apfelsine«, waren von ihnen übriggeblieben.
Bei den »Tätern« allerdings handelt es sich in allen Fällen nicht um zweibeinige, ex-menschliche, untote Blutsauger, die tagsüber hübsch ordentlich in ihren Kisten modern, sondern um sabbernde, üble Gerüche verbreitende Glibberwesen aus – der Himmel weiß welcher – Zwischenwelt. Die Physiognomie dieser blutrünstigen Ekel-Vampire erinnert fatal an die schleimigen Stinkegötter aus Meister Lovecrafts Monster-Menagerie. O-Ton Benson: »Auf der Erde lag ein monströses Ding, halb Schnecke, halb Wurm. Es hatte keinen Kopf; es endete in einem stumpfen, rüsselähnlichen Fortsatz mit einer Öffnung. Es war grau und von spärlichen schwarzen Haaren bedeckt; die Länge betrug knapp anderthalb Meter, an der dicksten Stelle erreichte es etwa die Stärke eines männlichen Oberschenkels und verjüngte sich nach beiden Seiten. Es war in der Mitte von einem Schuß zerrissen worden. An anderen Stellen waren die Löcher von Streifschüssen zu erkennen, doch daraus sickerte kein Blut, sondern eine graue, zähflüssige Masse.«

Vampirin küßt Vampirin

Bergstrom, Elaine

Kinder der Finsternis ist eine Story von Elaine Bergstrom in der Anthologie *Draculas Töchter.* Der junge Mann Imre Josika, der neben der Familie Bathory lebt, besucht die gefürchtete Blutgräfin Elisabeth Bathory auf ihrem Schloß. Sie unterhalten sich bei Tisch im Wintergarten über Elisabeths bevorstehende Hochzeit. An der Schlafzimmertüre gesteht die dreizehnjährige Elisabeth ihrem Jugendfreund Imre, daß sie sich »nach ihm verzehre«. Er lehnt sie aber ab, weil sie ihm zu jung ist. Beim Ritt zu Imres Haus stoßen sie auf Katharina, die einer asiatischen Prinzessin ähnelt. Imre muß auf Katharinas geistig-magischen Befehl hin Elisabeth lieben. Dabei durchbeißt sie seine Lippen, und Blut fließt. Nach der wilden Paarung ist Elisabeths Gesicht blutverschmiert. Imre ist ausgetrunken. Elisabeth erkennt danach ihre lesbische Neigung. Katharina will von dem Mädchen wissen: »Kannst du dir deiner Gefühle sicher sein?« Elisabeth antwortet: »Sag nicht, ich sei zu jung, um zu wissen, was ich wünsche oder brauche.«

Vampir-Rentner mit Verschleierung

Betancourt, John Gregory

Der Schriftsteller mit dem feudalistischen Namen John Gregory Betancourt langweilt in *Der Wendepunkt der Stunde (In the Clasp of the Hour,* 1991) mit einer blutarmen Story um eine Bande von Vampir-Rentnern. Der Autor wählte eine ungewöhnliche Erzählperspektive und nimmt eine bewußte, strukturell bedingte Verschleierung der geschilderten Ereignisse vor. Diese eigentlich interessante Erzähl-Technik läßt beim Leser ein Gefühl der Verärgerung entstehen, weil er den Eindruck nicht los wird, mit einem literarischen Bluff konfrontiert zu werden.

Knutschfleck-Vampir

Billson, Anne

Anne Billson berichtet in ihrem Roman *Biß für Biß (Suckers. Bleeding London Dry,* 1993) von den Erlebnissen der zynischen, knallharten und mit allen Wassern gewaschenen Kreativberaterin Dora Vale. Aber es gibt Dinge, die sogar diese abgebrühte Lady erschrecken: zum Beispiel jene Bilder im Modemagazin *Bellini,* auf denen die totenbleichen Models alle schwarze Kleider tragen und Fänge statt Zähnen haben. »Dekadenter Chic« nennt sich das Ganze, ist aber mehr als eine neue Mode. Denn Dora ahnt, wer dahintersteckt: ihre einstige Rivalin Violet, die ihr ihren Lover Duncan, einen bekannten Londoner Modefotografen, streitig machte, eine kühle, männermordende Schönheit, die keinen Schminkspiegel brauchte (Vampire können sich bekanntlich nicht im Spiegel sehen) und auf Sex auf Friedhöfen stand. Daß Violet nicht tot ist, wird ihr klar, als sie einen Termin mit der Chefredakteurin des Modemagazins auszumachen versucht: Um zehn Uhr hat man Zeit für sie, aber nicht morgens. Denn diese Models arbeiten nur nachts. Anne Billson verpaßt mit ihrem beißend ironischen Roman der Yuppie-Generation der Endachtziger ein paar mitleidlos satirische Ohrfeigen, um gleichzeitig hohe Standards für den Vampir-Roman der Neunziger festzulegen. »*Biß für Biß* liest sich wie eine Mischung aus Julie Burchills *Die Waffen der Susan Street* und alten Hammer-Filmen à la *Dracula braucht frisches Blut*«, schrieb Horror-Autor und Kritiker Kim Newman. »Ein messerscharfes Stück Literatur, das mit dem üblichen Genre-Einheitsbrei herzlich wenig zu tun hat – inklusive ein paar Szenen, die Sie so mit Sicherheit noch nie gelesen haben.«Und der *Satanische Verse*-Schmied Salman Rushdie meint zu dem Billson-Buch: »Das Schärfste, was ich je über die Achtziger gelesen habe.« Der deutsche Verlag übrigens wirbt für den Roman mit dem Slogan »Biß für Biß – mancher Knutschfleck ist tödlich«.

Anne Billson, geboren 1954 in Southport, Lancashire, ist Journalistin und Filmkritikerin beim *Sunday Telegraph* und Autorin einer Biographie über den Schauspieler mit bösem Buben-Image Michael Caine. *Biß für Biß* ist ihr zweiter Roman. Sie lebt in der Universitätsstadt Cambridge.

Reptilhafter Vampir
Blackwood, Algernon

Algernon Blackwood gehört zu den anerkannten Großmeistern der Phantastik. »Die bedeutendste unheimliche Geschichte, die je geschrieben wurde, ist möglicherweise *Die Weiden* von Blackwood«, beurteilt H. P. Lovecraft die berühmte Erzählung seines Zeitgenossen. In dieser Story, wie in einigen anderen, ähnlich gearteten des Autors, wird die Natur als belebt und beseelt geschildert und bemächtigt sich dämonisch des Menschen.

Blackwood ist neben M. R. James aber auch der wohl bedeutendste Vertreter der englischen Gespenstergeschichte. In vielen Frzählungen variiert er sein Lieblingsthema, das Gespensterhaus, unheimliche Plätze und Behausungen, in denen die Atmosphäre durch böse Gedanken und üble Taten geschwängert und vergiftet ist.

In manchen seiner Texte, wie zum Beispiel *Die Puppe (The Doll)*, setzt er auch mal Horrorschock-Elemente ein.

Ohne Zweifel hat Blackwood große Verdienste bei der Verfeinerung der Gespenster- und Grusel-Geschichte. Er gehört qualitativ in eine Reihe mit Autoren wie Le Fanu, Bulwer-Lytton und Oliver Onions.

Andere Themen des Autors sind Magie, Zauberei, Hexenunwesen und Satanismus. Mit seiner Figur des »okkulten Detektivs« John Silence findet sich Blackwood in der Nachfolge des von ihm bewunderten Le Fanu und dessen Dr. Hesselius. »Blackwood ist *der* unbestrittene Meister der unheimlichen Atmosphäre« (Lovecraft).

Blackwood wurde 1869 in Shooters Hill, Kent, als Sohn einer bigotten Herzogin geboren. Er besuchte die Schule der »Böhmischen Brüder« im Schwarzwald und studierte in Cambridge und Edinburgh. Die engstirnige puritanische Strenge seines Elternhauses konnte er nicht lange ertragen. Als Zwanzigjähriger floh er nach Kanada, wo er ein abwechslungsreiches, abenteuerliches Leben führte. Er reiste viel in der Welt herum und schlief, wie er schrieb, »an seltsamen Orten, hoch im Kaukasus, an den Küsten des Schwarzen Meeres, in der ägyptischen Wüste, an den Ufern der Donau, im Schwarzwald und in Ungarn«. Im Jahre 1906 erschien sein erstes Buch, eine Sammlung von Geister- und Gruselgeschichten, mit dem er auf Anhieb Erfolg hatte.

»Seine Neigung zum Okkulten öffnete ihm im Oktober 1900 das Tor zu dem aus Rosenkreuzern und Freimaurern hervorgegangenen Geheimbund ›Hermetic Order of the Golden Dawn‹, in dem der Dichter William Butler Yeats eine wichtige Rolle spielte und dem so zwiespältige Persönlichkeiten wie Aleister Crowley, aber auch der Schriftsteller Arthur Machen angehörten« (Kirde).

Zeitweise konnte Blackwood der Versuchung von Haschisch und Opium nicht widerstehen. Sehr schätzte er Thomas de Quinceys Buch *Bekenntnisse eines englischen Opiumessers.*

Blackwood, der sich mit indischer Mystik, Yoga und der Theosophie einer Madame Blavatsky beschäftigte, sagt über sich selbst: »Mein wesentliches Interesse gilt wohl Anzeichen und Beweisen für andere Kräfte, die uns allen verborgen sind; anders ausgedrückt, der Erweiterung der Fähigkeiten des Menschen. Daher befassen sich viele meiner Erzählungen mit Bewußtseinserweiterung, mit der spekulativen und phantasievollen Darstellung von Möglichkeiten, die die Grenzen unseres normalen Bewußtseins übersteigen.«

Blackwood starb 1951 in London im Alter von 82 Jahren. Seine Asche wurde in Saanenmöser ausgestreut, einem Ort in der Schweiz, den er besonders liebte. Sein erzählerisches Werk umfaßt mehr als dreißig Bände, fast ausschließlich phantastische Erzählungen und Romane.

Ab 1909 hielt sich Blackwood länger in der Schweiz auf. Er nahm Quartier in Bôle bei Neuchâtel im Schweizer Jura, unweit der französischen Grenze. Seine 1910 im Druck erschienene Erzählung *Mortons befremdlicher Tod (The Singular Death of Morton)* hat jene Gegend zum Schauplatz. Nur in dieser Geschichte greift der Autor das altüberlieferte Vampirthema auf.

Zwei Wanderer, sie zählen nicht mehr zu den Jüngsten, machen bei ihren Streifzügen durch ein Juratal Rast an einem alten Bauerngehöft. Es ist ein zerborstenes, schmutziges Ding. Kein lebendes Wesen läßt sich blicken. Die Türen sind versperrt, die Fensterläden zu. Kein Rauch steigt aus den Kaminen. Nur Schmutz, Verlassenheit und Verfall machen sich breit.

Endlich taucht ein junges Mädchen auf und reicht den Rucksack-Touristen einen Krug eigenartig schmeckender Milch. Der Größere der beiden spuckt das Getränk aus. Der Ältere, er heißt Morton, trinkt die Flüssigkeit rasch und gierig.

»Etwas an diesem Mädchen brachte Kälte über die Seele – obschon es doch nur ein schmächtiges Ding war, recht hübsch, ja verführerisch gar, und fast schon reptilhaft in Blick und Bewegung. Und wiewohl sie auf alle Fragen nach einem Labetrunk kein Wort, sondern nur ein Lächeln gehabt, erweckte sie doch den Eindruck einer tüchtigen kleinen Person, die, wenn's drauf ankam, recht unangenehm werden mochte. Denn bei aller unleugbaren Anmut war da etwas Ungutes um sie gewesen«.

Das undurchsichtige Geschöpf folgt den Wandersmännern aus unerfindlichen Gründen in einem Abstand von mehreren hundert Metern bis zu deren Quartier.

Nachts im Bergbauern-Hotel entdeckt der größere der beiden Bergvagabunden, daß sein Kamerad Morton nicht im Bett liegt und schläft, wie er es sollte.

Er macht sich auf die Suche nach seinem Freund. Auf dem Dorffriedhof entdeckt er ihn. Und der Freund war nicht allein! Über ihn gebeugt, wie es schien, stand eine zweite Gestalt – eine zarte, verschattete, schlanke Erscheinung! Er glaubt, das Mädchen aus dem vergammelten Bauerngehöft kurz gesehen zu haben.

»Die Fahlheit des Mondlichts trug ein übriges bei zu der geisterhaften Erscheinung: gespenstisch war sie, unwirklich, ja grausig! Und aus ihrem Mund, von den Lippen zum Kinn, zog sich ein tiefroter Streifen aus Blut«.

Schließlich findet er Morton tot inmitten verwüsteter Gräber.

Der eilig herbeigerufene Bergdoktor inspiziert den Leichnam und meint: »Schon eine seltsame Sache, dieses Loch im Hals ihres Freundes – wie ein Nadelstich bloß, aber tief. Und das Herz – hab' ich das schon erwähnt? – das Herz beinah blutleer.«

Als Mortons Freund dem Arzt ihr Erlebnis auf dem Bauerngehöft schildert, erklärt der Mediziner verdutzt: »Aber dieses Bauerngehöft existiert ja gar nicht. Wegen des schlechten Rufes seiner Bewohner ist es in amtlichem Auftrag vor fünfzig Jahren niedergebrannt worden. Ein altes Weib hat in dem Haus gewohnt, mit ihrer Tochter, und es wurde gemunkelt, daß auch vergiftete Milch mit im Spiel gewesen sei. Von den Anrainern wurden die beiden nicht nur des gewöhnlichen Mordes bezichtigt, sondern noch ärgerer Dinge. Es hat geheißen, das Mädchen sei ein Vampir.«

Blackwood beschreibt das Mädchen aus dem Bauerngehöft »als ein schmächtiges Ding, recht hübsch, ja verführerisch gar«. Er nennt sie eine »tüchtige, kleine Person«.

Unversehens interpretiert er etwas »Reptilhaftes in Blick und Bewegung« in sie hinein.
Die junge Frau gerät unversehens zu einer fiesen Darstellung der »femme fatale« und mutiert munter zum vampirischen Scheusal. Haben Blackwoods puritanische Erziehung und das Bild seiner überstrengen Mutter seinem Hirn unbewußt einen Streich gespielt?
Das Motiv des »wieder aufgetauchten Bauerngehöfts« ist bei Blackwood öfter zu finden. In seiner Erzählung *Schwarze Riten (Secret Worship)* – sie handelt übrigens im Schwarzwald – verbringt ein Tourist eine unsagbare Nacht in einem Satanistenkloster, das schon vor langer Zeit dem Feuer überantwortet wurde. Und in *… à cause du sommeil et à cause des chats (Ancient Sorseries)* läßt er gleich eine ganze französische Stadt von Teufelsanbetern aus der geschichtlichen Versenkung erscheinen.
Betrachtet man *Mortons befremdlicher Tod* in bezug auf Blackwoods Gesamtwerk, so stellt das darin verwendete Vampir-Motiv eine Ausnahme dar. Unter den zahllosen Erzählungen zum Vampir-Thema in den frühen Jahren des 20. Jahrhunderts ist sie eine von vielen. Für sich betrachtet ist die Story einwandfrei. Sie ist spannend und lesenswert vor allem wegen des Bezugs zu Leben und Landschaft in der Schweiz. In seiner 1912 erschienenen Story *Die Übergabe (The Transfer)* benutzt Blackwood in abgewandelter Form noch einmal das Vampir-Motiv. In diesem Falle ist es allerdings kein Untoter, sondern die Natur, die sich vampirisch gebärdet. Die Ich-Erzählerin von *Die Übergabe* beobachtet, wie ein Mitglied der Familie, ein gewisser Mr. Frene, von einem öden, unfruchtbaren Teil des Gartens, in dem man sich aufhält, vampirhaft ausgesogen, das heißt aller Lebenskraft beraubt, wird. Frenes bisherige Aktivität ist geschwunden, er scheint innerlich ausgelaugt. Vor allem aber hat sich der besagte Teil des Gartens wesentlich verändert: »… unberührt wie bisher, doch über und über voll hohen, saftig aufschießenden, wuchernden Unkrauts und Rankenwerks lag der einstmals so öde Fleck da – strotzend und fett und überquellend von Leben.«

Vampir steckt im Computer
Blask, Falko

Für die Anthologie *Draculas Rückkehr* hat Falko Blask mit *Vampire im Netz* wohl die modernste Vampir-Story verfaßt. Falko Blask, ein Internet-Junkie der ersten Stunde, weiß genau, daß der moderne Mann nicht von verstaubten Draculas oder monsterbusigen Pamela-Vamps, sondern vom Computer, von virtuellen Kräften ausgesaugt wird. Blasks Story-Held Jonathan ist ein absoluter Internet-Game-Freak, der schon »so viele Rollen auf so vielen verschiedenen Servern eingenommen hatte, daß er sich angewöhnte, ein umfangreiches Journal über seine virtuellen Identitäten zu führen«. Für gute Spielzüge wurde er mit »purpurnen Euphorie-Blitzen belohnt, die in die äußersten Verzweigungen seines neuronalen Netzes reichten«. Veränderungen seiner Haut deuten auf einen genetischen Defekt hin. Jonathan geht aber nicht in die empfohlene Klinik. Sein Game-Guide hat eine bessere Nachricht für den Computer-Freak. Jonathan hat's geschafft. Er ist im nächsten Level. Der Glückliche darf jetzt als SysOp weiterspielen – mit einem neuen Joystrap, anzubringen an den Zähnen.

Vampir-Umhang
Bloch, Robert

Seit nunmehr sechzig (!) Jahren befriedigt Bloch mit seinem makabren Witz, seiner Vorliebe für kruden Humor und sexuelle Perversion die Gänsehaut-Bedürfnisse seiner Leser. »Seine Horror-Stories gehören zu den besten unserer Zeit«, urteilt ein Kenner des Genres (McCauley) über das Werk dieses dienstältestes Streiters aus den Reihen der alten Garde amerikanischer Grusel-Schock-Autoren. Bloch, 1917 als erster Sohn deutscher Juden in Chicago geboren, wäre am liebsten Schauspieler geworden. Einen großen Einfluß übten die religiösen Anschauungen der Methodisten-Kirche auf ihn aus. Als er 1940 heiratete, arbeitete er als Werbetexter, um seine Familie zu ernähren. »Bloch, der in Interviews gerne erzählt, er besitze das Herz eines kleinen Jungen – ›Ich bewahre es in einem Glas auf meinem Schreibtisch auf‹ –, hält wunderbare Tischreden und lebte in den vierziger Jahren eine Zeitlang davon, daß er Einzeiler verfaßte« (King). Er schrieb 1944 die Texte für eine Radio-Horror-Sendung, die unter dem Titel *Stay Tuned for Terror* in neununddreißig Folgen in alle Staaten der USA und nach Kanada übertragen wurde.

Bloch korrespondierte in seiner Jugend noch mit H. P. Lovecraft. »Als fünfzehnjähriger Junge schrieb ich meinen ersten Fan-Brief an Lovecraft, und dank seiner Vorschläge und Ermutigungen begann ich meine eigene Karriere als professioneller Schriftsteller mit siebzehn.«

Seine ersten in den dreißiger Jahren verfaßten Erzählungen befaßten sich dann auch mit Lovecrafts »Cthulhu-Mythos« und zeigen noch eine deutliche Abhängigkeit vom bewunderten Großmeister des Grauens.

Bloch hat von Anfang an für sein Leben gern Tabus demontiert. Seine Kurzgeschichte *The Feast in the Abbey* aus dem Jahre 1934 ließ die Wellen der Empörung hochschlagen, weil es darin um Kannibalismus ging. Blochs Ansehen gründet sich vor allem auf den 1959 erschienenen Roman *Psycho,* der in der Verfilmung von Alfred Hitchcock ein Welterfolg wurde. Er schrieb auch eine Reihe von Drehbüchern, unter anderem für Amicus-Film in England. Unter Titeln wie *The House That Dripped Blood* oder *The Torture Garden* wurde »fleißig erstochen, stranguliert, verbrannt und aus dem Fenster geworfen und so weiter und so fort« (Sammon). Nur weil es sich um unter geringem Finanzaufwand gedrehte B-Filme handelte, schritten die Zensoren nicht ein. Wen wundert es da, daß die »Splatterpunks« Bloch für sich reklamieren und ihm ein Ehrenplätzchen in ihrer zum Schlachthaus umfunktionierten Ruhmeshalle zusichern.

Komischerweise gibt Bloch vor, die explizite Gewalt im zeitgenössischen Kino auf den Tod nicht ausstehen zu können. »Was soll nur aus den Leuten werden, die glauben, *Die Nacht der lebenden Leichen* wäre noch nicht genug?« soll er gesagt haben.

Bis zu seinem Tod lebte der sympathische alte Kämpfer in Los Angeles. In den Hunderten von Kurzgeschichten, die Bloch geschrieben hat, ließ er keine der Schreckensgestalten aus dem Grusel-Kabinett der Horror-Literatur ungeschoren davonkommen. In dem Schocker *Dr. Jekylls Erbe* läßt er das wohlbekannte sadistische Ungeheuer von der Leine; in der Short-Story *Ihr sehr ergebener Jack the Ripper* muß der Frauenschlächter von Soho mit dem Rasiermesser herumschleichen, und in der Geschichte *Der Umhang* knüpft er sich die Vampire vor.

Blochs Story *Der Umhang (The Cloak,* 1939) spielt in der Nacht vor Allerheiligen. Vor dieser Nacht – in den USA Halloween genannt – hatte man sich einst gefürchtet, der Nacht, in der Geister umgingen und Schädel aus der Tiefe ihrer Grüfte schrien. Die Hauptperson der Geschichte, der Schriftsteller Henderson, landet auf der Suche nach einem passenden Kostüm für ein Maskenfest in einem stillen und dunklen Laden. »Warum nicht mal als Unhold, Zauberer oder Werwolf gehen?«, denkt er sich. Der Ladenbesitzer rät ihm, es doch einmal als Vampir zu versuchen. Für fünf Dollar erwirbt Henderson einen Umhang, von dem der Ladenmensch merkwürdigerweise mehrmals sagt, es sei »der echte«. Henderson legt sich den Umhang um und läßt sich mit einem Taxi auf die Maskenball-Party kutschieren. Er bemerkt, wie den Fahrer panischer Schrekken ergreift und er zitternd auf seinem Sitz hockt. Im Fahrstuhl auf dem Weg zu seinem Gastgeber sieht er, daß die übrigen Leute sich vor ihm zurückziehen. Sie stehen in der Ecke, als fürchteten sie sich vor seinem Umhang, vor dem finsteren Blick und seinen Augen, die auf eine Frau gerichtet sind. Auf der Party starrt er auf den weichen, feisten Hals mit der hervorstehenden Ader seines Gastgebers Lindstrom. »Er blickt auf den Nacken, sieht, wie die Menge ihn beobachtet, und dann treibt ihn ein Impuls. Hände schießen hervor. Lindstrom kreischt wie eine ängstliche Ratte. Er ist eine plumpe, glatte, weiße Ratte, die von Blut nur so prall ist. Vampire lieben Blut. Blut aus der Ratte, Blut aus dem Hals der Ratte, aus der Halsader der kreischenden Ratte.« Henderson läßt von seinem verschreckten Gastgeber ab. Er weiß selber nicht, welcher Teufel ihn da geritten hat. Ein verspäteter Partygast bringt das Extrablatt einer Zeitung mit, in dem Henderson liest, daß der Laden, in dem er den Umhang gekauft hat, abgebrannt sei. Henderson überfliegt den Artikel ein zweites Mal. Ein Skelett hatte man in einer Kiste mit Erde im Keller unter dem Laden entdeckt. Die Kiste war ein Sarg. Das Skelett war in einen Umhang eingehüllt gewesen, der nicht von den Flammen vernichtet worden war. Henderson erinnert sich, gehört zu haben, daß der Ort schon immer gefürchtet war. Ungarisches Viertel, Hinweise auf Vampirismus, auf Fremde, die den Laden betraten. Jemand sprach sogar von einer Kultgemeinde, die sich an diesem Ort zu versammeln pflegte. Abergläubische Vermutungen über die dort verkauften Gegenstände – Liebestränke, fremdartige Amulette und grausige Kostüme. Henderson stürzt aus dem Zimmer und eilt zum Wandspiegel. Einen Augenblick nur, dann wirft er einen Arm vor sein Gesicht, um die Augen vor dem nicht vorhandenen Spiegelbild abzuschirmen: »Vampire haben kein Spiegelbild.«

Bloch hat sich im Laufe der Jahrzehnte immer wieder einmal dem Vampir-Motiv zugewandt. In seiner Erzählung *Marsmädchen haben spitze Zähne (Girl from Mars)* aus dem Jahre 1950 stillt ein Vampir-Mädchen vom roten (sic!) Planeten seinen Blutdurst an einem geilen Jahrmarktsbudenbesitzer. In der Bloch-Sammlung *Pleasant Dreams, Nightmares* (Deutscher Titel: *Ich küsse deinen Schatten*) aus dem Jahre 1960 findet sich die Geschichte *Ungarische Rhapsodie (Hungarian Rhapsody),* in der ein von Geldgier und Wollust getriebener Freizeit-Krimineller ausgerechnet in das Haus eines wenig zu Späßen aufgelegten Vampirs einbricht. Für die 1968 von Grusel-Spezialist Peter Haining zusammengestellte Vampir-Anthologie *The Midnight People* (Deutscher Titel: *Stunde der Vampire*) schrieb Bloch extra die Story *Der lebende Tote,* in der ein als Vampir verkleideter Spion in dem von Nazi-Deutschland okkupierten Frankreich mit den Besatzern kollaboriert, eine Tätigkeit, die mit Pfählen bestraft wird. Roberts Blochs Vampir-Storys sind jedenfalls Klassiker und Kult.

Nasenschleim-Vampir

Bofinger, Manfred

Der Berliner Manfred Bofinger ist in Kinderbuchkreisen schon lange kein Unbekannter mehr. Er war Gestalter der Zeitschrift *Eulenspiegel* und arbeitet seit 1968 als freier Karikaturist, Gebrauchsgrafiker und Kinderbuchillustrator. 1987 wurde er mit dem Goethepreis der Stadt Berlin ausgezeichnet.

Kinder lieben eklige und gruselige Themen über alles. Diese Vorliebe befriedigt Manfred Bofinger in seinem *Gänsehautbuch* voll und ganz. Zu den Buchstaben des Alphabets schmiedet er Verse in Ringelnatzscher Manier, die wohlige Entsetzensschauder über den Rücken jagen und nicht nur Kinderherzen höher schlagen lassen. Zwischen »Apfelmaden« und »Zeckenschenkeln« versammelt sich ein Abc des Grauens für tapfere Kinder und Eltern.

Ausdrucksstarke Bilder in kräftigen Farben unterstreichen zusätzlich den skurrilen Sprachwitz. Auch Dracula bekommt in diesem Horror-Abc sein Fett weg:

»Als Dracula am Nuckeln war,
da hing ihm was
im Schnurrbarthaar.
Erst glaubte er,
's wär Nasenschleim,
dann dachte er an Knochenleim.
Viel später war ihm plötzlich klar,
daß es 'ne nackte Schnecke war.«

Und sein unreines Vampir-Gefolge kommt auch nicht ungeschoren davon:

»Die Vogelspinne beißt
den bissigen Vampir
und sagt: ›Damit du's weißt:
So wie du mir, ich dir!‹«

Glibber! Ekel! Brech! Manfred Bofinger erhielt für sein *Gänsehautbuch* vom Arbeitskreis Norddeutscher Kinderbuchläden den Schnabelsteherpreis unter anderem dafür, daß Bofinger »die Neugier der Kinder auf unverkrampfte und spielerische Weise herausfordert«.

Vampir-Mädchen

Boge-Erli, Nortrud

Das dtv-Jugendbuch *Bianca Vampirutschi oder Die Wahrheit über Vampire* (1989) von Nortrud Bo-

ge-Erli erzählt von Katrin, die mit ihrer Familie Campingferien in Italien macht. Die richtige Zeit für Katrins Lieblingslektüre: Vampirgeschichten. Mitten im schönsten Gruseln erscheint plötzlich Bianca im Wohnwagen, ein echtes Vampirmädchen aus der vornehmen Familie der Vampirutschi. Nun endlich erfährt Katrin die ganze Wahrheit über Vampire. Daß sie Blut saugen, ist schlichtweg gelogen, und auch sonst sind sie ganz, ganz anders.
Nortrud Boge-Erli wurde 1943 in Pecs (Ungarn) geboren und wuchs in Ravensburg auf. Nach ihrem Studium der Germanistik, Kunstgeschichte und Pädagogik arbeitete sie als Lehrerin und ehrenamtlich in der Jugendarbeit. Heute lebt die Verfasserin zahlreicher Kinder- und Jugendbücher mit ihrer Familie bei Düsseldorf.

Vampire nehmen und geben
Borrmann, Norbert

Vampirismus oder die Sehnsucht nach Unsterblichkeit nennt sich das Buch von dem Kunstgeschichtler Norbert Borrmann, der die Vampir-Legenden untersucht. Für Borrmann ist klar, daß Mensch und Vampir den gleichen Gesetzen unterworfen sind: Nehmen und Geben, Entziehen und Spenden, Gebären und Töten. Das Buch hat interessantes Bildmaterial, besonders aus alter Zeit.

Vampir-Mumie
Boucher, Anthony

Der Amerikaner (1911–1968) machte sich sowohl als Krimi- wie als Science-fiction-Autor einen Namen. Im deutschen Sprachraum ist er nahezu unbekannt. Durch *Der Todesbiß (They bite, 1943)* wackelt eine Indianer-Mumie, die in einer Steinmulde Menschenblut serviert bekommt.

Vampir als Untermieter
Bradbury, Ray

Ray Bradbury erfreut bereits seit mehreren Jahrzehnten Millionen von Lesern mit seinen zumeist in den Bereichen Science-fiction, Fantasy und Phantastik angesiedelten Romanen und Erzählungen. Schon in jungen Jahren nahm Bradbury, geboren 1920 in Waukegan, Illinois, Kontakt zur

Science-fiction-Szene auf und lernte unter anderem Henry Kuttner und den Trick-Spezialisten Ray Harryhausen kennen. 1939 gab Bradbury ein eigenes Fanzine heraus.

1941 erschien seine erste Geschichte in dem Magazin *Super Science Stories.* Ein Highlight aus dieser Zeit ist seine Kurzgeschichten-Sammlung *Die Mars-Chroniken (The Martian Chronicles),* die ihm höchste Reputation in und außerhalb der Science-fiction verschaffte. Bradburys einziger Science-fiction-Roman *Fahrenheit 451* wurde ein unumstrittenes Meisterwerk des Genres und gehört nicht nur zu den wichtigsten Anti-Utopien, sondern wird auch zu den bedeutendsten Prosawerken der amerikanischen Nachkriegsliteratur überhaupt gerechnet. François Truffaut hat das Buch 1966 mit einem bemerkenswerten Film noch populärer gemacht.

Bradbury schrieb neben *Fahrenheit 451* den Fantasyroman *Something Wicked This Way Comes* sowie 1986 mit *Death Is A Lonely Business* einen in Venice bei Los Angeles, wo er als junger Mann wohnte, angesiedelten Krimi.

Seine frühen unheimlich-makabren Geschichten publizierte Bradbury im Phantastik-Magazin *Weird Tales.* »Im Gegensatz zu Lovecraft und den meisten konventionellen Schriftstellern der phantastischen Literatur, deren Erzähler und Hauptfiguren relativ unpersönlich bleiben, setzte Bradbury das Übernatürliche in eine glaubwürdig moderne Umgebung und ließ ganz gewöhnliche Menschen in seinen Geschichten agieren« (McCauley).

1965 erschien Bradburys Vampir-Story *Der Untermieter (The Man Upstairs).* Held dieser Geschichte ist der elfjährige Douglas, der bei seinen Großeltern lebt, die ein knappes Dutzend Mieter als Kost- und Logisgänger beherbergen. Mr. Koberman, ein neuer Untermieter, kommt dem kleinen Douglas von Anfang an komisch vor. Der Mann arbeitete nachts. Jeden Morgen um acht kam er nach Hause, verzehrte schnell ein bescheidenes Frühstück und schlief dann den ganzen heißen Tag über lautlos in seinem Zimmer bis zum Abendessen, das er zusammen mit den anderen Untermietern einnahm. Einmal erhielt Douglas von dem mürrischen Fremden ein Trinkgeld, zehn neue Kupfercents. Der Mann hatte bloß Eincentstücke. Überhaupt kein Silbergeld, keine Zehn- und keine Fünfundzwanzigcentstücke. Bloß lauter neue Kupfercents. Beim Abendessen fällt Douglas auf, daß der neue Untermieter anstelle des ihm zur Verfügung stehenden Silberbestecks Messer und Gabel aus Holz benutzt.

Douglas, der gerade Sommerferien hatte, liebte es, durch ein großes Fenster im ersten Stock des Hauses, das aus sechs Zoll großen Scheiben von orangem, purpurnem, blauem, rotem und burgunderfarbenem Glas bestand, zu schauen. Als Douglas durch eine der Scheiben auf den heimkehrenden Mr. Koberman blickte, schien es ihm fast, als könne er in ihn hineinsehen. »Gibt's das, daß ein Mann kein Herz und keine Lunge und keinen Magen hat und trotzdem lebendig herumgeht?« fragte er sich.

Eines Abends, als alle Untermieter bei Tisch saßen und lachten und plauderten, kam das Gespräch auch auf die sonderbaren Todesfälle, die sich in letzter Zeit in der Stadt ereignet hatten. Einige junge Frauen waren spurlos verschwunden, eine andere hatte man tot aufgefunden und konnte keine Ursache feststellen – sie hatte bloß so komische Flecken am ganzen Körper und einen Gesichtsausdruck, daß selbst Dante gegraut hätte. »Vielleicht haben wir einen Vampir in der Stadt«, meinte einer der Untermieter. »Heute – im Jahre 1927?« sagte Großmutter. »Einen Vampir? Gehen Sie, das ist doch absurd.«

Am nächsten Tag schlich sich Douglas, der von seinem Großvater »ein blutrünstiger kleiner Bengel« genannt wird, weil er sich immer die blutüberströmten Opfer von Verkehrsunfällen ansieht und am liebsten seiner Großmutter beim Hühnerschlachten zuschaut, in das Zimmer des schlafenden Mr. Koberman. Der ruhende Mann reagierte nicht auf das Schreien und Rütteln des neugierigen Knaben. Erst als ihn dieser mit einer Silbergabel ins Gesicht stach, zuckte, krümmte und stöhnte er. Seine Augen schienen Douglas hungrig und gierig anzustarren.

»Warte«, sagte Douglas. Er ging hinunter in die Küche, zog die große, quietschende Schublade auf und nahm das schärfste, größte Messer heraus. Er schlich ganz leise hinaus, stieg wieder die Treppe hinauf, öffnete die Tür von Mr. Kobermans Zimmer, trat ein und schloß sie, in der Hand das scharfe Messer.

Die nächsten Stunden vergaß Douglas sein ganzes Leben nicht. Oben beugte sich der Leichenbeschauer mit seinem Gehilfen über den nackten Mr. Koberman. Unten fragte Großmutter irgend jemanden: »Was ist denn los dort oben?«, und der Großvater sagte schaudernd: »Ich werde mit Douglas eine weite Reise machen, damit er diese grauenhafte, gräßliche Angelegenheit vergißt.« Douglas sagte: »Wieso gräßlich? Ich kann nichts Gräßliches daran finden.« Der Leichenbeschauer beugte sich wieder über Mr. Koberman. »Am besten, man hält es geheim. Es war kein Mord. Es war eine gute Tat von dem Jungen. Wer weiß, was geschehen wäre, wenn er's nicht getan hätte.«

»Was war Koberman? Ein Vampir? Ein Monstrum?«

»Kann sein. Keine Ahnung. Jedenfalls kein Mensch.« Der Leichenbeschauer strich mit der Hand über die Naht. Douglas war stolz auf sein Werk. Er hatte sich viel Mühe gemacht. Er hatte Großmutter gut zugesehen und sich genau gemerkt, wie sie Nadel und Faden führte. Mr. Koberman war mindestens ebenso sauber zugenäht wie die Hühner, die Großmutter ins Bratrohr schob.

»Und was hat Koberman umgebracht?« Der Leichenbeschauer zog einen Zwirnsfaden aus der Naht. »Das ...«, sagte er. Kalt funkelte der halbenthüllte Schatz im Sonnenlicht: Sechs Dollar und sechzig Cent in silbernen Zehncentstücken in der Brust von Mr. Koberman. Douglas hatte das vampirische Wesen mit einem Küchenmesser aufgeschlitzt und den aus Silbermünzen bestehenden Inhalt seines Sparschweines in den Körper der Kreatur versenkt. »Ich glaube, Douglas hat sein Geld gut investiert«, sagte der Leichenbeschauer und nähte rasch das Fleisch über der »Füllung« zu.

Vampir-Atmosphäre

Braem, Harald

Harald Braem, geboren 1944 in Berlin, ist Schriftsteller, Diplom-

Designer und Professor für Kommunikation und Design an der Fachhochschule Wiesbaden. Er lebt in Lollschied, Rheinland-Pfalz. Braem schreibt historische Romane wie *Der Loewe von Uruk, Hem-On der Ägypter, Der Schamane, Der Herr des Feuers, Tanausu, Der Vulkanteufel* und Sachbücher wie *Die Geheimnisse der Pyramiden* und phantastische Geschichten wie *Die Nacht der verzauberten Katzen*. Eine atmosphärisch dichte Geschichte, die an E. A. Poe erinnert, gelang dem Autor Braem mit *Die Toten kommen* in dem Vampir-Sampler *Draculas Rückkehr* (1997). Vor den Toren einer alten, ehrwürdigen Stadt stieß der Bagger beim Ausschachten für ein Haus auf drei Leichen, die in einem verborgenen Hohlraum wie in einer Art Luftblase lagen. Das war auch der Grund, warum sie trotz ihres erheblichen Alters noch so erstaunlich frisch aussahen. Plötzlich fehlte eine der Leichen, die man bald als Begleiterin eines jungen Mannes wiedererkannte. Die vampirische Dame trägt den Namen Eleonore, wie Poes Titelfigur aus der gleichnamigen Erzählung.

Junta-Dracula
Breccia, Alberto

Dracula ist einer der Höhepunkte im Werk Alberto Breccias, des großen Meisters der argentinischen Comics. Breccia bediente sich Bram Stokers berühmter Dracula-Figur, um in fünf Kurzgeschichten, die ohne Worte auskommen, eine groteske und tragikomische Allegorie auf die politischen Verhältnisse seines Landes unter der Diktatur der Junta zu Papier zu bringen. Nicht zuletzt ihre Farbigkeit gibt alle Draculas dieser Welt der Lächerlichkeit preis. Alberto Breccia (1919 bis 1993) wurde in Montevideo/Uruguay geboren und kam als Kind mit seinen Eltern nach Buenos Aires. Bereits als Siebzehnjähriger zeichnete er Comics, und im Lauf der Jahre schuf er seine Meisterwerke wie *Mort Cinder* und *Perrasmus*. Der Dracula-Comic von Alberto Breccia entstand in den Jahren 1982/83, während der letzten Phase der argentinischen Militärdiktatur, die 30 000 Menschen das Leben kostete. Die Südamerikaner haben sowieso ein besonderes Faible für die Blutsauger.

Vampir-Sarg im Kartoffelkeller

Brezina, Thomas

K

Thomas Brezina, Regisseur und Drehbuchautor, schreibt Musicals für Kinder und Jugendliche, verfaßt Hörspiele, die in Buchform als Serie erschienen sind *(Bronti, der Super-Saurier* und die erfolgreiche Kinder-Krimi-Serie *Die Knickerbocker-Bande).* Seit 1987 arbeitet er beim Österreichischen Rundfunk auch als Moderator von Kinder- und Jugendsendungen. Sein Motto: »Lesen soll für Kinder ein Abenteuer sein!«

Was macht ein Sarg im Kartoffelkeller? Während Axel, Lilo, Poppi und Dominik, die Mitglieder der Knickerbocker-Bande, noch über diese Frage grübeln, hebt sich plötzlich der Sargdeckel, und ein Vampir stürzt sich auf sie. Die vier Junior-Detektive haben nämlich durch Zufall einen Geheimbund entdeckt, der ein schreckliches Verbrechen plant. Kennwort (und Titel des Buches aus dem Jahre 1991): *Die Nacht der Weißwurst-Vampire.*

In einem anderen Abenteuer der Knickerbocker-Bande *(Der Torten-Dracula von Wien,* 1993) kommt Graf Dracula nach Wien. Der Vampir taucht in einer berühmten Konditorei auf und beißt dort in alle Torten. Axel, Lilo, Poppi und Dominik werden Augenzeugen des rätselhaften Spuks. »Jetzt erst fielen den vier Knickerbocker-Freunden die grausigen Hände des Ungeheuers auf: Sie waren schwarz und faltig. Auf der Haut kräuselten sich struppige, violette Haare, und auf den Fingern wuchsen lange, spitze, lila Fingernägel.

Mit seinen großen Pranken zerfetzte und zerstörte der Vampir eine Torte nach der anderen und schleuderte die Creme- und Teigbrocken quer durch die noble Konditorei. Der Tortenmatsch landete auf Mänteln, Hüten, Hosen und in verblüfften Gesichtern. Mit Faustschlägen und wilden Bissen verwandelte das Monster, das sonst angeblich am liebsten Blut trank, jede Torte zu Matsch.«

Das Detektiv-Quartett verfolgte die Gruselgestalt quer durch die Stadt. Die heiße Spur führt es in eine eiskalte Gruft – und dann passierte es …

Punk-Vampire

Brite, Poppy Z.

Die junge Amerikanerin (geboren 1968), früher Model und Stripperin, hat gleich mit ihrem Erstling *Verlorene Seelen (Lost Souls,* 1992) kräftig zugelangt. Die Kritiker überschlagen sich geradezu vor Begeisterung. *verlorene Seelen* sei »ein ätzender, monotoner Piercing-Tattoo-Gothic-Punk-Roman, der eher etwas mit den Filmen Nick Zedds oder Richard Kerns (zwei von den Splatterpunks hochgeschätzte Regisseure) zu tun hat als mit den angepaßen Genre-Üblichkeiten. Ein amerikanisches Blatt befand, daß daraufhin viele Monde lang nichts mehr kommen kann.«

Als ihre »Schutzheiligen« bezeichnet die Brite den Splatterpunk John Skipp, den Grusel-Altmeister Harlan Ellison und den neuen Star am Horror-Himmel, Dan Simmons. Anscheinend wurde sie von Doug Winter, einem Kumpanen von Skipp, überredet, das »verdammte Ding« überhaupt zu schreiben, und von dessen Gesinnungsgenossen Ed Bryant freundlich angeschubst.

Die Hauptakteure in *Verlorene Seelen* – im Untertitel nennt sich das Buch »ein verwegener Vampirroman« – sind drei »blutjunge« Blutsauger, keiner älter als hundert Jahre. Diese unreinen Wesen darf man sich in einem Outfit der Punks und Grufties vorstellen.

Das Punk-Vampir-Trio veranstaltet wahre Blutbad-Orgien, bei denen es seinen Opfern die Genitalien zerfleischt, sie geradezu schlachtet und ausbeint, um sich mit viehischem Behagen in Blut zu suhlen. Die verkommenen Gestalten der Brite huldigen dem Alkohol – ihr Lieblingsgesöff ist eine Blut-Sekt-Jauche –, frönen der Unzucht – Sodomie und Inzest – und ziehen sich dazu am liebsten einen Sound à la »David Bowie«, »R.E.M.«, »The Cure« und anderer Gruft-Rock-Veteranen rein. »Hört nur, wie sie Musik machen, die Kinder der Nacht«, zitieren die Kreaturen beifällig aus Bram Stokers *Dracula,* als gerade eine Nummer von »Bauhaus« aus den Boxen scheppert.

Ähnlich wie in George R. R. Martins Meisterwerk *Fiebertraum* sind auch die Vampire in *Verlorene Seelen* keine mutierten Abkömmlinge des Menschengeschlechts, sondern Angehörige einer eigenen Rasse. Bei der Brite liest sich das so: »Die Mythen stimmen nicht. Und gerade das macht diese Kreaturen noch gefährlicher. Sie sind nicht untot. Sie sind nie gestorben. Einige von ihnen sterben nie oder erst nach Jahrhunderten. Sie gehören einer anderen Rasse – oder anderen Rassen an. Da gibt es welche, die saugen Blut, andere, die saugen Seelen, und wieder andere, die sich vom Schmerz der anderen nähren. Einige von ihnen können unter uns umherwandern, frei, im hellen Sonnenlicht. Einige Vampire sind sogar in der Lage, wie menschliche Wesen von einem Tag auf den anderen, von einem Jahr zum anderen zu leben. Natürlich sind sie gezwungen, wie Nomaden herumzuziehen, da sie ab einem gewissen Punkt nicht mehr altern. Sind sie schön, bleiben sie schön. Aber keiner darf es merken. Deshalb ziehen sie fort.«

Auch zu dem leidigen Thema »Wo kommen eigentlich die kleinen Vampire her?« ist der Roman-Autorin etwas eingefallen. Nach ihrer Theorie fürchten sich weibliche Vampire davor, schwanger zu werden. Es würde ihr Ende bedeuten.

Die Vampire befruchten daher Menschenfrauen, um ihre Gattung zu erhalten. Ihre Brut »tötet schon im Mutterleib. Alle Vampir-Babies werden ohne Zähne geboren, aber trotzdem bringen sie es fertig, sich einen Weg nach draußen zu kauen. Vielleicht haben sie ein Mutterleib-Gebiß. Vielleicht kratzen sie sich ihren Weg nach draußen mit ihren winzigen Fingern. Aber sie töten, sie töten immer. Diese Killer-Vampir-Babies fressen sich durch ihre Mutter hindurch und reißen sie auseinander.« Es ist schon sehr bemerkenswert, wie es die Autorin von *Verlorene Seelen* durchhält, ihre Vampir-Helden über 350 Seiten monoman metzeln, kopulieren und kübeln zu lassen. Ganz zu schweigen von dem Mief verschwitzter T-Shirts, versiffter Bettlaken und stinkender Unterhosen, der dem Roman von der ersten bis zur letzten Seite entweicht.

In einem deutschen Horror-Sampler schwirrt eine Erzählung von Poppy Z. Brite mit dem Titel *Der Geschmack von Blut und Altären* herum; es handelt sich dabei um keine neue Vampir-Story der Autorin, sondern um den Prolog zu dem Roman *Verlorene Seelen.*

Vampir im Gruselkoffer
Brooks, Kate

Mit Illustrationen von Martin Ursell hat Kate Brooks sieben Geschichten (mit Grusel-Feten-Tips) zu einem schmalen Buch für den Gruselkoffer vereint. Als Vampir-Trunk wird folgendes Rezept empfohlen:

600 ml verdünnten schwarzen Johannisbeersirup
600 ml Orangensaft
600 ml Limonade
1–2 Becher roter Wackelpudding
geschälte Weintrauben
Spinnen, Schlangen und anderes Getier aus Plastik (nicht zu klein, sonst Gefahr des Verschluckens!)

In dem Grusel-Koffer (mit Tragegriff) sind außerdem noch verpackt:

1 schwarze Plastikspinne
1 furchteinflößendes Vampirgebiß
1 Fledermausmaske
1 Werwolfmaske
1 siebenteiliges Skelett zum Zusammensetzen

Wenn der Gruselkoffer ausgepackt ist, dann heißt's: »Komm zum Grab-Rap bei Graf Dracula!« Das Design des Grusel-Koffers stammt von Lone Morton. Erstmals veröffentlicht wurde der Grusel-Koffer 1997 als »Spooky Activity Box« von Michael O'Mara Books in London. In Deutschland nennt sich die aktive Spuk-Box aus England »Mein schaurig schöner Gruselkoffer«.

Vampir-Psychologen
Büchner, Barbara

Die Autorin Barbara Büchner wurde 1950 in Wien geboren. Seit 1972 arbeitet sie als freischaffende Journalistin und Schriftstellerin.

In ihrer Geschichte *Seelenblut* aus dem Jahre 1988 verknüpft sie ganz famos das moderne Motiv des Seelen-Vampirs mit dem traditionellen Motiv des Untoten. Die Story gehört zu den Höhepunkten in der von Barbara Neuwirth herausgegebenen Anthologie *Blaß sei mein Gesicht, Vampirgeschichten von Frauen.*

Barbara Büchner erzählt die Geschichte einer jungen Frau, die sich psychiatrisch von einer Dr.

Anna Elisabeth Wehle genannten Ärztin behandeln läßt. Die Patientin kommt bald zu wenig erfreulichen Erkenntnissen über die Psychologin. »Ich spürte, daß sie eine erschreckend gierige Frau war. Und es war etwas Perverses – eine kalte, schmierige, leichenschänderische Begierde, ein Hunger, der nach Erbrochenem gierte, ein saugendes Schmiegen und Sich-Anpassen, als sei sie inwendig ein Ding, das nur zum Schlucken und Verdauen geschaffen war, ein einziger grauer, saugnapfgesäumter, muskulöser Schlund.«

Dr. Wehle erscheint ihr als »ein Wesen, das die Tränen der anderen trinkt, von ihren Gefühlen mitzehrt, durch ihre Träume kriecht und ihre Gedanken durchlöchert …, ein gieriger Parasit, der seinen Stechrüssel in Seelen senkt und ihr Blut trinkt …«.

Doch bald »fühlte sie – wie alle Opfer eines Vampirs, daß es Vergnügen bereitet, fast möchte ich sagen, Lust bereitet, ausgeblutet zu werden, in den Armen des mörderischen Saugers zu ruhen, in träge dösender Passivität zu versinken«.

Die junge Frau bringt das seelenblutsaufende Wesen um: »Ich tötete es, nicht ›ermordete es‹. Wie soll man bei einer solchen Kreatur von Mord reden? Und es ist doch auch gar nicht möglich, einen Menschen mit einem so kleinen Messer zu töten – einem so kleinen Messer aus reinem Silber.«

Milch statt Blut

Burg, Paul H.

Ein Tag (1964) von dem Kinder-Buch-Autor Paul H. Burg berichtet von einem Vampir-Ehepaar und dessen Sorgen mit seiner blutsaugerischen Brut.

Während die Vampir-Tochter Vivian nach ihren nächtlichen Beutezügen hübsch artig festgekrallt an ihrem Schlafbalken hängt, schlägt die Tochter Toni völlig aus der Art. Sie legt sich mit dem Kaninchen, das sie als Abendbrot erhalten hat, ins Bett. »Daran ist meine Frau schuld. Weiß der Himmel, wie sie damals auf die Idee kam, Toni Milch zu geben, als sie kein Blut trinken wollte!« jammert das völlig enttäuschte Vampir-Familienoberhaupt an seine Frau hin.

Vampir-Spiel um Vampir-Zahncreme

Butterfield, M., und M. Gordon

Moira Butterfield (Text) und Mike Gordon (Illustrationen) haben ein Spiele-Buch ausgetüftelt, das *Rette sich, wer kann (Spooky Dice Games,* 1992) heißt. Wer dieses Buch aufschlägt, landet mitten in der Welt der Gespenster, Monster und Vampire. Mit einem kreisenden Würfelrad lassen sich neun schaurig-spannende Spiele machen. Eines dieser Spiele nennt sich *Vampir-Wächter.* Jeder Spieler hat die Chance, den Vampir zu stoppen, aber Vorsicht: Es kann auch »ein Ende mit Biß« geben. So geht's: Dreht nacheinander das Würfelrad und setzt euren Spielstein entsprechend der Augenzahl weiter. Ziel des Spieles ist es, mindestens sechs der acht Habseligkeiten des Vampirs zu ergattern. Bei den »Vampir-Habseligkeiten« handelt es sich 1. um einen Umhang (gut gegen den Friedhofsfrost), 2. ein Vampir-Kochbuch (für bissige Parties), 3. um eine Vampir-Zahncreme (eine verdächtig rote Farbe ...), 4. eine Haus-Fledermaus (muß zweimal täglich mit saftigen Mäusen gefüttert werden – nagt gern an Fingern und Zehen), 5. einen Vampir-Sarg (mit kuscheligem Fledermausflügel-Futter, Untergrab-Heizung und Notfall-Blutbank ausgestattet), 6. um einen Sonnenschirm und eine Sonnenbrille (schützt Vampire sicher vor dem Sonnenlicht), 7. um Vampir-Gel (für das perfekt geschniegelte Vampir-Haar) und 8. um einen Wecker (für das rechtzeitige Erwachen – in der dunklen Nacht). Wer es geschafft hat, sechs der Vampir-Utensilien einzusacken, hat gewonnen. Jeder der Spieler hat drei Leben. Kommt man auf ein Vampir-Feld, so verliert man ein Leben. Auf den Knoblauch-Feldern kann man ein Leben zurückgewinnen. Wer kein Leben mehr hat, muß von vorne anfangen und verliert alle bisher gesammelten vampirischen Habseligkeiten.

C

Vampirischer Poltergeist
Capuana, Luigi

Der Dichter Luigi Capuana (1839–1915) gilt als bedeutender Vertreter des italienischen Naturalismus. Er verfaßte aber auch eine Reihe von phantastischen Erzählungen, darunter die kurze Geschichte *Ein Vampir (Un vampiro*, 1907), in der das Ehepaar Luisa und Lelio Giorgi in Poltergeistmanier von einem gespenstischen Wesen, anscheinend der Geist des verstorbenen ersten Mannes der Luisa, terrorisiert wird. Das Wesen wurde dabei beobachtet, »wie es etwas ganz Grauenhaftes tat. Es beugte sich über das Kind der Eheleute, preßte ihm die Lippen auf den Mund und saugte sein Blut aus ... Drei Nächte wiederholte sich dies schauerliche Spiel, und der arme Kleine ... du würdest ihn nicht wiedererkennen ... Er war so dick und rosig, und jetzt ... nach nur drei Nächten ... Das kann nicht die Phantasie sein.«

Schließlich gräbt man den Leichnam des ersten Ehegatten der Frau aus und verbrennt ihn. Die Besuche des vampirischen Quälgeistes hören schlagartig auf. Capuanas Geschichte ist eine vertrackte Mischung aus Psycho-Ehe-Sex-Kram.

Vampir-Krimi
Carr, John Dickson

John Dickson Carr (1906 bis 1977) wurde als Sohn schottischer Eltern in Uniontown, Pennsylvania, geboren. In seinen über 90 Romanen nimmt Carr die Tradition seiner Vorbilder Arthur Conan Doyle und G. K. Chesterton anspielungsreich auf. Sein beleibter und biertrinkender Privatgelehrter Dr. Gideon Fell muß einen Vergleich mit den großen Detektiven nicht scheuen. Er zieht manchem das Fell über die Ohren.

Carr gilt als Spezialist für »Closed-Room-Mysteries«, für Romane, in denen in einem geschlossenen Raum ein Mord verübt wird, obwohl weder jemand heraus noch hinein konnte. Fast alle seine Romane stehen in der Tradition des »explained supernatural«. In dieser im späten 18. Jahrhundert von der Engländerin Ann Radcliffe begründeten Schule des Schauerromans finden alle scheinbar übernatürlichen und übersinnlichen Phänomene ihre rationale Erklärung.

Carrs Romane spielen oft an von Legenden, Schauern und Familienflüchen belasteten Orten. Auch in *Der verschlossene Raum (The Hollow Man*, 1935) fehlt dieses Element nicht: Den düsteren Hintergrund der Gegenwartshandlung, der mehr als ein Jahrhundert zurückliegt, bildet ein rätselhaftes Geschehen in Transsylvanien, dem Mutter- oder Vaterland des Vampirismus, bei dem Tote (als Täter, als Opfer, als Rächer?) ihren Gräbern entkommen sein müssen. So manche Szenen in diesem Roman versetzen den Leser »vom rußigen London in einen stürmischen Felsengrund in den Karpaten, wo ein Goldkreuz um den Hals vor Teufeln schützt und Knoblauchgebinde einem die umherwandelnden Vampire vom Halse halten«. Natürlich finden auch in diesem Roman die mysteriösen Begebenheiten eine rationale Erklärung, und alle vampirischen Reminiszenzen verflüchtigen sich zu Schall und Rauch. »Eine ganze Abhandlung zum Vampirismus«, auf die Rein A. Zondergeld in seinem *Lexikon der phantastischen Literatur* hinweist, sucht man in dem Buch allerdings vergeblich.

Vampire in Venedig
Carson, Gay D.

In den Jahren 1974 bis 1977 widmete sich Günter Dönges unter dem Pseudonym Gay D. Carson dem Schreiben von Horror-Heftromanen. Er verfaßte in diesem Zeitraum nahezu zwanzig Geschichten, die sich durch eine breite Themen-Palette auszeichnen. Für zwei seiner Stories mußten die blutsaugenden Untoten als Ideen-Lieferanten herhalten: *Der Vampir von Venedig* (1975); *König der Vampire* (1976).

Rauschgift im Vampir-Zahn
Cauvin

Im Amerika zur Zeit Al Capones müssen sich die Privatdetektive Sammy und Jack durch zahlreiche Comic-Abenteuer kämpfen, in die sie von Texter Cauvin und Zeichner Berok getrieben werden. In einem dieser Abenteuer mit dem Titel *Die Nacht der Vampire (Nuit Blanche Pour Les Gorilles*, 1978) werden die beiden Pappkameraden mit einer Gangsterbande konfrontiert, die aus unerfindlichen Gründen in Vampir-Kostümen herumstiefelt. Schlauerweise haben sich die Ganoven künstliche Vampir-Gebisse umgehängt, deren Eckzähne mit Rauschgift gefüllt sind, um ihre Verfolger auf den Horror-Trip zu schicken. Als der ganze Schwindel schließlich auffliegt und die Vampir-Fälscher hinter Schloß und Riegel sitzen, schlurft ein verstörter »echter« Vampir mit Namen Dracula durch die nächtliche Comic-Szenerie und mault verärgert: »Endlich Ruhe! Allmählich ging es mir wirklich auf die Nerven ...« Ein bissiger Bilder-Spaß.

Vampir-Lockvogel
Cave, Hugh B.

Hugh B. Cave wurde 1910 in Chester (England) geboren und wuchs in Amerika auf. Er besuchte die Brooklyn High School und Boston University. Schon als Teenager begann er zu schreiben und verkaufte etwa 800 Kurzgeschichten an verschiedene Magazine. Während des 2. Weltkrieges war er Kriegskorrespondent im Pazifik, lebte dann vier Jahre in Haiti und kaufte schließlich in Jamaika eine Kaffeeplantage. 1974 gab er seine Plantage auf und lebte danach in Pompano Beach, Florida. Neben seinen Kurzgeschichten hat Hugh B. Cave auch fünfzehn Romane veröffentlicht, von denen sich mehrere mit dem geheimnisvollen Voodoo-Kult der Karibischen Inseln befassen.

1933 erschien im Horror-Magazin *Weird Tales* Caves Vampir-Story *The Brotherhood of Blood.* Der Text – deutscher Titel: *Bluthochzeit* – soll zu seinen überzeugendsten Arbeiten gehören, haut den Leser aber nicht vom Hocker. Die Story läuft darauf hinaus, daß das Opfer eines Vampirs (es weist Male an seinem Hals auf, zwei parallele dunkelrote Schnitte, drei Zentimeter lang) den Lockvogel spielen muß. Der Vampir läßt sich tatsächlich in einen Raum locken, in dem sein schon nahezu ausgesaugtes Opfer ruht. Als er das Zimmer allerdings kurz vor Morgengrauen verlassen will, leuchten an allen Wänden aus Neonröhren gebildete Kreuze auf und verhindern ein Entwischen der Kreatur. Die ersten Sonnenstrahlen der Morgendämmerung besiegeln das Ende des unreinen Wesens.

Vampir Bella
Cerbian, Antonio

Die *Ketchup-Vampire* sind ein großformatiges Buch mit amüsanten Illustrationen zum Ausmalen für die Kleinen und witzigen Texten. In der Story gerät die kleine Bella auf einer Grusel-Party an den »echten« Vampir-Boy Arno, mit dem sie in eine Reihe nervenzermürbender Abenteuer verstrickt wird. Die Illustrationen des Malbuches stammen aus der Feder von Antonio Cerbian; der Name des Texters ist nicht bekannt. Das Vampir-Buch erschien 1992 in der BRD.

Ekelerregende Kreaturen
Chambers, Aidan

Der britische Anthologist Aidan Chambers hat sich auch im deutschen Sprachraum einen Namen als Herausgeber und Verfasser von Spuk- und Gruselgeschichten für Halbwüchsige gemacht. In dem Band *Wenn die Geisterstunde schlägt (Great Ghost Stories of the World*, 1974) stellt er unter der Überschrift *Vampire in aller Welt* eine Ladung dieser »ekelerregenden« Kreaturen aus Bulgarien, China, Indien, Irak, Jugoslawien, Rußland und Ungarn einem jugendlichen Lesepublikum (11 bis 15 Jahre) vor. Chambers berichtet über einen Vampir in Bulgarien, der durch Geisterfinger, die einen Zaubergegenstand halten, auf einen Baum gejagt wird. Dort wartet als Falle eine mit Blut gefüllte Flasche. In China streut man Reis, Erbsen und Eisenstückchen in das Vampir-Grab. Im jugoslawischen Cossova schaufelte der alte Totengräber den Vampir-Körper wieder aus. In Indien ähnelt der Vampir einer Mischung aus Spinne und Qualle. Im Irak wird die Vampir-Asche in den Tigris gestreut, und in Rußland kann ein schlauer Bauer mit dem Leichentuch eines Vampirs tote Kinder wieder lebendig machen.

Feministen-Vampir
Charnas, Suzy McKee

Suzy McKee Charnas wurde 1939 in New York geboren und begann in den siebziger Jahren Sciencefiction und Fantasy zu schreiben. Die Charnas studierte Musik, Kunst und dazu Wirtschaftsgeschichte, war Lehrerin und arbeitete für das Friedenskorps in Nigeria. Sie engagierte sich bei der Bekämpfung des Drogenmißbrauchs und arbeitete eine Zeitlang als psychologische Beraterin in Krankenhäusern und Schulen. 1968 heiratete sie einen Rechtsanwalt und lebt seit 1969 in Albuquerque, New Mexico.

1974 erschien ihr erster Roman, *Walk to the End of the World (Tochter der Apokalypse)*. Sie schildert darin eine postnukleare Gesellschaft, die auf patriarchalischer Sklavenhaltung beruht, und engagiert sich dabei für die entrechteten Frauen – allerdings so drastisch, daß dabei eine Art Anti-*Gor* (chauvinistische Fantasy-Romane von John Norman) herauskam, von dem sich die Autorin später selbst distanzierte. Die schon etwas moderatere Fortsetzung *Motherlines (Alldera und die Amazonen)* erschien 1978 und schildert die weiteren Abenteuer der Heldin Alldera unter Amazonen, die sich von Pferdehengsten begatten lassen.

Als ihre bislang beste Arbeit gilt der Soft-Horrorroman *Der Vampir-Baldachin (The Vampire Tapestry*, 1980), eine moderne Version des alten Vampir-Themas. Im Mittelpunkt der Handlung steht Dr. Edward Weyland. Er ist ein brillanter Anthropologe und charmant noch dazu – besonders zu den Damen. Aber das muß er auch sein, wenn er seinen ungeheuren Hunger stillen will – an den makellosen Hälsen schöner Frauen. Denn Dr. Edward Weyland ist ein Vampir, der mitten in der hektischen, komplexen Welt des modernen Amerika lebt. Immer wieder muß er sich schnell verändernden Situationen anpassen, wenn er weiterhin erfolgreich auf die Jagd gehen will, denn eigentlich ist das schnelllebige 20. Jahrhundert nicht die ideale Zeitepoche für einen

Vampir. Zu viele Gefahren lauern auf ihn. Und so muß Dr. Edward Weyland oft seinen Standort wechseln. Von den Hörsälen der Universität über die Ritualmessen der New Yorker Okkultisten bis hin zu dem bunten Treiben an der Oper von Santa Fe führt ihn die Jagd nach drallen Frauenhälsen, bis das unersättliche Raubtier selbst zum Gejagten wird.
Peter S. Beagle, der Autor von *Das letzte Einhorn,* hält das Buch der Charnas »für den besten Vampirroman, den ich jemals gelesen habe!«. Und der Horror-Häuptling Stephen King schwärmt: »Schaurig, unterhaltsam, aufregend … und kann das Buch nicht aus der Hand legen!«

Katzen-Vampir
Cheap, Susan

Susan Cheap wurde 1961 in einer Kleinstadt im Ruhrgebiet geboren. Längerer Aufenthalt in England und Wales. In *Auf dem Land* (1988) fallen zwei Stadtmädels auf einen weiblichen Vampir herein, der sich in Gestalt einer Katze ihr Vertrauen erschlichen hat. Die Autorin hat Biologie studiert.

Vampir-Pfaffen
Chesterton, G. K.

Gilbert Keith Chesterton, 1874 in London geboren, entstammte einer wohlhabenden protestantischen Familie. Nach dem Besuch einer Kunstschule begann er seine journalistische Tätigkeit bei liberalen Zeitschriften, machte sich jedoch bald auch als freier Schriftsteller einen Namen. Immer wieder überraschte er seine Leser mit Paradoxen, Parodien, Witz, Humor und verblüffenden Effekten. Chesterton hat die Kriminalliteratur um eine unvergeßliche Figur bereichert: den wunderlich scheinenden, liebenswürdigen Priester-Detektiv Pater Brown, der zum Tatmotiv und zum Täter selbst nicht durch raffiniertes Kombinieren oder durch kriminologische Methodik gelangt, sondern indem er sich ganz in die Seele des Verbrechers hineinzuleben versucht. G. K. Chesterton starb 1936 in Beaconsfield.
Der Marquis von Marne hat sich vor mehr als zwanzig Jahren völlig aus der Gesellschaft zurückgezogen. Es heißt, er sei in religiöse Melancholie verfallen

und dem Wahnsinn nahe. Man sagt, die Pfaffen hätten sich seiner bemächtigt. »Dieser verfluchte Aberglaube«, schnaubt ein Zeitungsmacher, der in der Erzählung *Der Marquise von Marne* als Katholikenfresser fungiert. »Das sollte man wirklich an die große Glocke hängen. Machen sich also diese elenden Vampire an einen Mann heran, der dem Staat und der Welt zweifellos noch große Dienste hätte erweisen können, und saugen ihm das Blut aus den Adern. Ich wette, bei ihren unnatürlichen Ansichten über Welt und Leben haben sie ihn nicht einmal heiraten lassen.«

Pater Brown ist von dieser Gleichsetzung katholischer Pfaffen und Mönche mit Vampiren wenig begeistert und mischt sich in die Angelegenheit ein. »Nehmen wir einmal an«, sagt er, »wir Geistlichen wären wirklich solche lebensfeindlichen Vampire, die darauf aus sind, das Glück der Menschen zu zerstören. Nehmen Sie also einmal an, ich sei ein solcher Vampir.« Pater Brown gelingt es, die wahren Gründe über die eigenartige Zurückgezogenheit des Marquis von Marne in Erfahrung zu bringen. »Ich habe mir ja gleich gedacht, daß es keine mönchischen Vampire brauche, um unglücklich zu sein.«

Als Pater Brown auch diesen Fall aufgeklärt hat, sagt er die abschließenden Worte: »Ich wußte von Anfang an, daß diese Geschichte der Versklavung des Marquis durch finstere Mönche purer Unsinn sein mußte. So etwas gibt es nur in Schauerromanen.« Chesterton war ein ausgesprochener Holmes-Afficionado und erweist mit diesem Satz dem von ihm verehrten Arthur Conan Doyle seine Referenz. Als Sherlock Holmes einen Fall von angeblichem Vampirismus in der Grafschaft Lumberley aufklärte, sagte er: »Die Idee mit Vampiren erschien mir doch zu absurd. Solche Dinge geschehen in der Verbrecherszene Englands nicht.«

Chesterton trat von der anglikanischen Kirche zum Katholizismus über, der für ihn auf dem gesunden Menschenverstand beruht. Er argumentierte, daß das Sonderbare dieses Glaubens sich dem Sonderbaren des Universums anpaßt, wie die merkwürdige Form eines Schlüssels sich der merkwürdigen Form eines Schlüsselloches anpaßt.

»Der Katholizismus Chestertons schadete seinem Ruhm in England, denn die Leute blieben dabei, ihn zu einem bloßen katholischen Propagandisten abzustempeln. Unleugbar war er das, aber er war auch ein großer Prosaschriftsteller und Lyriker« (Borges).

Bei der Verbreitung des Vampirglaubens spielte die römisch-katholische Kirche eine nicht unerhebliche Rolle. Vielleicht war diese Tatsache Chesterton bekannt, und seine Erzählung *Der Marquis von Marne* stellt den Versuch dar, den rechten Glauben zu verteidigen. »Die katholische Kirche war im Zuge der Türkenkriege zwischen dem 15. und 18. Jahrhundert bestrebt, unter der vorwiegend griechisch-orthodoxen sowie der islamisch gläubigen Bevölkerung des Balkans ihre eher unbedeutende Position zu behaupten und zu erweitern. Aus diesem Grunde machte sie sich um 1600 verstärkt die dort herrschende Furcht vor vampirischen Wiedergängern zunutze, indem sie diese zu das Seelenheil bedrohende Verbündeten des Teufels ernannte. Damit enthob sie die ursprünglich ›ideologiefreie‹ Schreckensfigur ihrem heidnischen Umfeld und rückte sie – als warnendes Mahnmal nun mit einer moralischen Bedeutung versehen – in einen christlichen Kontext. Diese neue Funktion in Rechnung stellend, bewirkten Vertreter der römischen Kirche eine sukzessive Veränderung der volkstümlichen Vorstellungen. So kannte der heidnische Aberglaube vorwiegend zufällige und unverschuldete Gründe, die den Menschen dazu verdammten, sich nach dem Tode in einen Vampir zu verwandeln; es genügte zum Beispiel, mit einem Zahn auf die Welt zu kommen, als siebtes Kind einer Familie geboren zu werden oder Opfer eines ungerächten Mordes zu sein. Darüber hinaus wurde jeder zu einer solchen Kreatur, der zu Lebzeiten von einem blutrünstigen Wiedergänger angefallen worden war. Nachdem die Kirche sich des slawischen Mythos angenommen hatte, drohte auch derjenige als Vampir aus dem Grab zurückzukehren, der in irgendeiner Form gegen die kirchlichen Gesetze verstoßen hatte. Dazu gehörten neben Verbrechern, Exkommunizierten und Toten ohne Sterbesakramente auch Personen, die sich dem Studium der Schwarzen Magie und okkulten Wissenschaften verschrieben hatten. Daß zum Islam konvertierte Christen nun ebenso als gefährdet galten, belegt die Verwendung abergläubischer Ängste im Religionskampf zwischen Ost und West besonders deutlich. Der christliche Einfluß zeigt sich ferner in den zahlreichen Maßnahmen, die vor der Attacke eines Vampirs schützen sowie die Ungeheuer selbst vernichten sollten. Bestand bei einem Menschen aus den oben genannten Gründen die Gefahr, nach dem Tode als Blutsauger zurückzukehren, empfahl der heidnische Volksglaube für die Bestattung des Verdächtigen die unterschiedlichsten Vorkehrungen. In einigen Ländern genügte es, den Verstorbenen tiefer als gewöhnlich oder auf dem Bauch liegend zu begraben, um ein selbständiges Herausgraben des Wiedergängers zu erschweren. In Dalmatien durchschnitt man die Beinmuskeln des Leichnams, um ein späteres Umherlaufen des Untoten zu verhindern. Kam es trotz dieser vorsorglichen Handlungen zu einer ›Auferstehung‹ als Vampir, verteidigte sich die Bevölkerung vor einem eventuellen Angriff, indem sie im ganzen Haus frische Knoblauchknollen verteilte. Das Monstrum selbst wurde vernichtet, indem man bei Tage sein Grab öffnete, den unverwesten Körper verbrannte, köpfte oder pfählte.

Im modifizierten Aberglauben jedoch erhielten sowohl die Vernichtungsweisen als auch die Schutzmöglichkeiten jeweils eine speziell christliche Bedeutung. In erster Linie galten diejenigen Personen als sicher vor einem Angriff, die ein frommes, die Gesetze der Kirche befolgendes Leben führten. Kruzifix und Weihwasser wurden zu wirkungsvollen Mitteln, das Grab eines Wiedergängers zu versiegeln. Die endgültige Zerstörung des Wesens konnte nur ein Priester betreiben, da er als Diener Gottes über die notwendigen Privilegien verfügte, den ›advocatus diaboli‹ unschädlich zu machen. Die Methoden waren denen der heidnischen vergleichbar, wurden aber von der christlichen Lehre adaptiert. So mußten für die Pfählung der Leichen Holzstecken verwendet werden, die aus der gleichen Holzart wie das Kreuz Jesu gefertigt waren. Je nach Region hielt man Dorn-, Espen- oder Eschenholz für das Material, aus dem das Kreuz Christi hergestellt worden war. Nur in seltenen Fällen hingegen wurde ein des Vampirismus verdächtiger Toter verbrannt. Zum einen gehörte die Kremation des Körpers einem heidnischen Brauch an, von dem sich das Christentum gerade auf dem Balkan abzugrenzen versuchte, zum anderen – und dieser Aspekt galt als der entscheidendere – widersprach diese der Lehre von der Auferstehung des Leibes« (Pütz).

Vampir-Alkoholiker

Chetwynd-Hayes, Ronald

Der frühere Möbelverkäufer Ronald Chetwynd-Hayes (geboren 1919 in Isleworth, Middlesex) begann seine literarische Karriere als Science-fiction-Autor *(The Man from the Bomb/Der ewige Kreis,* 1961). 1971 sattelte er auf Weird-fiction-Literatur um und veröffentlichte einen ersten Band mit traditionell ausgerichteten Horror-Geschichten *(The Unbidden)*. Zwar erreichte er als Autor weder Bekanntsheitsgrad noch Niveau prominenter englischer Kollegen wie Ramsey Campbell oder Robert Aickman, aber Leser, die die Kurzgeschichten eines Robert Bloch oder Manly Wade Wellman zu schätzen wissen, sind mit Chetwynd-Hayes bestens bedient.

In den siebziger Jahren zumindest war Chetwynd-Hayes in deutschen Landen kein Unbekannter, wie eine Liste seiner veröffentlichten Story-Sammlungen beweist: *Teufelskrallen,* 1974 *(The Unbidden); Leichenschmaus*, 1975 *(The Cold Terror); Horror-Zeit*, 1977 *(The Night Ghouls); Labyrinth des Schreckens*, 1978; *6 × panische Nächte*, 1978; *Der Monster-Club*, 1979 *(The Monster Club); Der Dämon in der Wiege*, 1980 *(Cradle Demon)*.

Nicht gerade mit Ruhm bekleckert hat sich Chetwynd-Hayes mit *Der konservierte Urgroßvater (Great-Granddad Walks Again,* 1973), einer Geschichte, in der ein zahnloser alkoholsüchtiger Vampir-Greis in einer mit Whisky gefüllten Badewanne als Sarg dem Sonnenuntergang entgegenfiebert. Eine andere Vampirgeschichte von Chetwynd-Hayes, *Der Werwolf und der Vampir (The Werwolf and the Vampire*, 1975) findet sich in dem Band *Der Monster-Club*. Der Titel allein läßt schon Schlimmes ahnen. Eine weitere vampirartige Kreatur, die sich von Lebensenergie ernährt und der das Tageslicht Verbrennungen verursacht, kann der Leser in der Chetwynd-Hayes-Story *Der Fluchtdämon (The Fly-By-Night*. 1975) aufscheuchen.

Vampir-Weib
Cocker, Phyllis

Ob es sich bei dem Namen Phyllis Cocker um ein deutsches Verlags-Pseudonym oder um den Namen eines englischen oder amerikanischen Autors handelt, ist nicht bekannt. Von dem Vornamen Phyllis auf eine Autorin zu schließen ist riskant. In der deutschen Romanheft-Szene wechselten die Autoren in ihren Pseudonymen die Geschlechtszugehörigkeit wie andere Leute die Unterhose. In den Jahren 1974 bis 1976 erschienen von Phyllis Cocker circa zwanzig Horror-Heftromane und vier jeweils 150 Seiten starke Grusel-Romane, darunter der gänzlich in die Hose gegangene Band *Das Vampirweib* (1975).

Vampir-Doktor
Copper, Basil

Basil Copper (geboren 1924 in London) startete seine Schriftsteller-Karriere als Autor von Kriminal-Romanen. Ende der sechziger Jahre sattelte er dann auf Phantastik um. Kritiker vergleichen ihn gerne mit eher traditionell ausgerichteten Autoren wie Robert Aickman und Ramsey Campbell. Seine besten Horror-Erzählungen erschienen in August Derleths Arkham-House-Verlag. Seinen bedauerlicherweise nicht ins Deutsche übersetzten Roman *The Great White Space* schrieb er in Anlehnung an H. P. Lovecrafts Meisterwerk *At the Mountains of Madness (Berge des Wahnsinns)*. Basil Copper setzte sich auch als Essayist mit dem Phantastischen auseinander. Basil Copper verfaßte eine Studie zum Werwolf-Thema und das Buch *The Vampire: in Legend, Fact and Art*, das in Deutschland unter dem Titel *Der Vampir in Legende, Kunst und Wirklichkeit* veröffentlicht wurde. Für die 1968 von dem auch in Deutschland bekannten Grusel-Spezialisten Peter Haining zusammengestellte Vampir-Anthologie *The Midnight People* (deutscher Titel: *Stunde der Vampire)* verfaßte der Schriftsteller Basil Copper die Geschichte von *Dr. Porthos*. Dieser Dr. Porthos wird von einem eifersüchtigen Ehemann verdächtigt, sich nach Vampirart an seiner Ehefrau vergangen zu haben. Schließlich muß der brave Mann nach einigen Recherchen erkennen, daß er selbst der blutsaugende Unhold ist. Basil Coppers gute Vampir-Story ist leider in einer Flut ähnlich gearteter Vampir-Geschichten untergegangen.

Vampire in Italien

Crawford, Francis Marion

Der amerikanische Autor Francis Marion Crawford wurde 1854 in dem italienischen Städtchen Bagni di Lucca geboren und starb 1909 in Sorrento. Zu seiner Zeit war er das, was man heute mit dem Begriff Bestseller-Autor belegt. Unter den 32 Bänden seiner Gesammelten Werke findet sich der Roman *The Witch of Prague (Die Hexe von Prag)*, in dem Crawford ein Interesse an okkulten Dingen erkennen läßt.

In anderen seiner Romane wie *Zaroaster* (ins Deutsche übersetzt) oder *Khaled* neigt der Schriftsteller Francis Marion Crawford mehr der Fantasy zu. Der kenntnisreiche Schreiber Crawford verfaßte auch einige ziemlich blutrünstige phantastische Geschichten, wie die häufig anthologisierte Gespenster-Story *Die obere Koje (The Upper Berth)*.

Zwei Jahre nach dem Tod von Basil Copper wurde seine Vampir-Geschichte *Denn das Blut ist das Leben (For the Blood is the Life*, 1911) veröffentlicht. Diese Copper-Story spielt in seinem Geburtsland Italien; es ist ein traditionell gestricktes Erzähl-Garn mit starken Anleihen bei Gautiers Grusel-Geschichte *Die liebende Tote*.

D

Vampire in St. Tropez
Damon, Roger

Hinter dem Pseudonym Roger Damon versteckt sich der Horror-Heftroman-Autor Roland Rosenbauer. In den Jahren 1976 bis 1985 verfaßte er unter diesem Pseudonym, das er sich mit anderen Autoren teilte, zwei bis drei Dutzend Horror-Hefte, unter ihnen die Romane *Von Vampiren gekapert* (1976), *Die Untoten von St. Tropez* (1976) und *Vampir-Legende* (1980).

Vampir-Aufstand
Danger, Damion

Helmut Rellergerd, besser bekannt als Jason Dark, der Autor Hunderter von Heftromanen um den Geisterjäger John Sinclair, verfaßte unter einem weiteren Pseudonym als Damion Danger die beiden Horror-Heftromane *Arena der Schlangen* (1978) und *Aufstand der Vampire* (1979). Im *Aufstand der Vampire* veranstalten die Blutsauger im Kampf um die Herrschaft über die Donaumetropole Wien eine gnadenlose Jagd auf ihre vor Angst zitternden Dämonen-Konkurrenten aus der Unterwelt.

Super-Vampir
Dark, Jason

Seit zwanzig Jahren schickt Jason Dark Woche für Woche seinen *Geisterjäger John Sinclair* zur Jagd gegen Dämonen und Gespenster, Ghoule, Satanisten, Vampire und andere Kreaturen der Finsternis. Über 150 Taschenbücher mit schwarzem Umschlag und düsterem Motiv und mehr als 800 Heftromane sind seit 1973 unter dem Titel des Geisterjägers John Sinclair, Oberinspektor beim britischen Scotland Yard, erschienen. Ihre Gesamtauflage: weit über 150 Millionen Exemplare.
Hinter dem Pseudonym des Erfolgsautors verbirgt sich Helmut

Rellergerd, geboren 1945 in Dahle. Rellergerd schreibt seit seiner Bundeswehrzeit. Er begann beim Bund mit Kriminalstories und wechselte dann ins Western-Fach. Nach der Dienstzeit verwarf er sein ursprüngliches Ziel, Chemie-Ingenieur zu studieren, und wurde Redakteur bei einem großen deutschen Taschenbuch-Verlag, für den er 1973 die erste Sinclair-Folge schrieb. Damals noch für die Serie *Gespenster-Krimi*. Doch Rellergerds Inspektor wurde rasch so populär, daß er ausgegliedert wurde und seine eigene Reihe erhielt. Neben John Sinclair schreibt Rellergerd noch andere Romane und auch Kinderbücher. Zum Pseudonym kam Rellergerd durch die Fernsehserie *Jason King* in den siebziger Jahren, bei deren Titel er nur ein »dark« für »dunkel« und »gruselig« eintauschte. Übrigens ein Seitenhieb gegen seine Frau, die den Hauptdarsteller der Serie nicht leiden konnte. Dabei ist seine Frau Rellergerds größtes Kapital als Serienautor: »Sie nimmt mir die ganzen häuslichen Probleme ab. Das Verwurzeltsein in der Familie heißt mein Erfolgsrezept.«

Jede Woche ein neues Abenteuer, 150 Seiten bedrucktes Papier, Spannung und Grusel von der ersten bis zur letzten Seite – das erfordert dreierlei: Phantasie, Selbstdisziplin und eine schnelle Feder. Die ist bei Rellergerd mechanisch. Da mögen die Computer noch so schnell sein, Jason Dark hackt seine Texte in die Schreibmaschine. Vielleicht weil so ein Ding ohne »einfügen« und »löschen« mehr Disziplin beim Schreiben erfordert. An der mangelt es Rellergerd sicherlich nicht. Disziplin, so sagt er, sei der eigentliche Schlüssel zum Erfolg, wenn man Serien schreibe. Wie ein Büroangestellter fährt er Morgen für Morgen ins Büro des Verlages in Bergisch Gladbach. Er braucht einfach das Gefühl, in die Arbeit zu gehen. Pünktlich um Viertel vor acht sitzt er hinter seiner 33 Jahre alten gußeisernen Olympia und wird zu Jason Dark. Zwischen dreißig und vierzig Seiten schafft er an einem einzigen Vormittag. In drei Tagen ist ein kompletter *Sinclair* fertig.

Dabei leistet sich Dark alias Rellergerd nicht den Luxus eines Story-Konzeptes oder Ablauf-Gerüsts: »Wenn ich das erste Blatt einspanne. habe ich eine Idee und fange einfach an, aber weiß noch nicht, wie es auf Seite 30 weitergeht – ich lasse mich selbst überraschen«, verrät der Autor in unverfälschtem Ruhrpott-Akzent. Doch er hat keine Angst, die Ideen könnten ihm ausgehen. Dark schöpft aus allen Begebenheiten und Ereignissen des Alltags. Er läßt John Sinclair nicht nur in England auf Geisterjagd gehen, sondern verschlägt ihn bis nach New York mit seiner Beretta und den Spezialpatronen aus Silber. Auch in Deutschland ermittelt der Grusel-Kriminaler. Schließlich lauern die Dämonen nicht nur in London, sondern auch in Köln.

Beim Aufbau seiner Geschichten hält sich Jason Dark weniger an literarische Maßgaben oder gar Vorbilder, sondern eher an den filmischen Szenenaufbau. »Ich versuche durch meine Schreibe Geschichten zu transportieren, wie ein Film auf der Leinwand abläuft«, beschreibt Dark.

Inzwischen hat Sinclair längst den deutschen Sprachraum überwunden. Auch Grusel-Fans in Frankreich und Holland, in Finnland und sogar Brasilien begleiten den Geisterjäger in Lizenzausgaben. Ein Ende des Erfolgs ist nach zwanzig Jahren Dienstzeit nicht zu sehen. Und es ist sogar unwahrscheinlich, daß Jason Dark seinen Inspektor in Rente schickt. »Notfalls«, so gibt Rellergerd alias Dark während eines Interviews zu Protokoll, »schreibe ich noch als Untoter weiter.«

Apropos »Untote«: Die Untoten, Blutsauger und Vampire genannten Kreaturen der Finsternis begleiteten den Heftroman-Autor von Anfang an. Gleich der erste Text, den Jason Dark 1973 als Profi für die Heftroman-Reihe *Gespenster-Krimi* verfaßte, war eine Vampir-Story. Titel: *Bei Vollmond holt dich der Vampir.* 1974 schrieb er für dieselbe Reihe *Friedhof der Vampire* und *Die Bräute des Vampirs*. 1975 folgten die Heftromane *Der Blutgraf, Hochzeit der Vampire* und 1977 *Flugvampire greifen an.*

Es gibt noch einen anderen Heftroman von Helmut Rellergerd mit dem Titel *Aufstand der Vampire*, den er 1979 unter einem weiteren Pseudonym, als Damion Danger, veröffentlichte.

Als Jason Dark 1978 begann, die Heftromane für die *Geisterjäger*

John Sinclair-Reihe zu schreiben, mußten wiederum die Vampire herhalten. In Band Nummer 1 muß sich John Sinclair *Im Nachtclub der Vampire* herumtreiben. Die Vampire schienen Jason Dark nicht mehr loszulassen. 1979 verfaßte er einen aus den Bänden *Der Pfähler* (I), *Dracula gibt sich die Ehre* (II) und *Die Vampirfalle* (III) bestehenden Vampir-Dreiteiler. Auch die ganzen achtziger Jahre über blieb Jason Dark den Vampiren treu und verfaßte im Laufe der Zeit einen dicken Stapel John-Sinclair-Heftromane, in denen die vampirischen Unholde fröhliche Urstände feiern. Einige Titel aus dieser Zeit sind: *Die Eisvampire* (1981); *Im Land des Vampirs* (I), *Schreie in der Horror-Gruft* (II), *Mein Todesurteil* (III); die genannten drei Bände erschienen 1981.

Ferner fütterte Jason Dark noch seine Schreibmaschine mit: *Der Mitternachts-Vampir* (1982); *Das Vampirnest* (1982); *In den Krallen der roten Vampire* (1982); *Vampir-Kosmetik* (1983); *Der Seelen-Vampir* (I) und *Verdammt und begraben* (II) (beide 1983); *Turm der weißen Vampire* (1983); *Mandraka, der Schwarzblut-Vampir* (I) und *Der Verräter* (II) (beide 1984); *Vampir-Witwen* (1984); *Vampire und Petrila* (I), *Kampf um Lady X* (II), *Vampir-Schlangen* (III) (die genannten drei Bände erschienen 1985); *Das Vampir-Internat* (1986); *Vampir-Geschwister* (1986); *Der Vampir, die Mörderin und ich* (1988); *Der Vampir-Gnom* (1989); *Teufel im Leib* (I) und *Vampirnest* (II) (beide 1989); *Vampir-Gespenster* (I) und *Brennendes Blut* (II) (beide 1989); *Der Blutstein* (1989); *Vampir-Katzen* (1989).

Auch in den Taschenbuch-Ausgaben der John-Sinclair-Reihe kommen Jason Darks Blutrünstler nicht zu kurz; sie treiben ihr Unwesen in Bänden wie *Vampirwelt; Der Blutpirat; Die Vampirflotte* (1981); *Disco-Dracula* (1981); *Geheimbund der Vampire* (1983); *Die Vampir-Polizei* (1986); *Mein Flirt mit der Blutfrau* (1987); *Gier nach Blut* (1994).

Jason Dark hat sich eine vampirische Kreatur ausgedacht, die er wenig originell *Dracula II* (so auch der Titel des Romans aus dem Jahre 1990) nennt. Bei diesem Dracula-Nachfolger handelt es sich um einen BKA-Kommissar namens Mallmann, einen Ex-Kollegen von John Sinclair. Mallmann mutiert zu einem Blutsauger, mopst einen Blutstein, »der gefüllt ist mit dem gestockten Blut der Opfer des echten Dracula«, und schlägt sein Hauptquartier in einem Kloster in Rumänien auf, nachdem er zuvor die Mönche des Klosters in seine willfährigen Kreaturen verwandelt hat. In Rumänien, dem Vaterland der Vampire, aber wimmelt es geradezu von berufsmäßigen Vampir-Jägern, die mit Flitzebogen, Pfeilen und Pfählen aus Eichenholz (die meisten Autoren nehmen dazu Eschenholz) Dracula II (mit einem blutroten »D« auf der Stirn) und seiner unreinen Brut ans Leder wollen.

Einer dieser Kämpfer gegen Dracula II und seine Vampir-Schwadronen ist der von Jason Dark liebevoll und sympathisch gezeichnete alte Haudegen Frantisek Marek, genannt »der Pfähler«, der, allzeit bereit, immer einen Pfahl aus (Eschen-)Holz mit sich führt. Der eigens aus England eingeflogene »Geisterjäger« tapst wie ein Gimpel in eine von Dracula II gestellte Falle und wird von dem »Super-Vampir« nach Strich und Faden verarscht und verhaut. In einem anderen Abenteuer, das sich Jason Dark für seine Helden Frantisek Marek und John Sinclair ausgedacht hat *(Hüte dich vor Dracula*, 1989), löst der sympathische rumänische Vampir-Jäger das Rätsel um den ominösen Blutstein, der in den Gewölben eines längst verfallenen Schlosses von einem stinkenden, uralten Vampir bewacht wird. »Der Blutstein enthält das Blut der Opfer von Vlad Dracule. Das Blut ist magisch verseucht. Es enthält einen Keim, einen ungewöhnlich schlimmen Keim. Wer dieses verseuchte Blut trinkt, wird zum Vampir. Es bringt Unheil und läßt den Geist Vlad Dracules wiederauferstehen.« Der Pfähler jettet nach London, um den Blutsteindieb Dracula II zu stellen. Ausgerechnet in einer Boutique, in der Nachwuchs-Grufties ihren Bedarf an Friedhofs-Utensilien decken, stöbert er die Dracula II genannte blutsteindiebische Vampir-Nachgeburt auf. Doch dann taucht wieder dieser unvermeidliche, nichtrauchende, salatfressende, beamtete Scotland-Yard-Geisterjäger-Biederling mit seiner Holzpfropfen-Pistole und dem Rosenkranz auf, und so entwischt die

Kreatur wieder. Weitere Stories, in denen John Sinclair dem rumänischen Vampir-Jäger Frantisek Marek im Wege herumsteht, sind unter anderen die Bände *Vampir-Express* (1984). *Draculas Eisleichen* (1991) und *Bis daß euch der Pfähler holt!* (1994).

Vampir-Ritter
Davenport, Neal

Neal Davenport gehörte zusammen mit Paul Wolf (das ist Ernst Vlcek) und Earl Warten (das ist Walter Appel) zu den Machern und Hauptautoren der Heftroman-Reihe *Dämonenkiller* (1974 bis 1977), die bis weit in die achtziger Jahre hinein regen Zuspruch bei den Grusel-Fans fand. Hinter dem Pseudonym Neal Davenport steckt der 1942 in Wien geborene Kurt Luif. Gegen Ende der sechziger Jahre gab er seinen Beruf als Exportleiter auf, gründete eine literarische Agentur und begann regelmäßig zu schreiben. Hierbei lagen seine Hauptaktivitäten im Horror- und Gruselbereich. Er veröffentlichte circa 150 Heftromane und mehr als 100 Stories unter den Pseudonymen Neal Davenport und James R. Burcette. Kurt Luif setzt in seinen Arbeiten das Vampir-Motiv mit einer gewissen Zurückhaltung ein. Für die Reihe *Dämonenkiller* verfaßte er unter dem Pseudonym Neal Davenport die Heftromane *Die Bluteule* (1976), in dem ein weiblicher Vampir mit dem Namen Lackeen sein Unwesen treibt, und *Der untote Kreuzritter* (1986), in dem der Vampir Rebecca sich kreuz und quer durch Europa saugt.

Vampir-Versager
Dee, Ron

Der Autor Ron Dee schreibt über den 26jährigen Neville, einen ausgesprochenen Versager. Der naive Neville wird beim Petting mit einem lustgierigen Vampir-Mädchen innerhalb von fünf Minuten der Lebenssaft ausgesaugt. Doch auch als Vampir stümpert Neville weiter wie zu seinen Lebzeiten als Gimpel.

Vampir-Tante
De la Mare, Walter

Der englische Erzähler Walter de la Mare (1873 Charlton – 1956 Twickenham) vermittelt dem

Leser kein gewaltsames, massives, grobschlächtiges Grauen von Blut, Grüften und Monstern. In seiner berühmtesten Novelle *Seatons Tante (Seaton's Aunt*, 1921) »verzichtet er fast gänzlich auf die Beschreibung konkreter übernatürlicher Ereignisse und arbeitet vielmehr mit einer höchst raffinierten Andeutungstechnik« (Zondergeld), die manche Kenner der phantastischen Literatur dazu verleitet hat, hinter Seatons Tante, einer verkauzten Alten mit den komischsten Mucken, etwas Vampirhaftes zu wittern.

Vampir-Droge

de Lorca, Frank KG

Unter dem gemeinsamen Pseudonym Frank de Lorca verfaßten in den Jahren 1973 bis 1984 fünfzehn Autoren etwa achtzig Horror-Heftromane. Gerhard Hartsch schrieb als Frank de Lorca das Romanheft *Die Mordnacht des Vampirs* (1974), in dem sich ein halbverrückter Wissenschaftler mittels einer selbst zusammengepanschten Droge in eine blutrünstige Vampir-Bestie verwandelt. Aus der Feder von Frank Helgath alias Frank de Lorca stammt der Heftroman *Und nachts kam der Vampir* (1975).

Vampir in Fesseln

Dempf, Peter KG

Der Meister des Bambino Visto heißt die Story von Peter Dempf für die Anthologie *Draculas Rückkehr.*

Bei der Wiederherstellung eines alten Ölgemäldes entdeckt der Restaurator Franco Carfi auf einer Altartafel aus dem Jahre 1400, die das Jüngste Gericht darstellen soll, eine Figur, über deren Hände wahrscheinlich nachträglich Handschellen mit schweren Ketten gemalt worden sind: »Eine Frau, mitten im Bild, die gerade einem Sarkophag entsteigt.« Der Restaurator entfernt von der Figur die Ketten und muß erleben, daß diese doch ihren Sinn hatten. Die Frau im Gemälde ist eine Vampirin. Sie kommt aus dem Bild und fällt über den Maler her. Die Freundin des Malers kann dessen schier unglaublichen Bericht auf seinem Kassettenrecorder hören. Nachdem sie es zu Ende gehört hat, verläßt sie zusammen mit Franco, der unvermittelt aus dem Dunkel auftaucht, das Atelier: »Gehüllt in einen langen Mantel und barfuß.« Peter Dempf schrieb nach dieser Kurzgeschichte den Historien-Roman über ein Bild: *Das Geheimnis des Hieronymus Bosch.* Folgen soll dem ein Historien-Roman über den Schuster Salomon Idler im belagerten Augsburg, der das Geheimnis der Flugmaschine durch Skizzen von Leonardo da Vinci herausfindet.

Vampir-Museum
Derleth, August

August Derleth hat sich als Weggefährte und Herausgeber der Werke H. P. Lovecrafts ein Ehrenplätzchen in den dunklen Hallen der Horror-Literatur ergattert. Es ist vor allem seinen umtriebigen Bemühungen zu verdanken, daß die Erzählungen Lovecrafts, dieses Großmeisters der Horror-Literatur, nicht der Vergessenheit anheimfielen und schließlich den Kultstatus erlangten, den sie heute besitzen. August Derleth wurde 1909 in Sauk City geboren, wo er 1971 auch starb. Derleth war deutscher Abstammung, ein Vorfahr, behauptete er, sei ein emigrierter französischer Adeliger gewesen, der Comte d'Erlette.

Derleth war aber auch selbst der Schriftstellerei verfallen und verfaßte eine ganze Latte Heimat-, Detektiv- und Horror-Geschichten – man munkelt von Hunderten von Stories. Darunter finden sich etliche Pastichen zu Lovecrafts »Cthulhu-Mythos«, in denen er seinem geliebten Meister vergeblich nachzueifern versuchte. Eine der ersten Horror-Geschichten, die Derleth fabrizierte, als er als junger Autor in den zwanziger Jahren das erste Mal zur Feder griff, ist seine Erstaunen hervorrufende Vampir-Story *Fledermausruh.* In diese nur wenige Buchseiten beanspruchende Geschichte packte er das gesamte Inventar sämtlicher Vampir-Museen dieser Welt hinein. Diese vor Grusel-Utensilien überquellende Soße würzte er dann auch noch unnötigerweise mit einer Überdosis Lovecraftschem Cthulhu-Pfeffer.

Schönheitsmittel Blut
Desmond, Carol

Ein düsteres Schloß, endlose Kellergewölbe, häßliche Bösewichte, die verfolgte Unschuld und eine wahnsinnige Aristokratin – Carol Desmond (Pseudonym von Edith Pusch) hat so ziemlich alle Zutaten aus der Rumpelkammer der Gothic novel in ihren Heftroman *Die Blutgräfin* aus dem Jahre 1981 hineingepackt. Gräfin Roxane, eine Frau, die das Licht des Tages scheut, ist von dem Wahn besessen, sich ihre Schönheit bis ans Ende ihrer Tage erhalten zu müssen. Der bucklige Arzt Dr. Goblin und sein Faktotum, der skelettartige Spark, helfen ihr dabei. Die beiden Kreaturen zapfen rothaarigen jungen Mädchen den Lebenssaft ab und frischen damit das Blut der halbverrückten Gräfin auf. Blut als Schönheitsmittel. In den Kellern des Schlosses stapeln sich die Leichen der unglücklichen Opfer. Eigentlich keine »echte« Vampirgeschichte, denn bei den beiden Blutdieben handelt es sich ja um keine untoten Wiedergänger.

Donald Duck gegen Dracula
Disney, Walt

Auch vor der heilen Welt Walt Disneys lustiger Truppe Dagobert Duck, Donald Duck, Tick, Trick und Track macht Dracula, der oberste aller Blutsauger, nicht halt. In einem ihrer Abenteuer, das *Der schwarze Diamant* (1994) heißt, verschlägt es die Entenhausener in das Karpatenschloß des vampirischen Unholds. Mit von der Partie sind der allseits beliebte Igor der Postläufer (diesmal ohne Buckel und Hinkefuß), jede Menge Fledermäuse mit Plüschtier-Visagen und der vorwitzige Rabe Nimmermehr, der seinen Namen aus E. A. Poes *The Raven* stibitzt hat. Frech behauptet die Dracula-Comic-Figur von sich, sie sei bereits 800 Jahre alt, um dann schluchzend zu bekennen: »Ich bin das schwarze Schaf der Familie. Bereits der Anblick von Blut verursacht mir furchtbare Übelkeit.« Der karpatische Unhold ist zum Pillenschlukker mutiert und hält sich nur mühsam mit dem Konsum von Blutavit-Kapseln über Wasser.

Vampir-Butler
Dönges, Günther

Von den sechziger bis weit in die siebziger Jahre hinein erfreute sich die Krimi-Serie *Butler Parker* bei den Lesern von Heft-Romanen großer Beliebtheit. Im Mittelpunkt der Stories, die zumeist von Günther Dönges verfaßt wurden, steht der Detektiv aus Leidenschaft, Butler Parker, der seine eigene Methode hat, Verbrechen aufzuklären: nicht wilde Schießereien und Brutalität, sondern Köpfchen und immer neue Tricks. In einigen Bänden der Reihe hetzt der Schriftsteller Dönges, der unter dem Pseudonym Ray D. Carson auch Horror-Romane verfaßte *(Der Vampir von Venedig)*, dem Detektiv-Butler die unheimlichen Blutsauger an den Hals, so in *Der Vampir mit den blonden Haaren* und *Parker sperrt den Vampir ein.*

Vampirjäger Sherlock Holmes
Doyle, Arthur Conan, Sir

Doyle wurde als literarischer Vater der Detektivfigur Sherlock Holmes weltberühmt und zum Mitbegründer des modernen Kriminalromans und der Kriminalistik. *Der Hund von Baskerville*, eine der besten Holmes-Geschichten überhaupt, macht »einen höchst wirksamen Gebrauch vom Spiel mit den Möglichkeiten des Übernatürlichen und Gespenstischen, auch wenn am Ende sich die Lösung als natürlich erweist. Die spannende Novelle mit ihren bewußten Gothic-Elementen ist ein spätes gelungenes Beispiel erklärter Phantastik« (Zondergeld). Doyle schrieb im Laufe seines Lebens aber auch eine Reihe beachtlicher phantastischer Erzählungen, ausgesprochene Grusel-Stories *(Der Schrecken aus der Tiefe)* und Science-fiction-Stories und -Romane *(Die vergessene Welt, Professor Challenger und das Ende der Welt)*. Er bewunderte Sir Walter Scott und veröffentlichte mehrere historische Romane. Bereits in jungen Jahren faszinierten ihn die Stories von Edgar Allan Poe. »In seinen gefühlsmäßigen Reaktionen war Doyle ein geradezu mustergültiger Zeitgenosse der viktorianischen Ära, ein großer, imperialistisch gesinnter, extrovertierter Mensch, der sich dafür pries, von allen Engländern den stärksten Einfluß auf junge Männer auszuüben ...« (Compart).

Arthur Conan Doyle wurde 1859 in Edinburgh geboren. Er besuchte ein von Jesuiten geführtes College in Stonyhurst und verbrachte ein Jahr in einem österreichischen Jesuitengymnasium. Er studierte Medizin und praktizierte als Arzt. Als Schiffsarzt fuhr er auf einem Walfänger zur See.

Der vielseitig begabte Autor erfand die Schwimmweste, spielte Fußball, fuhr als einer der ersten Autorennen und frönte aktiv dem Boxsport. 1900 nahm er als Arzt am Burenkrieg in Südafrika teil. Für seine pro-englische Berichterstattung wurde er anschließend geadelt. Noch vor Beginn des 1. Weltkrieges warnte er die britische Öffentlichkeit vor der Gefahr des U-Boot-Krieges. Die Einführung von Stahlhelmen bei der britischen Armee ist ihm zuzuschreiben. Doyle war ein sehr politisch denkender Mensch. Unter anderem setzte er sich vehement für die Liberalisierung des Scheidungsrechtes ein. In seinen späteren Jahren befaßte sich Doyle mit okkulten Ideen wie Spiritismus und Geisterphotographie. Als er 1930 in Crowborough starb, gehörte er zu den prominentesten Persönlichkeiten des britischen Königreiches.

In der Sherlock-Holmes-Geschichte *Der Vampir von Sussex (The Adventure of the Sussex Vampire*, 1924) erhält der Detektiv den Auftrag, einen Fall von Vampirismus in Lamberley in der Grafschaft Sussex aufzuklären. »Was haben wir mit Leichen zu tun, die man nur im Grabe halten kann, wenn man ihnen einen Stecken durch das Herz treibt?!« ruft der Privatdetektiv empört. Sein Auftraggeber, der Teeimporteur Robert Ferguson, glaubt, seine aus Peru stammende Frau beobachtet zu haben, wie sie vor dem Kinderbettchen gekniet hat: »Der Hals des Kindes war blutig und ebenfalls die Bettwäsche. Der Mund meiner Frau war blutverschmiert. Sie war es, die das Blut des armen Kindes getrunken hatte«, behauptet Ferguson.

Natürlich entwirrt der Detektiv mit dem streng wissenschaftlich-rational funktionierenden Gehirn auch diesen Fall. »Ich hatte die Lösung schon, bevor wir die Baker Street verlassen haben«, äußert er sich in seiner bekannt bescheidenen Art. »Die Idee mit Vampiren erschien mir doch zu absurd. Solche Dinge geschehen

in der Verbrecher-Szene Englands nicht.«
Bei Doyles Detektiv-Vampir-Geschichte handelt es sich um keine Geschichte des übernatürlichen Grauens. Der Fall findet eine natürliche Lösung. Der Autor würzt die Story aber geschickt mit Ingredienzien der phantastischen Literatur. So schreibt er zum Beispiel über das Landhaus des Teehändlers Ferguson: »Durch das ganze langsam zerfallende Gebäude strich ein Geruch von Alter und Verwesung.«
Die Geschichte wurde unter dem Titel *Sherlock Holmes: Der Vampir von Lamberley, 1992 für das englische Fernsehen verfilmt.*
Eine weitere Story von Doyle, in der es vampirisch zugeht, ist *Der Parasit (The Parasite,* 1882). Die Geschichte zeigt eine parapsychisch begabte Frau in der Auseinandersetzung mit ihren Mitmenschen. Das übersinnlich begabte Geschöpf wird hier von außen beschrieben, als bedrohliches Monster, als Seelen-Vampir. Die Geschichte zeigt dem heutigen Leser deutlich, unter welchen sexuellen Ängsten und Frustrationen die viktorianische Zeit gelitten haben muß.

Vampir-Bruder
Dumas, Alexander

Mit seinen Romanen *Der Graf von Monte Christo* und *Die drei Musketiere* wurde Alexander Dumas weltbekannt.
Der Schriftsteller wurde 1802 in dem nördlich von Paris gelegenen Städtchen Villers-Cotterets geboren. Sein Vater war ein auf Haiti geborener Mulatte, der Napoleon Bonaparte auf seinen Feldzügen nach Italien und Ägypten begleitet hatte.
Dumas schrieb über 300 Romane, eine gigantische Leistung, die oft den Charakter fließbandmäßiger Serienarbeit annahm. Mit seinen Büchern verdiente er ein Vermögen, das er aber bald verschwendete. Als er 1870 in Puy bei Dippel an den Folgen eines Schlaganfalls starb, war sein glanzvoller Name fast in Vergessenheit geraten. Dumas war mit den »Friedhofromantikern« Charles Nodier, Gérard de Nerval und Théophile Gautier befreundet. Er bewunderte den schottischen Dichter Sir Walter Scott, den Begründer des historischen Romans, und hatte eine Vorliebe für den deutschen

Romantiker E. T. A. Hoffmann. Dumas, der seine mit historischen Stoffen gespickten Romane oft mit Elementen des Schauerromans versetzte, schrieb auch eine Reihe phantastischer Erzählungen und Romane, unter anderem einen Werwolf-Roman.

Seine phantastischen Erzählungen sammelte er unter dem Titel *Tausendundein Gespenst*, in Anlehnung an die berühmte orientalische Märchensammlung *Tausendundeine Nacht*. Darin findet sich die Vampir-Geschichte *Das Krapak-Gebirge* (1849). Die mit geschichtlichen, geographischen, kulturhistorischen, völkerkundlichen, mythen- und sagenhaften Elementen versehene Handlung spielt im Jahr 1825. Hedwig, eine junge polnische Aristokratin, versucht in den Wirren des polnischen Aufstandes gegen Rußland Zuflucht in einem gastlichen Kloster im Krapak-Gebirge (nach heutiger Schreibung die Karpaten) zu finden. Auf ihrem Weg dorthin wird sie von moldauischen Räubern (oder Aufständischen?) überfallen, deren Anführer Kostaki Angehöriger eines moldauischen (sprich: rumänischen) Fürstengeschlechtes ist.

Aus dieser unbehaglichen Situation wird sie von Gregoriska, dem Bruder des Räuberhauptmanns, befreit. In scheinbarer Sicherheit auf dem Schloß der Brüder angelangt, beginnen die beiden sofort um die Gunst Hedwigs zu buhlen. Die Brüder geraten heftig aneinander, und der eh aussichtslose Kandidat Kostaki stürzt sich selbstmörderisch in das Schwert seines Bruders. Kaum unter der Erde, taucht Kostaki jede Nacht pünktlich um drei Viertel neun Uhr in Hedwigs Zimmer auf und vergeht sich in typisch vampirhafter Manier mehrmals an dem Mädchen. Immer wenn der Blutsauger Hedwig einen Besuch abstattet, verschleiern sich deren Augen; sie streckt die Arme aus und fällt rückwärts auf ihr Bett. »Sie fühlt nur einen heftigen Schmerz am Hals, wonach sie in eine tiefe Lethargie verfällt.« Die gute Hedwig glaubt, »ein Insekt habe sie gebissen«, da sie »etwas wie einen Nadelstich an der Arterie ihres Halses entdeckt«.

Gregoriska versteckt sich in Hedwigs Zimmer und bietet dem Unhold mit geweihtem Schwerte

Einhalt. Kreuzzeichen in die Luft zeichnend, treibt er seinen vampirischen Bruder ins Grab zurück und nagelt ihn mit dem Degen in die Erde. Hedwig wird von den unheilbringenden Vampirküssen geheilt, indem sie sich die mit Blut getränkte Erde aus dem Grab des Blutsaugers auf ihre Bißwunden schmiert.

Mülltonnen-Vampir
Durian, Sibylle

Die Schriftstellerin Sibylle Durian verfaßte für Kinder die bislang in vier Teilen vorliegende *Vampirgeschichte vom bissigen Benjamin:* Im Oktober 1910 fand man den Brauereibesitzer Wilhelm Vampezahn tot auf. Sein Körper war blutleer. Zwei Jahre später kamen sein Sohn Victor, dessen Frau und der 12jährige Enkel Benjamin bei einem Automobilunglück ums Leben. Auch sie sind blutleer. An ihren Hälsen stellt man winzige, punktförmige Verletzungen fest – Bißwunden eines Vampirs? Sicherheitshalber werden die Särge fest verschlossen. Bis in unsere Tage … Im letzten Oktober wurde gegenüber dem Friedhof ein Abrißhaus gesprengt. Durch die Explosion stürzten die Särge von ihren Sockeln, und die Schlösser sprangen auf. Eines Morgens findet Laura in einem Müllcontainer den 12jährigen Benjamin, der dort vor dem Tageslicht Schutz sucht. Nach mehreren Bissen und abenteuerlichen Verfolgungsjagden kommt Laura hinter Benjamins Geheimnis. Allerdings hatte sie sich einen Vampir anders vorgestellt – nicht gerade dick, flugunfähig, kurzsichtig und maßlos ungeschickt. Trotz seiner Bissigkeit und seiner unberechenbaren Launen empfindet Laura Sympathie für Benjamin den Vampir. Eine seltsame Freundschaft bahnt sich an – ganz anders als ihre Freundschaft zu Paul, dem Vampirexperten aus ihrer Klasse.

Vampir für Cineasten
Dybek, Stuart

Die Story *Der Horrorfilm* von Stuart Dybek ist für die Cineasten unter den Phantastik-Fans von Interesse. In der Geschichte geht es nämlich um einen Vampirfilm, der ausschließlich mit farbigen Schauspielern besetzt ist. Baronesse Draculesse.

E

Baronesse Draculesse
Ekker, Ernst

»Baronesse Draculesse räkelte sich in ihrem Sarg. Schlag zwölf sprang sie auf. Sie wollte spazierengehen. Sie wusch sich nicht, sie duschte nicht, sie kämmte sich nicht, sie manikürte ihre Nägel nicht, sie legte keine frische Farbe auf. Sie zog sich nicht einmal um. Das war allerdings auch nicht nötig, da sie ohnehin im Abendkleid schlief.« Die Bekanntschaft dieser unordentlichen Vampir-Frau macht der Leser in einer Grusel-Anthologie für minderjährige Gänsehaut-Fanatiker.

Ernst Ekker, der Autor dieser Vampir-Geschichte wurde 1937 in Idar-Oberstein geboren und lebt heute in Villach/Kärnten. Er schreibt nicht nur Kinderbücher, sondern auch Romane, Hörspiele und Drehbücher.

Ernst Ekker hat schon zahlreiche Preise erhalten, seine Bücher wurden in mehrere Sprachen übersetzt.

Rumänischer Vampir
Eliade, Mircea

Mircea Eliade, geboren 1907 in Bukarest, war Professor für Religionsgeschichte an der Universität Chicago. Er starb 1986 in Chicago. In seinem Roman *Fräulein Christine (Domnisoarara Christiana)* aus dem Jahre 1935 wollte Eliade ursprünglich ein Thema der rumänischen Folklore aufnehmen: die Liebe einer jungen Frau, die seit ihrem Tod ein Vampir ist, zu einem Lebenden. Aus dem alten Stoff wurde aber mehr als eine Schauergeschichte. Die Handlung entwickelte sich auf mehreren Ebenen, und allmählich enthüllt sich, was unter dem banalen Alltag verborgen lag: eine fremde in der vertrauten Welt, in der unbegreifliche Dinge geschehen.
Übersetzung: Edith Silbermann.

Weltkrieg-Vampire
Ewers, Hanns Heinz

Zu den schillerndsten Figuren der deutschen Phantastik gehört neben Gustav Meyrink, Leo Perutz, Karl Hans Strobl, Fritz Ritter von Herzmanovsky-Orlando und Alexander Lernet-Holenia der 1871 in Düsseldorf geborene Hanns Heinz Ewers (gestorben 1943 in Berlin). Ewers mischte seine Romane und Erzählungen mit blutigen Schauereffekten (Kreuzigung einer schwangeren Frau) und sexuellen Perversionen zu sensationellen Horror-Stücken. Er sparte nicht damit, seine Stoffe mit einer kräftigen Dosis »fin de siècle«-Dekadenz zu pfeffern. Berühmt und berüchtigt wurde Ewers durch seinen phantastischen Roman *Alraune. Die Geschichte eines lebenden Wesens* (1911), eine schwerverdauliche Variation über das Motiv der Femme fatale. Die berühmtesten Erzählungen des Skandal-Autors finden sich in den Bänden *Das Grauen* (1908) und *Die Besessenen* (1909). *Das Grauen* enthält allerdings solche unappetitlichen Geschichten wie *Die Tomatensoße* und *Das weiße Mädchen*, von denen man besser die Finger läßt. Viel Lob heimst Ewers auch heute noch für seine Erzählung *Die Spinne* ein, die einen Text von Erckmann-Chatrian zum Ausgangspunkt nimmt. Durchaus erträglich sind auch Erzählungen wie *Die Herzen der Könige, Der schlimmste Verrat* oder *Die Topharbraut.*

Ewers machte sich auch einen Namen als Übersetzer (Villiers de l'Isle-Adam) und als Herausgeber der legendären Buchreihe *Galerie der Phantasten* (1910 bis 1922), in der in umfangreichen Bänden Werke von E. T. A. Hoffmann, Edgar Allan Poe, Oscar Panizza, Karl Hans Strobl, Alfred Kubin, Honoré de Balzac und Gustavo Adolfo Becquer erschienen. Ein Riesen-Geschrei gab es, als er 1922 Friedrich Schillers Roman-Fragment *Die Geisterseher* weiterschrieb; hatte es doch ein »Kolportage-Schreiber« gewagt, sich an einem der größten deutschen Dichter zu vergreifen.

Ewers, der gern den Bürgerschreck markierte, biederte sich in den dreißiger Jahren ähnlich wie sein Schriftsteller-Kollege Karl Hans Strobl bei den braunen Machthabern an – er schrieb den

Nazi-Propaganda-Roman *Horst Wessel*. Allerdings fiel er schon bald in Ungnade, und die meisten seiner Bücher wurden verboten, was aufgrund ihrer dekadenten Themen wohl kaum verwundert. Sein zeitweiliges Engagement während der Hitler-Diktatur erschwerte im deutschen Sprachraum jedenfalls seine Wiederentdeckung. In Frankreich dagegen hat sich der Ruhm Ewers' als phantastischer Erzähler bis heute gehalten.

Vampirische Züge weisen die Ewers-Erzählungen *Die Tomatensoße* und *Das weiße Mädchen* sowie der *Alraune*-Roman auf. Mit einer Erneuerung des alten Vampir-Motivs hatte Ewers aber wenig am Hut. Für ihn besteht zwischen Blut und Eros eine unmittelbare Verbindung. Eine Szene aus *Alraune* mag dies verdeutlichen: »Dann fühlte er, wie etwas Kaltes und Scharfes seine Haut ritzte, und begriff, daß es ein Messer war. Er bewegte sich nicht, wartete still auf den raschen Riß, der sein Herz öffnen sollte. Sie schnitt – langsam und leicht. Nicht sehr tief – aber tief genug, daß sein Blut heiß herausquoll. Ihre Lippen standen halb offen, gierig schob sich die kleine Zungenspitze zwischen die blanken Zähne. Dann, plötzlich, warf sie sich über ihn. Drängte den Mund an die offene Wunde, trank – trank –.«

1920 erschien Ewers' Buch *Vampir. Ein verwilderter Roman in Fetzen und Farben*. In diesem Roman führt Ewers den Ersten Weltkrieg auf einen unbewußten Blutrausch der Völker zurück. Dieter Sturm, ein Kenner der Vampir-Literatur, schrieb über dieses Werk: »In Deutschland ging nach dem Ersten Weltkrieg ein kleinbürgerlich verkommener, aber um so großmäuligerer Stiefbruder von Dracula um: *Der Vampir* des Hanns Heinz Ewers. In diesem rabiaten Roman, der nicht einmal die Bezirke unfreiwilliger Erheiterung erreicht, erscheint der Weltkrieg als gigantische Allegorie auf eine Art kosmischen Vampirismus; stammelnde literarische Krafthuberei und infantiler Chauvinismus vereinen sich mühelos zu einer inzwischen allzu vertrauten mörderischen Mystik: ›Rot ist die Zeit, rot von Blut. Blut muß die Menschheit trinken, um gesund zu werden und jung! Alle Tage nun – heute und morgen und immer: Schwerttag, Kriegstag, Bluttag!‹ Bemerkenswert ist allerdings, wie dieser Vampir zu seinen Blutgelüsten findet: Bei einer Verletzung auf dem Paukboden kommt er auf den Geschmack. In diesem Punkt hat das Buch seinen Realismus.«

Übrigens machte sich 1921 ein gewisser Hans Reimann die Mühe, eine Parodie auf Ewers' Vampir-Roman zu verfassen. Titel des Buches: *Ewers. Ein garantiert verwahrloster Schundroman in Lumpen, Fetzchen, Mätzchen und Unterhosen von Hanns Heinz Vampir.*

F

Geiler Vampir

Farmer, Philip José

Der 1918 in North Terre/Indiana geborene Philip José Farmer war bereits als Kind ein begeisterter Anhänger von Burroughs, Doyle, Haggard und Verne.

Seine erste Story, *The Lovers*, die Anfang der fünfziger Jahre mit Kommentaren wie »widernatürlich« und »ekelhaft« abgelehnt worden war, behandelte erstmalig den sexuellen Kontakt zwischen Menschen und Aliens und brachte Farmer den Ruf eines Tabubrechers ein.

Mit seiner 1991 geschriebenen Story *Niemand ist ohne Fehl (Nobody's Perfect)* beweist der Autor, daß er noch immer der alte Schwerenöter ist, als den man ihn seit 40 Jahren kennt.

In Farmers Vampir-Sex-Story saugt der Vampir Rudolph Redeemer auf der Bühne von Massenkundgebungen einer religiösen Sekte als »Erlöser« das Blut junger Leute. Das unreine Wesen ist rauschgiftsüchtig und stammt aus dem alten Blutsauger-Adelsgeschlecht der Ruthvens. Weil das Sekten-Groupie Polly den Guru-Vampir so sehr an seine vor 200 Jahren gestorbene wahnsinnige Mutter erinnert, lockt er es zu einer Liebesnacht in seinen Bau. »Vampire hat es schon im Steinzeitalter gegeben, lange bevor das Christentum geboren wurde«, plaudert er aus dem Sargkistchen. Das Groupie hingegen, Spitzname »die polymorph-perverse Polly«, weiß zu berichten, »daß sein Spermastrahl erschreckend kalt war, ob er nun in mir, meinem Mund oder meinem Anus war«. Der geile Vampir ahnt nicht, daß seine Gespielin im Auftrag einer konkurrierenden Sekte handelt und bei ihm weilt, um ihn zu töten. Das Mädchen fackelt auch nicht lange und stößt dem schlafenden Unhold eine mit Weihwasser und Heroin gefüllte Spritze in das Herz.

Vampir-Fluch und ein Gemälde
Farris, John

»John Farris ist einer der ganz Großen des Horrors«, bescheinigte Stephen King seinem Schriftsteller-Kollegen. Auch im deutschen Sprachraum konnte John Farris sich durch eine Reihe von Romanen wie *Blutsteine (Catacombs), Geschäft mit dem Tod (Shatter), Immer wenn das Telefon läutet (When Michael Calls)* und *Der ungeladene Gast (The Uninvited)* einen Namen machen. Besonders interessant ist sein Roman *Bruder des Satans (Son Of The Endless Night)*, neben William Peter Blattys *The Exorcist* ein weiterer bedeutender Beitrag zum Thema »Besessenheit«.
Die Geschichte *Blutfluch (Fiends,* 1990) von John Farris spielt in einem kleinen amerikanischen Städtchen. Niemand erinnert sich mehr an die Herkunft von Arne Horsfall, der in einem Heim für geistig Behinderte lebt. Die junge Enid ist fasziniert von den Bildern, die der schweigsame alte Mann malt – Bilder des Grauens, die stets ein abschreckendes, blasses Gesicht zeigen: das Gesicht eines Untoten. Niemand ist vor diesem unheimlichen Wesen sicher, auch Enid nicht.

Vampir-Stadt
Féval, Paul

Paul Féval (1817–1887) war neben Eugène Sue *(Die Geheimnisse von Paris)* der erfolgreichste Unterhaltungs-Schriftsteller Frankreichs im 19. Jahrhundert. Viele seiner Abenteuer-Romane sind mit phantastischen Episoden gespickt und in eine schauerliche Atmosphäre gehüllt. Hervorzuheben aus dem Werk Févals sind besonders die Romane *Le chevalier ténèbre* (1862), *Les drames de la mort* (1867) und *La ville-vampire* (1874), in denen das Phantastische im Zentrum steht. Es sind vor allem diese drei Romane, die den Einfluß des lange geringgeschätzten Paul Féval auf Gaston Leroux *(Das Phantom der Oper)* und Maurice Leblanc und dessen berühmten Einbrecher-Detektiv Arsène Lupine belegen.
Ob Févals Vampir-Roman *La ville-vampire* ins Deutsche übersetzt wurde, ist nicht bekannt. Aber in dem Band *Von Atlantis bis Utopia:*

Ein Führer zu den imaginären Schauplätzen der Weltliteratur von Alberto Manguel und Gianni Guadalupi (Vorwort: Herbert Rosendorfer) findet sich eine ausführliche Beschreibung von Févals Selene genannter Vampir-Stadt.

»Selene, eine Vampirstadt, liegt nordwestlich von Belgrad (im früheren österreichisch-ungarischen Herrschaftsgebiet). Sie ist von Semlin (dem heutigen Zemun) aus zu Pferde oder zu Fuß zu erreichen, und zwar auf der alten Heerstraße, die entlang der Donau nach Peterwardein (heute Petervaradin) führt. Vor Antritt der Reise muß man sich in Zemun folgendes besorgen: eine Tüte Kohlen, einen kleinen Brenner, Kerzen und einige Fläschchen Riechsalz. Außerdem ist es unerläßlich, einen ungarischen Chirurgen und einen spitzen Eisenpfahl mitzunehmen. So ausgerüstet, sollte man sich gegen zehn Uhr vormittags auf den Weg machen. Nach gut einem Kilometer bemerkt man, daß die Natur ringsum sich plötzlich verändert. Die Oleanderbäume, die Farne und sogar die Weizenfelder werden immer farbloser. Der Erdboden, bis dahin mit frischem Grün bedeckt, ist auf einmal so mattgrau, als habe es Asche geregnet. Der Himmel bezieht sich, eine dunkle Wolke verdeckt die Sonne. Dem Reisenden zittern die Knie, er fühlt sich benommen und verspürt einen merkwürdigen Druck auf der Brust. Plötzlich ist er von Dunkelheit umgeben. Aus der Ferne sind dreiundzwanzig Glockenschläge zu hören. Dann lichtet sich das Dunkel, und erstaunt stellt der Reisende fest, daß er sich mitten in der Stadt Selene befindet. Vor sich sieht er einen großen, ein wenig an den Turm von Babel erinnernden Rundbau, einen Palast, dessen Architektur eine höchst ungewöhnliche, aber geglückte Mischung aus assyrischen, chinesischen und indischen Stilelementen ist. Das Bauwerk besteht aus großen Blöcken leicht getönten Porphyrs (wegen seiner spezifischen Färbung grünes Wasser genannt), die mit feinen schwarzen Marmorsplittern verfugt sind. Der Rundbau mit seiner erstaunlichen Vielfalt von großen und kleinen Säulen, von Kapitellen, Architraven, Zinnen und Türmen ist stufenförmig angelegt, ähnlich einer Pagode. Eine der Säulen ist von einer Skulptur gekrönt: Ein Tiger schlägt einem zu Tode erschrockenen Mädchen die Pranke in die Brust. Am Fuß des Bauwerks stehen auf Marmorsockeln vierundzwanzig Standbilder schöner junger Frauen, aus deren Mienen die Angst vor einem unsichtbaren Feind spricht. In den Platz vor diesen Statuen münden die Straßen, die die Stadt in mehrere Bezirke unterteilen. Jeder dieser Bezirke scheint sich mit seinen zahllosen Palästen und Mausoleen unendlich weit in das nebelverhüllte Land zu erstrecken. Die Paläste gehören dem Vampir-Adel. Der Name des jeweiligen Besitzers steht in großen schwarzen Lettern an der Eingangstür. Einige dieser Namen klingen dem Besucher sehr vertraut und lassen so manches düstere Geheimnis aus vergangenen Jahrhunderten in neuem Lichte erscheinen.

Sobald der Reisende durch eine dieser Türen eingetreten ist, sollte er ein Fläschchen Riechsalz öffnen, denn es dürfte kaum einen beißenderen Geruch geben als den eines Vampirs, zumal wenn er sich in seinem eigenen Haus aufhält. Sodann sollte sich der ungarische Chirurg vorsichtig dem schlafenden Vampir nähern und in dessen Herzgegend einen kleinen Einschnitt machen. Darauf muß das Herz mittels des Eisenpfahls herausgezogen und auf die glühenden Kohlen des mitgebrachten Brenners gelegt werden. Der Vampir wird entsetzlich heulen, aber das kann man ruhig ignorieren, denn bald wird nur noch ein Häufchen durchsichtiger Staub von ihm übrig sein. Die Asche des verbrannten Herzens muß man zur weiteren Verwendung mitnehmen.

Inzwischen dürfte es schon Nacht sein. Plötzlich vernimmt man ein Dröhnen, das immer lauter wird. In dem rötlichen Licht, das auf die Stadt herabfällt, kann man am Ende jeder Straße sechs steinerne Tiere auf hohen Säulen sehen, eine Schlange, eine Fledermaus, eine Spinne, einen Aasgeier, einen Falken und einen Blutegel, die sich alle ganz langsam zu bewegen beginnen. Dann hört man den ersten der vierundzwanzig kristallenen Glockenschläge, die in der letzten Stunde des Vampirtages ertönen. Jetzt muß der fremde Besucher auf der Hut sein, denn plötzlich treten aus allen Türen hochgewachsene, etwas weibisch wirkende Männer und hagere, bleiche Frauen mit gelblichen Augen und dunklen Lippen. Aus den Flammen, die auf der Spitze des pagodenähnlichen Bauwerks lodern, erhebt sich eine Schwarzdrossel in die Lüfte und beginnt zu singen. Ferner Trommelwirbel ist zu vernehmen, und wieder ertönt ein Glockenschlag. Die Vampire nähern sich und wollen den Reisenden anfallen, der sie nun furchtlos mit der Asche des Vampirherzens bestreuen muß. Sobald sie damit in Berührung kommen, lösen sie sich in einem bläulich aufflammenden Blitz auf. Wieder in der nebelverhüllten Gegend der Stadt, sollte der Reisende die mitgebrachten Kerzen entzünden, um den Rückzug nach Zemun zu finden. Dabei wird dem Reisenden eine gute Landkarte von Nutzen sein, etwa *La Hongrie, en guattre feuilles, divisée en haute et basse, avec l'Esclavonie,* subdivisée en comtés (Paris, 1787).«

Vampir-Wissen im Wissens-Buch

Fletcher-Watson, Jo

K

Als »Klassiker für Kinder« haben Jo Fletcher-Watson (Text-Kürzungen) und Tudor Humphries (Ilustrationen) den Original-Dracula von Bram Stoker bearbeitet. In zehn kurzen Kapiteln wird so der Dracula-Roman von 1897 optisch hervorragend für Kinder ab zehn Jahren aufbereitet. Gleich beim Inhaltsverzeichnis werden die wichtigsten Personen von Jonathan Harker bis Quincey Morris mit medaillonähnlichen Bildern vorgestellt. In den Randleisten, die sich auf allen Seiten befinden, werden viele Informationen über die Karpaten, die Kreuze am Wegrand, den Werwolf, das Schloß Bran, Rasiermesser, Vlads Münzen, Spiegel, Lamia, Lilith, Lugaru, Zigeuner, Slowaken und viele andere Dinge, die irgendwie in Zusammenhang mit der Dracula-Geschichte stehen, attraktiv angeboten. Schön gemacht sind auch die letzten Seiten mit einem kleinen Überblick über die Vampire in Literatur und Film. Der letzte Eintrag in dem Klassiker für Kinder handelt von Vampir-Gesellschaften: »Manche Menschen glauben noch immer an die Existenz von Vampiren. In New York gibt es ein Vampir-Forschungszentrum, das Berichten über Vampir-Tätigkeit in der ganzen Welt nachgeht. Das Geheimnis des Vampirs lebt fort.«

Vampir steuert Raumschiff

Forest, Katherine V.

O Captain, mein Captain ist eine Story aus der Anthologie *Draculas Töchter.* Der weibliche Raumkapitän Drake hat eine celloartige Stimme. Ihr Auftrag lautete, mit ihrem Raumtransporter Scorpio IV vom Planeten Antares seltene Kristalle zu besorgen, die den Menschen im Durchschnitt um 30 Jahre älter werden lassen. Zur Aufsicht hatte die mächtige Organisation Space Service den weiblichen Lieutnant T. M. Harper mitgeschickt. Beim Flug durch den dunklen Weltraum unterhalten sie sich über viele Dinge. Auch über die sexuelle Bewußtwerdung. Harper muß feststellen, daß ihre Vampir-Kapitänin ideal für die Steuerung eines Raumschiffes ist: Sie lebt gern in der Dunkelheit des Weltraums, und sie lebt sehr lange, womit auch weite Reisen zwischen den Sternen möglich sind.

Vampir als Mädchentotbeißer

Fox, Damian

Unter dem Pseudonym Damian Fox verfaßte der deutsche Autor Howard A. Weber in den Jahren 1984 und 1985 eine Serie von Vampirgeschichten: *Mein Vater, der Vampir; Die Rückkehr des Blutgrafen; Gruft der 13 Särge; Vampir-Katzen; Der Mann mit Draculas Augen* und *Creangas Blutbraut.* In einem dieser Heftchen, Titel: *Die Rückkehr des Blutgrafen,* bemächtigt sich der dämonische Geist des legendären Grafen Dracula des Körpers eines wahnsinnigen Schwerverbrechers. Dracula zwingt seinen Ersatzkörper, einige bestialische Frauenmorde nach Vampirart zu verüben. Zwar muß der verrückte Mädchentotbeißer am Ende der Handlung über die Klinge springen, seinem herrischen »Gast« Dracula aber gelingt es mal wieder, seine Haut zu retten. Damian Fox' dämonenjagender Heftchen-Held scheint übrigens auch nicht ganz sauber zu sein. »Sein Vater war ein Vampir, seine Mutter eine Blutgräfin.« Immer wenn es hart auf hart geht, zapft der ansonsten recht farblose Bursche seine vampirischen Energien an, um sich aus der Patsche zu ziehen.

Verhaltensgestörter Vampir
Freynik, Kalle

Einen völlig aus der Art geschlagenen Blutsauger präsentiert Kalle Freynik in seiner Vampir-Geschichte *Schöne Grüße aus Transkastanien* (1979) einem Kinder-Lesepublikum ab neun Jahren. Der verhaltensgestörte Vampir kann nämlich auf den Tod kein Blut ausstehen. Sein Ende scheint unvermeidlich. »Eines Tages kommt ein Filmteam nach Transkastanien, um an Ort und Stelle einen Gruselfilm zu drehen. In seiner tödlichen Verzweiflung stürzt sich der Vampir während einer blutigen Saugeszene auf die Hauptdarstellerin, und siehe da: »Zum ersten Mal schmeckt ihm das Blut. Sogar außerordentlich. Natürlich war das Blut gar kein echtes Blut, sondern Ketchup, das die Filmleute als Blut-Ersatz hernehmen. Aber das ist dem Vampir egal. Es war rot, schmeckte gut und machte ihn gesund. Und deshalb zieht der Vampir nach Hollywood, wo er den vielen Filmtoten das Ketchup von der Kehle lutschen darf.«

Vampir auf Sinn-Suche
Fuchs-Gamböck, Michael

Der Pop-Journalist und Sachbuch-Schreiber Michael Fuchs-Gamböck, der früher mit dem Künstlernamen Murata wilde Lesungen veranstaltete, hat für die Anthologie *Draculas Rückkehr* die Geschichte *Der Kuß vor dem Tango* verfaßt. Eine sehr romantische, aber auch sehr brutale Blutsauger-Story, die gleichzeitig Tränensäcke und Nerven malträtiert. Fuchs-Gamböck schildert einen Vampir, der an der Droge Blut leidet. Eine Frage quälte ihn: »Wer konnte sich eine Existenz wie die seine ausgedacht haben?« Er sucht nach dem Sinn seines Lebens. Er begegnet Maria: »Ja, er wollte schlafen, aber die Augen standen sperrangelweit offen – und da hatte er Maria gepackt, brutal, sich auf sie gestürzt und sie genommen, während sie ihm verschlafen zugeblinzelt hatte, gar nicht unfreundlich hatte sie ihn dabei angesehen.« Hinterher »war alles rot gewesen, ein klares, leuchtendes Rot, völlig unwirklich, an dem er zu erblinden drohte. Woher kam dieses Rot, warum dieses Rot? Rot? Rot, Rot, Rot!« Seine Sinnsuche endet als Liebestragödie mit ungeahntem Ausmaß. Er will nur noch »ausgelöscht sein. Ich möchte ein für allemal ausgelöscht sein.«

G

Hoffmann & Vampire
Gabelentz, Georg von der

Nur noch selten werden heute einmal Erzählungen oder Romane von Georg von der Gabelentz (1868–1940) wieder neu aufgelegt. Liest man aber beispielsweise seine Erzählung *Der gelbe Schädel* (sie wurde fast 80 Jahre nach ihrem ersten Erscheinen 1992 wieder veröffentlicht), so fragt man sich, wie dieser Autor, ein Vertreter der Blütezeit deutschsprachiger phantastischer Literatur im ersten Viertel dieses Jahrhunderts, in Vergessenheit geraten konnte. Allerdings muß gesagt werden, daß Gabelentz auch zu seinen Lebzeiten ein großer literarischer Erfolg wie seinen Kollegen Hanns Heinz Ewers oder Karl Hans Strobl nie beschieden war.
Seine unheimlichen Geschichten veröffentlichte Gabelentz in Bänden wie *Das weiße Tier* (1904), *Tage des Teufels* (1911) und *Geschehen aus jener anderen Welt* (1923). Weitere Bücher von Gabelentz sind *Das Geheimnisvolle* (1923), *Masken Satans* (1925) und *Das Teufelsei* (1931). Einige der frühen Arbeiten von Gabelentz übten einen gewissen Einfluß auf den belgischen Phantasten Jean Ray aus. 1929 veröffentlichte Gabelentz den Vampir-Roman *Das Rätsel Choriander*, in dem neben den untoten Blutsaugern auch noch E.T.A. Hoffmann herumgeistert. Eine Erzählung mit dem Titel *Der Vampir* findet sich in dem Band *Das weiße Tier.*

Vampir beim Zahnarzt
Gail, Rolph

Der Vampir beim Zahnarzt – das hört sich ja hochinteressant an. Werfen wir einen Blick in Rolph Gails kleine Geschichte, die berichtet, wie es Josip, einem zugereisten Blutsauger vom Balkan, auf dem Folterstuhl eines bayerischen Zahnarztes ergeht:

Für Dr. med. dent. Schäumling, einen jungen und schrecklich blonden Mann, gab es zwei Arten von Menschen: solche mit intaktem und solche mit defektem Gebiß. Der mickerige Vampir, der leidend im Behandlungsstuhl saß und bei der geringsten Berührung seines linken Beiß- und Saugezahns wimmerte, gehörte zu der zweiten Sorte. Interessiert beugte sich der Arzt über den mit Mullrollen halb ausgestopften, aufgerissenen Mund. Plötzlich schnüffelte er. »Haben Sie Knoblauch gegessen?« – »Grruu!« antwortete Josip empört.

»Man fragt ja bloß«, beschwichtigte Schäumling. »Aha, da haben wir den Schaden schon. Ein ganz ordinäres Loch. Tut das weh?«

»Grruu!«

»Ganz schön wehleidig«, sagte der Arzt und setzte den Bohrer an. Josip stieß einen Klagelaut aus. »Ruhig halten, sonst geht der Bohrer durch den Adamsapfel, haha! Keine Angst, daß ich den Saugkanal zerstöre, das wäre ja berufsschädigend.« Er verstummte, als er in Josips Augen ein haßerfülltes Glimmen aufleuchten sah, und bohrte eine Weile wortlos weiter. Aber ein Zahnarzt kann bei solchen Zahnproblemen nicht schweigen. Und so plapperte er erneut: »Beginnende Parodontose, da werden wir feine Schwierigkeiten bekommen. In der Walachei oder sonstwo da hinten mag man mit solchen Beißwerkzeugen ja noch Angst und Schrecken verbreiten. Aber bei uns hätten Sie damit keine Chancen. Kein Wunder, daß es bei uns keine Vampire gibt.«

»Grruu!«

»Und nun seien Sie ein tapferer Junge. Denn jetzt wird eine kleine Empfindlichkeit auftreten.«

»Grrruuuuh!«

Ein wilder Schmerz durchzuckte Josips gequälten Zahn. Er wollte aufspringen und fliehen. Aber da war der Schmerz wie weggeblasen. Mit zitternden Fingern griff Josip an den linken Beißzahn – nichts. Triumphierend lächelnd hatte Dr. Schäumling die Handbewegung Josips verfolgt. Jetzt verspachtelte er mit einer Kunststoffmasse das mit dem Bohrer gesäuberte Loch und nahm die Mullrollen aus Josips Mund. Josip wollte aufstehen.

»Bitte bleiben Sie noch einen Moment«, sagte der Arzt und hielt wie durch Zaubertrick einen Fotoapparat in der Hand. »Ich möchte eine Aufnahme von Ihnen machen. Man soll mich feiern. Immerhin bin ich der einzige Zahnarzt, der je einen Vampir behandelt hat.«

»Mehr noch«, sagte Josip. Er stand auf und ging auf Dr. Schäumling zu. »Sie werden auch der einzige Vampir sein, der als Zahnarzt tätig ist.«

Mit einem Satz sprang er Schäumling an und versenkte seine Vampirzähne über der Halsader des Arztes.

Vampir-Bordell

Garfield-Wellman, Frances

Frances Garfield-Wellman lebt seit über vierzig Jahren in dem kleinen Ort Chapel Hill in North Carolina. Ihre ersten Geschichten erschienen bereits in den späten dreißiger und frühen vierziger Jahren. Sie gab dann das Schreiben zugunsten einer Lehrtätigkeit auf und begann erst nach ihrer Pensionierung und dem Tod ihres Mannes, des Horror-Schriftstellers Manly Wade Wellman, wieder zur Feder zu greifen. Wie schon in der ersten Phase ihrer schriftstellerischen Karriere blieb sie auch später immer der Horror-Story treu. Ihre Erzählung *Ein Abend zu Hause* erschien erstmals 1982 unter dem Titel *The House at Evening*. Zwei Erstsemester-Studenten werden auf der Suche nach sexuellen Abenteuern in ein von zwei attraktiven Damen betriebenes Privatbordell gelockt. Die rotlippigen Ladies entpuppen sich mal wieder als lang- und scharfzähnige Vampire, die nur daran interessiert sind, ihren Blutdurst an den beiden Naivlingen zu stillen.

Vampir-Vagina

Garton, Ray

Ray Garton, einen »neuen Wilden« unter den modernen Horror-Schriftstellern Amerikas, kennt man hierzulande bislang nur durch seinen Roman *Hinter schwarzen Gardinen* und einige Erzählungen, in denen er mit Vorliebe homosexuelle Kinderschänder und brutale Knabenmörder auftreten läßt. Ray Gartons Roman *Hinter schwarzen Gardinen (The New Neighbour,* 1991) entführt uns in eine typische amerikanische Vorstadtidylle. In einer gutbürgerlichen Gegend zieht Lorelle Dupree, eine überaus lasziv wirkende Künstlerin ein. Bald schon beginnt sie, die Menschen ihrer Nachbarschaft, egal welchen Geschlechts, zu verführen. Sie erweist sich als eine ungehemmte Geliebte – doch zu einem grausamen Preis. Lorelle ist kein Mensch, sondern eine Tochter von Lilith. Gezeugt vor Jahrtausenden bei einer Orgie der Dämonen ist sie ein Sukkubus, ein sexueller Vampir.

Was das Signet des deutschen Verlages so marktschreierisch verspricht – »Erotic Horror« nämlich bzw. Sex und Grauen –, »eine in ihrer Deutlichkeit nichts zu wünschen übrig lassende Beschreibung von Sex«, hält »Gartons bislang schwächster Roman durchaus. Hat der Leser zu Beginn auch noch den Vorzug klarer Charaktere und einer treffenden Milieuschilderung, so ist das Finale nur als hingeschludert zu bezeichnen. In sich unstimmig und angesichts der mangelnden Überraschungsmomente unbefriedigend, läßt das Ende den Leser förmlich in der Luft hängend zurück. Möge der geneigte Leser die Geduld aufbringen, auf die deutsche Ausgabe von *Live Girls* oder *Crucifax Autumn* zu warten, dann wird er einen wesentlich überzeugenderen Ray Garton kennenlernen« (Carsten Kuhr).

In seinem 1987 entstandenen Roman *Live Girls* zeigt Ray Garton Vampire als Stripperinnen und Prostituierte am Times Square bei der Arbeit, um dieses Thema dann in seiner Aids-Allegorie *Lot Lizards* (1991) noch einmal zu variieren. Hier treten die Vampire als Truck-Stop-Nutten auf, die es ahnungslosen Fernfahrern auf ganz besondere Art besorgen: »Die Vagina des Mädchens schloß sich wie eine Faust um seinen Schwanz, während sie an ihm saugte und ihn mit Händen wie Stahlklauen festhielt.«

Vampir-Clown
Gauthier, George

Unter dem Pseudonym George Gauthier verfaßte der deutsche Heftroman-Autor Walter Mauckner in den Jahren 1977 bis 1981 runde zwei Dutzend Geschichten, die ausschließlich in der mittlerweile kultverdächtigen Reihe *Vampir-Horror-Roman* erschienen. In *Der Vampir mit der Maske* (1977) treibt ein blutsaugender Unhold im Clown-Kostüm im Zirkus-Milieu sein Unwesen.

Liebender Vampir
Gautier, Théophile

In den Werken des bedeutendsten Kopfes der französischen Romantiker-Fraktion wimmelt es von dämonischen Vamp-Frauen. Im praktischen Leben fanden die erotischen Phantasien dieses geschlechtsbesessenen Kadaver-Spezialisten dagegen nur mäßige Erfüllung. Als verkrampfter Platoniker war Gautier damit zufrieden, eine Schauspielerin nackt anzuschauen und ihre Füße zu liebkosen.

In seinen frühen phantastischen Erzählungen huldigte Gautier (1811–1872) der Hoffmann-Mode seiner Zeit. Seine Experimente mit Haschisch und Opium verarbeitete er in einigen Erzählungen. So manches Lieblingsbuch Baudelaires und der Dichter der Dekadenz stammte aus seiner Feder. Großen Einfluß übte er auf den englischen Dekadenz-Lyriker Algernon Charles Swinburne aus.

Zu seinem Meister-Stück *Die liebende Tote (La morte amoureuse*, 1836) wurde Gautier vor allem durch Goethes Vampir-Gedicht *Die Braut von Korinth* inspiriert. In der Novelle verliebt sich die schöne Kurtisane Clarimonde in den jungen Priester Romuald. Die junge Frau stirbt an den Folgen einer Orgie, welche acht Tage und acht Nächte lang angehalten hatte. »Zu allen Zeiten sind über diese Clarimonde die seltsamsten Gerüchte in Umlauf gewesen. Alle ihre Liebhaber sind eines elenden Todes gestorben. Man sagt, sie sei ein Totenesser, ein weiblicher Vampir gewesen.«

Romuald hält die Totenwache für die Verstorbene, die er vorher nur vom Sehen kannte. Durch seinen Kuß erweckt er die Leiche zu neuem Leben. Jede Nacht besucht nun die Untote ihren Geliebten und entführt ihn in eine Existenz, in der er nicht mehr zwischen Traum und Wirklichkeit unterscheiden kann. Clarimonde beginnt unter Schwächeanfällen zu leiden und ist dem Tode nah. Aus Versehen schneidet sich Romuald in ihrer Gegenwart in den Finger, daß das Blut nur so aus der Wunde hervorspringt. Da leuchten ihre Augen auf mit einem Ausdruck wilder und gieriger Lust. Mit katzenhafter Behendigkeit stürzt sie sich auf die Wunde, die sie mit einem Ausdruck unbeschreiblicher Wollust auszusaugen beginnt. Sie schluckt das Blut in kleinen Zügen wie ein Schlemmer seinen Wein. Zuweilen hält sie inne, aber gleich darauf preßt sie ihre Lippen wieder gierig auf die kleine Wunde, um ihr den letzten Tropfen abzuzapfen. »Ich werde nicht sterben, ich werde nicht sterben!« jubelt sie halb wahnsinnig vor Freude. »Einige Tropfen deines edlen, reinen Blutes, kostbarer und wirksamer als alle Elixiere der Welt, haben mir das Dasein zurückgegeben.« Der Zufall will es, daß Romuald eines Abends im Spiegel sieht, wie Clarimonde in den Trank, den sie ihm jeden Abend bereitet, ein Pulver mischt. Er stellt sich schlafend und muß erfahren, wie sie ihm mit einer goldenen Haarnadel einen kleinen Stich versetzt, den sie sogleich auszusaugen beginnt. Und obschon sie kaum ein paar Tropfen getrunken hat, wird sie von Furcht ergriffen, ihm zu schaden. »Ich nehme dir von deinem Leben nur gerade so viel, als ich brauche, um das meine zu fristen. Liebte ich dich nicht so sehr, so würde ich mir andere Liebhaber nehmen und ihnen die Adern austrocknen.« Romuald bekommt von seinem Vorgesetzten, dem Abbé Serapion, die Leviten gelesen. Er sagt: »Es gibt nur ein einziges Mittel, dich von dieser Besessenheit zu heilen. Ich weiß, wo Clarimonde begraben liegt; wir müssen sie ausgraben, und du mußt mit eigenen Augen sehen, in welchem Zustand sich der Gegenstand deiner Anbetung befindet, auf daß es dich hinfort nicht mehr gelüste, deine reine, ewige Seele um eines so scheußlichen, von eklen Würmern zerfressenen Leichnams willen zu verlieren!« Die beiden begeben sich zur mitternächtlichen Stunde auf den Friedhof. Wie Leichenräuber beginnen sie mit Stemmeisen und Spaten das Grab auszubuddeln. Serapions Eifer hat etwas Hartes und Wildes und gibt ihm das Aussehen eines Dämons. Sein Gesicht mit den großen herben Zügen, die sich im Widerschein der Lampe scharf abheben, ist durchaus nicht vertrauenerweckend. Blaß wie Marmor liegt Clarimonde im Sarg. Ihr Leichentuch spannt sich glatt, ohne die geringste Falte, vom Kopf bis zu den Füßen. Ein roter Tropfen schimmert wie eine Rose in einem Winkel ihrer ganz verblaßten Lippen. Bei diesem Anblick schreit Serapion in furchtbarer Wut: »Da haben wir dich also, Dämon! Schamlose Kurtisane! Blut- und Goldsauger!«

Mit diesen Worten schwenkt er wild seinen Weihwasserwedel über Körper und Sarg der Toten und macht das Zeichen des Kreuzes über der Gruft. Clarimondes schöner Leib zerfällt zu Staub, und nichts bleibt übrig als ein graues Gemisch von Asche und halbverkohlten Knochen.

Gautiers Clarimonde ist eine wahrhaft Liebende. Vom Blut des Geliebten wagt sie niemals so viel zu trinken, daß es ihn schädigen könnte. »Die Frau in ihr war stärker als der Vampir.« Am Ende der Novelle gebärdet sich der rasende Abbé über dem Grabe vampirischer, zerstörerischer als die schöne Clarimonde. Die Pointe der Erzählung ist auf romantische Weise jener Feststellung Voltaires nahe, daß die eigentlichen Vampire die Mönche seien.

Gautiers *Liebende Tote* ist die erste wirklich überzeugende Vampir-Geschichte der Weltliteratur, die den erotischen Aspekt des Vampir-Mythos klar betont und herausarbeitet. Nur dem Autor Le Fanu sollte es erst sechsunddreißig Jahre später gelingen, mit dem weiblichen Vampir *Carmilla* eine ähnlich überzeugende Darstellung zu schaffen.

Vampirismus als Geisteskrankheit

Giles, Raymond

Die kurze Erzählung *Blutwitterung* berichtet von Roxanne Johnson, die an einer der seltensten und heimtückischsten Spielarten der Geisteskrankheit leidet: sie wird vom Hunger nach Blut, Fleisch und Innereien lebender Wesen gepeinigt. Scheinbar geheilt aus psychiatrischer Behandlung entlassen, wird sie rückfällig. Die Hauskatze wird zu ihrem Opfer. Ihr Ehemann »blickt herab auf seine Frau, auf das Blut und den Greuel ...«. Roxanne ist ein Lykanthrop und als Lykanthropie bezeichnet die Psychiatrie eine Geistesstörung, die den Betroffenen zu Kannibalismus und Leichenschändung führen kann. In der phantastischen Literatur wird Lykanthropie neben dem Vampir-Motiv oft auch dem Werwolf-Motiv zugeordnet. Ein anderer Text des Amerikaners Raymond Giles, in dem es vampirisch zugeht, ist der kurze Roman *Nacht der Vampire (Night of The Vampire,* 1969). Allerdings gelang es dem Autor mit diesem Roman, der mit Satanismus und Schwarzer Magie überfrachtet ist, nicht, eine Renaissance moderner Vampir-Horror-Romane einzuleiten.

Dracula trifft Frankenstein

Glut, Donald F.

Von Donald F. Gluts Horror-Heftromanen wurden in den siebziger Jahren eine Anzahl ins Deutsche übersetzt, in deren Mittelpunkt das alte Monster Frankenstein steht. Glut läßt das aus Leichenteilen zusammengeflickte Wesen gegen durchgeknallte Roboter antreten, scheucht einen Werwolf auf ihn, beamt ihn zu den Dinosauriern, sperrt ihn in ein Mumiengrab ein, läßt einen Gorilla auf ihn los, schickt ihn zu Dr. Jekyll in die Sprechstunde und treibt auch sonst mit ihm seinen Schabernack. In zwei weiteren Abenteuern hetzt ihm sein Herr und Meister Glut dann auch noch den übelsten aller Blutsauger, Ober-Ghoul Dracula, auf den Hals: *Frankenstein trifft Dracula,* 1976; *Frankensteins Kampf mit Dracula*, 1980.

Vampir aus Korinth

Goethe, Johann Wolfgang von

Das Böse und der Vampirismus faszinierte auch Johann Wolfgang von Goethe. Der deutsche Dichterfürst (1749–1832) war einer der ersten europäischen Autoren, der sich, schon 1797, in seiner herzzerreißenden romantisch-düsteren Ballade »Die Braut von Korinth« in 28 Versen vom Vampir-Glauben anstecken ließ. Der Dichterfürst Goethe geht mit dieser Grusel-Ballade zurück zu den griechischen Legenden, die von blutsaugenden Lamien und ähnlichen unheimlichen Sagenwesen erzählen. Das Gedicht *Die Braut von Korinth* schildert das Schicksal eines Jünglings aus Athen, der nach Korinth zog, um dort seine Braut zu treffen. Während er sich noch schamhaft als Heide bezeichnet, soll sie mit ihrer Familie schon eine moderne Christin sein. Er wird von der Mutter im Prunkgemach mit Wein und Essen empfangen. Dann beginnt der Schrecken. Er verliebt sich in die falsche Tochter. Das kann die sittsame Mutter nicht dulden. Das Mädchen ist nicht besonders beeindruckt von Mamas Schimpfkanonade: »Ach, die Erde kühlt die Liebe nicht!« Da wird dem gebildeten Leser langsam klar, daß es sich um eine Untote handeln muß. Das Mädchen meint außerdem:

»Aus dem Grabe werd ich ausgetrieben,
Noch zu suchen das vermißte Gut,
Noch den schon verlorenen Mann zu lieben,
Und zu saugen seines Herzens Blut«.

Das Mädchen will – mit ihrem angebissenen Liebhaber – von der Mutter verbrannt werden. Johann Wolfgang von Goethe läßt damit auch deutlich durchklingen, daß er die christliche Religion für weitaus sexualfeindlicher hält als die alte Religion der Griechen. Goethe zeigt mit diesem Vampir-Gedicht den Weg zu den Legenden aus der griechischen Sagenwelt, wo sich bereits einige blutsaugerische Wesen herumtreiben. Schon in seinem schier unendlichen Giganto-Gedicht *Faust* hat der Allroundkünstler (Bergbau, Farbenlehre, Anatomie) klar erkannt: »Blut ist ein ganz besonderer Saft.«

Vampir im Schweinestall
Gogol, Nikolai

Nikolai Gogol, der wohl bedeutendste phantastische Erzähler Rußlands, verarbeitete in seinen Werken Einflüsse der russischen Folklore und E. T. A. Hoffmanns. Kaum ein anderer Dichter ist zu Lebzeiten wie auch späterhin gleichzeitig bewundert und angegriffen, geliebt und gehaßt worden wie Gogol (1809–1852). »Ein großer Sonderling«, sagte einer seiner Freunde; »ein ekelhaftes Geschöpf«, nannte ihn ein anderer. »Ich bin ja auch ein Komiker«, bestätigte Gogol, »und mein Äußeres ist eine Karikatur.« Schon bei seinen Schulkameraden hieß er »der geheimnisvolle Zwerg«. Turgenjew schildert seinen Eindruck von Gogol: »Was bist du für ein kluges, seltsames und krankes Geschöpf.« Die seltsame Disharmonie von

Gogols innerem Wesen prägte auch sein Äußeres: Alle, die ihn kannten, bemerkten an ihm etwas Fremdes, gleichsam Nichtmenschliches, und sogar seinen Freunden scheint er zuweilen ein an Furcht und Widerwillen grenzendes feindseliges Gefühl eingeflößt zu haben.

In seiner Erzählung *Der Wij* aus dem Jahre 1835 verknüpft Gogol auf recht eigenwillige Art das Vampir-Motiv mit alten Hexen-Märchen. Der Autor berichtet in seiner Geschichte von den Erlebnissen des versoffenen Theologie-Studenten Choma Brut, der in einem Schweinestall von einem alten Weibsstück angefallen wird, das nach Hexenart auf ihm reitet. Noch einmal mit dem Schrecken davongekommen, bringt er in Erfahrung, daß man der Hexe vampirische Eigenschaften zuschreibt. So soll es einige gegeben haben, denen hatte die Vampir-Hexe »das Blut literweise ausgesogen«.

Vampir-Elfe
Golden, Christie

Christie Golden, eine Autorin, die sich selbst als »Anfängerin« bezeichnet, veröffentlichte unter dem Titel *Schloß der Vampire (Vampire of the Mists)* 1991 ihr Romandebüt. In dem Buch, das zum Genre Fantasy-Literatur gehört, herrscht Graf Strahd von Zarovitsch, der letzte derer von Rabenhorst, unumschränkt über das schattenverhangene Barovia. Unsägliche Bluttaten beflecken den einst so strahlenden Namen des Geschlechts. Eines Nachts bringt ein magischer Nebel den Vampirelfen Jander Sonnenstern nach Barovia. Ihn beseelt allein der Gedanke an Rache für den Tod seiner Geliebten. Ein Duell zwischen den beiden mächtigen Geschöpfen der Finsternis scheint unausweichlich.

Vampire im Bordell
Gomez, Jewelle

Ein Mann will ein Mädchen vergewaltigen. Aber bevor sein Glied in sie eindringt, dringt ihr Messer in seinen Körper und tötet ihn. Sie ist die entlaufene Tochter einer Sklavin. Er macht seinen letzten Atemzug. Sein ausströmendes Blut wärmt ihre kalte Haut. Gilda entdeckt dieses Mädchen 1850 im Kartoffelkeller ihrer kleinen

Farm bei New Orleans. Sie nimmt das zitternde Mädchen mit in ihr Bordell in der Stadt. Das Mädchen erhält dort Unterricht in weltlichen und geistigen Dingen. Nach drei Jahren Aufenthalt in Gildas Bordell, in dem nur Frauen leben, hat das Mädchen die Schenkel und Brüste einer Frau. Als das Mädchen von Gildas aufgekratzter Brust Blut trinken darf, beginnt das Vampir-Ritual, mit dem das Mädchen in eine Bluträuberin verwandelt wird. Das Mädchen geht mit Gilda und Bird auf Blutjagd in der Nacht. Bird: »Kehre zu deinen Spendern nicht zu rasch zurück, sie könnten sonst dem Durst verfallen. Wird der Durst nicht gestillt, genesen sie. Suche Zugang zu ihnen, wenn du ihr Blut nimmst. Fühle und erkenne, wessen sie bedürfen, und nicht, wonach du hungerst.« Die Story *Louisiana: 1850* von Jewelle Gomez befindet sich in der Anthologie *Draculas Töchter* von Pam Keesey.

VIP-Vampire
Gorman, Ed

»Die Vampire liebten es, Prominente zu verwandeln. Irgendwie ließ es das Dasein als Vampir noch angenehmer erscheinen, wenn man wußte, daß Filmstars, Politiker und Sportgrößen dazugehörten. Und irgendwann, wenn es genügend Vampire in hohen Positionen gab …« Diese für alle Stars doch ziemlich bedenkliche Mitteilung zum Vampir-Thema findet sich in Gormans Story *Auswahlverfahren (Selection Process*, 1991).

Vampir im Keller
Graham, Heather

Eine recht witzige Story ist der Autorin Heather Graham mit *Der Vampir in der Kammer (The Vampire in his Closet*, 1991) gelungen. Graham erzählt die Geschichte des Horror-Schriftstellers Chris Lambden, der im Keller seines neuerworbenen Schlosses in New Orleans über den Sarg eines Vampirs stolpert. Er freundet sich mit dem »netten Burschen« an. Doch bald verlustiert sich der Unhold auf blutsaugerische Weise an dessen Ehefrau und flattert mit ihr davon. Sozusagen eine Scheidung auf vampirisch.

Vampier-Viecher
Grant, David

In David Grants *Die Fledermäuse* scheucht der kleine Held der Erzählung ein Rudel dieser blutsaugenden Flügeltiere ins elterliche Schlafzimmer. Die Viecher sind keine Inkarnation der Vampire aus dem Reich der Untoten; es handelt sich dabei um die blutsaugenden Vertreter aus dem Reich der Tiere.

Schnee-Vampir
Grendon, Stephen

Hinter Stephen Grendon verbirgt sich der amerikanische Horror-Schriftsteller, Lovecraft-Intimus und Verleger (Arkham House) August Derleth. Die Stories, die er unter diesem Pseudonym schrieb, faßte er später in dem Band *Mr. George and Other Odd Persons* (1963) zusammen. Im Grusel-Magazin *Weird Tales* erschien 1939 die Stephen-Grendon-Story *Treibender Schnee (The Drifting Snow)*. Die Geschichte spielt in einem Schneesturm, und im Mittelpunkt steht ein Schnee-Vampir. Als »echte« Vampir-Story kann man diesen Text nicht durchgehen lassen, es handelt sich dabei um eine belanglose Gespenster-Geschichte.

Vampir-Gesang
Guggenmos, Josef

In seiner Erzählung *Gesang zur Nacht* konfrontiert Josef Guggenmos sein Lese-Publikum ab elf Jahren mit einem besonders widerwärtigen Exemplar von einem Blutrünstler. Guggenmos stellt den Gesellen mit folgenden Worten vor: »Mich ekelte vor seiner fahlen Haut und seinen saftroten Lefzen, mir graute vor seinem verfilzten Bart, mich empörte sein schleichender Gang, mich entsetzte das eiskalt Lauernde seines ganzen Wesens. Mir gefiel nichts an diesem finsteren Gesellen, am allerwenigsten die Art, wie er sich nachdenklich die nadelspitzen, dolchartigen Eckzähne leckte, wenn sich im Vorbeigehen seine schmutzigen Augen an Tante Lu festsogen.«
Josef Guggenmos, geboren 1922, ist vor allem als Lyriker für Kinder bekannt geworden. Er verfaßte aber ebenso Prosa und ist auch als Übersetzer tätig. Josef Guggenmos lebt in Irsee/Allgäu.

H

Vampir mag eigenblutgedopte Läuferin
Haefs, Gisbert

Bei Gisbert Haefs' Erzählung *Der Vampir und das Infranet* in der Anthologie *Draculas Rückkehr* leidet der Vampir an seiner Verwandlung: »Ausdehnung. Überdehnung. Eine Detonation der Qual.« Der Vampir trifft sich mit einigen Grusel-Gestalten, um mit dem Fährmann den Unterweltsfluß Styx zu überqueren. Dabei berichten sich die Monster über ihre erfreulichen und unerfreulichen Erlebnisse. Der Vampir erzählt von seiner Vorliebe fürs Blut von Gin-Säufern, das er als »zweigleisiges Trinken empfindet«, oder über das »Anzapfen« einer Mittelstreckenläuferin mit Höhentraining und Eigenblut-Doping, die er in einer Milchbar kennenlernte. Ihre Höhenluft plus der Hormone im Blut waren für ihn sehr berauschend. Durch den Zugang ins Infranet sollen Ghoul, Dschinn, Basilisk und Vampir eine bessere Datenlage haben. Vampire, die auf Diabetiker stehen, erhalten die richtigen Adressen. Vampirische Sonderwünsche nach Krampfadern, Vegetarier, Bluter und Weintrinker sollen dann leichter erfüllbar sein.
Viele kennen Gisbert Haefs von seinen Matzbach-Krimis und durch seine vielgerühmten Kipling-Übersetzungen. Gisbert Haefs hat mit seinem packenden Hannibal-Roman bewiesen, daß er zu den deutschsprachigen Erzählern der Sonderklasse zählt. Diesen Eindruck konnte er mit seinen Alexander- und Troja-Romanen noch verstärken.

Vampire wie du und ich
Hahn, Ronald M.

Ronald M. Hahn ist ein großer Kenner der Science-fiction-

Literatur und des phantastischen Werkes von Jack London. Geboren 1948 in Wuppertal, ist er nach seiner Ausbildung als Schriftsetzer, als Autor, Übersetzer, Literaturagent, Herausgeber und Lektor tätig. Unter seinem eigenen Namen und verschiedenen Pseudonymen veröffentlichte er zahlreiche satirische Science-fiction-Stories, Sachbücher und Horror-Heftromane.
Sein Jugendbuch *Vampire wie du und ich* (1991) ist ein ungemein spannender Krimi, in dem es um Vampire, Werwölfe und Horror-Heftroman-Autoren geht. Wer Hahns Vampir-Krimi gelesen hat, wird die Frage »Warum kaufen Erwachsene so gerne Jugendbücher?« befriedigend beantworten können.

Blutspende für Vampire
Haidegger, Christine

Geborene Dortmunderin, lebt in Salzburg. Ihre Kurzgeschichte *Betrifft: Notstandshilfe für Minderheiten* (1988) berichtet von einer auf 300 Seelen zusammengeschrumpften Vampirgemeinde Österreichs, die am Hungertuch nagt.

Vampir-Lieder
Hall, Willis

Willis Hall ist ein bekannter englischer Drehbuchautor und Stükkeschreiber. Er wurde in Yorkshire geboren und lebt heute mit seiner Familie in St. Albans, Hertfordshire. Sein erstes Kinderbuch ist *Und Dinosaurier gibt es doch …* Weitere Titel von Willis Hall in deutscher Sprache sind die Bücher *Henry Hollins geht in die Luft, Drachenjagd* und *Keine Angst vor Dr. Jekyll!*
Während eines Camping-Urlaubs in Europa zeltet die englische Familie Hollins in der Nähe der Burg Alucard (rückwärts gelesen kommt »Dracula« heraus), in die sich *Der letzte Vampir (The last Vampire,* 1982) verkrochen hat. Henry Hollins, der Sprößling der Familie, stöbert in einem Wandschrank des alten Gemäuers einen ängstlichen Herren auf, den er sogleich als Graf Dracula identifiziert. »Der Mann war groß und mager und hatte ein längliches, blasses, trauriges Gesicht. Seine schwar-

zen Haare waren glatt von der hohen Stirn zurückgekämmt, und seine Augen hatten rote Ränder. Er trug einen schwarzen Anzug, ein gestärktes weißes Hemd und eine schwarze Fliege. Um seinen Hals hing ein goldenes Medaillon an einer Kette, und über die Schultern hatte er ein rotgefüttertes Cape geworfen.« Der letzte Nachkomme aus dem ruchlosen Blutsauger-Geschlecht der Draculas hat seinen Namen in Alucard geändert. Die Halsbeißerei widert ihn an. Er verwandelt sich zwar gelegentlich in eine Fledermaus, aber nicht im Traum fällt es ihm ein, Blut von irgend jemandem zu trinken. »Ich bin schließlich Vegetarier. Ich liebe Orangen. Zwetschgen und Bananen können mir gestohlen bleiben, aber nach (Blut?-)Orangen bin ich einfach verrückt«, sagt er.

Bedauerlicherweise kaufen es die Dorfbewohner des nahe gelegenen Kaffs dem spitzzähnigen Grafen nicht ab, daß er lieber an Orangen nuckelt als an blutvollen Bauernhälsen. Lustige Vampir-Lieder gröhlend, rafft sich der abergläubische Dorftrottel-Verein auf, dem zum Vegetarier konvertierten Blutsauger das Fell über die Ohren zu ziehen. »Vampire hört zu! / Wir kommen im Nu / von Berg und Tal und Wiesengrund / mit Sensen scharf und Pfählen rund. / Bald schlägt euch eure letzte Stund. / Vampire, euch droht / jetzt der Tod!«

Dem Vampir gelingt es zusammen mit der englischen Familie, die einen Narren an ihm gefressen hat, zu flüchten. Beim Grenzübertritt allerdings kriegt der Orangenvampir Schwierigkeiten, weil er über keinen Paß verfügt. Er wird in den Hungerturm gesteckt, aus dem er entweicht, indem er sich in eine Flattermaus verwandelt. Halls *Der letzte Vampir* ist ein 150-Seiten-Heiden-Spaß für Jugendliche ab zehn Jahren (wenn es der Papi liest, macht er eine Verjüngungskur). Zu welcher Zeit und in welchem Ort/Land die Geschichte überhaupt spielt, darf sich der Leser selbst zusammenphantasieren. Die Handlung beginnt im Automobil-Zeitalter (die Hollins-Sippe stellen wir uns als Heinz-Erhardt-Familie vor) und schwappt dann sachte ins 19. Jahrhundert (diese Bauern-Meuterei hat der Autor aus alten

Frankenstein-Filmen abgekupfert) hinüber.

Halls liebenswertem vegetarischem Vampir begegnen wir erneut in dem Nachfolgeband *Urlaubsgrüße vom Vampir (Vampire's Holiday,* 1992), wo sich der friedfertige Dracula-Abkömmling auf einem Rummelplatz als Aushilfskraft bei einer Geisterbahn verdingt.

Vampire in London
Hambly, Barbara

Barbara Hambly verfaßte mehrere Romane zur TV-Serie *Die Schöne und das Biest.* Mit anderen Titeln aus ihrer Feder wie *Gefährtin des Lichts, Der schwarze Drache, Sonnenwolf, Die dunkle Hand der Magie* und *Die Frauen von Mandrigin* bewegt sie sich im Bereich der Fantasy-Literatur. Ihr erster großer Horror-Roman *Jagd der Vampire (Those who hunt the Night,* 1988) fand beim amerikanischen Publikum ein begeistertes Echo. Die Leser des Magazins *Locus* wählten ihn zum »besten unheimlichen Roman des Jahres«. London zu Beginn des Jahrhunderts: die Stadt des Nebels, der Gaslaternen – und der Vampire. Seit über drei Jahrhunderten treiben sie in den dunklen Gassen unbehelligt ihr Unwesen, doch nun werden sie gejagt: Ein Unbekannter öffnet am Tag ihre Särge, damit das Sonnenlicht sie verbrennt. Tatenlos müssen die Vampire zusehen, wie einer nach dem anderen ihrer Gefährten zu Asche zerfällt. Da beschließt Simon Ysidro, der älteste Blutsauger, zu handeln: Er zwingt den früheren Meisterspion James Asher, den Vampiren zu helfen, indem er dessen Frau in einen Todesschlaf versetzt, aus dem nur er sie wiedererwecken kann. Asher weiß, daß er auf das gefährliche Spiel der Vampire eingehen muß – eine unheimliche Jagd durch die düsteren Gefilde Londons steht ihm bevor. Der Folgeband von *Jagd der Vampire* erschien 1999: *Gefährten des Todes.* Hambly läßt die Vampire um 1900 in Paris, Wien und Konstantinopel gegeneinander kämpfen, alte Metropolen mit Düsternis-Garantie. Das *Vampyr-Journal* meint dazu: »Die ethischen Implikationen des Vampirdaseins werden ebenso deutlich wie die Problematik von emotionalen Bindungen.«

Tja …

Vampir-Bären
Handford, Martin

Walters wilde Abenteuer (Where's Wally? The Fantastic Journey, 1989) von Martin Handford ist »ein Walter-Such-und-Finde-Wimmel-Bilder-Buch«; es ist ein Band mit großformatigen Bildern, vollgepfropft mit aberwitzigen Ideen, wie sie nur skurrilen englischen Hirnen entspringen können. In einer Episode des Buches muß der Betrachter aus einem der Wimmel-Bilder (Format 49 × 31 Zentimeter) unter Dutzenden von schwarzbefrackten Vampiren, die sich allerlei Lustbarkeiten hingeben, den bommelmützigen Helden Walter ausfindig machen. In einer vorgegebenen Suchliste wird der Betrachter weiterhin aufgefordert, folgende illustre Szenen und Figuren in dem vampirischen Gewusel zu entdecken: Vampire fürchten sich vor Gespenstern; zwei Vampir-Bären; mit Strohhalm trinkende Vampire; eine Vampir-Spiegel-Probe; Vampir kommt unters Fallbeil; Vampir paßt nicht in seinen Sarg. Um die gestellten Aufgaben zu bewältigen, benötigt der Betrachter Augen wie ein Luchs und Nerven wie Drahtseile.

Okkulter Vampir
Hare, Augustus

Augustus Hare gibt in seinem Tagebuch *The Story of My Life* eine Vampir-Geschichte wieder, die er von einem Captain Fisher gehört hatte und die als typisch für die Vampir-Geschichten des 19. Jahrhunderts angesehen werden kann. Im Deutschen wurde der Text unter dem Titel *Der Vampir von Croglin Grange* veröffentlicht. Das in Cumberland gelegene Haus mit dem Namen Croglin Grange wurde an zwei Brüder und deren Schwester vermietet. Es stand einsam auf einem Hügel und hatte nur ein Stockwerk; vielleicht war das der Grund, warum die Familie Fisher es vermietete und für sich selbst ein größeres Haus suchte. Der Winter verlief friedlich für die neuen Mieter, deren Name mit Cranswell angegeben wird. Eines Nachts im Juni schien der Mond so hell, daß die Schwester die Fensterläden zu öffnen beschloß, das Fenster selbst jedoch geschlossen hielt. Sie saß im Bett und ließ ihren

Blick über den Rasen wandern, als sie plötzlich zwei rätselhafte gelbe Lichter sah, die sich zwischen den Bäumen hin- und herbewegten. Sie erkannte bald, daß sie zu einem Mann gehörten, der über den Rasen ging und sich ihrem Fenster näherte. Sie rannte zur Tür, die sich unweit des Fensters befand, und sah in ein ›gräßliches braunes Gesicht mit flammenden Augen‹, das sie unverwandt anstarrte; im selben Moment sah sie, wie das Wesen das Eisen am Fensterrahmen löste. Sie war so entsetzt, daß sie wie gelähmt war, als es durch das Fenster langte, den Haken löste und über das Fensterbrett hereinkletterte. Das Wesen zog sie an den Haaren und biß sie in den Hals; in diesem Augenblick fand sie ihre Stimme wieder und schrie. Ihre Brüder eilten herbei und brachen die verschlossene Türe auf. Einer der Brüder sah den Eindringling über den Rasen entfliehen und in Richtung des nahe gelegenen Friedhofs verschwinden. Sie brachten sie in die Schweiz und kehrten schließlich alle drei nach Croglin Grange zurück, offensichtlich in der Annahme, es habe sich um einen entflohenen Irren gehandelt. Der Winter verlief ruhig und ohne weiteren Schrekken. Dann, im nächsten März, erwachte sie eines Nachts durch ein Kratzgeräusch am Fenster und sah, wie das braune Gesicht hereinspähte. Dieses Mal schrie sie sofort. Ihre Brüder rannten nicht in ihr Zimmer, sondern nach draußen und feuerten auf die Gestalt, die sich über den Rasen auf und davon machte. Sie geriet ins Stolpern und rannte dann weiter. Beide verfolgten sie zum Friedhof und sahen sie in einer Gruft verschwinden. Am nächsten Tag begaben sich die Brüder in Begleitung der Diener von Croglin Grange zu der Gruft. Die Särge befanden sich in wildem Durcheinander, und überall auf dem Boden lagen Knochen; der einzige unberührte Sarg war jener, in dem der Vampir lag. Am Bein hatte er eine Schußwunde. Sie verbrannten den Körper.

In seinem 850-Seiten-Buch *Das Okkulte* setzt sich Tausendsassa Colin Wilson – er hat auch noch den Roman *Vampire aus dem Weltraum* auf dem Kerbholz – eingehend mit dieser Moritat auseinander und behauptet allen Ernstes: »Die Geschichte klingt recht

unwahrscheinlich; sogar Hare sagt nichts darüber aus, ob er sie glaubte. Sie könnte jedoch auf Tatsachen beruhen.«
Wilsons Äußerungen ergeben aber doch einen Sinn, wenn man weiß, daß die Croglin-Grange-Vampir-Geschichte in England sehr bekannt ist und auch schon »wissenschaftlich« untersucht wurde. 1963 erschien in der Zeitschrift *Tomorrow* ein Artikel, der den Beweis zu führen sucht, die von Hare geschilderten Ereignisse hätten sich in Wirklichkeit mehr als zwei Jahrhunderte früher zugetragen.

Für Vampire Rattenfleisch
Hawkins, Colin

In einer »Gruselminis« genannten Zwerg-Buchreihe im praktischen Ritter-Sport-Format erschien 1993 neben einigen Teilen über Geister und Hexen auch ein *Vampire* betiteltes Mini-Buch. Zu dem Text »Gierig springt er aus der Gruft, / Diener schwirren durch die Luft. / Heute gibt es Rattenfleisch, / saftige Hälse, zart und weich. / Danach legt er sich zur Ruh, / klappt den Deckel wieder zu« gibt es einige Cartoons im Aufklapp-Stil. »Die gespenstisch guten Gruselminis sind eine witzige, wunderliche Mischung für alle Geisterfans und Gruselfreunde.« Weniger witzig: Dieser Vampir-Grusel-Riegel ist »nicht für Kinder unter drei Jahren wegen verschluckbarer Kleinteile« geeignet.

Nymphomane Vampir-Frau
Heine, E. W.

E. W. Heine, der Horror-Story-Mann, der Grusel-Perlen wie *Kille Kille* schuf, hat in dem Vampir-Sampler *Draculas Rückkehr* mit der Geschichte *Liebe deinen Vampir wie dich selbst* Gautiers Romuald-Clarimonde Liebesgeschichte mit einem Happy-End weitergesponnen. Bei E. W. Heine, der mit dem Roman *Halsband der Taube* einen Historien-Knüller mit einem spannenden und hintergrundreichen Orient-Abendland-Duell gelandet hat, ist der Ausgesaugte, er bezeichnet sich als Ubo (Ubo = unliving bloodsucking organic object), mit seiner Vampir-Geliebten Caecilie glücklich und zufrieden. Sie wurde durch den Biß ihres Beichtvaters zur Bluträuberin. Da gibt's null Probleme im Zusammenleben mit einer Vampirin, nur eitel Freude. Immerhin hat sie die »zweihundertjährige Erfahrung einer Nymphomanin im Leib einer jungen Frau, mit dem Busen der Marilyn Monroe und der Taille von Cindy Crawford«. Was will Mann mehr?

Einsamer Vampir
Herzog, Werner

1979 drehte Werner Herzog nach Motiven des Films *Nosferatu – Eine Symphonie des Grauens* von Friedrich Wilhelm Murnau und des Romans *Dracula* von Bram Stoker den Kino-Film *Nosferatu – Phantom der Nacht.* Für die Rolle des blutsaugerischen Unholds verpflichtete er das Enfant terrible der Film-Branche, Klaus Kinski. Herzog (geboren 1942 in München). Der Regisseur solch gelungener Filme wie *Aguirre, der Zorn Gottes* (1972), *Woyzeck* (1978) und *Fitzcarraldo* (1979), mußte erleben, wie sich das Publikum bei der deutschen Erstaufführung vor Lachen kugelte.

Werner Herzog veröffentlichte seine Sicht des Dracula-Stoffes auch als Erzählung 1979 unter dem Titel *Nosferatu – Phantom der Nacht.* Das Wort »Nosferatu« heißt nichts anderes als Untoter. Herzogs Nosferatu Dracula wird als leidende Kreatur beschrieben, die trotz aller Scheußlichkeit und Bedrohlichkeit fast schon Mitleid hervorruft. Ununterbrochen jammert der zu Unsterblichkeit verdammte steinalte Blutsauger über die stetige Wiederholung des ewig Gleichen, über die Langweiligkeit und Belanglosigkeit des Daseins. Bei Werner Herzog heißt es: »Wir lernen einen Vampir kennen, der vereinsamt ist und darunter leidet, ein Vampir zu sein. Die Zeit, das sei ein Abgrund, tausend Nächte tief. Jahrhunderte kämen und gingen und nicht altern können, das sei furchtbar. Der Tod sei nicht alles, es gebe viel Schlimmeres. Ob er, Jonathan, sich vorstellen könne, daß man Jahrhunderte überdaure und jeden Tag dieselben Nichtigkeiten miterlebe? Sterben, sagt der Vampir, das sei Grausamkeit an Ahnungslosen. Aber der Tod sei nicht alles; es sei noch viel grausamer, nicht sterben zu können. Er wünschte, er könnte an der Liebe teilhaben. Das Fehlen der Liebe, das sei ein solcher Schmerz. Etwas Leidendes und Tieftrauriges kommt in sein Gesicht.«

Vampir säuft Penner-Blut
Hoch, Edward D.

Der produktivste Kurzgeschichten-Autor der USA hat in weniger als 30 Jahren über 600 Stories, zumeist Krimis, verfaßt und verkauft. Mit einigen seiner Geschichten taucht er immer wieder einmal in deutschen Anthologien auf. In der Erzählung *Dracula 1944* (1991) spinnt der Autor munter das Garn um Bram Stokers *Dracula* weiter. Hoch behauptet, Dr. van Helsing und seine Gehilfen fanden niemals den Zigeunerwagen, in dem der adelige Vampir auf der Flucht vor seinen Häschern herumreiste. Auch die Annahme, daß Stoker sein Buch über den Vampir Dracula aufgrund eigener Studien verfaßte, stellt Hoch richtig. In Wirklichkeit erfuhr Stoker die Geschichte Draculas von seiner Ehefrau Florence Balcombe Stoker. Der rumänische Vampir-Graf hatte in London mit Stokers Frau angebandelt und ihr die grauenvolle Wahrheit über sich erzählt. Eine andere Story des Autors, *Der Tag des Vampirs* (1983), berichtet von den mysteriösen Geschehnissen in der amerikanischen Kleinstadt Kreen Falls. Der korrupte Sheriff des Kaffs vertuscht den Fall um die bis auf den letzten Blutstropfen entleerte Leiche eines Penners. Der Blutdieb, ein angesehener Bürger der Stadt, hat seinem Opfer den Lebenssaft abgezapft und bewahrt ihn in einem Glasbehälter zum späteren Genuß auf.

Vampir als Leichenfresser
Hoffmann, E. T. A.

Bei den deutschen Dichtern des frühen 19. Jahrhunderts stand das Vampir-Thema nicht hoch im Kurs. Allen voran wetterte der Dichterfürst Goethe gegen den »gräßlichen Vampirismus und sein Gefolge«.

»Nicht anders reagierte E. T. A. Hoffmann, vermutlich aus instinktivem Selbstschutz: seine übersensible Psyche hätte eine ernsthafte Beschäftigung mit diesem unheimlichen Thema wohl kaum ertragen.« »Übersensible Psyche« hin, »ernsthafte Beschäftigung« her – Ernst

Theodor Amadeus Hoffmann, Jurist, Schriftsteller, Musiker und Maler (1776 Königsberg bis 1822 Berlin) – die bekannteste und einflußreichste Figur der deutschen Romantiker-Fraktion, schuf mit seiner Geschichte *Der Vampyr,* die 1821 erschien, die monströse Gestalt des weiblichen Vampirs Aurelie. In manchen Anthologien findet sich der Aurelie-Text auch unter dem Titel *Hyänen.* Hoffmann, dessen »krankhafte Werke« (Goethe) den Ivanhoe-Erfinder Sir Walter Scott an die »Phantasien eines Opiumessers« erinnerten, hatte höchstwahrscheinlich Syphilis, becherte bis zum Halluzinieren und war das, »was man unumwunden einen Säufer nennt«. Hoffmann stellt Aurelie als ein »wunderbar liebliches, anmutiges Wesen« vor. Leider hat die junge Frau die eigenartige Angewohnheit, jede Nacht das Schloß zu verlassen und erst bei Anbruch des Tages wiederzukehren. Graf Hyppolit aber, ihr Ehemann, dem sie immer ein narkotisches Mittel in den Abendtee mischt, kommt ihr schließlich auf die Schliche. Er ertappt Aurelie auf dem Friedhof, wie sie zusammen mit alten halbnackten Weibern mit Wolfesgier am Leichnam eines Menschen nagt. Als der Graf seine ghoulische Bettgefährtin zur Rede stellt, stürzt sich das Scheusal laut heulend auf ihn und beißt ihn mit der Wut der Hyäne in die Brust. Graf Hyppolit schleudert die rasende Ghoul zur Erde nieder, wo sie unter grauenhaften »Verzukkungen« ihren Geist aufgibt.

Bis auf die Ghoulen des arabischen Ostens, verführerische weibliche Gespenster, die sich vom Fleisch lebender und toter Menschen nähren, hat E. T. A. Hoffmann in dieser Erzählung zurückgegriffen. Ihre Geschichten werden uns in *Tausendundeine Nacht* überliefert; die berühmteste ist die des unseligen Mannes, der ohne sein Wissen mit einer Ghoul verheiratet war. Sie ist die Vorlage für Hoffmanns Aurelie. Die Aurelie-Vampir-Geschichte gehört sicherlich zu den schwächeren Leistungen des »Gespenster-Hoffmanns«. Räumt man aber den Wust in dieser Erzählung beiseite, zum Beispiel die völlig überflüssige Gestalt des Barons Urian, die dauernden Ohnmachtsanfälle Aurelies und ihr ewiges »Nimmernimmer«-Gejammer, so entpuppt sich diese Schilderung als eine durchaus genießbare Horror-Geschichte.

Anonymrono-Vampire
Hohlbein, Wolfgang

Wolfgang Hohlbein, geboren 1953 in Weimar, ist der erfolgreichste deutschsprachige Autor der zeitgenössischen phantastischen Literatur. Der gelernte Industriekaufmann wurde 1982 Berufsschriftsteller, nachdem sein umfangreicher Fantasy-Roman *Märchenmond* den ersten Preis in einem Wettbewerb eines Verlages errungen hatte. Bis Ende 1992 hatte er bereits 100 Bücher mit einer Auflage von circa zwei Millionen Exemplaren veröffentlicht. Mit seiner Frau, seinen Kindern, mehreren Katzen, Hunden, Goldhamstern und Kaninchen sowie einer Schlange lebt der eher pressescheue Autor in der Nähe von Düsseldorf.

Hohlbein ist als Schriftsteller in mehreren Genres sattelfest. Er schreibt Science-fiction (die *Charity*-Serie), Fantasy *(Enwor-Zyklus)*, Phantastik *(Unterland)*, Horror *(Magog)* und historische Abenteuer-Romane *(Kevin von Locksley)*. Dabei unterscheidet er nicht schubladenhaft streng zwischen den einzelnen Genres. In einem Interview mit dem Phantastik-Spezialisten Jörg Weigand sagte er dazu: »Ich mache da keinen Unterschied. Gerade bei den Fantasy-Sachen mischen sich Science-fiction und phantastische Elemente ganz wild. Ich habe keine Hemmungen, in der Fantasy ein Raumschiff auftauchen oder in der Science-fiction einen Zauberer oder Drachen auftreten zu lassen.« Hohlbein hat sich auch als Leser und Fan schon immer mit der Phantastik beschäftigt. »Das Lesen gelernt habe ich auf der einen Seite mit Karl May, und kurz darauf gesellte sich Perry Rhodan dazu. Auch Karl May ist ja reine Phantastik, im Grunde Fantasy der damaligen Zeit. Und das ist hängengeblieben. Es gab so etwa zehn Jahre in meinem Leben, da habe ich nur Science-fiction und Fantasy gelesen, nichts anderes, das war natürlich nicht so besonders gut, aber so stark war diese Besessenheit.«

Auf die Frage nach seinen literarischen Vorbildern antwortet Hohlbein: »Ich habe ein paar Autoren, die ich bewundere und auch so ein bißchen beneide, weil ich so gut nie sein werde, meiner Meinung nach. Das sind Autoren wie Stephen King oder H. P. Lovecraft oder Edgar Allan Poe von den älteren. Aber an sich versuche ich schon, meine eigene Art beizubehalten. Ich kann nur schreiben wie ich, nicht wie King oder Poe.« Über seine Arbeitsweise erzählt der Autor folgendes: »Sehr selten arbeite ich mit Exposé und wenn, dann hat das Endprodukt fast keine Ähnlichkeit mehr mit dem Ausgangsmaterial. Es hilft mir nicht, ein Exposé vorliegen zu haben, denn ich setze mich normalerweise hin mit einer Idee, die auf einer Viertelseite Platz hat: Titel. Anfang und einige Stichworte über die ungefähre Richtung, in die es gehen soll, und das Ende. Und dann arbeite ich wild drauflos. Es gibt zwei verschiedene Arten von Geschichten: Die einen schreibe ich, weil ich damit Geld verdiene, das ist die Arbeit, die man eben macht, und dann gibt es ab und zu Gott sei Dank immer wieder mal eine Story, die ist einfach da und die will raus. Da setze ich mich dann hin und arbeite zwölf oder auch sechzehn Stunden am Tag, bis sie fertig ist, das geht dann aber sehr schnell. Gerade für die umfangreicheren Bücher brauche ich in der Relation die wenigste Zeit. Und was das Schreiben selbst angeht, so schreibe ich viel mit der Hand als Vorbereitung für das Eigentliche. Dann diktiere ich nämlich den Text und lasse das Ganze anschließend von einer Nachbarin abschreiben. Am wenigsten arbeite ich direkt am Computer.«

Hohlbein ist ein Profischreiber, der auch das Romanheft als Medium nicht verschmäht. Unter den Pseudonymen Ryder Delgado, Robert Craven, Henry Wolf und Jack Vernom schrieb er für die Reihe *Gespenster-Krimi* ein gutes Dutzend Horror-Romane; für die Reihe *Professor Zamorra* verfaßte er als Robert Lamont einige Hefte; für die Grusel-Serie *Damona King* steuerte er als Ryder Delgado und Henry Wolf circa zwanzig Hefte bei, darunter den Vampir-Roman *Höllenhaus der Vampire* (1983); für die nach 49 Heften eingestellte Serie *Der Hexer*, die in Lovecrafts Cthulhu-Mythos angesiedelt ist und später auch als dickleibige Taschenbücher erschien, schrieb er vierzig Folgen, darunter den Vampir-Roman *Anonymrono-Vampire* (1985).

Vampir-Träume
Holder, Nancy

Nancy Holder ist eine Autorin aus dem südlichen Teil Kaliforniens, die mittlerweile siebzehn Romane und mehr als dreißig Kurzgeschichten veröffentlicht hat. Die meisten davon sind Liebesromane, von denen einige auch in Deutschland erschienen. Nancy Holder spricht selbst recht gut Deutsch und freut sich sehr, wenn sie hier veröffentlicht wird. Ihre Erzählung *Lady Madonna* hat den »Bram Stoker-Preis« als beste amerikanische Horrorgeschichte 1991 erhalten.
Ihre *Schauergeschichte (Blood Gothic,* 1985) erzählt von einer Kindergärtnerin, die sich sehnlichst einen Vampir als Liebhaber wünscht. »Schließlich begann ihr Vampir-Geliebter sie in ihren Träumen zu besuchen. Sie flogen zusammen über Moore, schwebten über die Heide. Er trug sie zu seinem verfallenen Schloß, entkleidete sie, zog ihr die durchsichtige Unterwäsche aus. liebkoste ihren schönen Körper, bis er sie, auf dem Höhepunkt der Leidenschaft, in ihren gebogenen Hals biß, das Leben aus ihr heraussaugte und ihr statt dessen ewige Verdammnis und ewige Liebe schenkte.« Schließlich stirbt die junge Frau, das Hirn voller Vampir-Träume, an Anämie.

Vampir Mona und ihr frecher Kater
Holleyman, Sonia

Sonia Holleyman ist die Autorin eines Kinder-Bilderbuches mit dem Titel *Vampir Mona (Mona the Vampire).* Es macht großen Spaß, ein Vampir zu sein! Mona und ihr frecher Kater Fango stellen zu Hause und in der Schule so einiges an – als Vampire. Doch auch vorwitzige Vampire wie Mona fürchten sich zuweilen, besonders wenn sie zuviel Grusel-Geschichten lesen. Mona ist froh, wenn ihre Mutter Trost spendet. Die Junggesellen unter den Lesern schlagen nach der Lektüre dieses Bilderbuches das Kreuzzeichen und danken der Vorsehung, daß sie von solch einem Fratz wie der Vampir-Mona verschont geblieben sind.

Vampir-Geist

Horler, Sydney

Der Ex-Journalist Sydney Horler widmete sich ab 1919 ganz der Schriftstellerei. Ähnlich wie sein Zeitgenosse und Kollege Edgar Wallace versorgte er das lesende Publikum ständig mit Nachschub an Abenteuer-, Spionage- und Kriminal-Romanen. Bis zu seinem Tod im Jahre 1954 veröffentlichte er mehr als 150 Romane und zahllose Kurzgeschichten.

Seine Story *Sie werden nicht erlöst* spielt in einem kleinen Ort im Westen Englands (Grafschaft Kent), der von einer ganzen Reihe wohlhabender Leute im Ruhestand bewohnt wird. Die ganze Gegend wird in Furcht und Schrecken versetzt, als man ein achtzehnjähriges Mädchen, die größte Schönheit der Umgebung, tot auf einem Feld findet. »In ihrer Kehle war ein großes Loch, als wäre sie von einer Dschungelbestie angefallen worden.« Als Mörder und Vampir wird schnell Mr. Farrington, ein reicher Müßiggänger, entlarvt, den man auch schon mal an den Häusern vorbeifliegen sieht. Farrington gesteht dem Dorfpfarrer sein abartiges Verbrechen und schießt sich eine Kugel durch den Kopf. Anscheinend wurde der Mann von einem »unheilvollen Geist« besessen, der nun frei herumschweift und sich eine andere menschliche Herberge sucht.

Horlers kleine Gute-Nacht-Vampir-Geschichte erinnert in vielem an E. F. Bensons Meisterstück *Mrs. Amworth.* Seinen unheilvollen »Vampir-Geist« hat er möglicherweise nach dem Vorbild der »Vetala«, einer indischen Vampir-Rasse, gestaltet. »Die Vetala sehen wohl so ähnlich aus wie die Vampire anderer Länder, haben aber mehr ›Gespenster-Eigenschaften‹. Sie hausen in Leichen, die so lange nicht verfaulen, wie sie die Wohnstatt dieser unreinen Wesen sind.

Die Leichname bleiben in den Gräbern liegen, während die Vampire auf Beutesuche gehen« (Michael Page).

I

Vampir als Nekrophiler
Ivancsics, Karin

Die österreichische Autorin (geboren 1962) studierte Germanistik, Romanistik und Publizistik. Für die 1993/94 erschienene Anthologie *Der Riß im Himmel – Frauen schreiben Science Fiction* zeichnet sie als Herausgeberin verantwortlich. In ihrer Short-Story *Die Farbe der Liebe* (1988) erhält ein Fotograf von einem Magazin den Auftrag, einen Verein amerikanischer »echter Vampire« zu besuchen. Er wird angehalten, spektakuläre Fotos, »zum Beispiel, wie einer der besagten Blutsauger Blut in sich hineinschüttet oder am Friedhof Leichen ausgräbt und mit ihnen fickt«, abzuliefern.

J

Vampir-Fotos gibt es nicht

Jacobi, Carl

»Obwohl Carl Jacobi (geboren 1908 in Minneapolis) kaum als ein originelles Talent zu bezeichnen ist, hat er einige sehr überzeugende traditionelle Gespenster-Geschichten geschrieben, die sich für einen Autor der *Weird Tales* in ihrer sprachlichen Zurückhaltung wohltuend vom Durchschnitt der Beiträge dieses Horror-Magazins abheben« (Zondergeld).

Zu Carl Jacobis bekanntesten Arbeiten gehört die 1933 zum ersten Mal erschienene Vampir-Geschichte *Revelations in Black,* die einem 1947 in August Derleths Verlag Arkham House veröffentlichten Band mit Erzählungen den Titel gab.

In Jacobis Story (deutscher Titel: *Laras Bücher)* versucht ein fotografierender Büchernarr ein Beweis-Foto von einem Vampir zu schießen. Der Büchernarr weiß aber nicht: Vampire werfen kein Spiegelbild, keinen Schatten und lassen sich leider auch nicht vom besten Fotografen auf die Fotoplatte bannen. Von Vampiren haben noch nie Fotos existiert.

Vampir-Drama mit New Woman

Jelinek, Elfriede

Elfriede Jelinek (1946 geboren in Mürzzuschlag/Steiermark) wurde mit ihrem Roman *Lust* (1989) auch einem breiteren Lesepublikum bekannt. In diesem Buch beschäftigt sie sich mit der Erniedrigung der Frau. Am Beispiel trostloser Sexualität wird die ausbeutende Gewalt von Männern über Frauen geschildert. *Lust* ist ein von der Kritik sehr zwiespältig aufgenommener Roman voller Sprach-Experimente, der das große stilistische Können der Autorin dokumentiert. Die Texte der Jelinek, die in Wien Theaterwis-

senschaft, Kunstgeschichte und Musik studierte, zeigen manipulierte Existenzen in entindividualisierender Gesellschaft bestimmt durch falsche Glücksvorstellungen.
Wir sind Lockvögel, Baby (1970) zeigt das Nebeneinander von Sprach- und Bewußtseinsmustern in der Gesellschaft. Den geschlossenen Zusammenhang des traditionellen Romans parodierend, verwebt Jelinek in einer Pseudo-Handlung die sprachlich-ideologischen Muster eines Heimat-Romans mit Porno-, Comic- und Horror-Elementen. In *Michael. Ein Jugendbuch für die Infantil-Gesellschaft* (1972) entlarvt sie Schablonen und Stereotypen von Medienhelden, indem sie im Stil scheinbarer Naivität diese der Wirklichkeit derer gegenüberstellt, die aus dem Fernsehen ihre Orientierungen und Sehnsüchte beziehen.
Das Drama *Was geschah, nachdem Nora ihren Mann verlassen hat* wird an einen Wirtschafts-Krimi gekoppelt. Unfähig zur Solidarisierung mit anderen Frauen, erliegt Nora »phallozentrischen und kapitalistischen Gegenkräften«. *Oh Wildnis, oh Schutz vor ihr* ist zugleich eine Absage an modische Natur-Mystik wie der Versuch einer Satire auf Erscheinungen des Kultur-Betriebes.
Emanzipatorisch-kritisch geht Jelinek auch in ihrem »Vampir-Drama« *Krankheit oder Moderne Frauen* (1987) zu Werke. Ausgangspunkt dieses Stückes ist Bram Stokers *Dracula*. Stoker setzte sich in seinem Roman an vielen Stellen mit dem zeitgenössischen Rollenverständnis von Mann und Frau auseinander. Nicht zufällig erinnert der zweite Teil des Dramentitels an den dort mehrfach gebrachten Begriff der »New Woman«.
»Mit dem Phänomen der ›New Woman‹ griff Stoker eine Thematik auf, die gerade während seiner mehrjährigen Arbeit an *Dracula* in der Öffentlichkeit wie auch auf literarischer Ebene außerordentlich große Beachtung fand. Seit Anfang der neunziger Jahre sahen sich weite Teile Englands in zunehmendem Maße mit den Emanzipationsbestrebungen diverser Frauenvereinigungen konfrontiert, deren Forderungen nach umfassender Gleichberechtigung zwar bei manchen Liberalen und Sozial-Reformern seit

langem Unterstützung fanden, eher konservative Kreise des Landes jedoch zutiefst erschütterten.

Vor allem deren männliche Vertreter erblickten in der angestrebten Aufhebung eines über Jahrhunderte hinweg gültigen Rollenverständnisses eine Gefahr für das patriarchalische Herrschaftssystem und somit letztlich eine Bedrohung der bisherigen Gesellschaftsordnung. Die Aversion richtete sich dabei weniger gegen die geforderte Chancengleichheit in gesellschaftlichen, rechtlichen und beruflichen Bereichen oder gegen den Wunsch nach finanzieller Unabhängigkeit. Auch die Inanspruchnahme bisher ›typisch männlicher‹ Möglichkeiten und Aktivitäten wie etwa der Besuch von Universitäten oder die Ausübung bestimmter Sportarten wie Tennis oder Fahrradfahren wurde meist eher belächelt als ernsthaft kritisiert. Als skandalös wie erschreckend zugleich empfand man dagegen die Ablehnung von Ehe und Mutterschaft sowie – und hierin lag der eigentliche Grund des Anstoßes – die Forderung nach sexueller Gleichberechtigung, denn die moderne Frau fühlte sich berechtigt, ebenso wie das männliche Geschlecht intime Beziehungen von sich aus zu initiieren und über sexuelle Belange offen zu diskutieren.

Mit Blick auf diese Entwicklung der viktorianischen Epoche erscheint Stokers *Dracula* zumindest teilweise als eine persönliche Auseinandersetzung und als Antwort auf das Programm der ›New Woman‹. Dabei lassen sowohl die Konzeption der Frauengestalten in dem Roman als auch verschiedene Äußerungen von Stokers Helden van Helsing und Sewards zur gesellschaftlichen Rollenverteilung erkennen, daß Stoker in seinem Werk keine grundsätzliche Verurteilung der weiblichen Emanzipationsbemühungen beabsichtigt, sondern sich – wie viele seiner männlichen Zeitgenossen – in erster Linie gegen den Kampf um sexuelle Gleichberechtigung wendet.

Ein Vergleich zwischen Mina Harker einerseits und den weiblichen Vampir-Gestalten auf Schloß Dracula andererseits macht diese differenzierte Haltung des Autors deutlich: Wie die typische Vertreterin der ›New Woman‹ stammt auch die Ehefrau Harkers aus der Mittelschicht. Zumindest vor ihrer Heirat verdiente sie sich als Schulassistentin selbst ihren Lebensunterhalt, verfügt über ausgeprägte Intelligenz und entpuppt sich im Verlaufe des Geschehens als zielstrebige und eigenständig handelnde Persönlichkeit. Auch nach der Eheschließung bemüht sie sich entgegen dem traditionellen Rollenverhalten der Zeit, ihrem Gatten als gleichwertiger Partner mit Rat und Tat zur Seite zu stehen. Anders als Mina, die eine offensichtlich akzeptierte, da für gut befundene Seite der Emanzipationsbestrebungen vertritt, verkörpern die drei Vampir-Weibsen auf Burg Dracula dagegen genau das Verhalten, das speziell unter den männlichen Zeitgenossen zu Verwirrung und Ablehnung führte. Entgegen dem herkömmlichen Rollenverständnis unterhalten sich die drei Vampir-Frauen beispielsweise offen über die vermutliche Potenz des Opfers Jonathan Harker. Fast so wie moderner Frauen-Talk im Jahr 2000.

Zudem zeigen sie keine Hemmungen, ihre Erotik gezielt einzusetzen, wenn es darum geht, das Objekt ihrer Begierde zu verführen. Ebenfalls ›modern‹ ist ihre Geringschätzung vermeintlich weiblicher Pflichten. Wie beispielsweise ihr Umgang mit dem Baby verdeutlicht, hat der Mutterinstinkt in ihrem Falle keine bestimmende Kraft mehr. Im Mittelpunkt ihres Lebens steht nicht die selbstlose Aufopferung für Mann und Familie, sondern die Befriedigung persönlicher Wünsche und Bedürfnisse. Daß weder die sexuelle Freizügigkeit noch die Mißachtung der angeblich weiblichen Aufgabenbereiche die Zustimmung des Autors erfahren, wird in der ausschließlich abwertenden Charakterisierung dieser Figuren deutlich sichtbar. Seine Abneigung bringt Stoker vor allem darin zum Ausdruck, daß er die nach sexueller Gleichberechtigung strebende ›New Woman‹ mit der Gestalt des blutrünstigen Vampirs in Verbindung bringt. Infolgedessen erscheint die erotisch emanzipierte Frau als ein unmenschliches, sexuell aggressives Schreckgespenst, das sich die skrupellose Vernichtung des Mannes zum Ziel gesetzt hat.

Der Wunsch nach Eigenständigkeit und Selbstverantwortung sowie die Außerachtlassung traditioneller Pflichten werden als Produkt einer egoistischen Lebensauffassung dargestellt, deren Umsetzung nur auf Kosten der Allgemeinheit gelingen kann. Die Vernichtung der Vampirinnen – und was der Autor damit meint, heißt: die Verweisung der ›New Woman‹ in ihre Schranken – ist speziell aus männlicher Sicht ein sogar essentieller Schritt, da die von jenen geforderte Aufhebung des konventionellen Rollenverhaltens die Zerstörung der patriarchalischen Herrschaft herbeiführt« (Pütz).

Die Hauptpersonen in Elfriede Jelineks *Krankheit oder Moderne Frauen* sind Carmilla, Hausfrau, Mutter und Vampir. Dr. Benno Hundekoffer, Steuerberater und Carmillas Mann, Emily, Krankenschwester und Vampir, und Dr. Heidkliff, Facharzt für Kiefer- und Frauenheilkunde. Die Namen Carmilla, Emily und Heidkliff beziehen sich auf Le Fanus Vampir-Lesbe *Carmilla,* auf die Schriftstellerin Emily Brontë und die dämonische Figur Heathcliffe aus ihrem Schauerroman *Sturmhöhe (Wuthering Heights).* In teils bewußt schockierender, teils witzig-burlesker Form stellt dieses Stück heraus, daß sich auch rund hundert Jahre nach den ersten Emanzipationsbemühungen die gesellschaftliche Situation des weiblichen Geschlechts nur unwesentlich verändert hat: Nach wie vor ist die Frau einem patriarchalischen System unterworfen, das ihr jegliche Selbstbestimmung und eigenständige Entfaltung zu verwehren oder doch ihre Autonomiebestrebungen zumindest entscheidend zu kontrollieren und einzuschränken sucht.

Als Folge der durchaus erfolgreichen Unterdrückungsversuche der beiden männlichen Protagonisten sind Emily und Carmilla lediglich Geschöpfe von »liebenswürdiger Geringfügigkeit«, die auf die Bedeutung eines »Fortpflanzungsapparats« reduziert werden und die »restlos gar nichts« darstellen. Das Dasein, das sie aufgrund der maskulinen Denk- und Verhaltensweisen zu führen gezwungen sind, entspricht infolgedessen – wenn auch in einem gänzlich anderen Sinne als in *Dracula* – der Existenzform des abergläubischen

Vampirwesens: Wie diesem ist auch der Frau in der modernen Gesellschaft ein nur schattenhaftes, ausschließlich physisch existentes Dasein zwischen Leben und Tod vergönnt: »Wir sind die Untoten, Carmilla! Wir sind nur Pseudotote. Wir sind nicht Tod, nicht Leben! Carmilla, versteh doch, wir sind und sind nicht.«

Zumindest Emily bemüht sich allerdings, sich ihrer von außen auferlegten Definition als das »rein biologische Sein«, das »aus jeder Sphäre außer der der biologischen Reproduktion« konsequent ausgegrenzt ist, auf mehrfache Weise zu entziehen. »Ich gebäre nicht, ich begehre dich«, äußert sie Carmilla gegenüber. Nicht zufällig verlangt sie von ihrem Zahnarzt, ihr eine Vorrichtung zu schaffen, die ihr auch in sexueller Hinsicht eine Gleichstellung mit dem männlichen Geschlecht ermöglichen soll: »Ich wünsche mir diese beiden wesentlichen Zähne ausfahrbar gemacht! Sie sollen hervorlugen und wieder verschwinden können. Ich brauche einen ähnlichen Apparat wie ihr Männer ihn habt! Ich möchte imponieren können. Ich möchte Lust vorzeigen können! Ich möchte bitte etwas vorschnellen lassen, wenn mir danach ist. Bitte sehr. Und wenn es nur ein Zahn ist!«

Als dann Emily und Carmilla auf dem Höhepunkt ihrer Autonomiebemühungen versuchen, den ehemaligen Partnern das Blut – und das bedeutet hier: gleichermaßen Lebenskraft und Existenzberechtigung – auszusaugen, bleibt dieses Vorhaben ohne Erfolg: Beide müssen feststellen, daß die attackierten Männer selbst blutleere Geschöpfe sind, deren Machtanspruch aufgrund dieses Sachverhalts jeglicher Legitimität entbehrt.

Wie in *Dracula* stoßen derartige Emanzipationsbestrebungen der Frauen bei den maskulinen Protagonisten auf rigorose Ablehnung. Bereits in den Moment, in dem Carmilla beginnt, durch den Genuß frischen Blutes ihr bisher bloß physisches Schattendasein mit Leben – und das heißt: mit Inhalt und Bedeutung – zu füllen, bemängelt ihr Gatte Benno, daß sie »etwas Männliches bekommen hat, das mir nicht gefällt«. Im Unterschied zu Harker und seinen Gefährten in *Dracula*

resultiert Bennos Kritik jedoch weniger aus der sexuellen Offensive der Lebenspartnerin als vielmehr aus ihrem plötzlich erwachten Machtstreben, das das bisherige Patriarchat zu beenden droht. Weitaus offener als in *Dracula* – dort werden religiöse Beweggründe vorgeschoben – formulieren sowohl er als auch Heidkliff ihre Motive für die schon bald für notwendig erachtete Vernichtung der »Aufständischen«. »Darf ich Ihrer werten Gattin den Kopf absicheln? Darf ich sie sticheln? Kopf abhobeln. Mund und Fotze mit Knoblauch auffüllen. Pfahl ins Herz samt Schlag und aus. Saugen uns aus. Uns!«
Und Benno später: »In einer Frau muß jeder unwillkürlich das Blut sehn. Einmal ist es dann soweit, daß die Gattin aus ihm Kraft zieht. Sie wird mir entschieden zu stark.«
Wie Bram Stokers Klassiker *Dracula* endet auch Jelineks düstere Geschichte *Krankheit oder Moderne Frauen* schließlich mit der Exekution der revoltierenden Frauen, die nun ihrerseits den beiden Männern als »Blutbank« dienen. Noch immer – so suggeriert die Autorin Elfriede Jelineks Drama – gelingt es der Frau nicht, sich im Kampf gegen die Vorherrschaft des männlichen Geschlechts zu behaupten.

Vampir als Geister-Jäger

Jennings, Gary

Von Gary Jennings, einem hierzulande völlig unbekannten Autor (er soll sich dem Vernehmen nach als Schreiber von Science-fiction-Geschichten in den USA einen Namen gemacht haben), wurde in Deutschland 1978 eine Vampir-Story mit dem Titel *Geisterbeschwörung* abgedruckt. Die wenig begeisternde Geschichte (Baujahr möglicherweise die fünfziger oder sechziger Jahre) berichtet von einem dicken Ami-Millionär, der ein altes Schloß in England gekauft hat, in dem Gespenster zuhauf ihren Schabernack treiben (Oscar Wilde und *Das Gespenst von Canterville* drohen mit den Pfoten). Der Hawaii-Hemd-Ami heuert als »Geisterjäger« eine attraktive junge Dame mit dem bezaubernden Namen Sylvia an, die, ohne viel Federlesen zu machen, die alte Bude im Handumdrehen von den spukenden Quälgeistern säubert. Mit dieser Dame allerdings hat der amerikanische Besitzer der Spuk-Ruine den Bock zum Gärtner gemacht, denn die liebreizende Gespenster-Austreiberin entpuppt sich alsbald als abgefeimte Blutsaugerin. Die Vampir-Lady versteht es, den mopsgesichtigen Ami mit ihren Reizen zu umgarnen, und man muß davon ausgehen, daß sie den Fettwanst auslutscht und das Schloß in ihren Besitz bringt. Jennings Vampir-Story ist natürlich der reinste Humbug. Andererseits existieren Vampir-Geschichten, die noch viel schlimmer geraten sind; man erinnere sich an die Hervorbringungen der Herren Henry Kuttner oder E. C. Tubb und andere für Konsorten des Genres.

Mini-Vampir

Jungmann, Ann

Der Vampir Vladimir, ein koboldhafter spitzzahniger Nichtsnutz in Schnapsflaschengröße, ist eine Schöpfung der englischen Autorin Ann Jungmann. Besonders Minderjährige erfreuen sich an dem munteren Treiben des Mini-Vampirs *(Die Abenteuer beginnen/Vlad the Drac,* 1982; *Panik im Hotel/Vlad the Drac Returns,* 1982; *Ein neuer Superstar/Vlad the Drac Superstar,* 1985).

Die Autorin Ann Jungmann ist in London geboren und aufgewachsen. Sie hat viele Jahre in Australien verbracht, bevor sie nach London zurückkehrte. Über ihren Beruf als Grundschullehrerin kam sie zum Schreiben von Kinderbüchern.

K

Sexspiele der Vampire
Kast, Pierre

Eigenartigerweise fand Pierre Kasts Roman *Die Vampire von Lissabon (Les Vampires de l'Alfama)* aus dem Jahre 1975 im deutschen Sprachraum nicht die gebührende Anerkennung und Aufnahme der Horror-Fan-Gemeinde. Obwohl das Buch von verschiedenen Verlagen aufgelegt wurde (erstmals 1979 in Österreich, ein anderes Mal 1984 in der Bundesrepublik Deutschland) und das Zeug zu einem echten Kult-Buch hat, blieb es doch immer nur ein Geheimtip unter wenigen Eingeweihten.

Pierre Kasts Roman ist ein Reigen der Vampire voll Blut und Sinnlichkeit im Altstadtviertel von Lissabon, vor dem Hintergrund politischer Intrigen und perfider Mordanschläge: Graf Kotor, Vampir aus dem fernen Böhmen, und seine beiden unwirklich schönen Kinder Laurent und Barbara, Joao, Kardinal und Lebenskünstler, die exquisit-pikante Alexandra, seine verführerische Nichte, und ihr zwielichtig-rachsüchtiger Freier, der machtlüsterne Marquis, der sadistische Polizeipräfekt Luciano und schließlich alle Einwohner der Alfama werden hineingezogen in diesen unbarmherzigen Tanz. Alle Ingredienzien einer packenden Schauergeschichte sind vorhanden, aber dieser Roman ist mehr: In poetisch-ironischer Überhöhung stellt der Autor Verbindungen zu uralten Mysterien und Geheimbünden her, deren Macht und Ausstrahlung bis in die heutige Zeit reichen. Er präsentiert uns die Vampire als Wesen, die sich, wie wir, nach dem Licht, nach dem ewigen Leben sehnen; sind sie im Kampf gegen den Tod vielleicht bereits einige Schritte weiter als wir? Aber wo bitte genau?

In den Medien (Rundfunk und Presse) wurde Pierre Kasts Vampir-Roman durchwegs positiv aufgenommen, wie zwei Beispiele belegen.

»Pierre Kast, 1920 in Paris geboren, arbeitete nach Absolvierung seines Universitätsstudiums zuerst als Journalist und dann beim Film, zusammen mit berühmten Regisseuren wie Jean Renoir. Dies scheint von Bedeutung, ist doch die größte Stärke des flüssig zu lesenden Buches seine Erzähltechnik, welche die Verwandtschaft zu Film und Journalismus sofort herstellt: Kurze Szenen, häufige Schnitte, Perspektivenwechsel und am Ende des Buches als besonderer Gag ein Vorausgriff um Jahrhunderte im Vergleich zum übrigen Geschehen: Szenen, die in ihrer Eindringlichkeit Nahaufnahmen im Zeitlupentempo gleichkommen: Das Geschehen läuft, geschickt dargeboten, wie ein bunter Film ab.

Interessant ist vielleicht doch, daß das realistisch-bunte Tableau durch eine besondere Ideologie überhöht wird: In Pierre Kasts Roman sind die Vampire nicht die allgemein gefürchteten Blutsauger, obwohl diese ihre Schwäche keineswegs geleugnet wird, sondern gerade dies ermöglicht sozusagen eine innigere Gemeinschaft mit ihren Freunden; sie werden zu Außenseitern im positiven Sinn gemacht, zu wirklich ›zukünftigen‹ Menschen, welche eine erste Schlacht im uralten Kampf der Menschheit gegen den Tod erfolgreich bestanden haben und in einer von Liebe und Brüderlichkeit durchgeistigten (und durchgeisterten) Atmosphäre leben« (Sabine Grossi).

»Pierre Kast hat ein Vampir-Epos geschaffen, das sich durchweg von herkömmlichen Darstellungen dieses Genres unterscheidet. Seine Vampire sind nämlich keine gewalttätigen, blutrauschsüchtigen Gruselmonster, die Angst und Terror verbreiten, sondern eher liebens- wie auch bedauernswerte Geschöpfe aus der Schattenwelt. Als wirklich blutrünstig erweisen sich in diesem Roman nur die Menschen.

Pierre Kast hat eine spannende Geschichte konstruiert, die das Vampirtum in poetischer Überhöhung schildert und gleichzeitig das unerbittliche menschliche Streben nach Macht und Einfluß aufzeigt. In all dem ist die Bedeutung der uralten Mysterien mit eingeflochten, die von König Mithras ausgehen und bis zu den Geheimbünden der Rosenkreuzler und der Freimaurer reichen. Verblüffend ist die freimütige Schilderung der verschiedensten sexuellen Spielarten, die in diesem Buch Menschen und Vampire gleichermaßen praktizieren. Störend im Lesefluß ist allerdings das Vulgär-Vokabular, dessen sich in ihrer Übersetzung aus dem Französischen Eveline Roboz mitunter bedient« (Günther Becker).

Mehrere lesbische Vampire

Keesey, Pam

Mit lesbischen Vampiren, also weiblichen Vampiren, die weibliche Vampire begehren, lieben und auch öfter beißen, kam Pam Keesey erstmalig 1983 in Berührung. Sie ging ins Kino und sah den Blutsauger-Film *Hunger* mit dem Rockstar David Bowie und dem französischen Filmstar Cathérine Deneuve. Nach Ansicht von Pam Keesey präsentierten Cathérine Deneuve und Susan Sarandon auf der Leinwand die idealen lesbischen Vampire. Nach einer umfassenden Einführung zu lesbischen Vampiren kommen auf rund 300 Seiten die Geschichten: *Miss Dracula* (Zana), *Ich bin ein Vampir* (Jody Scott), *Carmilla* (J. Sheridan Le Fanu), *Kinder der Finsternis* (Elaine Bergstrom), *Louisiana: 1850* (Jewelle Gomez), *Lilith* (Robbi Sommers), *Virago* (Karen Marie Christa Minns), *O Captain, mein Captain* (Katherine V. Forest) und *Minimax* (Anna Livia). Im Anhang hat Pam Keesey noch eine Filmographie mit lesbischen Blutsaugern aufgeführt.

Vampire gegen Zombies

Kelasker, Hivar

Unter dem Pseudonym Hivar Kelasker veröffentlichte der deutsche Autor Hans Kneifel Mitte der siebziger Jahre rund zwei Dutzend Horror-Heftromane. Fleißiger war er auf dem Gebiet der Fantasy und Science-fiction; hier schrieb er über 400 Romanhefte und Taschenbücher, unter anderem für die Serien *Perry Rhodan, Atlan* und *Mythor.* Für die erste deutsche Fantasy-Serie,

Dragon, Söhne von Atlantis, verfaßte er 1973 den Heftroman *König der Vampire.*

Kneifel wurde 1936 in Gleiwitz geboren. 1945 kam er nach Oberbayern. 1960 machte er Abitur. Er legte eine Prüfung als Konditormeister ab. Später studierte er und war anschließend als Berufsschullehrer tätig.

In seinem Heftroman *Flitterwochen mit dem Tod,* der 1976 in einer beliebten Heftchen-Reihe erschien, kreucht und fleucht es bloß noch so von Vampiren, Ghoulen, Zombies, weißen und schwarzen Magiern, Hexen und anderen, unsagbaren Horror-Mißgeburten. Inhalt dieser Story ist möglicherweise folgender: Professionellen »Dämonenkillern« gelingt es, eine Horde Vampire auf mit Gift präparierte »wandelnde Tote« oder »Untote« (höchstwahrscheinlich handelt es sich dabei um zombiemäßige Kreaturen) zu hetzen. Ein Biß in diese wandelnden Gift-Kadaver gestaltet sich für die Vampire äußerst unbekömmlich: Sie verfaulen bei lebendigem (?) Leibe.

Eine weitere Story von Hivar Kelasker, in der Blutrünstler fröhliche Urstände feiern, ist der Heftroman *Die Sklavin des Vampirs* (1975), der 1984 nochmals unter dem leicht abgeänderten Titel *Die Sklaven des Vampirs* aufgelegt wurde.

Mongoloider Vampir

Keller, David H.

Der amerikanische Arzt David H. Keller (1880–1966) zählt zu den wichtigsten Schriftstellern der frühen Pulp-Ära. Er studierte an der Universität von Philadelphia Medizin, wurde Landarzt und spezialisierte sich später auf die Psychoanalyse. Von 1928 bis 1943 wurden annähernd einhundert seiner Erzählungen und ein halbes Dutzend Romane in fast allen damaligen Science-fiction-Magazinen, ein beträchtlicher Teil wurde aber auch in Weird-fiction-Magazinen veröffentlicht.

Obwohl Keller in erster Linie als Science-fiction-Autor bekannt wurde, hat er auch im Bereich gerade der psychologischen Phantastik Überzeugendes publiziert. »Erfahrungen im Ersten Weltkrieg und während seiner psychiatrischen Laufbahn prägten teilweise die Wahl seiner Themen. In ihrer häufig grausamen Knappheit wirken seine Erzählungen wie amerikanische Versionen der französischen ›contes cruels‹« (Zondergeld).

Keller verfaßte im Laufe seines Lebens Hunderte von Erzählungen und einige Romane, die niemals publiziert wurden. Zahlreiche andere Manuskripte wurden aufgrund guter Beziehungen des Autors nach Frankreich ins Französische übersetzt und dort veröffentlicht. In deutschen Landen erschien von Keller in verschiedenen Anthologien gerade mal eine Erzählung pro Jahrzehnt: *Professor Werner, der Satan (The Devil and the Doctor)*, 1969; in den siebziger Jahren überschlugen sich die Herausgeber von Anthologien geradezu und veröffentlichten in diesem Jahrzehnt zwei Erzählungen von Keller: *Ein klarer Fall von Selbstmord (A Piece of Linoleum)*, 1971, und dazu *Ein Totenschädel zur Erinnerung* im Jahre 1976. 1988 erschien in Deutschland *Erbanlagen* und 1991 *Das Ding im Keller (The Thing In The Cellar)*.

1947 erschien in den USA Kellers Story *Heredity*, die in Deutschland unter dem Titel *Erbanlagen* publiziert wurde. Die Geschichte erzählt von dem Besuch des Psychiaters Dr. Overfield auf dem Anwesen des steinreichen Lederfabrikanten Peterson. Petersons Sohn Alexander leidet an einer Spielart der Geisteskrankheit, die als Mongolismus bezeichnet wird. Der mongoloide Junge vergnügt sich damit, nackt in dem eingezäunten Park des Anwesens herumzutollen und die eigens für ihn im Freien gehaltenen Hasen und Rehe mit seinem übermäßig stark entwickelten Gebiß totzubeißen und ihr rohes Fleisch zu verzehren. Der Psychiater und sein Gastgeber fragen sich, von welchem Elternteil der Knabe wohl diese wenig erfreuliche Erbanlage mitbekommen hat. Vielleicht von seiten der Ehefrau? »Nein«, antwortet Peterson, seine Frau sei gesund, und auch in ihrem Unterbewußtsein befinde sich nichts dergleichen. »Sie ist eine der nettesten Frauen, die Gott je geschaffen hat. Sie ist einfach durch und durch gut.« Dem geisteskranken Jungen gelingt es eines Nachts, seinem Wärter zu entwischen. Man findet ihn zusammen mit seiner Mutter im Schlafzimmer seines Vaters, der auf dem Boden liegt. »Auf der rechten Seite kauert Alexander, mit blutverschmiertem Gesicht und Händen riß er Fleischstücke aus dem Arm seines Vaters. Auf der anderen Seite machte sich Petersons Frau an seinem Hals zu schaffen und sog Blut aus der Schlagader. Gesicht und Kleid waren mit Blut besudelt, und als sie aufblickte, zeigte ihr Gesicht den Ausdruck eines irritierten, aber zufriedenen Dämons. Sie schien sich durch die Unterbrechung gestört zu fühlen, war aber zu beschäftigt, um sie zu begreifen. Sie trank weiter, doch der Knabe fauchte vor Ärger.« Bei den von Kellers Alter ego Dr. Overfield geschilderten Vorgängen handelt es sich um einen speziellen Fall von Geisteskrankheit, die oftmals mit Vampirismus gleichgesetzt wird.

Vampir in der Biotech-Industrie

Kemske, Floyd

Norman ist Personalchef. In Normans Bio-Tech-Firma *Biotmethods* passieren merkwürdige Dinge. Sein neuer Chef, der aalglatte Consultingmanager Pierce, feuert kurz nach seinem Einstieg die ganze Geschäftsführung. Die Firma soll total umgekrempelt werden. Eine leitende Angestellte bittet nach einem längeren Gespräch mit Pierce um ein fensterloses Büro. In Norman keimt der Verdacht, Pierce könne ein Blutsauger sein. Der Blutsauger Pierce war auch früher schon eine Art Manager, der Arbeiter und Angestellte gnadenlos bis zum letzten Blutstropfen auspreßte, um die Produktion und den Gewinn zu erhöhen. Norman sucht nachts seine Firma und Pierce auf – bewaffnet mit einem Krokketschläger und einem spitzen Holzstab. Im Büro von Pierce liegt tot die Sekretärin Jacqueline, aus deren Herz das Stilett von Pierce ragt. Norman zieht unverrichteter Dinge mit seiner Gwen ab, und Pierce entschließt sich, diese Zeit wieder zu verlassen, wo in einer Firma keine Produkte, sondern nur noch Informationen hergestellt und Lizenzen vergeben werden.

Floyd Kemske, Jahrgang 1947, der aus Delaware stammt, hat mit dem Roman *Bilanz der Vampire* das umgesetzt, was einst Voltaire meinte, als er die Kapitalisten zu den wahren Blutsaugern zählte. Kemske arbeitete als Wirtschaftsjournalist und Unternehmensberater. Im gleichen Verlag wie *Bilanz der Vampire* erschien von Kemske auch noch das *Megabyte-Auge* und das *Aufsteigerprinzip*.

Vampir-Mutter

Keulen, Mensje van

Für Kinder ab zehn Jahren verfaßte die holländische Autorin Mensje van Keulen den Roman *Die Freunde des Mondes (Vrienden van de maan,* 1989). Die Freunde des Mondes genannten Vampire plagt quälender Durst. Landolino, der jüngste, ist schon so durstig, daß er nur noch in Reimen spricht. Dabei soll aus dem kleinen Dichter doch endlich ein richtiger Vampir werden. Da beschließt Luzabel, die fürsorgliche Vampirmutter, ein Mädchen zu entführen.

Mensje van Keulen (geboren 1946) schreibt bereits seit 1972 und kann auf ein umfangreiches Werk zurückblicken. Ihre Kinder- und Jugendbücher überzeugen durch fesselnde Erzählweise und eine gelungene Mischung von Phantasie und Realität.

Vampir-Korruption

King, Stephen

Als junger Bengel entdeckte Stephen King eine Kiste mit Horror- und Science-fiction-Büchern im Haus seiner Tante. Heute ist er mit weltweit über 80 Millionen verkaufter Bücher der erfolgreichste Horror-Schriftsteller der Gegenwart. Der »literarische Kaufherr« unter den Grusel-Autoren – seine Bücher werden schneller verfilmt als die Druckerschwärze trocknet – wurde 1947 in Portland, Maine, geboren, ist im besten Mannesalter und steckt voll mit ungebrochener Kreativität. Man wird sich also damit abfinden müssen, auch noch im nächsten Jahrtausend mit dem »Meister des Horrors« konfrontiert zu werden.

Richard Mathesons Roman *Ich bin Legende (I Am Legend)* war der letzte Vampir-Roman, der Biß und Blut hatte. Danach ging es mit dem Vampir in der Literatur bergab, und der Blutsauger wurde zur Witzblattfigur degradiert. Neues Leben hauchte erst wieder King mit seinen Roman *Brennen muß Salem (Salems Lot)*, der zwanzig Jahre nach Ma-

thesons Klassiker 1975 erschien, dem schon arg ramponierten Grusel-Gesellen ein. Kings Freund und Kollege Peter Straub schreibt dazu: »Ich war der Meinung, daß es Mitte der siebziger Jahre außerordentlichen Mut erforderte, diese alte und abgenutzte Karte zu spielen, und zwar ernsthaft zu spielen. King alberte nicht herum, er machte sich nicht einmal die Mühe, das Absurde am Auftauchen eines Vampirs in einer hinterwäldlerischen Kleinstadt in Maine zu erklären, er schlug die Karte einfach auf den Tisch.«
»Stephen Kings *Brennen muß Salem* hat gezeigt, daß auch eine ganz und gar tradierten Mustern verhaftete Story durchaus funktionieren kann, wenn sich ein Kenner der sattsam bekannten Versatzstücke bedient« (Robert Vito). »Obwohl es kaum noch möglich erschien, dem Vampir-Mythos neue Seiten abzugewinnen, gelang dies King mit seinem Roman, in dem die ganze Bevölkerung einer amerikanischen Kleinstadt allmählich zum Vampir wird« (Zondergeld).
King schrieb seinen Vampir-Roman zu einer Zeit, als er für einen Hungerlohn als Lehrer arbeiten mußte und mit seiner Frau in einem Wohnwagen lebte. In einem Interview mit dem *Playboy* berichtete er später über diesen Abschnitt seines Lebens: »Ich kam erschöpft von der Schule heim und zwängte mich in den Heizraum des Wohnwagens, wo ich eine kleine tragbare Olivetti auf einen Kindertisch stellte, den ich mit den Knien balancieren mußte, und dort versuchte ich dann, funkelnde Prosa zu tippen. Dort habe ich übrigens *Brennen muß Salem* geschrieben. Es war mein zweites veröffentlichtes Buch, aber ich hatte den größten Teil davon fertiggestellt, bevor *Carrie* angekauft worden war. Und glauben Sie mir, wenn ich nach einem Tag des Unterrichtens nach Hause kam und mitansehen mußte, wie meine Frau kühn mit einem Berg unbezahlter Rechnungen jonglierte, war es ein Vergnügen, mich in diesen engen Heizungsraum zu zwängen und mit einer Horde blutsaugender Vampire zu kämpfen. Verglichen mit unseren Gläubigern, waren sie eine verdammte Erleichterung.« King, der über sich selbst sagt, er habe sich »nie als strahlend originellen Schriftsteller be-

trachtet, wenn es darum geht, vollkommen neue Einfälle für die Handlung auszudenken«, weist auf die Bedeutung von Bram Stokers Meisterwerk für seinen Vampir-Roman hin: »*Brennen muß Salem* wurde natürlich von dem großen Klassiker des Genres, Bram Stokers *Dracula,* beeinflußt, und es weist eine ganz bewußte Ähnlichkeit damit auf. Daraus habe ich nie ein Geheimnis gemacht.« King, der Schwierigkeiten hat, Sex-Szenen zu schreiben, hat die sexuellen Aspekte, die Stokers Roman prägen, völlig weggelassen. Er ist der Meinung, »daß in einer Gesellschaft, in der Homosexualität, Gruppensex, oraler Sex und sogar, Gott schütze uns, Wassersport Themen öffentlicher Diskussion geworden sind, den sexuellen Motoren, die einen Großteil von Stokers Roman angetrieben haben, der Treibstoff ausgegangen sein könnte.« In *Brennen muß Salem* finden sich einige Szenen, die parallel zu denen aus *Dracula* laufen, so »das Pfählen von Susan Norton (in Anlehnung an das Pfählen von Lucy Westenra in Stokers Buch); oder auch als der Priester, Pater Callahan, das Blut des Vampirs trinkt (in *Dracula* ist es Mina Harker, die gezwungen wird, die perverse Kommunion des Grafen zu empfangen, während er die einprägsamen, schauerlichen Worte säuselt: Meine reichliche Weinpresse für eine Weile ...); als Callahans Hand verbrennt, als dieser die Kirche betritt, um die Absolution zu empfangen (als van Helsing in *Dracula* Minas Stirn mit einer Hostie berührt, um sie von der unreinen Berührung des Grafen zu reinigen, lodert diese in Flammen auf und hinterläßt eine häßliche Narbe); und natürlich die Gruppe furchtloser Vampirjäger, die sich in beiden Büchern bildet« (King).

»*Brennen muß Salem* ist Kings Hommage an Bram Stoker, aber es weist deutliche Unterschiede in inhaltlicher wie thematischer Hinsicht auf. Konzentrierte sich Stoker auf den Aristokraten als Blutsauger und auf die Bedrohung des Vampirs, so befaßt sich *Brennen muß Salem* weniger mit dem Vampir selbst als mit seinen Opfern und den Auswirkungen seiner Präsenz auf sie. *Dracula,* zur viktorianischen Zeit mit ihrer doppelbödigen Moral entstanden, hat deutliche sexuelle Anklänge, während *Brennen muß Salem* mehr gesellschaftlich orientiert ist. Anders als Dracula will Kings Vampir Barlow nicht sexuelle Unterwerfung, sondern ein Aufgeben der Identität. *Brennen muß Salem* geht unterschwellig auf Zeitströmungen ein, auf politische Skandale, Geheimdienstaktivitäten, finstere Machenschaften des CIA, den Watergate-Skandal. Die Kleinstadt Jerusalems Lot – abgekürzt Salems Lot – wird damit zu einem Mikrokosmos, der dem Makrokosmos der amerikanischen Gesellschaft einen Spiegel vorhält. *Brennen muß Salem* ist wie *Carrie,* Kings erster veröffentlichter Roman, ein pessimistisches und düsteres Buch, das trostlose Zukunftsaussichten bietet. Hat in *Carrie* das Individuum in einer beengenden Gesellschaft keine Chance, so ist es in *Brennen muß Salem* die Gesellschaft selbst, die keine Zukunft hat und der Korruption unterliegt« (Körber).

Brennen muß Salem wurde 1979 für das US-Fernsehen verfilmt. Von deutschen Fernseh-Stationen wurde der Streifen unter dem Titel *Schrecken im Marsten Haus* ausgestrahlt. King meint zu der Verfilmung seines Romans: »Nun, wenn man die engen Grenzen des Fernsehens bedenkt, dann hätte *Brennen muß Salem* wesentlich schlechter werden können. Bei dem Fernseh-Zweiteiler führte Tobe Hooper *(Poltergeist; Lifeforse – Die tödliche Bedrohung; Invasion vom Mars)* Regie, und abgesehen von ein paar Patzern – daß er meinen Vampir Barlow zum Beispiel genau wie das leichenhaft unmenschliche Geschöpf der Nacht in dem berühmten deutschen Stummfilm *Nosferatu* aussehen ließ – hat er seine Sache ziemlich gut gemacht.« King schrieb auch mehrere Short-Stories, in denen das blutsaugende Gezücht die Hauptrolle spielt. Im Mittelpunkt der Geschichte *Einen auf den Weg (One for the road)*, die zwei Jahre nach Erscheinen seines Bestsellers *Brennen muß Salem* veröffentlicht wurde, steht wiederum die vampirverseuchte Stadt Jerusalems Lot. Die niedergebrannte Vampir-Kloake ist noch immer eine Brutstätte der unreinen Wesen, die geifernd arglosen Touristen auflauern. In Kings dritter Story-Sammlung, *Alpträume (Nightmares and Dreamscapes,* 1993), finden sich die Vampir-Geschichten *Popsy* (1987), in der sich ein Kindesentführer ausgerechnet an einem Vampir-Knaben vergreift, was ihm schlecht bekommt, und *Der Nachtflieger,* in der es um einen Vampir mit Pilotenschein geht.

Vampir-Mädchen liebt John Lennon

Kinkel, Tanja

In der Anthologie *Draculas Rückkehr* ist von der Autorin Tanja Kinkel, die durch historische Romane wie *Die Puppenspieler* bekannt wurde, die Vampir-Story mit dem Titel *Unsterblich* enthalten. Das Vampir-Mädchen Madeline verliebt sich ausgerechnet in John Lennon, den Gitarristen, Sänger, Texter und Komponisten von den weltberühmten Beatles. Was nie zuvor geschehen ist, geschieht, und das ansonsten auf Blut spezialisierte Mädchen verspürt erstmals die echte Liebe der Sterblichen. Sie wird dafür von ihrem Vampir-Clan verstoßen. In seinen Song *Norwegian Wood* baut Lennon seine Erlebnisse mit dem Vampir-Girl ein. *Unsterblich* ist eine wahnsinnig romantische Liebesgeschichte, die selbst lesenden Männern das Wasser in die Augen treibt. Die melancholische Vampir-Geschichte ist in der Anthologie *Draculas Rückkehr* einer der Höhepunkte. Vielleicht liegt es daran, daß Tanja Kinkel aus Bamberg, der Geburtsstadt von E. T. A. Hoffmann, kommt.

Vampirismus hat verschiedene Ursachen

Kirchner, Gottfried

Das Sachbuch *Terra X – Schatzsucher, Ritter und Vampire* entstand im Zusammenhang mit der Fernsehreihe *TERRA X.* Es behandelt neben den Templern und den Goldschätzen ausführlich die medizinischen Hintergründe des Vampirismus. Mit Milzbrand und Tuberkulose werden zwei der häufigsten Krankheiten, deren Opfer für Vampire gehalten wurden (die dritte ist Tollwut), ausführlich an Beispielen vorgestellt. Aber auch »normale« Tote sind ja schon schreckerregend genug. Wie im Film wird auch im Buch anhand alter Untersuchungsprotokolle anschaulich ausgeführt, wie sehr Verwesungs- und Zersetzungserscheinungen an die den Vampiren zugeschriebenen Eigenschaften erinnern: erigierter Penis, neue Haut, scheinbare Fettleibigkeit bei vorher hageren Menschen bis zu blutigen Fingernägeln und Schaum vor dem Mund. Für die meisten dieser Erscheinungen sind die bei der körperlichen Auflösung entstehenden Gase verantwortlich, meinen Pathologen. Das Buch ist ein Lese-Genuß für alle an Mythologie oder an Vampiren Interessierte.

Champagner und Blut

Klee, Constanze

In dem Roman *Champagnerblut* (1993) von Constanze Klee gehen in der Ruine eines altehrwürdigen Wasserschlosses Vampire und Gespenster um, an denen der Zahn der Zeit ebenso genagt hat wie an dem einst prächtigen Gebäude – alles ist wie im wirklichen Leben, nur eben etwas märchenhafter. Im Zentrum des ebenso amüsanten wie intelligenten Romans steht eine alte Dame à la Miss Marple, die alle schwierigen Situationen am Ende mit Hilfe ihrer weiblichen Intuition löst.

Constanze Klee, geboren 1949, lebt als Krankenschwester in Frankfurt am Main. *Champagnerblut* ist ihr gelungenes Debüt als Romanautorin.

Vampir-Nachtwächter

Klotz, Claude

Der Roman *Der Vampir von Paris* des Franzosen Claude Klotz erschien als Übersetzung in deutschen Landen in den siebziger Jahren. Nach Auffassung des Autors hat der Vampir als Schrekkensgestalt seine Daseinsberechtigung verspielt und muß von der Bühne abtreten. Die Hauptfigur des kurzen Romans ist der Vampir Ferdinand, den sein Vater Dracula mit einer Sterblichen zeugte. Den 1728 geborenen Vampir-Sprößling verschlägt es nach Paris, weil das Schloß derer von Dracula in eine Tiefgarage umfunktioniert wurde. Er führt ein elendiges Dasein als Gastarbeiter und verdient sich die Miete für sein Kellerloch, das ihm als Behausung dient, als Nachtwächter. Der unschuldig in Not geratene Blutsauger nährt sich von Katzenblut und vergeht sich an den Toten in der städtischen Leichenhalle. Das tyrannische Gesetz der Chromosomen entreißt Ferdinand der Welt der Vampire. Er verliert nach und nach seine vampirischen Eigenschaften, gewöhnt sich das Blutsaugen ab, heiratet und stirbt als Rentner in einer Sozialbauwohnung an den Folgen einer grippalen Angina. »Der Kreaturen der Schrecklichen Nacht entledigt, rollte die Erde von nun an durch den Raum. Die Rasse der Vampire verschwand aus dem Gedächtnis der Menschen.«

Doch »die Kreaturen der Schrecklichen Nacht« sind nicht totzukriegen. 1975 ließ Stephen King mit seinem Vampir-Roman *Brennen muß Salem* die untoten Blutsauger wieder auferstehen und bereitete ihren neuerlichen Siegeszug vor. Im Jahre des Herrn 1995 geistert der Vampir noch immer putzmunter durch zahlreiche Romane, Erzählungen und Spielfilme. Selbst das Nachrichten-Magazin *Der Spiegel* mußte vom Treiben des unreinen Gesellen Kenntnis nehmen und widmete ihm 1994 gleich die Titelstory. »Daß die Uralt-Figur des Blutsaugers aus dem Sarg einmal mehr eine so erstaunliche Wiederkehr feiert, erklärt sich nicht aus Moden oder Entertainment-Strategien. Offenbar wurzelt diese Figur tief im Fundus jener kollektiven Ängste und tabuisierten Wünsche, dem Märchen, Aberglauben und Alpträume entspringen; das gibt ihr Macht über unsere Phantasie.« Man muß kein Prophet sein, um dem blutsaugenden Unhold auch für das nächste Jahrtausend eine glorreiche Zukunft voraussagen zu können.

Vampir haust in der Wurstfabrik

Kneifl, Edith

Die 1954 geborene Edith Kneifl studierte Psychologie und Ethnologie. Durch ihre Geschichte *Vollmondnächte* (1988) kopuliert eine vampirische Sex-Hexe, die ihr Hauptquartier in der Tiefkühltruhe einer stillgelegten Wurstfabrik aufgeschlagen hat. Das alte Reptil betätigt sich als Sperma-Diebin, das in Vollmondnächten durch den Raub des kostbaren Samens unschuldiger Jung-Männer seine Schönheit und Jugend zu verlängern trachtet.

Blutsaugendes Stinktier
Knight, Mallory T.

Anders als in dem Film *Love at First Bite,* wo Draculas Schloß von kommunistischen Funktionären in eine Sportschule umfunktioniert wird, arrangiert sich der lichtscheue Geselle in *Draculas Hochzeit* von Mallory T. Knight mit den roten Blutsaugern. Das Regime liefert ihm ständig frischen Nachschub an Blut-Opfern, der vornehmlich aus den Kreisen von politisch Unerwünschten, Konterrevolutionären, Spionen und gelegentlichen Verkehrssündern besteht. Als der Graf in einer Frühlingsnacht des Jahres 1950 geschäftlich im Wald zu tun hat, wird er von der Dorf-Hure des nahegelegenen Kaffs vergewaltigt. Die Begegnung bleibt nicht ohne Folgen. Das Karpaten-Nymphchen entpuppt sich nach neun Monaten als hochschwanger. Die bucklige Verwandtschaft der sexuellen Wegelagerin setzt den vampirischen Grafen mit Knoblauchfahnen, Holzpflöcken, brennenden Kreuzen und Beschimpfungen – »blutsaugendes Stinktier« – so lange unter Druck, bis er ungläubig glotzend in die Hochzeit mit dem schwangeren Hürchen einwilligt.

Weitere Arbeiten aus der Feder von Mallory T. Knight, in denen er sich mit den blutsaugenden Untoten auseinandersetzt, sind sein »eine Dissertation« genannter Aufsatz *Über Vampire und Vampirismus nebst einem Plädoyer für ein besseres Verständnis zwischen Mensch und Vampir* und der Roman *Draculas Tochter.*

Vampir will Sharon Stone
Köpf, Gerhard

Mit *Fliegende Ameisen* hat Gerhard Köpf eine sehr erotische Vampir-Story für die Anthologie *Draculas Rückkehr* verfaßt. Ein junges Mädchen, das gerne ins dunkle Kino geht, berichtet von ihrem großen Lehrmeister. ER läßt keinen Jungen an sie ran. ER bestimmt die Länge ihres Rocks, den Ausschnitt ihrer Bluse, die Enge ihres Pullis, ihr Make-up und wann sie nach dem Kino heimkommen muß. ER ist Ameisen-Fachmann. Sie meint: »Fledermäuse hätten besser gepaßt.« Sie hat nachts öfter das Gefühl, nackt in einem Ameisenhaufen zu liegen. Beim Lernen für ihr Fliegen-Examen – auf einer Wiese – beobachtet sie ein Liebespaar: »Für einen Augenblick seh ich ihren kleinen weißen Hintern. Er läßt nicht los von ihrem Hals. Ist er wieder in ihr drin mit seinem Zauberzahn.« Sie muß sich selber befriedigen: »Mein beringter Finger ist hart wie mein Mundstück, und ich genieße mein Spiel.« Sie spielt auch Flöte: »Sehen Sie meine Lippen? Bin begabt. Wirklich gut. Wird sie verwöhnen.« Das Kino hat ihr alles beigebracht: »Sharons Kopf fliegt hin und her, Haare wirr im Gesicht, milchweißer, blanker Hals, Lippen, Zunge, Gier, saug mich, lutsch mich, trink mich, sauf mich aus! Fliege? Ameise?« Gerhard Köpf ist Literatur-Professor und hat mit *Innerfern, Papas Koffer, Eulensehen, Piranesis Traum, Der Weg nach Eden* und *Nurmi oder die Reise zu den Forellen* schon einige Bücher verfaßt. Sein Roman *Die Strecke* wurde als *Wallers letzter Gang* erfolgreich verfilmt.

Vampir-Soziologie
Koja, Kathe

Kathe Koja lieferte 1992 in der BRD mit *Schwarzer Abgrund (The Cipher)* »einen der originellsten Horror-Romane der Saison ab« (Schulz-Sembten). Das Buch teilte sich zusammen mit *Prodigal* von Melanie Tem den »Bram Stoker Award 1991« für das beste Romandebüt. 1993 machte die Autorin mit ihrem stellenweise eigenwillig saloppen, aber gekonnten Schreibstil mit ihrer Werwolf-Story *Der Mond des Engels (Angels' Moon)* erneut auf sich aufmerksam.

Wie bei vielen Autoren der neuen Generation ist auch bei Kathe Koja das übernatürliche Element einem realen, greifbaren »Alltagsschrecken« gewichen. In *Monstrositäten (Teratismus,* 1992) greift die Autorin das klassische Thema des Vampirismus auf, »abstrahiert es aber so, daß es im Kontext ihrer Story kaum noch wiederzuerkennen ist. Und eben dadurch schafft sie mit ihrem Familienvater, der seiner Familie langsam die Lebenskraft aussaugt, eine für unsere Zeit möglicherweise wirksamere und treffendere Metapher, als noch so viele soziologische und gesellschaftliche Studien es je könnten« (Körber).

Vampir-Tier
Kubin, Alfred

Alfred Kubin (1877–1959) kennt man vor allem als Zeichner und Illustrator der Werke von E. T. A. Hoffmann, E. A. Poe und vieler anderer Autoren der phantastischen Literatur. Er betätigte sich aber auch als Schriftsteller und verfaßte 1908 den Roman *Die andere Seite,* eine recht biedere und gemütvolle Staats-Utopie, der bei der 68er Generation den Status eines Kultbuches erlangte. Kubins kleine Skizze *Die Jagd auf den Vampir* handelt nicht von einem menschlichen Blutsauger, sondern von einer »zoologischen Seltsamkeit«. Ein Tier, das der Beschreibung nach einer riesenhaften Fledermaus gleicht, bedroht die Bewohner eines kleinen Dorfes. Interessanterweise steht hier der Vertreter der Wissenschaft auf der Seite des Irrationalen, das sich schließlich als rationaler Schrecken manifestiert. Das unheimliche Vampir-Tier kann getötet werden, doch zerfällt der Körper in kurzer Zeit und kann daher nicht präpariert werden, »was die Objektivierung, die das Geschehen durch den Bericht des Wissenschaftlers erfahren hat, teilweise wieder aufhebt und den Leser ratlos zurückläßt« (Elis).

Schlechteste Vampir-Story aller Zeiten
Kuttner, Henry

Im Horror-Magazin *Weird Tales* veröffentlichte Henry Kuttner (geboren 1915 in Los Angeles) 1936 seine erste Story, *The Graveyard Rats,* die deutlich den Einfluß von H. P. Lovecraft zeigt. In der Folgezeit schrieb er unter einer Vielzahl von Pseudonymen alles, was verlangt wurde, und ließ dabei keine Facette des phantastischen Genres aus: Sword & Sorcery, Horror, Satiren und Hard-Science-fiction waren nur einige seiner Themenbereiche. Zusammen mit seiner Frau, der Erzählerin C. L. Moore, verfaßte er bis zu seinem Tod (1958 Laguna Beach) an die 200 Science-fiction-Romane und Stories, Krimis und Horrorgeschichten. Aus Kuttners

Feder stammt die Vampir-Story *Maskerade,* in der – man glaubt seinen Augen nicht zu trauen – ein als Ehepaar und Horror-Autoren getarntes Vampir-Duo an den quasimodoähnlichen Menschen einer stillgelegten Irrenanstalt seine Blutgier stillt.

L

Vampir-Terror und Vampir-König
Lamont, Robert

Unter dem Pseudonym Robert Lamont schreibt Werner Kurt Giesa als Hauptautor für die seit 1974 existierende Horror-Heftroman-Serie *Professor Zamorra.* Mittlerweile soll Werner Kurt Giesa unter diesem und anderen Decknamen (zum Beispiel Mike Shadow) über 500 Heftromane hervorgebracht haben. Werner Kurt Giesa alias Robert Lamont ist neben *John Sinclair*-Autor Jason Dark der fleißigste und beliebteste Autor dieses mittlerweile arg lädierten Genres. Er wird gerne zu soziologischen Seminaren über die Schundheft-Kultur eingeladen. In der *Professor Zamorra*-Serie erschienen von Robert Lamont unter anderen folgende Romane, in denen es vampirisch zugeht: *König der Vampire* (1978), *Die Vampir-Lady* (1979), *Clan der Vampire* (1979), *Invasion der Vampire* (1979), *Saat der Vampire* (1980), *Vampir-Terror* (1983), *Der Vampir von London* (1989), *Das Schwert des Vampirs* (1993).

Schnaps-Vampire
Lang, Othmar Franz

Othmar Franz Lang wurde 1921 in Wien geboren. Er flog mit einem »Nicht genügend« in Deutsch, es war übrigens nicht das einzige, aus dem Realgymnasium. Erste große Reisen zu Wasser, zu Lande und in der Luft unternahm er in Transportmitteln der deutschen Wehrmacht, zuletzt im Lazarettzug. Seit damals besteht bei ihm eine tiefe Abneigung gegen Gesellschaftsreisen. Nach dem Krieg war er in verschiedenen Berufen »untätig«. Seit 1953 lebt er als freier Schriftsteller.
Seine Bücher lassen sich nicht in ein Schema pressen. Heiteren, unbeschwerten Kinder- und Ju-

gendbüchern stehen solche mit starkem sozialkritischem Engagement gegenüber. In seinen Romanen für Erwachsene ist der Grundton ebenfalls heiter, aber in diese Heiterkeit ist viel Zeitkritik verpackt. Seine Bücher sind bisher in fünfzehn Sprachen übersetzt. Lang erhielt unter anderem den Jugendbuchpreis der Stadt Wien und den Österreichischen Staatspreis für Jugendliteratur. Fast jährlich findet man Othmar Franz Lang auf der Auswahlliste zum Deutschen Jugendbuchpreis. Sein Name steht auf der Ehrenliste des internationalen Hans - Christian - Andersen -Preises. Seine Phantasie ist sehr skurril. Er lebt mit seiner Frau, der Autorin und Übersetzerin Elisabeth Malcolm, und einem Sohn in Oberbayern.

Für sein Jugendbuch *Flattertiere wie Vampire* aus dem Jahre 1982 hat sich der Autor folgende Geschichte ausgedacht: Die neue große Freundin von Goody und Cedric heißt Silvie und ist Regierungsbeauftragte in Sachen Fledermäuse. Und ausgerechnet in das alte Haus am Friedhof, wo, wie man munkelt, Vampire ihr Unwesen treiben, zieht sie ein. Aber von solchen »Ammenmärchen« will Silvie ja nichts wissen. Trotzdem sind in dem friedlichen Wokingham plötzlich die Vampire los. Höchst ungewöhnliche Vampire: Fledermäuse mit Menschengesichtern, die sich zum Schrecken der Bürger mit Benzin, Strom oder Milch und sogar mit dem guten »Seventh Heaven«-Whisky aus der nahen Schnapsfabrik vollaufen lassen. Auf ihre Menschenopfer haben diese Vampire übrigens eine günstige, freundlich und höflich stimmende Wirkung. Und wenn es der glückliche Zufall will, kann man hinterher – mit nur einigen mückenstichartigen Bißwunden am Hals – Benzin pinkeln wie Lionel oder Strom erzeugen wie Cedric: sehr zum Wohlgefallen ihrer Eltern. Aber wer steckt hinter dem ganzen unheimlichen Vampirspuk, rätseln die Wokinghamer. Silvie, die Fledermausspezialistin? Oder der elegante fremde Herr im schwarzen Kombi, der seit dem Vampireinfall immer wieder unvermutet, wie ein düsterer Bote, im Dorf auftaucht?

Fest steht nur, daß die Vampire sich als Unterschlupf gerade den

Dachboden von Goodys Zuhause ausgesucht haben, wie sie zu ihrem Entsetzen herausfindet. Dabei hat Goody schon Sorgen genug, auch ohne Vampire, weil sie dringend nach einer neuen Frau für ihren Vater sucht. Zuerst denkt sie an die patente Silvie, aber zum Heiraten gefällt ihr deren Schwester Junie doch noch besser.

Und als die Vampire endlich genauso unversehens, wie sie gekommen sind, wieder abschwirren – übrigens zum selben Zeitpunkt wie dieser ominöse Fremde im schwarzen Kombi –, könnte es durchaus möglich sein, daß Goodys sehnlicher Wunsch in Erfüllung geht.

Langs Buch *Flattertiere wie Vampire* wurde von Walter Reiner und Traudl Reiner mit ganz fabelhaften Illustrationen versehen.

Walter Reiner, Jahrgang 1924, ist gebürtiger Münchner. 1947 begann er seine Tätigkeit als selbständiger Grafiker (Autodidakt). Neben Gebrauchsgrafik und Illustrationen für Zeitschriften führte er Aufträge für Werbetrickfilme aus.

Traudl Reiner, Jahrgang 1930, ist ebenfalls gebürtige Münchnerin. Nach sechs Semestern Grafik-Studium an der Blocherer-Schule in München begann sie als Gebrauchsgrafikerin und Trickfilmphasenzeichnerin.

Traudl und Walter taten sich privat und geschäftlich zusammen und gründeten 1954 eine eigene Trickfilmproduktion. Ihren ersten großen Erfolg hatten sie mit dem Zeichentrickfilm *Ein Münchner im Himmel* nach der Geschichte von Ludwig Thoma. Es folgten zahlreiche, teilweise preisgekrönte Filme wie zum Beispiel *Der selbstsüchtige Riese* von Oscar Wilde (Deutscher Kinderfilmpreis 1963).

Viele Filme wurden später als Bilderbücher verlegt. Aus dieser Entwicklung vom Film zum Buch entstand für die Reiners eine neue wichtige und interessante Tätigkeit, die Buchillustration. Sie sind heute für zahlreiche namhafte Verlage tätig.

Besonders erfolgreich ist die Zusammenarbeit mit Othmar Franz Lang, für den die Reiners neben einigen anderen Büchern und *Flattertiere wie Vampire* auch den Band *Wo gibts heute noch Gespenster* illustriert haben.

Gedanken-Vampire
Lauria, Frank

Der Roman von Frank Lauria zu dem Film (von Alex Proyas) *Dark City* hat natürlich den gleichen Titel. Das düstere SF-Thema hat vampireske (Gedanken-Vampire) Elemente. Dr. Schreber und andere schwarze Gestalten saugen den Menschen nach Mitternacht die Gedanken ab.

Vampir-Gesänge
Lautréamont

Lautréamont (eigentlich Comte de Ducasse, Isidore-Lucien) wählte sein Pseudonym nach einem Helden des Eugène Sue. 1847 in Montevideo als Sohn eines Konsularbeamten geboren, starb er 1870 in Paris unter geheimnisvollen Umständen im Alter von 23 Jahren. Sein Vater schickte ihn 1859 zur Ausbildung nach Frankreich, ans Kaiserliche Gymnasium in Tarbes; die Abschlußprüfung legte er in Pau ab und bezog 1867 die École Polytechnique in Paris. Von 1868 an lebte er unter kümmerlichen Bedingungen als freier Schriftsteller, viel lesend und wenig schreibend, kaum bekannt und von der Zensur unterdrückt. Sein erstaunlicher Einfluß auf die französische Literatur begann mit seiner Entdeckung durch die Surrealisten. Heute wird er vor allem von amerikanischen Horror-Autoren wie Nancy A. Collins und den »Splatterpunks« geschätzt.
Lautréamont ist der Autor eines einzigen Werkes, der *Gesänge des Maldoror* (1869), einem Prosagedicht in sechs Gesängen. Maldoror ist der gefallene Engel, ein schwarzer, zerschmetterter Erzengel von unsagbarer Schönheit, vielleicht die Morgenröte des Bösen, ein Engel jedenfalls, der Rache nimmt an Gott und den Menschen. »Meine Dichtkunst wird nur darin bestehen, den Menschen, dieses Raubtier, mit allen Mitteln anzugreifen und mit ihm den Schöpfer, der ein solches Ungeziefer nicht hätte erzeugen sollen«, charakterisiert der Dichter sein Werk.
Geschlagen mit einem unheimlichen Humor und in völliger Absurdität läßt Lautréamont »seiner sadistischen Homosexuellenphantasie in allen Einzelheiten freien Lauf« (Praz). In dem vampirischen *Ersten Gesang des Mal-*

doror heißt es: »Man lasse seine Nägel fünfzehn Tage lang wachsen.
Oh! wie süß es ist, ein Kind, dessen Oberlippe noch nichts bedeckt, brutal aus seinem Bett zu reißen und, die Augen weit geöffnet, so zu tun, als lege man ihm sanft die Hand auf die Stirn, um seine schönen Haare nach hinten zu streichen! Dann, plötzlich, im Augenblick, da es am wenigsten darauf gefaßt ist, die Nägel tief in seine weiche Brust zu schlagen, doch so, daß es nicht stirbt, denn wenn es stürbe, könnte man es später nicht leiden sehen. Dann, die Wunden ausleckend, trinke man sein Blut … Binde ihm die Augen zu, während du sein zuckendes Fleisch zerreißt, und wenn du viele Stunden lang seine herzzerreißenden Schreie gehört hast … dann stürze wie eine Lawine aus dem Nebenzimmer herein und stelle dich, als ob du ihm zu Hilfe eiltest … Wie echt dann die Reue ist!«

Draculas Betthupferl

Leder, Karl Bruno

Karl Bruno Leder machte sich einen Namen als Übersetzer von Science-fiction- und Horror-Klassikern wie Mary Shelley *(Frankenstein oder der moderne Prometheus)*, Bram Stoker *(Dracula)* und Ambrose Bierce *(Das Spukhaus und andere Gespenstergeschichten)*.
Als Herausgeber stellte er unter dem Titel *Vampire und Untote* eine Anthologie zusammen, in der sich die wichtigsten Vampir-Geschichten aus dem 19. Jahrhundert von John William Polidori, Nikolai Gogol, E.T.A. Hoffmann, Joseph Sheridan Le Fanu, Bram Stoker und Guy de Maupassant finden. Für diese Anthologie verfaßte er ein sachkundiges Nachwort, in dem er unter anderem auf den sexuellen Symbolgehalt des vampirischen Blutsaugens hinweist. »Blut erschien dem animistischen Denken als ein ›besonderer Saft‹, wie es noch im *Faust* heißt; denn Blut war ganz offensichtlich Lebenskraft und Lebenserhalter; und der Drang der Toten nach dem Blut der Lebenden konnte nichts anderes als deren Neid um die Vitalität der Lebenden bedeuten; wobei als hintergründige Variante allerdings auch noch ein anderer Lebenssaft, nämlich das Sperma,

im Symbolgehalt mit inbegriffen und das Blutsaugen auch als eine sexuelle Handlung zu verstehen war. Leben und Zeugen, Blut und Sperma, Vitalität und Potenz sind eben ihrem Gefühlswert nach eng zusammengehörende Begriffe, und der Vampirismus hat ganz sicher neben seiner mythischen auch eine sexuelle Komponente – wie ja umgekehrt auch das ganze Gebiet der Sexualität stark von Mythen überlagert ist.«

1969 verfaßte Leder ein kurzweiliges Büchlein mit dem Titel *Draculas Betthupferl,* das sich im Untertitel *Das erste Lehrbuch für Vampire, Werwölfe, Leichenzehrer, Tiermenschen und wandelnde Mumien, sowie für solche, die dazu Neigung verspüren* nennt.

Jesus war ein Vampir
Lee, Tanith

Der 1947 in London geborenen Tanith Lee gelang Mitte der siebziger Jahre der internationale Durchbruch als Schriftstellerin. Ihre meist in den Bereichen der Fantasy angesiedelten Themen sind stark von Catherine Lucile Moore, der Grand Old Lady der amerikanischen Science-fiction und Fantasy beeinflußt. In der BRD werden ihre mit allen perversen Abarten der Sexualität durchsetzten Werke besonders gerne von Frauen goutiert.

Tanith Lees Roman *Sabella, der letzte Vampir (Sabella: Or The Bloodstone,* 1980), ein Zwitter aus Science-fiction- und Fantasy-Elementen, spielt auf dem Mars in einer unbekannten Zukunft. Sabella, die vampirische Hauptperson des Romans, ist ein attraktives schwarzhaariges Mädchen, das ganz in Schwarz gekleidet und mit dunkler Sonnenbrille in den Mars-Städten auf Männer-Jagd auszieht. Ihre Opfer genießt sie in einer Verbindung aus Geschlechtsakt und Blutsaugen. Über die Befriedigung ihrer unreinen Gelüste an einem willfährigen Liebhaber erzählt sie: »Die Zähne müssen nicht unbedingt besonders lang sein. Sie müssen bloß sehr scharf sein, rasiermesserscharf. Mit Spitzen wie Nadeln, um stechen zu können, ohne die Haut zu zerreißen, ohne weh zu tun. Ich preßte das Fleisch und die Vene mit meinen Fingern, massierte und modellierte sie für mich mundgerecht. Als ich die Wunde machte, erschauerte er, und als ich dann zu saugen begann, wurde dieser Schauer krampfartig. Und dann, als ich zu pumpen begann, kam er, wieder und immer wieder. Dieser Orgasmus ergoß sich aus seiner Vene direkt in meinen Mund. Der Höhepunkt hielt an, noch lange, nachdem der Erguß erschöpft war, während der andere Erguß weiterfloß, weiter und weiter, bis ich aufhörte zu trinken oder bis er die Besinnung verlor. Das ist das ganze Geheimnis. Das ist es, was tötet. Warum geschieht es auf diese Weise? Ich weiß es nicht. Ich dachte an die Geschichten über gehängte Männer, die in dem Augenblick einen Orgasmus haben, wenn das Seil die Kehle zuschnürt, was wohl einen Blutandrang im Gehirn und in den Lenden verursacht – die Welle des Lebens, deren Symbole Sex und Samen sind, die im Augenblick des Todes den Körper verläßt. Ich dachte daran, welch sinnliches Vergnügen Tiere beim Säugen empfinden. Und ich dachte an die Spinne, die nach der Vereinigung ihren Partner auffrißt.«

Ist einmal kein Mann zur Hand, vergnügt sich Sabella an einem aus Rehblut bestehenden, mit dem Aroma von Äpfeln und Tomaten versetzten Blut-Cocktail. Ein Körnchen Haschisch dient als Konservierungsmittel.

Zeitweise leidet das Vampir-Mädchen unter Anfällen von Religiosität. Munter philosophiert es drauflos: »Jesus Christus war schließlich auch ein Vampir. O ja, Jesus war ein Vampir. Beim Letzten Abendmahl gab er seinen Jüngern Blut zu trinken, wenn auch nur symbolisch, und dann nagelten ihn die Priester an ein Holzkreuz. Um sicher zu sein, daß er tot war, stießen sie ihm einen hölzernen Pfahl in die Seite. Aus Mitleid ließ Gott den Himmel am hellichten Tag schwarz werden. Die Sonne verhüllte sich angesichts Jesus' Todeskampf. Als er gestorben war, begruben sie ihn, aber er ist wiederauferstanden, so wie es die Art von Vampiren ist.«

Sabella mutierte als kleines Mädchen zum Vampir, als sie durch Zufall in eine Krypta der ausgestorbenen Marsbewohner gerät. Später wurde diese Marsmenschen-Gruft von Archäologen ausgegraben, die dabei einen hochinteressanten Fund machten. »Das Leichentuch war noch sehr gut erhalten. Es schien aus bester synthetischer Seide zu bestehen, wenn auch ein wenig verblaßt. Die Zeichnungen oder Stikkereien auf dem Stoff waren photographisch deutlich. Ein Mann trank aus einer Schale, die ihm eine Frau reichte. Beide waren nackt und völlig haarlos. Aber sie waren schön. Neben den beiden stand ein zweites Paar, aber vielleicht war es dasselbe, nur in einer anderen Szene. Die Frau küßte den Hals des Mannes. Diese Szene wirkte sehr ruhig, ganz unschuldig, bis auf die beiden Tropfen, die am Hals der Frau hingen. Es waren zwei Kristalltropfen, und der eine war farblos wie ein weißer Diamant, der andere aber war rot. Zunächst dachte man, daß diese Bilder nichts weiter als die Gepflogenheiten zweier Liebender darstellen sollten. Doch damit gaben sich die Wissenschaftler nicht zufrieden. Da nur diese beiden Aktivitäten abgebildet sind, glaubten sie, ihnen eine besondere Bedeutung beimessen zu müssen. Sie gelangten zu folgender Auffassung: Auf dem ersten Bild gibt die Frau dem Mann zu trinken, und auf dem zweiten Bild gibt der Mann der Frau zu trinken. Das heißt, sie trinkt Blut aus seiner Schlagader. Wenn diese Theorie stimmt, bedeutet das, daß wir es hier mit Vampirismus zu tun haben. Aber wahrscheinlich war das nur ein Ritus, und es ist gar nichts Übernatürliches dabei. Wir wissen ja so wenig von der Urbevölkerung dieses Planeten.«

Sabella hat sich auch Gedanken über die vormenschlichen Geschehnisse auf dem Mars und über ihre eigene vampirische Existenz gemacht und kommt zu folgendem Schluß: »Als die Raumfahrer von der Erde hier auf dem Mars landeten und ihre Kolonien gründeten, Sauerstoff in die Luft pumpten, den Boden bewässerten und bepflanzten, sich wie Götter im Paradies gebärdeten, waren vier Fünftel des Planeten tot. Aber bevor der Tod kam, mußte es gravierende Veränderungen für das Volk gegeben haben, für dieses Volk, das Türme wie Lilienstengel erbaute und seine Toten verbrannte und in Urnen bestattete, für dieses Volk, dessen Technologie entweder so unglaublich oder so unvollkommen gewesen war, daß die

Menschen keine Spur davon finden konnten. Ich glaube, als die Nahrungsmittel langsam zur Neige gingen, hatte sich ganz von selbst, oder auch beabsichtigt, eine Methode der Teilung entwikkelt. Einer hat gegessen und getrunken, und wenn er stark genug war, hat er dem anderen seine Lebenskraft gespendet – sein Blut. Diese Situation läßt keine Intoleranz zu. Dieses System der Abhängigkeit verlangte nach einer äußerst sorgfältigen Paarung, nach einer Verbindung von Partnern, die sich in Liebe etwas gestatteten, was niemals in Haß oder Gier gestattet werden konnte. Aber natürlich gab es auch solche, die ihre Gier nicht bezähmen konnten, die raubten und mordeten, um ihren Hunger zu stillen, wie auch ich, Sabella, es unwissend getan habe. Das hat sie schließlich zerstört, und dann hatte der Planet nichts mehr zu bieten gehabt, noch nicht einmal mehr halb soviel, wie es zu dem System der Teilung notwendig gewesen wäre. Die Liebenden hatten nur noch ihre Gräber, und nach ihnen füllte wieder Staub die Urnen.«

In der 1983 von Charles L. Grant herausgegebenen Horror-Anthologie *The Dodd, Mead Gallery of Horror* (auf deutsch erschien der Band unter dem wenig originellen Titel *Das große Grusel-Kabinett)* findet sich die Vampir-Geschichte *Nunc Dimittis* von Tanith Lee. Diese Story erzählt von einer alten und verwelkten Blutsaugerin, deren Fangzähne – früher lang und spitz – ganz abgewetzt sind und jetzt den Zähnen eines Menschen ähneln. Die Vampir-Lady hat sich deswegen die anstrengende Blutsaugerei abgewöhnt und vergnügt sich statt dessen mit jungen Burschen und Sex-Spielchen.

Erster lesbischer Vampir

Le Fanu, Joseph Sheridan

Der 1814 in Dublin geborene Le Fanu wird als einer der wichtigsten Autoren der phantastischen Literatur im 19. Jahrhundert betrachtet. Le Fanu, der sein ganzes Leben in der irischen Hauptstadt verbrachte, entstammt einer aus Frankreich eingewanderten Hugenottenfamilie, woraus sich auch sein französischer Familienname erklärt. Er studierte Jura am Trinity College in Dublin und wurde 1839 als Richter bestätigt. Le Fanu hat diesen Beruf nie ausgeübt und entwickelte sich statt dessen zu einem der glänzendsten Journalisten seiner Tage.

1844 heiratete er Susan Bennett, die Tochter eines erfolgreichen Dubliner Rechtsanwaltes.

»Im Jahre 1858 stirbt seine Frau, die ihm vier Kinder geschenkt hatte, und Le Fanu zieht sich mit allmählich immer größerer Konsequenz aus der Gesellschaft zurück. Die letzten Jahre seines Lebens verbringt er, ohne noch Besuch zu empfangen, in dem riesigen Haus am Merrion Square in Dublin. Er schreibt nachts bei Kerzenlicht, verläßt nur noch des Abends sein Haus und vertieft sich immer mehr in die okkulten Lehren des schwedischen Mystikers Swedenborg. Alpträume suchen ihn heim, die Unmengen von Tee, die er zu sich nimmt, rufen eine dauernde Überreizung der Nerven hervor. Und so wird Le Fanu zum ›Unsichtbaren Prinzen‹, denn diesen Spitznamen erfindet die Dubliner Gesellschaft, deren Liebling er einst war. Im Februar 1873 stirbt er an einem Herzleiden kurz nach dem Erscheinen seines letzten Romans mit dem ominösen Titel *Willing to Die*« (Zondergeld).

Der Tod seiner Frau bildete die entscheidende Zäsur in Le Fanus Schriftstellerlaufbahn – erst jetzt entstanden seine besten und bedeutendsten Werke. Bis zu seinem Tod erschienen rund vierzig Erzählungen und vierzehn Romane. »Le Fanus Weltbild ist ein düsteres, labyrinthisches, was nicht nur aus den Erzählungen, sondern auch aus seinen großen Romanen hervorgeht; in ihnen wird die Darstellung der Realität auf eine so subtile Weise unterhöhlt, daß diese Realität gespenstischer wirkt als jede Spukgeschichte« (Zondergeld).

Le Fanu gilt vielen Kennern des Genres als bedeutendster Vertreter der englischen Gespenstergeschichte. Diese Einschätzung gründet sich vor allem auf sein Meisterwerk *Grüner Tee (Green Tea)*. In dieser Erzählung wird ein offensichtlich sexuell verklemmter Priester von einem äffisch behaarten Dämon gepeinigt. Die Kreatur scheint eher aus dem Gully des Unterbewußtseins des frommen Gottesmannes gekrochen zu sein, als daß sie real existiert. Le Fanus Einfluß auf solche Größen der englischen Ghost-Story wie M. R. James, Algernon Blackwood und Henry James kann gar nicht hoch genug veranschlagt werden.

Zu Le Fanus Meisterwerken gehören neben *Grüner Tee* die Romane *Das Haus beim Kirchhof (The House by the Churchyard), Onkel Silas (Uncle Silas)* und die Geschichte vom lesbischen Vampir *Carmilla* aus dem Jahre 1872, die unsterblichste Frauengestalt der Horror-Literatur und die Ahnherrin aller späteren Vampirgeschichten.

»Die weltberühmte, steinalte, mädchenjunge, dezent lesbische, vampirische Carmilla wird an sinnlich-magischem Zauber höchstens von Turgenjews *Gespenster* erreicht«, schwärmen die Kritiker. Im deutschen Sprachraum liegt die Erzählung in verschiedenen Übersetzungen vor, wobei eine mit dem Titel *Carmilla, der weibliche Vampir* schon viel verrät. Nach Le Fanu finden sich im literarischen Nachlaß seines fiktiven Dr. Hesselius, eines Arztes, der mit der Aufklärung übernatürlicher psychologischer Phänomene befaßt ist, das von einem Mädchen namens Laura verfaßte Manuskript über deren Erlebnisse mit einer gewissen Carmilla. Dr. Hesselius hat über diesen Fall von Vampirismus eine umfangreiche Abhandlung geschrieben, die in seinen gesammelten Werken enthalten ist. Begleitet von einem undurchsichtigen Weibsstück und üblem Pack als Dienstboten inszeniert Carmilla eines Nachts in der Nähe des Schlosses von Lauras Vater in der Steiermark einen Unfall ihrer Kutsche. Sie wird zu einem längeren Aufenthalt auf das Schloß eingeladen. Mit der verdorbenen Erfahrung eines alten Lustmolchs beginnt Carmilla alsbald die recht blauäugig in die Welt guckende Laura zu bezirzen. Sie schlingt den Arm um Lauras Hüfte und läßt den Kopf auf ihre Schulter sinken. Ihre heißen Lippen wandern über Lauras Wangen. Dabei atmet Carmilla so schnell, daß ihr Kleid in heftigem Rhythmus sich hebt und senkt. »Du bist mein, du mußt mein sein, du und ich, wir sind eins für immer«, stöhnt sie. Laura kommt das geile Getue einigermaßen komisch vor, blickt aber nicht durch, weil sie wochenlang den Sexualkunde-Unterricht verschlafen hat. Carmilla, die immer erst mittags um ein Uhr aus ihrem Zimmer angeschlampt kommt, bewahrt sich Laura zum späteren Genuß auf, dieweil sie nachts ungeniert unter den Töchtern der hauptsächlich aus Schweinehirten bestehenden Dorfbevölkerung wütet. Laura sieht, wie die Opfer der an einer »unbekannten Krankheit« Gestorbenen zu Grabe getragen werden. Ihr fällt dazu nichts anderes ein, als geradezu automatisch Kirchenlieder abzusingen. Eines Abends kommt von Graz ein Bildrestaurator und bringt eine Wagenladung Gemälde mit auf das Schloß. Eines der Bilder stammt aus dem Jahre 1698 und zeigt Mircalla von Karnstein, die Carmilla zum Verwechseln ähnlich sieht. Laura hängt sich das Porträt ins Zimmer und denkt sich nicht viel dabei. Tage später bietet ein Händler, der einen struppigen, mageren Köter mit sich führt, der wie verrückt kläfft, als er Carmilla wittert, den Mädchen im Schloßhof seine Waren feil. Sie erstehen ein Amulett, das gegen Vampire schützen soll. Zu Carmilla gewandt, sagt der Clown: »Sie haben die schärfsten Zähne, die ich je gesehen habe – lang, dünn und spitz wie eine Ahle, wie eine Nadel, ha, ha! Mit meinen guten Augen hab ich dies sogleich gesehen. Falls sie der jungen Dame weh tun, was ich annehme, so stehe ich mit meiner Feile, meinem Meißel, meiner Zange gerne zur Verfügung, ich mach' sie rund und stumpf, wenn's der Dame beliebt, damit sie nicht mehr die Zähne eines Fisches hat, sondern die einer schönen jungen Dame, wie sie's ist.« Carmilla tobt: »Der Halunke gehört an die Pumpe gebunden und mit einer Pferdepeitsche verprügelt und ihm das Wappen des Schlosses bis auf die Knochen eingebrannt.«

Auch dieser peinliche Zwischenfall setzt in Lauras Gehirn wenig in Bewegung.

Als Carmilla endlich als blutsaugerische Bestie entlarvt wird – Laura kapiert bis zum letzten Augenblick nicht, was gespielt wird –, verliert Le Fanu das Interesse an seiner Geschichte. Lustlos referiert er im Stil eines Polizeiberichts die Exekution der Kreatur, die sich in einen Sarg verkrochen hat, in dem das Blut sieben Zoll hoch steht.

Den Autor hat die Geschichte nur

so lange interessiert, wie Laura die Gejagte ist.

»Le Fanu hat in vielen seiner Romane und Erzählungen den Blickpunkt des Opfers gewählt. Die Geschichte der *Carmilla* wird von der passiven Laura erzählt, die bis zuletzt nicht versteht, wodurch sie bedroht wird. Während sich der Leser schon längst seinen Reim macht, verirrt sie sich immer mehr in ein Labyrinth von Furcht und falschen Vermutungen. Wie Carmilla die reinste Verkörperung des genießenden Sadisten, so ist Laura die reinste Verkörperung des Opfers« (Sturm). Der Wahrheit kommt man näher, wenn man nicht soviel in Laura hineininterpretiert. Aus heutiger Sicht ist das junge Geschöpf nämlich völlig unsensibel, phantasielos und indolent. Laura erscheint innerlich hohl und schlichtweg dumm. Le Fanus *Carmilla* verdankt viel der Ballade *Christabel* von T. S. Coleridge. Nicht nur das Motiv des lesbischen Vampirs, auch einzelne Punkte der Erzählung wie das nächtliche Auftauchen Carmillas und des Hundes, der jaulend vor dem vampirischen Monster warnt, erinnern an Coleridges Poem. Carmillas Gastgeber müssen schwören, sie nicht nach ihrer Identität zu fragen; in Polidoris Vampir-Novelle bindet ein ähnlicher Schwur das Aristokraten-Söhnchen, nichts über das vampirische Treiben seines Ex-Kumpels auszuplaudern. Ob solcher Verschrobenheit aus der moralischen Rumpelkammer des 19. Jahrhunderts rauft sich der Leser die Haare.

Wie »die gute Hedwig«, das Vampir-Opfer Dumas' – »Ich glaub', mich hat ein Insekt gebissen« –, ist auch Le Fanus Laura mit einer naiven Blindheit geschlagen, die geradezu nervt. Le Fanu zählt bereits die Steiermark zum Vampir-Seuchen-Bezirk.

Stoker war von Le Fanus Geschichte so beeindruckt, daß er für seinen Dracula-Roman ein Eröffnungskapitel schrieb, in dem sein Romanheld Harker das Grab von Carmilla im Land der Bayern entdeckt. Dieser Einstieg zu Stokers weltberühmten Vampir-Roman wurde jedoch verworfen und erschien erst nach seinem Tod als eigenständige Erzählung unter dem Titel *Draculas Gast (Dracula's Guest)*. »Stoker bediente sich gewisser Elemente

des heimtückisch-sinnlichen Stils Le Fanus« (Prüßmann).
Le Fanus vampirisch gebildeter Dr. Hesselius machte später als Dr. van Helsing bei Bram Stoker, bei Algernon Blackwood als John Silence und als Professor Urcombe bei E. F. Benson Karriere.
Le Fanus schwules Vampir-Epos wurde mehrmals verfilmt. Das erste Mal 1931 – der Streifen lief in Deutschland unter dem Titel *Vampyr – der Traum des Allan Grey,* 1960 von Roger Vadim, deutsch als *Und vor Lust zu sterben,* das bislang letzte Mal 1990 als *Carmilla.* Die englischen Hammer-Studios waren von dem Thema so angetan, daß sie es gleich dreimal auf Zelluloid bannten: 1970 als *The Vampire Lovers* und *Lust for a Vampire;* 1971 als *Twins of Evil.* Von den deutschen Verleihern wurden die Filme als *Gruft der Vampire* und unter den Titeln *Nur Vampire küssen blutig* und *Draculas Hexenjagd* in die Kinos gebracht.

Vampir will Leben

Leiber, Fritz

Der 1910 geborene Leiber ist der Sohn eines Stummfilmstars, dessen Vorfahren aus dem Mannheimer Raum in die USA emigrierten. Leiber studierte an der Universität seiner Geburtsstadt Chicago und brachte es zum Dr. phil. Während der Depression schloß er sich dem herumziehenden Bühnenensemble seines Vaters an und wirkte in einigen Hollywood-Filmen mit. Ab 1939 schrieb er regelmäßig für das Horrorfiction-Magazin *Weird Tales.* Leiber machte sich einen Namen als Science-fiction- und Fantasyschreiber; seine eigentliche Domäne aber ist die Phantastik. Leiber war einer der ersten Autoren, die erkannten, daß die realen Schrecken die Literatur längst eingeholt hatten. »Er formulierte eine neue, moderne Ästhetik des Horrors, in dem das Unheimliche seinen Ursprung tatsächlich in der modernen industrialisierten Welt hat« (Körber). »Immer originell im Konzept. stilistisch elegant und ohne die üblichen Klischees der ›pulp writers‹ auskommend, gehören seine Erzählungen zu den Höhepunkten der Phantastik in Amerika« (Zondergeld). Obwohl Leiber alle Literaturpreise einsammelte, die die Phantastik- und Science-fiction-

Gemeinde zu vergeben hat, hat er sich doch nie dem »Markt« angepaßt. In einigen seiner Erzählungen finden sich Hinweise auf seine Auseinandersetzung mit dem Alkoholismus, der ihn seit den vierziger Jahren in den Krallen hatte. Fritz Leiber starb 1992.

Das Mädchen mit den hungrigen Augen (The Girl with the hungry Eyes) ist die Geschichte eines New Yorker Modefotografen und seines geheimnisvollen Models, das die Männerwelt der USA bis Kairo in seinen Bann zieht. Der Fotograf belauert das Privatleben des eigenartigen Girls. Er glaubt beobachtet zu haben, daß alle ihre Liebhaber ein Rendezvous mit dem merkwürdigen Geschöpf mit dem Leben bezahlen. Auch er kann der Versuchung nicht widerstehen, sie in den Armen zu halten. Eine Liebesnacht im Park mit dem Mädchen beendet er, indem er wegläuft. »Ich tat es. weil ich nicht sterben wollte. Ich wollte nicht, daß mir das Leben ausgesogen wurde. Es gibt Vampire und Vampire, und diejenigen, die Blut saugen, sind nicht die schlimmsten. Ich begriff, womit ich es zu tun hatte, solange es noch Zeit war, mich loszureißen. Ich begriff, daß sie, woher sie auch kam, was sie auch geformt haben mochte, die Quintessenz des Schrecklichen hinter der bunten Plakatwand ist. Sie ist das Lächeln, das einen dazu bringt, sein Geld und sein Leben wegzuwerfen. Sie ist der Blick, der einen fortlockt und fortlockt und einem dann den Tod zeigt. Sie ist das Wesen, das alles nimmt und nichts dafür gibt. Wenn Sie sich nach ihrem Gesicht auf der Plakatwand sehnen, denken Sie daran. Sie ist der Lockvogel. Sie ist der Köder. Sie ist das Girl.« Und gesagt hat sie: »Ich will dich. Ich will deine Höhepunkte. Ich will alles, das dich glücklich gemacht und das dir sehr weh getan hat. Ich will dein erstes Mädchen. Ich will das funkelnde Fahrrad. Ich will die Prügel. Ich will die erste Kamera. Ich will Bettys Beine. Ich will den blauen Himmel voller Sterne. Ich will den Tod deiner Mutter. Ich will dein Blut auf dem Pflaster. Ich will Mildreds Mund. Ich will das erste Bild, das du verkauft hast. Ich will die Lichter von Chicago. Ich will den Gin. Ich will Gwens Hände. Ich will deine Begierde nach mir.

Ich will dein Leben. Füttre mich. Baby, füttre mich.«

Dschungel-Vampir
Limat, Maurice

Von dem französischen Autor Maurice Limat erschienen in den siebziger Jahren eine Handvoll Horror-Heftromane als deutsche Übersetzung, unter ihnen *Der Schatten des Vampirs (L'Ombre du vampire)*, der 1973 veröffentlicht wurde. Im brasilianischen Dschungel lebt die Hexe La Bruja. Aufgespießte Totenschädel weisen den Weg zu ihr. Als der Kautschukarbeiter Felipe ihnen folgt, beginnt sein Unglück. Denn die Zaubersprüche der Hexe können helfen oder vernichten. Sie verrät Felipe ein todsicheres Mittel gegen seinen Nebenbuhler. Aber sein Kampf um die bildschöne Tänzerin Conchita führt ihn in eine Hölle des Grauens. Denn eine riesige Fledermaus mit Vampir-Zähnen folgt drohend seinen Spuren.

Vampirin erobert Edelnutte
Livia, Anna

Die Vampir-Geschichte mit dem Titel *Minimax* stammt von Anna Livia und ist in der Anthologie *Draculas Töchter* enthalten. Minnie hat an ihre Lieblingsautorin Natalie Barney geschrieben, und diese antwortet mit einer Zeile: »Komm. Ich muß dich kennenlernen.« Nachdem Minnie ihre verehrte Vampir-Schriftstellerin Natalie gefunden hat, unterhält sie sich mit ihrem Papagei über dieses Erlebnis. Der geile Papagei, der alle sexuellen Taten und Untaten wissen will, erfährt von Natalies Eroberung der Edel-Nutte Liane de Pougy, unter deren voluminösen Rock sie eine ganze Oper verbrachte. Aus dem Radio kommt die Nachricht: »Wir unterbrechen unsere Sendung mit der Bekanntgabe eines Beschlusses, den der staatliche Gesetzgeber in Einklang mit den anderen Staaten Australiens in einer geheimen Nachtsitzung gefaßt hat. Darin ist es örtlichen Behörden nicht länger gestattet, V*****ismus vorsätzlich zu unterstützen oder die Veröffentlichung jeder Art von Literatur zu fördern, die dazu geeignet scheint, den Lebensstil von V******* als attraktive Alternative zur Kernfamilie darzustellen.« Es wurden auch

neue Regelungen darüber getroffen, wie das Eigentum vernichteter Vampire aufzuteilen ist.
Anna Livia hat vier Romane und zwei Bücher mit Kurzgeschichten verfaßt. *Minimax* ist ein Auszug aus Livias Roman *Minimax* von 1992; erstmals erschienen bei Eighth Mountain Press, Portland, Oregon.

Vampir als Filmstar in Hollywood
Lochte, Dick

In der Story *Vampirträume (Vampire Dreams,* 1991) erzählt Autor Lochte von einem Blutsauger, der unter dem Künstlernamen Byron Ruthven als Dracula-Darsteller in Hollywood Film-Karriere macht.

100 Jahre Dracula
Löb, Arno

Es gab und gibt, außer der Frauen-Anthologie *Blaß sei mein Gesicht,* keine besonders erwähnenswerte Sammlung mit Vampir-Geschichten deutschsprachiger Autoren aus dem 20. Jahrhundert. Diesem Mangel hat im großen Vampir-Jubiläumsjahr 1998 (100 Jahre Dracula, 150 Jahre Bram Stoker und 125 Jahre Carmilla) Arno Löb mit der Story-Sammlung *Draculas Rückkehr* abgeholfen. Für *Draculas Rückkehr* schrieben so renommierte Leute wie Herbert Rosendorfer, Tanja Kinkel, Gisbert Haefs, Rafik Schami, Harald Braem, Jürgen Alberts und Robert Gernhardt. Ebenso enthalten sind auch packende Geschichten von Newcomer-Autoren wie Wolfhard Sitter, Falko Blask, Michael Fuchs-Gamböck, Friedhelm und Ulrike Schneidewind, Birgit Wiesner, Elisabeth Remmers, Peter Dempf und Rainer Anton Niedermeier. Das Vorwort von Herausgeber Löb deckt ein Geheimnis über die wahre Natur von Bert Brecht auf, der sich bei seinem Ableben angeblich eine lange Nadel durchs Herz bohren ließ. Als CD-ROM veröffentlichte Arno Löb *Draculas großes Vampir-Lexikon.* Darin enthalten ist eine große Hauptgruft mit vielen Untergruften voll Informationen zum Thema Blutsauger in Literatur, Film und Kunst. Besonders zu erwähnen sind ein Kochbuch, ein Reisebericht nach Rumänien, ein Vampirjägerspiel und das reiche Bildmaterial, das das Herz jedes Vampir-Fans höher schlagen läßt. Arno Löb ist auch Inhaber des SoSo-Verlages, der 1995 erstmals das vorliegende (aktualisierte) *Vampir-Lexikon* herausgebracht hat. Der Autor Erwin Jänsch ist sein Freund, mit dem er nicht nur die Leidenschaft für phantastische Literatur teilt, sondern mit dem er auch in den 80ern in der Pop-n-Punk-Band *Impotenz* spielte. Sie beschäftigten sich des öfteren in ihren Liedern (Texte: Arno Löb; Gitarre: Erwin Jänsch) mit Tod und Dunkelheit und hatten auch einen Vampir-Song im Programm: *Rote Krallen.* Zu hören ist *Rote Krallen* auf der *Impotenz*-LP *Brave Mädchen wollen böse Buben.*

Der Vampir des Heimat-Dichters

Löns, Hermann

Hinter dem Titel *Der Vampir,* einem kurzen Text des einstmals so beliebten Feld- und Wiesendichters Löns (1866–1914), verbirgt sich kein blutsaugerischer Vampir. Es ist die rührende Geschichte vom Mädchen, das aus unglücklicher Liebe in den Freitod geht und das seinen Geliebten besucht, um ihn zu sich ins Grab zu ziehen. Es ist das literarische Motiv der »Gespensterbraut«, wie es in klassischer Form in Bürgers am Ende des 18. Jahrhunderts entstandener Ballade *Leonore* auftritt.

Vampir in der Kirche

Loring, Frederick George

Im Jahre 1841 wird ein erfahrener Kirchenrestaurator damit beauftragt, den Altar der Kirche von Hagarstone zu vergrößern und zu restaurieren. Im Zuge dieser Arbeiten muß unter anderem *Sarahs Grab (The Tomb of Sarah,* 1900) versetzt werden. Auf dem Grabstein befindet sich das Relief einer hübschen Frau mit einem grausamen Gesicht; die Mundwinkel sind merkwürdig emporgezogen, sie entblößen scharfe und spitze Hundezähne. Das Schrecklichste aber ist die außergewöhnliche Frische der Leiche. Der Restaurator erfährt, daß es sich bei dem Grab um die letzte Ruhestätte der Komteß Sarah handelt. Man erzählt über sie Geschichten, die auf einen örtlichen Aberglauben hinweisen, der dem Vampirglauben in Slowenien und Ungarn ähnelt.

Loring hat für seine Geschichte alle Zutaten aus der Requisitenkiste des Vampir-Mythos verwandt. Unter Flirren und Funkeln steigt eine Spirale oder Säule aus dem Grab und nimmt die Gestalt Sarahs an. Der weibliche Vampir verwandelt sich in einen großen Wolf, der im Schutze eines ekelhaft riechenden Nebels auf Beute aus ist. Das Vampir-Weib wird mit vertrauten Utensilien wie frischem Knoblauch, Heckenrosen und angespitztem Pflock von ihrem unseligen Treiben erlöst.

Wie Le Fanus Dr. Hesselius, Stokers Dr. van Helsing und Bensons Professor Urcombe zeigt sich auch Lorings Restaurator bestens über den Vampirismus informiert. Obwohl der Autor Robert Lory dem Thema nichts Neues hinzufügt, ist ihm durch die unheimliche Kirchen-Kulisse als Schauplatz der Handlung und die Figur des Kirchenrestaurators eine spannende Vampir-Grusel-Geschichte gelungen.

Draculas Brüder

Lory, Robert

Von Robert Lory erschienen in den siebziger Jahren in der BRD in Übertragungen aus dem Amerikanischen die sieben kurzen Romane (120 Seiten pro Band) *Dracula kehrt zurück (Dracula Returns!*, 1973), *Draculas Opfer (The Hand of Dracula*, 1973), *Draculas Brüder, Draculas Goldschatz, Draculas Todestrommeln, Draculas Todeskuß* und *Draculas Fluch.*

»Robert Lory beschreibt den wiedererweckten Grafen als unfreiwilligen Kämpfer gegen Mafiosi, Geheimsekten, Voodoo-Neger und ›mad scientists‹. Sein Held Damien Harmon will mit Dracula einen Feldzug gegen die Unterwelt starten, deren Mitglieder ihn einst zum Krüppel schlugen. Den Gehorsam des Blutsaugers sichert er sich, indem er vor dessen Wiedererweckung einen Holzsplitter in die Nähe von Draculas Herz verpflanzte. Harmon, ein siebzigjähriger Wissenschaftler und Okkultist, kann seine ›Waffe‹ telekinetisch in das Herz versenken (wenn der Graf frech wird) und herausziehen (wenn man der Dienste des Vampirs bedarf).

Letzteres ist nur sehr selten der Fall. Dracula ist zur Nebenfigur verdammt; er muß lediglich da eingreifen, wo die kämpferischen Qualitäten von Harmons Faktotum Carmelo Sanchez nicht ausreichen. Dieser Zwei-Meter-Athlet, der durch Mut und Tatkraft auch fast alle Ausbruchsversuche Draculas aus dieser ›Ordnung‹ verhindert, ist wohl als Identifikationsmodell für den Leser gedacht, obwohl er bei seinen ›Heldentaten‹ längst nicht immer auf der Seite des ›Guten‹ steht.

Andere Versuche des Grafen, seine ›Bosse‹ loszuwerden, scheitern an der Unzuverlässigkeit seiner Dienerin, der Katzenfrau Ktara, die ihr jugendliches Aussehen im Falle seines Ablebens verlieren wird. Ob sie sich in Sanchez verliebt hat und deshalb ihrem Meister die Treue bricht, konnte noch nicht einwandfrei nachgelesen werden – gegen Harmon kann ihre übernatürliche Kraft (Telepathie) ohnehin nichts ausrichten, da ihr seine Gedanken wegen einer Metallplatte, die ihm die zertrümmerte Schädeldecke ersetzt, verborgen bleiben.

Die Bände dieser Roman-Serie könnte man genausogut als Kriminalromane bezeichnen, deren Helden im Falle ihres Versagens auf übernatürliche, wenn auch schwer kontrollierbare Mächte zurückgreifen. Dracula übernimmt die Rolle der US-Army in Wildwestfilmen, die immer im rechten Moment auftaucht, ehe der böse Feind den Sieg erringen kann« (Vent).

Vampir-Morde

Lovecraft, H. P.

Howard Phillips Lovecraft wurde 1890 in Providence, Rhode Island, geboren. Er führte das Leben eines Sonderlings, der den Kontakt mit der Außenwelt scheute und mit seinen Freunden und gleichgesinnten Autoren fast nur schriftlich verkehrte. Er starb 1937, und sein hinterlassenes Werk ist nicht umfangreich. Zu seinen Lebzeiten erschien nur ein einziges Buch, *The Shadow over Innsmouth (Schatten über Innsmouth)*, 1936. Etwa vierzig Kurzgeschichten und zwölf längere Erzählungen veröffentlichte er in Magazinen, vor allem in der Zeitschrift *Weird Tales.*

Obgleich Lovecraft zumeist in bitterer Armut lebte, reichte er viele seiner Manuskripte nie bei einem Verleger ein, weil es ihm an

Selbstvertrauen mangelte. Insbesondere scheiterte jeder Versuch einer Buchpublikation bei einem bekannten Verlag daran, daß er sich nie dazu aufraffen konnte, leserliche Manuskripte herzustellen. Heute gilt Lovecraft als der bedeutendste phantastische Erzähler Amerikas nach Edgar Allan Poe, und er ist ohne Zweifel der einflußreichste Horror-Schriftsteller des zwanzigsten Jahrhunderts. Berühmte Schriftsteller wie Robert Bloch, Fritz Leiber oder Ramsey Campbell haben als Nachahmer Lovecrafts angefangen und später zu einem eigenständigen Stil gefunden. Dutzende amerikanischer, englischer und europäischer Horror-Autoren vergnügen sich bis zum heutigen Tage damit, Lovecraft-Pastichen zu fabrizieren. Brian Lumley zum Beispiel verdient sich seit Jahrzehnten seine Brötchen damit, Lovecraft-Nachahmungen zu verfassen. Daß Lovecraft nach seinem Tod nicht in Vergessenheit geriet, ist vor allem dem rastlosen Wirken August Derleths zu verdanken. Er gründete den Arkham-House-Verlag und verlegte 1939 den Lovecraft-Sammelband *The Outsider and others,* der die bedeutendsten Texte vereinte und den Grundstein zu dem Kultstatus bildete, den Lovecraft heute inne hat. »Lovecrafts Horror-Geschichten konzentrieren sich ohne Ausnahme auf einen Prozeß des Grauens, der sich in einer Sphäre des Verwesenden, des Zerfallenden abspielt: in Stadtvierteln, die von den meisten Menschen gemieden werden, in abgeschiedenen Einöden, die seit Generationen verflucht sind. Wenn das Grauen, das sich meist unsichtbar im Verborgenen aufhält, einmal sichtbar wird, fallen die Zeugen des Unbeschreiblichen in Ohnmacht oder tragen Schaden an Leib und Seele davon« (Frankfurter Rundschau). In seinen Horror-Geschichten »wird man bombardiert mit Bildern und Klängen, fremden Namen und abscheulichen Düften, täglichen Szenen mit einer eindeutig unangenehmen Färbung, Darstellungen von Degeneration, Verfall und Fäulnis paaren sich mit ihren phantastischen Entsprechungen und nur teilweise formulierten Erklärungen, selbst die Landschaften bekommen einen düsterominösen Zug, bis man sich in einer spezifischen Art von Lese-Hysterie befindet, die einen reif macht für den letzten Schock« (Marek Wydmuch).

Die Erzählweise Lovecrafts hat mit der unterhaltsamen, trokkenlangatmigen Fabulierlust der englischen Meister der Gattung wenig gemein. »Die Spannung der gelungensten Texte wird durch das immer unaufhaltsamere Vordringen des neugierigen Erzählers, mit dem sich der Leser identifiziert, in die Welt des Bösen bedingt, dem sich häufig am Ende der dunklen Reise die Hauptfigur lustvoll ergibt. In dieser Vereinigung mit dem zuerst als abstoßend erfahrenen ›Bösen‹ wird auch die erotische Komponente in den Erzählungen des gehemmten Eremiten aus Providence spürbar« (Zondergeld).

Lovecrafts wichtigste Geschichten gehören dem sogenannten Cthulhu-Mythos an. Zitate aus nichtexistierenden »geheimen Büchern« wie dem *Necronomicon* sollten diesen Geschichten einen scheindokumentarischen Charakter geben. Archetypische Zeitlosigkeit, Fehlentwicklungen der Evolution, die Ungeheuer gebären, Dekadenz, der Eingriff jenseitiger Mächte in das Weltgeschehen – dadurch zeichnen sich Lovecrafts Cthulhu-Erzählungen aus. Sie sind eine Mischung zwischen Weird- und Science-fiction. »Lovecraft war dabei beeinflußt von der atheistischen Erkenntnis, daß die Erde nur ein Staubkorn in den unvorstellbaren Weiten des Kosmos darstellt und der Mensch auf ihr gleich einer Eintagsfliege im Vergleich zu den Äonen des Weltalls lebt. Auch faszinierte ihn der Gedanke, daß noch andere, dem Menschen weit überlegene Rassen im Kosmos existieren könnten, von denen einige in vormenschlicher Zeit die Erde bevölkert und die Überreste ihres Wirkens hinterlassen haben. Damit hat Lovecraft geradezu die Thesen moderner Pseudowissenschaftler wie beispielsweise Erich von Däniken vorweggenommen. Im Gegensatz zu von Däniken waren diese Vorstellungen für ihn allerdings nur ein intellektuelles Gedankenspiel« (Kalju Kirde).

Im November 1927 begann Lovecraft mit einer größeren Arbeit, *The Case Of Charles Dexter Ward.* Die Erzählung spielt in Providence und ist getränkt mit lokalem Kolorit und Heimatgeschichte. Charles Ward ist ein überaus Lovecraftscher Charakter. Er wird Antiquar und widmet sich dem Studium der Altertümer so innig, daß er lieber das College aufgibt, als diese Studien zu beschneiden. Vor allem interessiert er sich für seinen Vorfahren Joseph Curwen, der 1692 nach Providence kam und die beneidenswerte Fähigkeit besaß, fünfzig Jahre lang ununterbrochen dasselbe Alter zu behalten.

Curwen dilettierte, wie sich herausstellte, in Alchimie und Schwarzer Kunst. Nachdem er jahrzehntelang seine Nachbarn mit seltsamen Erscheinungen und Lauten aus einem isoliert stehenden Farmhaus geängstigt hatte, stellen sie 1770 schließlich eine Milizgruppe auf, um ihn zu vertreiben.

Ward entdeckt Curwens altes Haus auf dem Stamper's Hill. Dort findet er ein Porträt von Joseph Curwen, der große Ähnlichkeit mit ihm selbst hat, und ein Versteck mit Curwens Aufzeichnungen. Zum Entsetzen seiner Eltern unternimmt Ward okkulte Nachforschungen und verändert sich selbst. Seine Ähnlichkeit mit Curwen in Aussehen und Tonfall wird immer größer.

Ward kauft die alte Curwen-Farm in Pawtuxet und schafft seine okkulten Apparaturen dorthin. Die Eltern fürchten um die geistige Gesundheit des Sohnes und ziehen einen Arzt, Dr. Marinus Willet, zu Rate, der Ward untersuchen soll. Dr. Willet begibt sich in Abwesenheit des jungen Ward zu der Farm, und dort entdeckt er zu seinem Entsetzen ...

Als Dr. Willet in Wards unterirdische Krypta hinabsteigt, verdichten sich die Schatten der Erzählung bis zu einer kaum noch erträglichen intensiven Düsterheit. Alle rhetorischen Mittel, über die der Autor verfügt, werden bei dieser frontalen Offensive des Grauens konzentriert eingesetzt. Gedämpfte Farben und im zitternden Lichtstrahl der Taschenlampe fast unsichtbare Umrisse geheimnisvoller Gegenstände, höllischer Gestank und das Heulen Hunderter Ungeheuer, die aus ihren Schächten hinauswollen, um ihren Hunger zu stillen. Es ist im Grunde die Atmosphäre einer harmlosen »gothic tale«, die hier beschworen wird – nur wird sie ins

Tausendfache gesteigert und jedweder Harmlosigkeit definitiv beraubt. Das Indirekte, das genußvolle Ahnen und leise Befürchten wird durch handgreiflich-konkretes Grauen ersetzt, die vornehm-unheimliche Szenerie eines Spukschlosses durch eine obskure »memphische Krypta«, wo es nicht nach Moos und Altertum riecht, sondern nach Fäulnis und Tod.

Mit 48 000 Wörtern, in der deutschen Übersetzung, die unter dem Titel *Der Fall Charles Dexter Ward* vorliegt, sind das immerhin 220 Buchseiten, ist es die längste Erzählung, die Lovecraft je zu Papier gebracht hatte. Am 1. Dezember schrieb er August Derleth, er wolle jetzt anfangen, das Manuskript abzutippen. Doch dazu kam es nicht. Lovecraft verplemperte seine Zeit damit, als Ghostwriter anderer Leute Texte umzuschreiben.

»Unterdessen hatte sich Donald Wandrei, ein Kumpel Derleths, erboten, *The Case Of Charles Dexter Ward* abzuschreiben. Lovecraft war einverstanden, aber das Manuskript war so vollgestopft mit Änderungen, daß Wandrei fast nichts entziffern konnte. Lovecraft legte es beiseite und kümmerte sich nicht mehr darum. 1940, nach Lovecrafts Tod, ließen Wandrei und Derleth das Original professionell abtippen. 1941 erschien eine gekürzte Fassung in zwei Folgen in *Weird Tales.* Die vollständige Erzählung veröffentlichten Wandrei und Derleth 1943 im zweiten Band ihrer Lovecraftians, *Beyond the Wall of Sleep.*

Als Lovecraft sich bei Verlagen nach der Möglichkeit erkundigte, eine Sammlung seiner Erzählungen herauszugeben, zeigten sie sich uninteressiert; einige allerdings baten um Texte in Romanlänge. Das Unglaubliche ist, daß er »*The Case of Charles Dexter Ward* die ganze Zeit über in der Schublade hatte und nichts damit anfing« (De Camp).

Mit traditionellen Gespenstern, Werwölfen oder Vampiren hat sich Lovecraft in seinen Werken nicht lange aufgehalten. Seine außerirdischen Monster-Gottheiten würden diese zutraulichen Kreaturen nicht einmal als bissiges Ungeziefer zur Kenntnis nehmen. Eine Ausnahme stellt hier *Der Fall Charles Dexter Ward* dar, in dem Lovecraft tatsächlich »in der

Nacht einen Vampir sein Unwesen treiben« läßt. Bereits auf den ersten Seiten der Erzählung ist von einer »Welle des Vampirismus« die Rede, »widerwärtige Fälle von Vampirismus« werden erwähnt, und »vampirische Überfälle und Morde« werden angedeutet. Und auch an anderen Stellen der Erzählung stolpert man immer wieder über hochinteressante vampirische Reminiszenzen.

Als der alte Hexenmeister Joseph Curwen zu neuem Leben erwacht, hört man ihn sagen: »... müssen es für drei Monate rot haben«. Anscheinend benötigt der Wiederauferstandene eine Zeitlang Menschenblut, um seine alte Kraft wiederzuerlangen. Bei Lovecraft heißt es: »Man schreibt ihm heute einhellig die widerwärtigen Fälle von Vampirismus zu, über die damals die Zeitungen in Sensationsmeldungen berichteten, für die aber bis heute noch kein Schuldiger gefunden wurde. Diese Fälle, die erst so kurz zurückliegen und so viel Aufsehen erregten, daß es sich erübrigt, sie im einzelnen zu schildern, betrafen Opfer jeden Alters und jeder Herkunft und schienen in zwei Gegenden gehäuft aufzutreten – in dem Wohngebiet auf dem Hügel und im Norden, also in der Nähe des Hauses der Wards, und in den Vorstadtvierteln bei Pawtuxet. Sowohl Leute, die spät in der Nacht noch unterwegs waren, als auch solche, die bei offenem Fenster schliefen, wurden angefallen, und diejenigen von ihnen, die überlebten, berichteten übereinstimmend von einem mageren, geschmeidigen, springenden Ungeheuer mit brennenden Augen, das seine Zähne in den Hals oder den Oberarm schlug und gierig zu saugen begann.«

Als der junge Ward seine okkulten Studien aufnimmt, treibt er sich jahrelang in Europa herum. Alle Jubeljahre einmal unterrichtet er seine Eltern über seinen Aufenthaltsort. Eine seiner Karten kam aus »Klausenburg in Transsylvanien und berichtete davon, daß er sich seinem Ziel nähere. Er werde einen Baron Ferenczy besuchen, dessen Gut in den Bergen östlich von Rakus liege.« Eine weitere Karte berichtete, »er sei mit der Kutsche des Gastgebers abgeholt worden und befinde sich auf dem Weg in die

Berge«. Als seine Eltern ihn besuchen wollen, schreibt er ihnen, »seine Nachforschungen seien so geartet, daß er seinen derzeitigen Aufenthaltsort nicht verlassen könne, das Schloß des Barons Ferenczy aber sei wegen seiner Lage für Besucher nicht geeignet. Es stehe auf einem Felsen in den dunklen, bewaldeten Bergen, und die Gegend werde von den Einheimischen in der Weise gemieden, daß normale Leute sich dort unweigerlich unbehaglich fühlten. Überdies sei der Baron kein Typ, der aufrechten und konservativen Bürgern Neuenglands zusagen würde. Er sei von eigentümlichem Aussehen und Gebaren und von beunruhigend hohem Alter.« Natürlich denkt man bei diesen Sätzen Lovecrafts unwillkürlich an Bram Stokers *Dracula.* Vielleicht darf man Lovecrafts Ausführungen als eine Hommage an den englischen Schriftsteller betrachten, der, als Lovecraft seinen *Charles Dexter Ward* schrieb, fünfzehn Jahre zuvor verstorben war.

Lovecrafts literarische Vorbilder waren Edgar Allan Poe, Lord Dunsany und Arthur Machen. Was er von Bram Stoker hielt, kann man in seinem Essay *Supernatural Horror in Literature (Das Übernatürliche Grauen in der Literatur)* nachlesen. Der Meister schreibt: »Der findige Bram Stoker hat viele schier entsetzliche Vorstellungen entworfen, die er in einer Reihe von Romanen gestaltete, deren armselige Erzähltechnik leider ihre Gesamtwirkung fürchterlich beeinträchtigt. *The Liar of the White Worm* handelt von einem gigantischen, primitiven Wesen, das in einem Gewölbe unter einem alten Schloß lauert, nur ruiniert der Roman die großartige Idee durch eine nahezu infantile Gestaltung.

Der Roman *The Jewel of Seven Stars,* in dem es um eine seltsame Auferstehung in Ägypten geht, ist weniger grobschlächtig geschrieben. Doch der beste Roman von allen ist der berühmte *Dracula,* der fast zur musterhaften modernen Verwertung des schrecklichen Vampirmythos geworden ist. Graf Dracula, ein Vampir, haust in einem grauenhaften Schloß in den Karpaten, es treibt ihn aber schließlich nach England in der Absicht, das ganze Land mit Vampiren zu bevölkern.

Wie es einem Engländer in Draculas Festung des Schreckens ergeht und wie das Komplott des toten Teufels, die Herrschaft zu erringen, letzten Endes zunichte gemacht wird, das sind Momente, die sich zu einer Geschichte verbinden, der nun zu Recht ein bleibender Platz in der englischen Literatur zuerkannt wird.«

Vampir als Hampelmann

Lustbader, Eric van

Mit einem runden Dutzend Action-Thriller, darunter *Der Ninja,* und diversen Fantasy-Romanen ist der amerikanische Bestseller-Autor Eric van Lustbader auch in der BRD erfolgreich. Van Lustbader wurde in New York geboren, wo er auch aufwuchs und bis 1969 die Universität besuchte. Fünfzehn Jahre lang war er für die Schallplatten-Giganten CBS und Elektra tätig und führte den Sänger Elton John in die amerikanische Musik-Szene ein. Für das Musik-Magazin *Cash Box* schrieb er Leitartikel über neue Rock-Musik-Acts. Er war der erste Musikkritiker in den USA, der den Riesenerfolg von Jimi Hendrix, David Bowie und Santana voraussagte. Van Lustbader unterrichtete an öffentlichen Schulen; unter anderem führte er auch Kurse für Kinder im Vorschulalter durch. Van Lustbader treibt sich viel in der Welt herum, um Stoff für seine Romane zu recherchieren. Heute lebt der Autor zusammen mit seiner Frau, einer bekannten Herausgeberin, noch immer in New York und in Southampton, Long Island. In seiner Story *Engel der Finsternis (In Darkness, Angels,* 1983) muß der Vampir-Chef Dracula vor einer Kulisse herumhampeln, wie man sie von den Verfilmungen der Daphne-Du-Maurier-Romane kennt. Der flatterhafte Geselle (Van Lustbader läßt ihn die Fledermaus-Nummer machen) ist höchstwahrscheinlich mit Graf Krolock aus Roman Polanskis *Tanz der Vampire* identisch. Van Lustbader hat einen Schreibstil drauf, daß der Leser glaubt, er wäre in ein großes Faß Sirup geplumpst.

Dracula als Playboy

Lutz, John

Der Autor hat mehrere hundert Kurzgeschichten und diverse Romane auf dem Kerbholz. Unter dem Namen *Mr. Lucrada* (1991) läßt er den auf alternden Playboy getrimmten Dracula auf die Badestrände Floridas los. Lesefutter für spätentwickelte Zwölfjährige.

M

Vampir-Oper
Marschner, August H.

Die Vampire verschonten auch die Musiktheater nicht. Am berühmtesten wurde die Oper *Der Vampyr* von August H. Marschner (Libretto: Wilhelm August Wohlbrück), die 1828 in Leipzig zum ersten Mal aufgeführt wurde. Sie gehörte lange Zeit zum Repertoire deutscher Musiktheater und hat einen gewissen Einfluß auf Richard Wagners *Der Fliegende Holländer* gehabt. (Eine zweite große Oper *Vampyr* mit der Musik von P. v. Lindpainter und einem Libretto von Cäsar Max Heigl hatte 1829 in Stuttgart Premiere.)
1992 unternahm die englische Fernsehgesellschaft BBC TV Production den unkonventionellen Versuch, Marschners Oper *Der Vampyr* einem größeren Fernsehpublikum näherzubringen. Das Musikwerk wurde in fünf Episoden zerteilt, die an fünf aufeinanderfolgenden Tagen ausgestrahlt wurden. Am sechsten Abend wurde dann die Oper als Ganzes gezeigt. Im selben Jahr veröffentlichte Virgin Classics die Musik in Auszügen auf CD.
»Wenn auch die CD keinen Gesamteindruck der Oper vermitteln kann, führt sie zumindest ein in die Musik Marschners. Die Ouvertüre ist eine der Romantik verpflichtete Schilderung des Geisterhaften und Dämonischen. Dieses Geisterhafte wird zu einer handfesten Bedrohung normal sterblicher Menschen im Chor der Satansanbeter. Dröhnende Pauken markieren einen militanten Rhythmus und demonstrieren die Kraft des Bösen *(Hail Satan)*. Die melodramatische Arie des Vampirs *(Blood, my life is in their blood)*, in der Blut als dessen Lebensinhalt besungen wird, dokumentiert die Stärke Marschners, Gefühle und Stimmungen musikalisch darzustellen. Die Lust nach Blut, und damit die Lust nach Leben, wird

in den leisen melodischen Tönen um so beklemmender deutlich. Zweifelsohne ein Höhepunkt der Oper wie auch der CD ist das Duett zwischen dem Vampir und einem seiner weiblichen Opfer *(Want to know, why I was watching you)*. Langsam und fast zart beginnt das Duett, in welchem der Verführer dem Mädchen mit schönen Worten schmeichelt. Allmählich steigert sich das Tempo und endet furios im Sieg des Blutsaugers. Dazu kontrastiert das fröhliche Quintett einiger Arbeiter *(Morning, with you in a tick)*, das in den Bereich deutscher Liedhaftigkeit gerückt werden muß. Beide Finale, sowohl das des ersten Aktes *(Where is Davenant?)* wie auch das anschließende der ganzen Oper *(Maker of every good)*, zeigen meisterliche, leitthematische Verknüpfungen, verblüffend in der Weiträumigkeit ihrer Anlage und dem damit vorhandenen dramatischen Gestaltungspotential.

Ohne die Bildunterstützung ist *The Vampyr* vermutlich keine ideale Empfehlung für Opernneulinge, bietet aber für Sympathisanten klassischer Musik die Möglichkeit, sich an etwas Vergessenem und damit wieder Neuem zu versuchen. Wer sich an Opernmusik bisher noch nicht herangewagt hat, aber Vampire mag und damit das Spannungsdreieck aus Tod, Bösartigkeit und Lebenslust, sei Marschners *Vampyr* ebenfalls ans blutdurchpulste Herz gelegt« (Dreßler).

Vampire küßt man nicht
Martin, David

Der amerikanische Schriftsteller David Martin, geboren 1955, der das Buch *Vampire küßt man nicht* (englischer Original-Titel *Tap, tap*) geschrieben hat, kann schon mehrere Spannungs-Romane wie *Das Dickicht der Lügen* und *Das Ritual des Hasses* vorweisen. Die ersten Opfer des Vampirs Peter Tummeliere sind der 63jährige Philip Burton und seine Gattin. Philip Burton wird vom Blutsauger ruckzuck erledigt, wobei kein einziger Blutstropfen auf den weißen Teppich fällt. Dann befriedigt der Vampir noch seine abnormen sexuellen Gelüste bei Diane Burton, der überraschten Gattin des Ausgesaugten. Noch mit dem Blut ihres Mannes an den Lippen, verschließen seine gierigen Vampir-Lippen den Mund von Diane Burton. Der perverse Vampir vergeht sich an ihr, ahmt dabei sogar die Lustlaute ihres Mannes nach, und mit einem letzten »koitalen Stöhnen« muß sie sich von dieser Welt verabschieden. Nach dem endgültigen Tod von Peter und seinem Bruder: auf dem Meer schwimmt eine Yacht mit dem Namen »Vamp«. Die Besatzung ist auf Menschenjagd. Er steuert, verfolgt die Beute und sie beißt die Opfer. Wenn sein Vampir-Weib ihre blutige Nahrung erhalten hat, sperrt sie Roger Bird in die sichere Kabine. Das Kondom hat ihn vor der Ansteckung zum Vampir bewahrt. Da freut sich auch die Gesundheitsministerin.

Vampir-Klassiker
Martin, George R. R.

George R. R. Martin (geboren 1948 in Bayonne, New Jersey) ist einer der bedeutendsten amerikanischen Science-fiction-Autoren. Martins Erfolg dürfte in der Verbindung herkömmlicher Science-fiction mit romantischen Themen liegen, die allerdings nie klischeehaft ausgeführt wird und in der Happy-Ends nur selten vorkommen. Seine Protagonisten sind oft romantische Idealisten, während ihre Gegenspieler rational denken und ihnen bei Auseinandersetzungen überlegen sind.

Sein von der Kritik sehr beachteter Roman *Armageddon Rock* (1983) – Stephen King bezeichnete ihn »als den besten Roman über die Popmusik-Kultur der sechziger Jahre« – ist nur bedingt der Science-fiction zuzuordnen, obwohl er zahlreiche phantastisch-traumhafte Passagen aufweist, in denen sowohl die Atmosphäre des Milieus als auch die geistige Haltung der Musiker jener Zeit in ihrem Erfolgszwang und in ihrer politischen Protesthaltung meisterhaft nachgezeichnet werden.

1982 erschien in den USA Martins Vampir-Roman *Fever Dream;* in der Bundesrepublik wurde das Buch erst 1991 unter dem Titel *Fiebertraum* veröffentlicht. »*Fiebertraum* begeistert Stephen-King-Fans ebenso wie Leser von Mark Twain. Ein düster-romantisches Buch, das mich bis in die Träume und Phantasien verfolgt. Ihm gebührt ein grandioser Erfolg«, urteilt Martins Schriftsteller-Kollege Roger Zelazny.

Die Story: Abner Marsh, Flußschiffer auf dem Mississippi und ein Koloß von einem Mann, steht nach der Frostkatastrophe von 1857 vor dem wirtschaftlichen Ruin. Da bietet ihm der Aristokrat Joshua York die Partnerschaft und genügend Kapital an, um das schnellste Dampfschiff auf dem Mississippi bauen zu lassen. Doch während der Jungfernfahrt der *Fiebertraum* entpuppt sich Joshua York zum Entsetzen Marshs als Vampir, und der Plan, als schnellster Dampfschiffkapitän in die Geschichte einzugehen, tritt in den Hintergrund, denn York fährt den Fluß hinab, um die Letzten seiner kranken alten Rasse zu sammeln und sie vom Erbe ihrer blutgierigen Leidenschaft zu befreien. Zuvor jedoch muß er den mächtigen Blutmeister Damon Julian besiegen, einen Vampir voll animalischen Magnetismus, der den roten Durst seines Nachtvolkes durch Mord und Heimtücke zu löschen versucht.

»Martins viel zuwenig beachteter Roman *Fiebertraum* hat genügend unverbrauchter Ideen, um als moderner Klassiker des Genres gehandelt werden zu können« (Robert Vito).

Planet der Vampire
Matheson, Richard

Richard Matheson verquickt in seinen Romanen und Erzählungen auf unnachahmliche Art Science-fiction- und Horrorthemen miteinander. Sein Werk kann als Musterbeispiel für den Techno-Horror der fünfziger Jahre gelten, der hauptsächlich von Paranoia und allgegenwärtiger Angst vor dem Atomkrieg geprägt war. Einen Riesenerfolg landete Matheson mit der Verfilmung seines Romans *Die unglaubliche Geschichte des Mr. C.* Sein Science-fiction-Vampir-Roman *Ich bin Legende (I am Legend)* wurde gleich zweimal auf Zelluloid gebannt; in beiden Fällen mit Charlton Heston in der Hauptrolle. Für den 1972 hergestellten amerikanischen Fernsehfilm *Dracula* – Jack Palance mimt den Erzschurken aus Transsylvanien – schrieb er ein Drehbuch, das eine intensive Auseinandersetzung mit der Romanvorlage erkennen läßt.

Matheson zog sich aus der Literatur-Szene zurück, als sich sein Durchbruch im Filmgeschäft anbahnte. Er wurde einer der berühmtesten und produktivsten Drehbuchautoren Hollywoods. So stammt zum Beispiel das Drehbuch der Edgar-Allan-Poe-Adaption *Das Pendel des Todes* – 1961 von Kult-Regisseur Roger Corman verfilmt – aus seiner Feder. Als Co-Autor mischte er an der auch in Deutschland ausgestrahlten Fernsehserie *Twilight Zone* mit.

Richard Matheson (geboren 1926 in Allendale, New Jersey) sollte nicht mit Richard Christian Matheson, einem der großen neuen Talente der amerikanischen Horror-Szene, verwechselt werden: letzterer ist nämlich der Sohn des Multi-Talents.

Mathesons 1954 veröffentlichter 200 Seiten starker Roman *Ich bin Legende* (auch: *Ich, der letzte Mensch)* spielt in einem Amerika der Zukunft in den Jahren 1976 bis 1979. Er schildert die atemberaubenden Erlebnisse Robert Nevilles, der als letzter Mensch in einer Welt von Vampiren lebt. Neville hat sein Haus in eine Festung verwandelt. Die Fenster sind mit dicken Brettern vernagelt und die Außenwände mit Unmengen Knoblauch behängt. Jede Nacht lungert eine Horde hirngeschädigter Vampire vor seinem Verschlag herum und versucht, ihn mit fiesen Tricks ins Freie zu Lokken. »Komm raus, Neville!« plärrt es durch die Ritzen seiner Behausung, in der er lebt »wie in einer Gruft«. Tagsüber streift Neville auf der Suche nach Lebensmitteln durch die ausgestorbene Stadt. An manchen Tagen ist er mit 40 eigenhändig gedrechselten Holzpflöcken bewaffnet, die er den ruhenden Vampiren, egal ob Männer, Frauen oder Kinder, erbarmungslos mit einem Holzhammer in das Herz schlägt. Neville ist der größte Vampir-Massenmörder aller Zeiten. Schließlich stößt er bei seinen Nachforschungen auf die Tatsache, daß die Ursachen des Vampirismus in einer Seuche zu finden sind. Die Vampire machen dieselbe Entdeckung und versuchen mit Hilfe von selbstentwickelten Medikamenten, sich besser an ihre natürliche Umwelt anzupassen. Schließlich muß Neville erkennen, daß er selber der Abnormale ist, die Bedro-

hung, das Gespenst – die Legende.
Matheson hat mit seinem Roman Maßstäbe gesetzt, an denen sich andere Autoren messen lassen müssen.
Ein kleines Meisterwerk gelang Matheson mit seiner Erzählung *Trink mein Blut,* die etwa drei Jahre vor seinem Roman *Ich bin Legende* entstand. Im Mittelpunkt der hochkarätigen Story steht der kleine Jules, ein merkwürdiger, verhaltensgestörter Junge mit autistischen Zügen. Das eigenartige Bürschchen äußert als Berufswunsch, er wolle ein Vampir werden. In einem Schulaufsatz trägt er seine Vorstellungen vor versammelter Mannschaft vor. Kostprobe gefällig? »Was ich werden will. Von Jules Dracula. Wenn ich erwachsen bin, möchte ich ein Vampir werden. Ich möchte ewig leben und mit allen abrechnen und alle Mädchen zu Vampiren machen. Ich möchte nach Tod riechen. Ich möchte faulen Atem haben, der nach toter Erde und Grüften und süßen Särgen stinkt. Ich möchte ganz kalt sein und verwestes Fleisch mit gestohlenem Blut in den Adern haben. Ich möchte meine schrecklichen weißen Zähne in den Hals meiner Opfer schlagen. Ich möchte, daß sie wie Rasiermesser in das Fleisch und in die Adern schneiden. Dann möchte ich meine Zähne herausziehen und mir das Blut schnell in den Mund fließen und herunterrinnen lassen und meine Zunge darin baden und in die Kehle meiner Opfer stecken. Ich möchte Mädchenblut trinken! Das will ich werden! Das will ich werden! Das will ich werden!« Verständlicherweise zeigen sich Jules' Eltern und die Lehrer wenig entzückt von den Berufswünschen des aufgeweckten kleinen Knirpses.
Über eine andere Story von Matheson hingegen, *No such Things as a Vampire,* die im Deutschen unter den Titeln *So was wie Vampire gibt es nicht* und *Es gibt keine Vampire* vorliegt, würde man am liebsten den Mantel des Schweigens ausbreiten.

Klapperdürrer Vampir
Matheson, Richard Christian

Richard Christian Matheson ist der Sohn des berühmten Richard Matheson. Edward Bryant sieht in ihm einen »unheimlich vielseitigen Künstler, der in derselben Tradition steht wie Clive Barker«. In der Tat, ähnlich wie Barker hat sich Matheson in den Bereichen Film, Fernsehen und Literatur einen guten Ruf geschaffen. In erster Linie ist Matheson Autor und Produzent von Filmen und Fernsehspielen. Bislang hatte er bei über dreihundert Produktionen die Hand im Spiel. Mit zwanzig war er der jüngste Drehbuchautor, der je einen Vertrag von den Universal Studios bekommen hat. Aber seinen Aufstieg in den Olymp des Horrors verdankt er in erster Linie seiner sehr, sehr kurzen Kurzprosa. Seine komprimierten, fast ausnahmslos keine fünf Buchseiten umfassenden Erzählungen benutzen gerne die traditionellen Elemente des Horrors, um sie dann in zeitgenössische Formen zu gießen. In einem Horror-Fanzine heißt es dazu: »Matheson interessiert das Monster im Innern des Menschen selbst und nicht so sehr der böse Bube, der sich vorgeblich unter dem Bett versteckt.« Mathesons »sehr, sehr kurzer«, nur aus assoziativen Wortfetzen bestehender Text *Vampir (Vampire,* 1986) haut allerdings nicht gerade vom Hocker und läßt den Leser hinter dem klapperdürren Geschreibsel eher einen besoffenen Oberschüler vermuten.

Milchsaufende Vampire
Maupassant, Guy de

Der 1891 wahnsinnig gewordene Erzähler *(Bel Ami)* gilt als herausragender Vertreter des französischen Naturalismus und Meister der Novelle. 1850 in der Normandie (Château Miromesnil) als Sohn eines verarmten Landadeligen geboren, wuchs er in Paris auf. Aus dem kirchlichen Internat Yvetot wurde er wegen »skandalösen und unreligiösen Benehmens« hinausgeworfen. Nach dem Abitur immatrikulierte er sich als Jurastudent; ein Studium, das er bald abbrach. Am deutsch-französischen Krieg 1870/71 nahm er als Freiwilliger teil. Neben seiner Arbeit in Pariser Ministerien übte er sich unter Anleitung seines Freundes und Gönners Gustave Flaubert unermüdlich als Schriftsteller. Im Jahre 1880 erschien seine erste Novelle, *Schmalzpummel,* die ihn schlagartig berühmt machte. Beliebt und reich, wurde er zum umschwärmten Mittelpunkt der mondänen Pariser Gesellschaft.

Maupassant, über den gesagt wurde, er sei »ein geborener Sadist« (Praz), der im Schatten des Marquis de Sade stehe, litt schon als junger Mann unter einer fortschreitenden Nervenkrankheit, die von der damaligen Medizin nicht eindeutig diagnostiziert werden konnte. Sie äußerte sich in Sehstörungen, Magen- und Herzbeschwerden, partiellen Lähmungen sowie Angst- und Depressionszuständen. Als sein Bruder an einem ähnlichen Leiden im Wahnsinn starb, stand für Maupassant fest, daß er dieses Schicksal irgendwann teilen würde. Er nahm Zuflucht zu immer stärkeren Drogen wie Morphium und Äther. 1892 unternahm er schließlich einen Selbstmordversuch. Die letzten achtzehn Monate seines Lebens verbrachte er in geistiger Umnachtung in einer Nervenklinik, wo er am 6. Juli 1893 starb. Die Grabrede hielt Emile Zola.

Man hat Maupassants phantastische Erzählungen, unter ihnen *Der Horla (Le Horla,* 1886), als Hinweise auf seinen zunehmend umnachteten Geisteszustand interpretiert.

»Daß Maupassants Ängste, die ihn schließlich überwältigten, den Ausgangspunkt dieser Erzählungen bilden, dürfte genausowenig bezweifelt werden können wie die Tatsache, daß er sie auf höchst kunstvolle Weise literarisch gestaltete« (Zondergeld).

Der Horla berichtet von einem lebensbejahenden und naturverbundenen Mann, der sich plötzlich niedergeschlagen, fiebrig und krank fühlt. Er glaubt sich von einem namenlosen Etwas bedroht. Seinem Tagebuch vertraut er an: »So sicher, wie dem Tag die Nacht folgt, so sicher gibt es in meiner Nähe ein unsichtbares Wesen. Dieses Wesen kann Dinge berühren und sie bewegen und ist demzufolge materieller Natur, wenn auch für unsere Sinne nicht wahrnehmbar, und es wohnt wie ich unter diesem Dach ...«

Bald stellt er fest, daß das Wesen sich von Wasser und Milch ernährt, andere Speisen aber verschmäht. Immer mehr glaubt er sich dem Zugriff der Erscheinung ausgesetzt. »Irgend jemand hat Besitz von meiner Seele ergriffen und herrscht über sie! Jemand geschreibt mir jede Handlung, jede Bewegung, jeden Gedanken vor. Ich bin aus mir selbst vertrieben, bin nur noch ein verstörter Sklave, der dem, was ich tue, zuschaut.«

Krank schreibt er in sein Tagebuch: »Heute nacht spürte ich, wie jemand auf mir hockte und, seinen Mund auf den meinen gepreßt, mir das Leben aus dem Leib saugte. Ja, er sog es aus meiner Brust wie ein Blutegel. Endlich gesättigt, erhob er sich, und ich erwachte so gerädert, so erschöpft und zerbrochen, daß ich mich nicht mehr zu regen vermochte.« Schließlich gibt sich das namenlose Etwas als »der Horla« zu erkennen. Zu seinem Entsetzen liest der Gepeinigte in einer Zeitung, der *Welt der Wissenschaft,* folgendes: »Aus Rio de Janeiro erreichte uns eine recht merkwürdige Nachricht. Ein Wahn, eine Epidemie des Wahns, vergleichbar der ansteckenden Tollheit, die im Mittelalter die Völker Europas befiel, wütet zur Zeit in der Provinz Sao Paulo. Die Opfer fliehen aus ihren Häusern, verlassen Dörfer und Felder. Sie glauben sich verfolgt, besessen, wie Vieh in Menschengestalt, getrieben von unsichtbaren, doch spürbaren Wesen, einer Art Vampire, die ihnen im Schlaf die Lebenskraft aussaugen. Ansonsten sollen sie Wasser und Milch trinken, andere Lebensmittel jedoch nicht anrühren.« Der von Grauen Besessene flieht in den Selbstmord.

Maupassant hat im *Horla* das Vampir-Motiv auf höchst originelle Weise abgewandelt und ein Meisterwerk geschaffen, das in seiner Verbindung von Wirklichkeit und Wahn bereits die Entwicklung aufzeigt, die die Phantastik im modernen psychologischen Horror-Roman nimmt. Ganz außerordentlich scheint *Der Horla* Meister Lovecraft gefallen zu haben. Besonderes Behagen muß ihm der dokumentarische Einschub, dieser Zeitungsartikel, bereitet haben, der ja ganz auf seiner Linie liegt. Das unsichtbare Wesen, das sich in den Köpfen der Menschen einnistet, gerät ihm zur »Speerspitze einer Horde außerirdischer Organismen, die auf die Erde gekommen sind, um sich die Menschheit untertan zu machen«. Interessanterweise finden sich viele Einzelheiten von Maupassants Beschreibung des Horla-Ungeheuers schon in der Geschichte *What was it?* (deutsch: *Das Phantom)* des amerikanischen Autors Fitz-James O'Brien aus dem Jahre 1859 vorgezeichnet.

Maupassants unsichtbare Kreaturen treffen wir wieder in der Erzählung *Die Gasse der Finsternis (La ruelle ténébreuse)* von Jean Ray. Auch hier gebärden sich die Wesen bösartig, sind ängstlich und schlappern gerne Milch.

Durstige Vampire in Los Angeles

McCammon, Robert R.

Der 1952 in Birmingham, Alabama, geborene Robert R. McCammon schlug nach anfänglich eher traditionellen Themen wie *Das Haus Usher (Usher's Passing),* das E. A. Poes Klassiker weiterspinnt, eigene Wege ein. *Nach dem Ende der Welt (Swan Song)* oder *Die schwarze Pyramide (Stinger)* verschmelzen in epischer Breite Horror- und Science-fiction-Elemente miteinander.

Oft wird er auch den Splatterpunks zugerechnet. Man erinnere sich an seine Story *Friß mich (Eat me),* eine komische, doch zugleich auch poetische Arbeit mit den Elementen Kannibalismus, Zombies und oraler Sex. Die Geschichte wurde in der von den Ober-Splatts John Skipp und Craig Spector herausgegebenen Anthologie *Book of the Undead* abgedruckt, die im Deutschen übrigens unter dem nichtssagenden Titel *Das große Horror-Lesebuch* veröffentlicht wurde.

Auf dem deutschsprachigen Horror-Buch-Markt ist McCammon mit seinen Büchern *Baal (Baal), Höllenritt (Bethany's Sin), Stadt des Untergangs (Blue World And Other Stories), Tauchstation (The Night Boat)* und *Wandernde Seelen (Mystery Walk)* bestens vertreten.

Zu McCammons Prosa an der Grenze zum Splatterpunk zählt der Roman *Blutdurstig (They Thirst,* 1981), in dem Vampire in Los Angeles ihr unreines Wesen zur Schau stellen. McCammons Vampir-Roman strotzt vor bizarren Einfällen, was dann bedauerlicherweise auf Kosten des Plots geht.

Protestantischer Vampir

McClusky, Thorp

Bei Thorp McClusky handelt es sich um einen im deutschen Sprachraum wenig bekannten amerikanischen Autor. Seine Story *Das Grauen auf dem Friedhof,* die höchstwahrscheinlich aus den sechziger Jahren stammt, berichtet von einigen Fällen von Vampirismus, die sich in einer stark protestantisch geprägten Gegend in Pennsylvania zugetragen haben. Ähnlich wie in Walter Starkies Geschichte *Vampire in der Familie* verläßt auch hier der Untote sein Grab durch »Löcher, wie sie diese fetten Würmer bohren«. In McCluskys Story sind es die Leichen von Selbstmördern, die als vampirische Untote herumgeistern müssen.

Britischer Vampir

McGrath, Patrick

Wenn Patrick McGrath inzwischen von Kritik und Publikum verwöhnt wird (obwohl der Bestsellerstatus noch fern ist), war sein Aufstieg alles andere als ein Übernacht-Erfolg, Er mußte mit ansehen, wie seine Kurzgeschichten, die seit Anfang der achtziger Jahre in kleinen New Yorker Magazinen abgedruckt werden, vollkommen ignoriert wurden, während sie 1988 in gesammelter Form als *Blood and Water and Other Tales (Wasser und Blut)* durchschlagen konnten. Sowohl die »seriöse« Kritik als auch die phantastischen Genre-Magazine erkannten schlagartig McGrath' Potential.

Seine viktorianisch angehauchten Ausarbeitungen zutiefst bizarrer Ideen stellen ohne Zweifel eine Besonderheit in der Literatur der achtziger und neunziger Jahre dar. Diese Idee verfolgt McGrath auch in seinem ersten Roman, *The Grotesque (Groteske),* der ein ebenso zynisches wie treffliches Bild des britischen Landadels bietet.

Die tiefschwarzen Gedanken McGrath' lassen sich zum Teil aus seiner Biographie ableiten. 1950 als Sohn eines angesehenen Gerichtspsychiaters in London geboren, konnte er vermutlich viel über gewalttätige Psychopathen mitbekommen. Seine Geschichten wimmeln jedenfalls von ihnen.

Noch in London wohnhaft, schloß McGrath sein Studium als Literaturwissenschaftler ab. 1971 verließ er Großbritannien in Richtung Kanada, wo er als Lehrer arbeitete, was jedoch nicht funktionierte (»Ich war nicht gut darin«). Seine sozial ausgerichtete Erziehung veranlaßte ihn, in verschiedenen Nervenheilanstalten zu arbeiten, doch als auch daraus nichts wurde, ging er anderen Tätigkeiten nach. In New York fand er Beschäftigung als Lektor bei einer Computerzeitschrift. Mit drei Kinderbüchern, »lediglich kleinen Projekten«, und zahlreichen Kurzgeschichten frischte er sein Gehalt auf. Doch alles wurde erst anders, als *Blood and Water and Other Tales* herauskam. Der überraschende Erfolg dieses Buches brachte McGrath einen sicheren Vertrag ein, der es ihm seither erlaubt, vom Schreiben allein zu leben. Welcher Autor wünscht sich das nicht?

Die schwarze Energie, die seine Geschichten vorantreibt, sieht McGrath zu einem großen Teil in seinen Erfahrungen mit Geisteskranken begründet. So beschreibt er seine Visionen auch konsequent als »Horror-Literatur, die eher auf Psychologie als auf Übernatürlichem basiert«.

»Sein eigensinniges Schreibkonzept geht jedenfalls auf. *The Grotesque* fand auch in deutscher Übersetzung einen Anklang, den man so nicht erwartet hätte, und die Übertragung des zweiten Romans, *Spider,* ist überfällig« (Frank Duwald).

Mit *Cleave, der Vampir oder Ein Schaueridyll (Cleave, the vampire or a gothic pastorale)* bescherte uns McGrath »eine satirisch eingefärbte Geschichte, deren ungerührt-unterkühlte Betrachtungsweise durchaus prekärer Geschehnisse gemeinhin als 1. typisch britisch und 2. als humorig erachtet wird und einem mittlerweile so vertraut ist, daß sie manchmal fade anmutet – zumal, wenn die Story an sich nicht unbedingt originell erscheint« (M. S. Sembten).

Draculas Aufklapp-Gruft

McNaughton, Colin

»Finger weg! Mein geheimes Tagebuch, Graf Dracula. Privat!« warnt nach dem Öffnen des Klettverschlusses die Schreibfeder-Schrift. Auf dem Buchdeckel kriechen unter dem Gruftstein gierig grinsende Spinnen, neugierige Nacktschnecken und ein fetter Regenwurm, der seine spitzen Zähne zeigt, hervor. Ein paar weiße Maden tummeln sich auch zwischen dem grünen Buchdeckel mit Lederecken und dem graumodrigen Gruftstein. Vorgestellt wird die Vampir-Familie: »Mein Ururahn war Graf Jugular.« Dieser hatte keine gute Sicht und heiratete aus Versehen eine große Fledermaus, von der die Vampire samt Dracula abstammen. Zu sehen sind auch Schnappschüsse aus den Ferien von Graf Dracula. Im Sandsarg am Strand mit Werwolf oder beim Mondbaden am Roten Meer.

Dracula auf Burg Frankenstein

Meier, Werner

Zusammen mit einem mondsüchtigen Werwolf, der liebestollen Frankenstein-Kreatur und anderem halbtotem bis scheintotem Gesindel haust Graf Dracula zur Untermiete auf der Burg des legendären Monster-Bastlers Baron von Frankenstein, erfährt der Leser des Jugendbuches *Frankensteins Tante* (1987) von Werner Meier. Der Blutrünstler war der Jüngste aus dem alten Vampirgeschlecht der Draculas in Transsylvanien. Eine akute Hungersnot hatte ihn zum Auswandern gezwungen. Seit Hunderten von Jahren hatten seine Vorfahren unter der Bevölkerung Karpatiens hemmungslos geschlemmt und alles ausgesaugt, was einen Tropfen Blut in sich hatte. Jetzt gab es dort fast ausschließlich Vampire. Niemand hatte daran gedacht, Vorräte für schlechte Zeiten aufzuheben. Da hatte der Graf seine Kiste mit dem Nötigsten gepackt und war schließlich in der Burg derer von Frankenstein gelandet.

Werner Meier wurde 1952 in Landshut an der Isar geboren. Als Journalist war er für die *Münchner Abendzeitung* und die Illustrierte *Quick* tätig. In *Frankensteins Tante* läßt der Autor seiner Phantasie hemmungslos die Zügel schießen. Ähnlich vergleichbaren Jugendbüchern ist auch Werner Meiers Grusel-Roman eine riesige Lese-Gaudi für jung und alt.

Vampir-Ente
Mennigen, Peter

In jeder Familie gibt es ihn, den Außenseiter, das schwarze Schaf. Im ersten Band der von Peter Mennigen verfaßten »Biographie« *Graf Duckula – Mein Leben als Vampir-Ente* (1990) kommt eine Vampir-Ente zu Wort, die völlig aus der Art geschlagen ist. Statt in den Gewölben seines transsylvanischen Schlosses die Familientradition des Blutsaugens zu pflegen, ist dieser Graf Duckula überzeugter Vegetarier. Ihn fasziniert die vornehme Blässe eines Spargelhalses, prall gefüllte Halsschlagadern hingegen lassen ihn total kalt. Diese »Geschichten mit Biß« werden manches Vampir-Bild völlig revidieren!

Vampir-Indianer
Messer, Dodge

In den Jahren 1975 und 1976 erschien in deutschen Landen eine kurzlebige Horror-Heftroman-Reihe die sich *Grusel-Western* nannte und es auf immerhin etwa 40 Ausgaben brachte. In diesen Romanen durften die verwegensten Horror-Mutationen Furcht und Schrecken unter Indianern und Cowboys verbreiten. Die meisten dieser Kuriositäten dachte sich ein Herr mit dem Namen Dodge Messer aus. Wer sich hinter diesem Pseudonym versteckt, ist nicht bekannt.
In zwei Ausgaben dieser merkwürdigen Western-Grusel-Hefte treiben die Blutsauger ihren Schabernack mit den Rothäuten und Kuhtreibern: *Der kupferrote Vampir* (1975) und *Der Vampir der Prärie* (1975).

Vampire müssen besser erforscht werden
Meurer, Hans

Hans Meurer wird zu den großen Experten der deutschen Vampir-Kunde gerechnet. Von ihm stammt das Buch *Der dunkle Mythos*. Nicht dick, aber oho! Viele interessante Themen rund um den Vampirismus werden darin aufgegriffen. Der Autor spannt das Spektrum bei seinen Betrachtungen zu dem Blutsauger-Thema sehr weit. Viele Gedanken sind interessant, und er bringt auch einige neue Blickwinkel in das Vampir-Thema ein. Lobenswert ist, wie stark er manche mythologischen Aspekte sowie auch medizinische berücksichtigt. Vor allem auf psychologische Momente des Vampirs geht Hans Meurer ein. Als Hintergrundlektüre zu dem Thema Graf Dracula und seine Kolleginnen und Kollegen ist das Buch empfehlenswert. Uwe Sommerlad und Malte S. Sembten über Meurers Buch: »Es ist ein Werk, welches das Vampir-Thema aus einer sehr wichtigen, aber von fast allen einschlägigen Publikationen vernachlässigten Perspektive angeht.«

Frankensteins Vampir-Kollegen

Miller, Carey

Um was es in Carey Millers Jugendbuch *Frankensteins Gruselkabinett von A – Z* geht, erhellt ein Blick auf den Titel der englischen Originalausgabe aus dem Jahre 1974: *A Dictionary of Monsters and Mysterious Beasts.* Und so stellt Carey Miller in diesem Band, der eher eine Geschichtensammlung als ein Sachbuch ist, den minderjährigen Grusel-Fans ein Sortiment »ekelerregender« Monster, Ungeheuer und anderer Kaulquappen vor.
Mit von der Partie bei dieser Revue ungewaschener Alptraumknechte sind neben den haarigen Werwölfen und der naiven Frankenstein-Kreatur auch deren blutsaufende Horror-Kollegen aus aller Welt, die unsterblichen Vampire.

Vampir im Knoblauchland

Minkoff, Svetoslav

Der Vampir ist ein folkloristisches Märchen aus den Knoblauch-Regionen. Muhme Jola, die Dorfhexe, hat auf dem Friedhof einen Vampir ausgescharrt und läßt ihn auf das Vieh der Bauern los.

Vampir-Amazone

Minns, Karen Marie Christa

Mittels Zeitreise und eines Virtual Reality Processor gelangen die Studentin Manilla und ihre Professorin Katherine Slater in den Amazonas-Dschungel. Manilla kann beobachten, wie sich Darsen beim Liebesspiel in die Vagina von Katherine verbeißt und daraus viel Blut schlürft.

Darsen schleppt Tiere und Menschen an, damit Katherine deren Blut trinkt. Sie soll auch ein Vampir werden. Als Manilla den Virtual Reality Processor verläßt und nach Hause geht, erkennt sie: »Sie war nicht mehr allein, nicht mehr allein.« Die Story *Virago* von Karen Marie Christa Minns ist in der Anthologie *Draculas Töchter* von Pam Keesey zu finden. Karen Marie Christa Minns erblickte 1956 im Sternzeichen Zwillinge das Licht der Welt. Sie steht auf Helden. Die lesbische Vampir-Allegorie *Virago* hat sie bei Naiad Press 1990 erstmals veröffentlicht.

Dracula gegen Batman

Moench, Doug

»Da fielen Hagel und Feuer, die mit Blut vermischt waren, auf das Land. Es verbrannte ein Drittel des Landes, ein Drittel der Bäume und alles grüne Gras« (Offenbarung des Johannes 8.7). »Kaum eine Zeile der Bibel dürfte solch prophetische Kraft haben wie die eben genannte, wurde doch mit Hiroshima und Nagasaki unmißverständlich deutlich, daß die Apokalypse möglich ist. Der ›Schwarze Regen‹, der nach den Abwürfen von ›Fat Man‹ und ›Little Boy‹ auf das Land niederging, wurde aus dem Reich religiöser Legende in die bittere Realität herübergeholt.

Unnatürlicher Niederschlag birgt den Keim der Apokalypse in sich. Auch Doug Moench, Routinier US-amerikanischer Mainstream-Comics, greift auf diese Symbolik zurück, um in der umfangreichen Batman Graphic Novel *Der Schwur des Vampirs (Batman & Dracula: Red Rain,* 1991) eine Stimmung der unheilvollen Drohung und des bevorstehenden Untergangs heraufzubeschwören. Roter Regen geht auf Gotham City nieder, ein giftiger Niederschlag aus chemischen Abfällen, aber auch ein Regen aus Blut als Symbol für die Gefahr, die der Stadt droht. Dracula hat sich die Metropole auserkoren, um erneut einen Versuch zu wagen, die westliche Welt zu erobern. In diesem Moloch aus Gewalt fallen ein paar Leichen mehr oder weniger kaum auf, und wenn die Kette rätselhafter Tode doch Aufmerksamkeit erregen sollte, wird es schon längst zu spät sein.

Zeichner Kelley Jones ist der richtige Mann für eine Horror-Geschichte. Als Berni-Wrightson-Imitator zu Ruhm und Anerkennung gekommen, aber noch einige Jahre an Erfahrung von seinem Vorbild entfernt, ist der mit starken Kontrasten arbeitende Jones bestens geeignet, das blutrünstige Drama zu inszenieren. Offensichtliche Schwächen in Anatomie und der Fähigkeit, Gesichter über die fast 100 Seiten zu halten, werden durch grandiosen Einsatz von Effekten vertuscht. Und ein kleines bißchen ist er auch schon in der Lage, seinen Schwächen Kontur zu verleihen und zur Absicht zu erklären: Da werden mißgebildete Körper zum Ausdruck der Gefühle, zum Spiegel der Seele.

Die im Ansatz vielversprechende Idee verliert Moench nach einer Weile leider aus den Augen. Wo im ersten Drittel die Weichen gestellt werden für eine Welt, in der die Menschen den Vampiren Platz machen müssen und der rote Regen Zeichen der umwälzenden Veränderung ist, reduziert Moench die Geschichte letztlich doch nur zum leidlichen Showdown zwischen Dracula und Batman, aus dem der kostümierte Held als Sieger hervorgeht und die Vampir-Brut auf der Strecke bleibt. All die unheilvollen Andeutungen der ersten Seiten werden zur hohlen Staffage. Die Apokalypse findet nicht statt.

Zurück bleibt vor allem Frustration. Die Ausgangslage ist originell, die Zeichnungen sind ansprechend, aber schließlich rutscht alles in Richtung 08/15. In den USA innerhalb der ›Elseworlds‹-Reihe des DC Verlags erschienen, einer Reihe, in der populäre Superhelden in Parallel-Universen gesteckt werden und somit im Prinzip alles möglich ist, verdeutlicht *Der Schwur des Vampirs* einmal mehr die Grenzen des US-Mainstream. Auch originelle Konzepte werden rasch in ein Korsett gepreßt, damit ja keine Leserin und kein Leser überrascht werden können. Nach dem Motto: Vorsicht – Ideen beißen!« (Bernd Kronsbein). Recht begeistert zeigt sich dagegen der amerikanische Action-, Thriller- und Fantasy-Autor Eric van Lustbader von *Batman – Der Schwur des Vampirs*. Er verfaßte ein Vorwort zu dieser Graphic novel, in dem es heißt:

»Ich war nie ein Freund von

Werken, in denen sich Charaktere mit verschiedenen Hintergründen begegnen, hauptsächlich, weil das Ergebnis – ob nun beabsichtigt oder nicht – nur zu oft an Abbott & Costello als Mumienräuber erinnert. Also habe ich mit einem gehörigen Maß an Beklommenheit eingewilligt, etwas über die vorliegende Graphic novel zu sagen, dieses Zusammentreffen zwischen Batman und Dracula.

Ich schäme mich nicht des Eingeständnisses, daß ich bereits nach den ersten Seiten begeistert war. Und wieso auch nicht? Doug Moenchs Story und die Zeichnungen der Herren Jones haben uns einen ganz anderen Batman geschenkt als den, den wir kennen – und trotzdem die moralischen und intellektuellen Grenzen beachtet, die Batmans Innenwelt bestimmen.

Ich hatte schon immer den Eindruck, daß Batman unsere primitivsten Gefühle anspricht, weil er sich aus dem Schutz der Nacht an uns wendet. Wir müssen nicht über Batman nachdenken, wir müssen nur empfinden. Etwa nach einem Drittel dieser Geschichte kam mir die Erkenntnis, daß ich genauso auf Bram Stokers brillanten Roman *Dracula* reagiert hatte.

Solange ich Batman lese, habe ich mich schon gefragt, ob diese mythische Gestalt – so mächtig, charismatisch und erotisch – bei Batmans Entstehung eine Rolle gespielt hat. Denn obwohl Batman für die Gerechtigkeit eintritt und schon immer für sie eingetreten ist, vertritt er eine grausame Gerechtigkeit, eine der Furcht, Einschüchterung und dunklen Rache. Bruce Waynes ursprünglicher Auftrag lautete, Angst und Schrecken in den Herzen aller Verbrecher hervorzurufen.

Warum gestehen wir es uns nicht ein? Batman ist hauptsächlich wegen seiner Macht, seines Charismas und seiner Erotik ein so zwingender Held. Da kommt es einem doch ganz natürlich vor, daß er diesen erschreckenden Einfluß auch in Draculas alternativer Zukunft ausübt.

Gotham City scheint reif für den Herrn der Vampire, oder nicht? Der dunkle, schmutzige urbane Sumpf ist zu einer Alptraumwelt geworden, die so vielen unserer postmodernen urbanen Land-

schaften ähnelt und von chaotischen Kreaturen bewohnt wird, deren Niedergang anscheinend nicht mehr aufzuhalten ist.
Die Lichter sind erloschen, und nur Dunkelheit bleibt. Batman, ein Bewohner der Dunkelheit, wurde in erster Linie als Detektiv geschaffen. Sein erster Auftrag – ob nun offen oder nicht, bewußt oder nicht – bestand darin, den Mörder seiner Eltern zu suchen. Doch er war kein Detektiv in klassischer Hinsicht. Während die anderen großen Detektive der Literatur – wie zum Beispiel Sherlock Holmes oder Nero Wolfe – mehr oder weniger auf einer rein intellektuellen Ebene gelebt haben oder einfach nur – wie Philip Marlowe und der Continental Cop – harte Burschen waren, ist Batman eine mächtige Legierung des deduktiven Verstandes und der primitiven Gerechtigkeit. Und diesen Fluß der Deduktion und des Gefühls aus dem Bauch heraus hat das Zusammentreffen zwischen Batman und Dracula so gut eingefangen. Es ist wirklich nicht leicht, zwei so dynamische Charaktere mit so völlig verschiedenen Hintergründen zu nehmen und ihre Begegnung gleichzeitig aufregend und bedeutsam zu gestalten. Hier prügeln sich nicht auf vierzig Seiten zwei Widersacher. Auf solche Stories kann ich verzichten; sie habe ich im Lauf der Jahre schon zehntausendmal gelesen. Nein, der vorliegende Comic-Roman hat mehr im Sinn als einen bloßen Kampf Mann gegen Mann. Und seltsamerweise ist seine Relevanz heute größer als noch vor zwei Jahren. Hier finden wir den Anfang des Endes unserer Träume.
Tod, Vernichtung und die Nacht. Wer wäre besser geeignet als Batman und Dracula, auf einer so perfekt schäbigen Bühne das letzte Drama aufzuführen? Und wer könnte das schockierende Finale dieses Dramas voraussagen? Mir ist es nicht gelungen. Und ich wette, Ihnen wird es auch nicht gelingen. Niemals kam mir Batman menschlicher vor. Niemals war er so überzeugend als willensstarker Hüter unserer Träume und Hoffnungen, als nachtschwarzer Rächer unserer Ängste und Befürchtungen. Hier wird eine alternative Wirklichkeit präsentiert, die nicht minder schockierend wie unterhaltsam ist.«

Vampirbisse machen süchtig

Moore, Catherine Lucille

Die Stories der C. L. Moore (1911–1985) sind eine Mischung aus Phantastik, Science-fiction und Fantasy. Sie lassen sich am ehesten mit gewissen Arbeiten von C. A. Smith vergleichen. Die Autorin genießt in der Fan-Gemeinde einen geradezu legendären Ruf. Sie galt lange Zeit als wichtigste Science-fiction-Autorin, die erheblichen Einfluß auf die Entwicklung des Genres in den vierziger und fünfziger Jahren hatte. Ihr Einfluß auf die jüngere Schriftstellergeneration ist allenthalben spürbar, so zum Beispiel bei Tanith Lee.

Ihre beiden ersten Geschichten, *Shambleau* und *Schwarzer Durst (Black Thirst),* erschienen 1933 und 1934 im amerikanischen Phantastik-Magazin *Weird Tales.* In *Shambleau* verknüpft die Autorin auf originelle Weise das Vampir-Motiv mit dem Mythos der Medusa. Ihr Shambleau genannter Medusa-Vampir kommt aus dem Weltraum. »Sie sind eine Art Rasse, eine der allerältesten. Der Name klingt ein wenig französisch, nicht wahr? Aber das täuscht, er geht zurück bis auf die Anfänge der Geschichte. Es hat schon immer Shambleaus gegeben. Niemand weiß genau, wo sie herkommen. Von einem anderen Planeten. Manche sagen, von der Venus. Sie sind eine Abart der Vampire – oder vielleicht sind auch die Vampire eine Abart von ihnen.«

Diese Kreaturen ziehen die Nahrung »aus der Lebenskraft der Menschen. Sie drehen dich auf bis zur höchsten Stufe deiner Gefühle, ehe sie … beginnen. Sie vermitteln immer diese scheußlichen Lustgefühle, wenn sie fressen. Es gibt einige Menschen, die, als sie die erste Begegnung überlebten, danach süchtig wurden wie nach einer Droge … es nicht aufgeben können … so ein Wesen ihr ganzes Leben lang bei sich zu behalten – und das Leben dauert nicht lange – und es ernähren, um dieser grausigen Befriedigung willen.« I *can* get satisfaction!

Auch die vampirische Kreatur in *Schwarzer Durst* stammt von einem anderen Planeten. Das Scheusal berichtet über sich: »Das Leben ist sehr alt. Es gibt

Rassen, die älter sind als der Mensch. Die meine gehört dazu. Meine Rasse ist sehr entfernt verwandt mit den Rassen, die dem Menschen das Blut aussaugen, weniger weit entfernt mit denen, die die Lebenskräfte des Menschen trinken, um sich davon zu ernähren. Ich habe meinen Geschmack noch mehr verfeinert. Ich trinke – Schönheit. Ich lebe von der Schönheit. Ja, im wahrsten Sinne des Wortes. Schönheit ist in gewissem Sinne ebenso greifbar wie Blut. Sie ist eine separate, selbständige Kraft, die den Körpern von Männern und Frauen innewohnt.«

Die Erzählungen der Moore »überraschen noch heute durch ihre erotische Intensität. Ihre Helden haben eine gewisse Ähnlichkeit mit Robert Ervin Howards Barbaren Conan; sie sind sehr viel anfälliger für die dämonischen Reize einer anderen Welt, anderer Lebewesen, Reize, die zugleich Bedrohung sind und immer wieder das Doppelgesicht der Sexualität zu symbolisieren scheinen« (Zondergeld).

Die Vampir-Geschichten der Moore handeln nicht auf der Erde, sondern auf dem Mars und der Venus. Es blieb anderen Autoren vorbehalten, Vampire aus dem Weltall auf die Bevölkerung des Planeten Erde loszulassen, wie zum Beispiel Colin Wilson und seine *Vampire aus dem Weltraum.*

Neunziger-Vampir
Moore, Christopher

Jody klettert als frische Vampirin aus einem Abfallcontainer und hat 100 000 Dollar in der Bluse. Ihr erstes Opfer ist ihr Freund Kurt, dem sie im Zorn einen Blumentopf an die Stirn knallt. Das Blut an der Stirn erweckt ihre neuen Vampir-Instinkte. Ihr wachsen plötzlich lange Eckzähne. Sie sagt sich: »Ich bin ein Vampir. Ein Monster. Aber ich fühle mich gar nicht wie ein Monster.« Im Eiltempo wird Liebe gemacht. Sie legt sich auf Tommy, küßt ihn, beißt ihn. Sie schreit wie eine Katze, als sie kommt, und leckt sein Blut am Hals auf. Als sie ihm gesteht, daß sie ein Vampir ist, ist er dafür, es noch mal – aber ohne Schuhe – zu tun. *Lange Zähne* ist ein durchaus witziger Roman im undurchschaubaren Alltagskosmos.

Vampir-Logik
Morales, Adelaide García

Die Spanierin verfaßte den Roman *Logik des Vampirs (La lógica del vampiro,* 1989). Es ist ein Buch, das sich wohl eher im Bücherschrank eines Genießers von Hochliteratur zu Hause fühlt als zwischen den bunten Bänden eines Sammlers von Horror-Literatur.
Ihrem kurzen Roman hat die Morales ein Zitat aus Bram Stokers *Dracula* vorangestellt: »Was war es? Ein Tier, ein Mensch oder ein Vampir?«
Die Morales konfrontiert den Leser ihrer »Vampir-Logik« mit folgenden Geschehnissen: Elvira erhält das Telegramm ihres alten Freundes Pablo mit der Nachricht vom Tod ihres Bruders Diego. Sie bricht sofort in ihre Geburtsstadt Sevilla auf. Dort geschieht Unerklärliches: Weder Mara, Diegos Freundin, noch sein merkwürdiger Freund Alfonso wissen etwas von Diegos Tod: Diego sei nur aufs Land gefahren, und Pablo sei verrückt.
Warum aber sollte Pablo sie belügen? Oder, wenn Diego wirklich tot war, warum wollten sie seinen Tod vertuschen? Elvira ist voller Zweifel. Alfonso nimmt sich ihrer an und zieht sie mit unwiderstehlicher und zugleich zerstörerischer Macht in seinen Bann.
Durch ein Sevilla voller merkwürdiger Gestalten folgt Adelaide Garcia Morales den Figuren bis in die Schlaflosigkeit ihrer Nächte.
Doch ihr letztes Geheimnis, das in allen ihren Handlungen spürbar wird, erhebt sich über die seltsame und aufregende Poesie der menschlichen Seele.
»Die Romane der Adelaide Garcia Morales lesen sich wie geheimnisvolle literarische Schattenspiele: kunstvolle, exemplarische Metamorphosen, Verwandlungen einer fragilen, weiblichen Innenwelt in fulminante, verzaubernde Literatur«, urteilt ein Kritiker.
Adelaide García Morales wurde 1945 in Badajoz geboren. Sie lebt in Madrid und Andalusien.

Vampir-Penis
More, Waltraud

Durch die Erzählung *Balzflüge* (1988) der 1942 geborenen Hauptschullehrerin Waltraud More flattert ein als Vampir entlarvter Schönheits-Chirurg, »der einen zwölf Zentimeter langen, messerscharfen Vampirzahn hat, da wo andere Männer ...«. Frauenphantasien.

Gurgelbeißer

Morecambe, Eric

Für die minderjährigen Gruselfreunde verfaßte der Engländer Eric Morecambe zwei skurrilphantasievolle Vampirromane, die auch die Herzen junggebliebener Horror-Fans höher schlagen lassen. *Die Vampire von Gurgelbeiß (The Reluctant Vampire,* 1982) ist die heiter-gruselige Geschichte eines jungen Vampirs, der sich zum Entsetzen seiner Blutsauger-Sippe lieber an Orangen und Chips erquickt, als sich von Blut zu ernähren; in *Wilde Rache in Gurgelbeiß (The Vampire's Revenge,* 1983) treibt ein schurkischer Vampir mit dem Namen Vernon sein Unwesen.

Erziehung eines Vampirs

Muschg, Adolf

Adolf Muschg (geboren 1935 in Zollikon) studierte Germanistik, Anglistik und Philosophie in Zürich und Cambridge, promovierte 1959 bei Emil Staiger mit einer Dissertation über Ernst Barlach. Muschg war Gymnasiallehrer in Zürich, dann Dozent an deutschen, schweizerischen, japanischen und amerikanischen Universitäten. Seit 1970 ist er Prof. für Literaturwissenschaft an der ETH Zürich. Er ist Mitglied der Sozialdemokratischen Partei der Schweiz und erhielt für sein Werk mehrere Literaturpreise, u.a. 1974 den Hesse-Preis, 1984 den Literaturpreis der Stadt Zürich, 1988 den Preis der Schweizer Schillerstiftung, 1990 die Carl-Zuckmayer-Medaille und 1994 den Büchner-Preis. Als »aufgeklärter Sozialist« schreibt Muschg Romane und Theaterstücke in kritischer Auseinandersetzung mit der Zeit, seiner Umwelt und der Schweiz. Er gilt als Sprachvirtuose, hat aber im Laufe der Jahre seinen Stil verknappend reduziert. Seine ersten Romane, *Im Sommer des Hasen, Gegenzauber* und *Mitgespielt,* sind raffiniert geschriebene, ironisch-parodistische Untersuchungen zu Zeitfragen. Die Gefahr dieser z. T. blendend geschriebenen Romane war, im Modischen, in der Überstilisierung zu versanden. In der

Folge beschäftigt sich Muschg zunehmend mit der Verantwortung des Intellektuellen in der heutigen Gesellschaft, wobei die Motive von Schuld und Resignation im Mittelpunkt stehen. »Ich fühle mich alt genug, um zu einer schuldigen Generation zu gehören. Schuldig durch das, was wir nicht taten.« Die Erzählwerke werden persönlicher, reifer, abgeklärter. Der Roman *Albissers Grund* untersucht, wie der Gymnasiallehrer Albisser dazu gekommen ist, auf seinen Psychiater Zerutt zu schießen, zugleich aber auch wird diese Analyse zu einer Ermittlung über die Schweizer Gesellschaft und ihre verunsicherten, im Alltagsleben erstarrten Bürger. Albisser resigniert in der Kleinstadtidylle, Zerutt, dem sich am Ende des Romans die Sympathie des Autors zuwendet, äußert dagegen eine gebrechliche, doch aufgeklärte Hoffnung auf ein besseres Leben. Die Geschichtenbände *(Liebesgeschichten, Entfernte Bekannte)* sind mehr auf die Privatsphäre bezogen, doch auch darin bleibt die Grundthematik dieselbe: Entfremdung durch die modernen Machtstrukturen, Hilf- und Sprachlosigkeit, Flucht und Resignation. Paradox ist jedoch, daß die resignierten Hilfskonstruktionen der Figuren immer mehr hoffnungsdurchzogen sind, »Anstiftung zu einem ganzen Leben«. Muschgs Theaterstücke und Hörspiele kreisen um dieselben Motive, erreichten aber bisher nicht den Erfolg der Erzählwerke. Auch sein Essay über Gottfried Keller, der vieles von Muschgs eigenem Werk entschlüsselt, behandelt die Grundproblematik von Schuld, Resignation und Zuversicht im Sinne einer »psycho-analytischen und kritisch-ökonomischen Herleitung des Schuldprinzips«.

In seinem umfangreichen Roman *Das Licht und der Schlüssel* aus dem Jahre 1984, der sich im Untertitel *Erziehungsroman eines Vampirs* nennt, stellt Adolf Muschg die Frage: Wie findet sich ein Vampir heute, gegen Ende des 20. Jahrhunderts, in einer Stadt wie Amsterdam zurecht? Er versucht sich legal, sozusagen redlich, zu ernähren: als Saufttherapeut. Über seine Kundschaft, mit Vorliebe: Arztfrauen, weiß er Geschichten. Aber Mona,

seine einzige nächtliche Zuhörerin, will sich mit erzählten Figuren nicht zufriedengeben.
Sie ist lebensgefährlich erkrankt und hat Gründe, diesen Erzähler namens Samstag auf seine Stichhaltigkeit zu prüfen. Was bedeutet es, wenn er sich über die Medizin lustig macht? Was meint er eigentlich, wenn er sich selbst »tot« nennt? Was wird aus ihr – denn sie will keine Figur werden! – in seinem Mund? Ist er fähig, sie leben zu lassen – erzählt er um ihr Leben, oder redet er sie tot? Die Lösung im »Roman« genannten dritten Teil dieses Buches ist zugleich einfach und überraschend. Sie läßt dem vampirischen Erzähler keine Wahl, als sich von Grund auf zu ändern.

Dracula-Symphonie im Comic-Design

Muth, Jon J

Jon J Muth gilt als einer der ambitioniertesten Comic-Künstler der USA. Science-fiction- und Horror-Altmeister Ray Bradbury beschreibt sein Werk als »phantasiereich, geheimnisvoll und wunderschön«. Muth kommt eigentlich von der Malerei. Er lebt mit seiner Frau und seinem Sohn in New York.
Bei seinem Bildband *Dracula – A Symphony in Moonlight & Nightmares* aus dem Jahre 1992 handelt es sich um eine gemalte Erzählung, die »ausgezeichnete, zarte Aquarellgemälde« enthält. »Muth malt mit Anmut und Finesse. Seine Aquarelle sind von außerordentlicher Schönheit« *(In Fashion)*. Über sein Buch sagt der Künstler in einer Danksagung: »Und natürlich bin ich Bram Stoker verpflichtet, weil er den ersten Akkord zu dieser Symphonie angestimmt hat.« In deutschen Landen erschien der Prachtband 1993 unter dem wenig originellen Titel *Dracula – Symphonie des Grauens,* der offensichtlich Murnaus Stummfilm-Klassiker *Nosferatu – Eine Symphonie des Grauens* entlehnt wurde.

N

Vampir als Zimmernachbar
Nemecek, Gisela

Der Autorin (im Hauptberuf Lehrerin) ist mit *Tod einer Tänzerin* (1988) eine Vampir-Geschichte gelungen, die in jeder Hinsicht überzeugt. Würden nicht einige Daten in der Story darauf hinweisen, daß sich das Geschehen in der Gegenwart abspielt, könnte man glauben, man befände sich zeitlich in den Jahren vor dem 1. Weltkrieg. Die Grundidee ist einfach, aber wirkungsvoll gestaltet: Zwei kunstbegeisterte Schwestern werden während ihres Aufenthalts in einem Hotel in der rumänischen Stadt Suceava mit der Tatsache konfrontiert, daß ihr Zimmernachbar ein vampirischer Unhold ist.

Vampir ist Todesbote
Neruda, Jan

Der tschechische Autor (1834 bis 1891), Sohn eines ausgedienten Soldaten, mußte aus finanziellen Gründen das Philosophiestudium abbrechen. Er war als Redakteur, Feuilletonist und Kritiker tätig. Neruda schrieb Gedichte, Balladen, Feuilletons (über 2000) und Erzählungen.

Nerudas Geschichte *Der Vampir* (1871) handelt von einem in der Türkei herumstreunenden griechischen Maler, der von den Einheimischen »Vampir« genannt wird. »Er malt nur Leichen! Wenn in Konstantinopel oder hier in der Gegend jemand stirbt, hat er noch am selben Tag das Totenbild fertig. Der Kerl malt schon im voraus – und er irrt sich nie, wie ein Aasgeier!« Der Vampir als Todesbote – eine wirklich nette Idee, aber leider keine wirklich »echte« Vampirgeschichte.

Vampirische Mutation
Neuwirth, Barbara

Die 1958 geborene Österreicherin ist Herausgeberin einer

Unreinen-Anthologie, die 1988 unter dem Titel *Blaß sei mein Gesicht – Vampirgeschichten von Frauen* erschien. Für diesen Band hat Barbara Neuwirth dreiundzwanzig Autorinnen um sich geschart, die sich in ihren Geschichten teils witzig und ironisch, manchmal weltoffen-verständnisvoll, oft feministisch-chauvinistisch und alternativ-ökologisch-verhärmt, literarisch gekonnt oder auch mal nicht die Kurve kriegend mit dem (männlichen?) Vampir-Mythos auseinandersetzen. Barbara Neuwirth ist als Vampir-Autorin in dem Band mit der vorzüglichen Geschichte *Eine von IHNEN* vertreten. Sie erzählt von einer recht dominanten jungen Malerin – »Du wolltest doch immer alles haben, was dir gefiel. Du bist eine sehr gierige Person. Und deshalb gehörst du zu uns« –, die nach dem Besuch eines nach Aas stinkenden Antiquariats zu einem tierkadaverhinterlassenden, undefinierbaren vampirischen Etwas mutiert. Außer *Draculas Rückkehr* ist bis heute kein besserer Vampirgeschichten-Band mit modernen Blutsauger-Texten von deutschsprachigen Autoren erschienen.

Jack the Ripper jagt Draculas Vampir-Huren

Newman, Kim

Der Amerikaner Kim Newman, der sonst auch unter dem Pseudonym Jack Yeovil schreibt, machte im deutschsprachigen Raum mit seiner Geschichte *Der Mann, der Clive Barker sammelte* (ein Ripoff von Robert Blochs Story *Der Mann der Edgar Allan Poe sammelte)* auf sich aufmerksam. Clive Barker soll nach der Lektüre dieser Story ziemlich konsterniert gewesen sein. Newmans Humor ist englisch, und zwar in dem Sinne, wie man sich ein Steak englisch vorstellt.

Newmans Einhundert-Seiten-Erzählung *Dracula A. D. 1888 (Red Reign, 1992)* knüpft direkt an Geschehnisse und Personen aus Bram Stokers Roman *Dracula* an. Dem blutrünstigen Karpatenfürsten ist es gelungen, Bram Stokers Vampir-Killer Professor van Helsing zu entwischen. Vlad Tepes, genannt Dracula, mausert sich zum Prinzgemahl von Königin Victoria, die er wie einen Hund hält. Binnen kürzester Zeit gleicht der Buckingham Palace einem Schlacht- und Viehhof.

Dracula errichtet in London ein Regime des Schreckens. Große Teile der englischen Bevölkerung werden von dem Chef aller Untoten und seiner Brut in Blutsauger verwandelt. Zu seinen Ministern bestellt der Ober-Blutrünstler den vampirischen Unhold Lord Ruthven (der von Polidori) und den Blutsäufer Varney (die Vampir-Kreatur von James Malcolm Rymer). An allen Ecken in den verkommensten Bezirken Londons lungern Vampir-Huren herum und betteln um Blut (einen Quickie für ein Maulvoll Blut). Angesichts dieser wenig erfreulichen Zustände sattelt Dr. Seward (Bram Stokers Irrenhausleiter) auf den Beruf eines Vampir-Jägers um. Ausgerüstet mit einem silbernen Skalpell (Dracula hat alle Silbermünzen des Landes einziehen lassen) lauert er in den hohlen Gassen der Hauptstadt den Vampir-Huren auf, um sie aufzuschlitzen. Die Bevölkerung des Königreiches (inklusive des vampirischen Bevölkerungsteils) verpaßt dem Vampir-Huren-Schlächter flugs den Kosenamen »Jack the Ripper«. Seinem Tagebuch vertraute Dr. Seward alias »Jack the Ripper« folgende Zeilen an: »Kehle. Herz. Eingeweide. Dann herunter mit dem Kopf. Damit sind diese Wesen erledigt. Reines Silber und ein reines Gewissen. Van Helsing legte, da er sich von Überlieferung und Symbolik blenden ließ, immer größten Wert auf das Herz, aber alle anderen Körperorgane erfüllen den Zweck genausogut. Die Nieren sind am einfachsten zugänglich.« Detailliert schildert der Irrenhausleiter Dr. Seward in seinem Tagebuch, wie es ihm gelang, eine von Draculas Vampir-Huren zur Strecke zu bringen: »Indem ich meinen Körper gegen sie stemmte, hinderte ich sie am Umfallen und schützte meine Arbeit so vor den Blicken möglicher Passanten. Als ich ihr mein Skalpell zwischen die Rippen hindurch ins Herz stieß, spürte ich, wie ihr ganzer Körper aufbebte und dann leblos in sich zusammenfiel. Da ich aber weiß, wie zäh die Untoten sein können, führte ich meine Arbeit sorgfältig zu Ende: Ich legte ihr Herz frei und durchbohrte es, durchtrennte im Bauch die Harn- und die Eileiter, entfernte die Nieren und einen Teil des Uterus und erweiterte die Wunde an der Kehle, bis sich schließlich der Kopf lockerte.

Als ich den Hals bis auf die Wirbelsäule durchgeschnitten hatte, zerrte ich den Kopf hin und her, bis die Wirbel auseinanderbrachen. Sie hatte nur wenig Blut in sich. Höchstwahrscheinlich hatte sie heute abend keine Nahrung zu sich genommen.« Kim Newman bringt in seiner Story genial traditionelle Ingredienzien der klassischen Vampir-Literatur und moderne Splatterpunk-Elemente zum Einsatz.

In Kim Newmans Geschichte tummelt sich nicht nur das halbe Personal aus Bram Stokers *Dracula,* auch die Jack-the-Ripper-Legende wird verwurstet. Bei der Gelegenheit läßt Kim Newman in seiner Story auch gleich noch Arthur Conan Doyles Sherlock Holmes vor sich hin dümpeln und Robert L. Stevensons Mr. Jekyll auf der einen oder anderen Buchseite herumschlurfen.

Kim Newmans schwarzhumoriger *Dracula A. D. 1888* ist ein Hochgenuß für alle Freunde der Horror-Literatur, die sich an den verstaubten Grusel-Figuren aus dem viktorianischen Zeitalter erfreuen können, aber auch einen gesunden Schuß »Splatterpunk« nicht verschmähen.

Postmoderne Vampire

Niedermeier, Rainer Anton

»Postmodernes Vampir-Fragment« nennt der Dichter Rainer Anton Niedermeier sein im Vampir-Sammelband *Draculas Rückkehr* veröffentlichtes brutales Poesiestück mit Staats-Vampiren mit dem Titel: *Blutsensen und Schimmelkrieg.* Kurze Kostprobe:

»beiß zu –
sadomasoch beiß zu –
leck mir die eingeweide –
treib mich zum wahnsinn –
blutsensen an den stadttoren der metropolen –
zum rapport in achterreihen –
vom zahnstein befreite nachwuchssauger ...«

Rainer Anton Niedermeier hat als Live-Lyriker bereits einige bedeutende Lyrik-Slams gewonnen und ist auf der »Bühne ein wahrer Lyrik-Vulkan«. Er wurde schon als Lyrik-Dämon bezeichnet. Niedermeier hat einige Poesie-Bände veröffentlicht und betätigt sich auch als Maler, wobei besonders seine Fingerpaintings gelobt werden.

Vampir-Schule

Niebisch, Jackie

Die kleine Schule der Vampire (1985) von Jackie Niebisch berichtet in Wort und Bild von den Freuden und Leiden des knuddeligen Vampir-Nachwuchses in der Ganznachtsschule des Grafen Lester. Prüfungs-Frage: Ein kleines blondes Mädchen hat sich in dich verliebt, ist aber wegen deiner Zähne mißtrauisch. Was wirst du ihr sagen? Dazu folgen drei Antworten: A) Meine Eltern hatten nie Geld für eine Zahnspange, oder B) Meine Milchzähne sind nie gezogen worden, oder C) Du stürzt dich auf sie mit wildem Geheul! Der Text ist amüsant, und die Illustrationen im Stile von »Schweinepriester« Jean-Marc Reiser erfreuen durch ihren Witz. »Kruzifix noch mal! Gegen dieses Buch stinkt selbst Knoblauch vergebens« (Polidori, Professor für Vampirologie).

Vampir-Kloake

Nöstlinger, Christine

Nöstlinger, geboren 1936 in der Wiener Vorstadt, besuchte nach dem Abitur zunächst die Kunstakademie und machte dann ein Volontariat bei einer österreichischen Tageszeitung. Heute gilt sie als die bekannteste Kinderbuch-Autorin Österreichs. Ihre Bücher wurden mit zahlreichen Preisen ausgezeichnet und in mehrere Sprachen übersetzt.
Christine Nöstlinger schrieb eine Geschichte für Kinder, in der ein kleines Mädchen namens Sisi Verbindung mit dem Vampir *Florence* Tschinglbell aufnimmt, indem es in den Toilettenabfluß spricht. Die Vampir-Dame mit dem englischen Namen haust allem Anschein nach in den unterirdischen Abwasserkanälen der Stadt. Eines Tages steht der scharfzahnige Kloaken-Vampir tatsächlich vor der Wohnungstür. Klein-Sisi fürchtet mit Recht um das Leben ihrer Eltern. Diese beängstigende Geschichte findet sich in einer Grusel-Anthologie für Kinder ab elf Jahren, in der es von Monstern, Drachen und Vampiren geradezu wimmelt.

O

Vampir-Lolita
Owen, Thomas

Owen gilt als der bedeutendste zeitgenössische Autor der belgischen Phantastik.
Die Biographie Owens beinhaltet einige Überraschungen, schon was den Namen betrifft. Geboren als Gerald Bertot (1910 in Louvain, flämisch: Leuven), studierte er nach dem Abitur Jura und Kriminalistik, promovierte anschließend und war dann in der Industrie tätig. Er betätigte sich als Journalist und Kunstkritiker, um schließlich unter dem Pseudonym Thomas Owen einem größeren Publikum bekannt zu werden. In Owen, er war übrigens mit Jean Ray befreundet, begegnen wir keinem Autor von phantastischen Horror-Geschichten der üblichen Art. Im deutschsprachigen Raum ist er nahezu unbekannt. »Das Fehlen des Genüßlichen, dieser angenehmen, Offenen-Herdfeuer-Gruselatmosphäre, die dunkle Färbung, das moralische Gewicht und die oft komplizierte Struktur seiner Erzählungen verhinderten die Breitenwirkung.« Owen zeigt in seinem Werk eine Vorliebe für die Geheimnisse der vierten Dimension, für die von Menschen verlassenen Gegenden, Straßen oder Häuser. Unverkennbar ist auch ein Hang zu einer morbiden Erotik. »Die Angst, die Liebe und der Tod«, schreibt Owens, »sind in meinen Geschichten allgegenwärtig.« »Owen nimmt den Leser beim Arm, um mit ihm einen netten kleinen Spaziergang zu machen, mit der perversen Absicht, ihn im Stich zu lassen, wenn er einmal dem Grauen gegenübersteht.«
In Owens Erzählung *Die Gefahr (Le Peril,* 1943), die in Sofia spielt, verfallen die nicht mehr ganz junge homosexuelle Musikerin Mara Gheorghieva und der Bohemien Prokop dem Mädchen Vera, einem frühreifen Kind von

vielleicht fünfzehn Jahren. Sie bezahlen ihre sexuelle Hörigkeit zu der Minderjährigen mit dem Tode. Das dämonische Mädchen saugt ihnen das Blut aus, bis sie sterben. Nur eine kleine rosa Wunde, sauber, ohne Blutspuren, bleibt zurück. Und Vera »leckt mit ihrer geschmeidigen, rosigen Katzenzunge über ihre dünnen, beweglichen Lippen«. Kein Verdacht fällt auf das blutsaugerische Balg. Die kleine Teufelin aber verabschiedet sich aus der Erzählung, indem sie sich mit einer Freundin zu einer Radtour aufmacht. Jener Freundin, von der sie ihrer Mutter gesagt hatte: »Die kleine Blonde, weißt du, die so rosig und gesund aussieht und die einen so zierlichen Hals hat ...« Owens Lolita-Vampir ist die ›femme fatal‹, jene verführerische, männerzerstörerische, kalte Schönheit, die eine exakte Widerspiegelung von Männerängsten und -wünschen ist. Daß sie auch in der häufig frauenfeindlichen phantastischen Literatur eine Rolle spielt, und zwar weit über das 19. Jahrhundert hinaus, braucht in Anbetracht der Nähe des Genres zur erotischen Literatur kaum zu verwundern.

P

Toter erwacht
Page, Gerald W.

Eine interessante Variante zum Vampirmotiv, aber auch ein derbes Stück Horror-Literatur ist Page mit seiner Story *Durst* gelungen. Spannend und packend wird die Geschichte vom arbeitslosen Automechaniker Sam Coleman erzählt, der nach einer Sauftour in der Nähe des Overhill Mountains, einer übel beleumdeten Gegend, von einem Mann angefallen wird. Der Angreifer überwältigt Coleman, reißt ihm mit einem angespitzten Stück Holz eine Wunde in die Kehle und trinkt gierig das Blut aus dem Hals. Coleman wird tot im Wald aufgefunden und in der Leichenhalle aufgebahrt. Dort erwacht der vermeintliche Tote und marschiert quicklebendig heim zu seiner Familie, wo er sich allerdings gleich äußerst unbehaglich zu fühlen beginnt. Essen ist ihm widerlich. Die Halsschlagader dagegen, die sich unter der Haut seiner Frau abzeichnet, macht ihn ganz fickrig. Von verzehrendem Durst gepeinigt, treibt es ihn in die Wälder um Overhill Mountains. Das Wort »Blut« formt sich in seiner Vorstellung. Ein sechster Sinn, eine geheimnisvolle innere Stimme scheint ihm einen Weg zu weisen, wie er sein Bedürfnis stillen kann. Coleman fängt ein Karnickel. Mit einem kleinen spitzen Stein öffnet er die Schlagader des Vierbeiners, denn mit den Zähnen hätte er es nie geschafft. Er trinkt von dem Karnickelblut, bis sein Durst gelöscht ist. Den Tag verbringt er zusammengekrümmt in einer Mulde. Bedeckt mit Erdreich und Laub, liegt er da wie begraben. Vor der Sonne hat er Angst; sie würde seine Kräfte aufsaugen und ihn schwächen. Die Berührung mit Eisen und Silber – der Sonne zugeordnete Metalle – verursacht ihm Schmerzen. Coleman befriedigt weiterhin seinen Durst mit dem Blut von Kleintieren, bis es ihm eines Tages gelingt, einen Autofahrer, der gerade die Reifen wechselt, zu erschlagen. Dann stillt er seinen Durst, wie er nie zuvor in seinem Leben Durst gestillt hatte. »Er war, was er jetzt war, und schien nie anders gewesen.«

Gräfin Dracula mit historischem Hintergrund

Parry, Michel

Der Engländer Michel Parry machte sich in den siebziger Jahren einen Namen als Herausgeber der Horror-Anthologien *Lautlos schleicht das Grauen* (1975); *Raritäten aus des Teufels Küche* (1976); *Acht Teufelseier* (1977); *Teuflische Katzen* (1978); *Teuflische Küsse* (1978); *Zehn Teufelsküsse* (1979); *King Kongs Rivalen* (1979); Franke*nsteins Rivalen* (1979) und *Draculas Rivalen* (1979), in denen er Stories von Robert Bloch, Anthony Boucher, Aleister Crowley, August Derleth, H. P. Lovecraft und Richard Matheson vorstellte.

Aus Michel Parrys eigener Feder stammt der 150 Seiten starke Roman *Gräfin Dracula (Countess Dracula)*. Sein Text ist eine der zahllosen Variationen über die Figur der historischen Comtesse Elisabeth Bathory, die im 17. Jahrhundert ihr in die Jahre gekommenes Leben dadurch zu verlängern trachtete, indem sie sich im Blut junger Mädchen wälzte. In Parrys Roman heißt die Gräfin Nadasdy, die für jede Teufelei bereit ist, damit sie zu jungen Männern kommt. In einer ihrer späteren Produktionen nahmen sich die legendären Hammer-Studios Michel Parrys Stoffs an und fabrizierten nach seiner Roman-Vorlage 1970 den Streifen *Comtesse des Grauens (Countess Dracula)*, ein Machwerk, über das die Kritik schrieb: »Ein schäbiges, schauriges Blutbad«. Ein frühes Splatter-Movie eben.

Vampir-Kochbuch

Pataki, Heidi

Die Autorin wurde 1940 in Wien geboren. Ihren 1988 veröffentlichten Text *böse miene zum bösen spiel oder wie man vampire tötet* hat sie anscheinend einem Kochbuch oder dem Handbuch der Metzger-Innung entnommen.

Älter als Dracula

Perucho, Joan

Zwei Welten begegnen sich in dem eleganten, verspielt-ironischen Roman *Der Nachtkauz (Les histories naturals,* 1960) des Spaniers Joan Perucho. Der Roman spielt um 1830 in Katalonien. Der junge Aristokrat Antoni de Montpalau, ein leidenschaftlicher Naturforscher, eilt zwei adeligen Damen zu Hilfe, deren Dorf von einem unerklärlichen Übel heimgesucht wird. Von wissenschaftlicher Logik ausgehend, folgert Antoni, daß es sich um einen Vampir handeln müsse, den ersten, der bislang in Spanien gesichtet wurde, und er macht sich an die Verfolgung dieses Geschöpfes der Finsternis. Doch das verfluchte Wesen, das seit 600 Jahren keine Ruhe findet (und somit rund 200 Jahre älter als Bram Stokers Ober-Vampir Graf Dracula ist), verfolgt ihn nun seinerseits unter den verschiedensten Verkleidungen, bis zu dem Augenblick, in dem sich Jäger und Gejagter treffen.

Perucho nutzt den historischen Hintergrund – den ersten Karlistenkrieg, in dem die liberalen Kräfte auf seiten der jungen Prinzessin Isabella II. kämpften, während sich die Konservativen auf die Seite des Thronanwärters Karl V. schlugen –, um augenzwinkernd eine märchenhaft-realistische Geschichte zu erzählen, in der alles seinen Platz findet: hochgemuter Patriotismus und pragmatischer Wirklichkeitssinn, wilder Fortschrittsglaube und klerikale Bigotterie, naive Frömmigkeit und finsterer Aberglaube, romantische Liebe und leidenschaftliche Besessenheit. Neben unserem Helden und seinen getreuen Reisegefährten, neben der bizarren und buntgemischten Barceloneser Herrenrunde, die sich regelmäßig unter Zuhilfenahme herzstärkender Getränke die Köpfe heiß redet, tauchen reale Personen auf wie George Sand, der unglückliche verliebte Fürst Lichnowsky, Lesseps, der Kanalerbauer, und viele andere mehr.

Perucho, einer der bedeutendsten spanischen Erzähler, der mit Italo Calvino, Jorge Luis Borges und H. E Lovecraft verglichen wird, hat mit dieser witzigen, anspielungsreichen Parodie einen außerordentlich ergötzlichen

Roman geschrieben, der den Leser bis zum Schluß in seinem Bann hält.

Joan Perucho wurde 1920 in Barcelona geboren und arbeitete als Anwalt. Unter dem Franco-Regime war er Mitherausgeber der verbotenen Literaturzeitschrift *Ariel.* Sein Werk umfaßt Essays, Lyrik und Romane. Perucho ist Mitglied der Spanischen Akademie für Gastronomie. Der *Nachtkauz* wurde in zahlreiche Sprachen übersetzt.

Dracula hat AIDS
Philbrick, W. R.

Wenn es dunkel wird (The Dark Rising, 1991) von W. R. Philbrick berichtet von einem Dr. Jones, Fachgebiet Epidemiologie, der als Arzt auf Haiti praktiziert, wo eine eigenartige Blutkrankheit grassiert. Hier wird er zu IHM gerufen, dem man »im Laufe der Zeitalter Tausende von Namen gegeben hat«. Krankheit ausstrahlend, im Verfall begriffen, aber lebendig, hat es das vampirische Monster auf die Karibik-Insel verschlagen. Das dahinsiechende Scheusal hat jedes der Menschheit bekannte Blutleiden in sich aufgesaugt mit dem Ergebnis, daß nicht einmal es immun blieb.

Vampir-Engel mit schwarzen Flügeln
Pierce, Meredith Ann

Meredith Ann Pierce studierte Englisch und Creative Writing an der University of Florida, Gainesville. Bereits für ihr Erstlingswerk *Engel der Nacht (The Darkangel,* 1982) erhielt sie eine literarische Auszeichnung. *The New York Times* nannte es den «besten Fantasy-Roman des Jahres«. Inspiriert wurde sie dazu durch die Biographie von C. G. Jung, in der Jung die Phantasien einer Patientin beschreibt, die an eine Existenz auf dem Mond glaubte, wo Frauen und Kinder von einem grausamen, aber schönen Vampir entführt und getötet wurden.

Engel der Nacht erzählt die Geschichte von Aeriel, die sich gut daran erinnern konnte, wie sie dem Vampir zum erstenmal begegnete – einem Geschöpf mit nachtschwarzen Flügeln, die das Licht tranken und es schwinden ließen. Erst als die Flügel sich entfalteten, konnte Aeriel die Gestalt eines Mannes erkennen. Nie zuvor hatte sie ein so kaltes und böses Lebewesen gesehen und auch nie ein schöneres. Seine Anmut raubte ihr den Atem. Als der Vampir sie anblickte, schwanden ihre Kräfte.

Aeriel ist entschlossen, den Vampir zu vernichten und die dreizehn Seelen – arme Kreaturen, einst schöne junge Bräute des Vampirs, die er in Phiolen eingesperrt um den Hals trägt – zu retten. Doch jetzt ist sie selbst seine Gefangene, ohnmächtig, ihres Willens beraubt. Aber sie muß ihn töten, ehe er die Welt zerstört.

Gelingt es Aeriel, ihren neuen, schrecklichen Herrn zu bezwingen? Als die Stunde des Kampfes naht, erkennt sie in ihm einen winzigen Funken Güte – Güte, die ihrer beider Rettung werden könnte.

Blonder Vampir aus Indien

Pike, Christopher

Alisa, die blonde Vampirin, stammt aus Indien. Ihr richtiger Name ist Sita. Sie beobachtet, wie der von einer merkwürdigen Blut-Seuche getötete Körper ihrer Freundin Amba wiederbelebt wird. Aus ihrem blutigen Gesicht schnellt eine Zunge hervor, die sich über das Priestergesicht hermacht. Der Kopf des Priesters wird ein formloser Klumpen. Sitas Vater schneidet mit dem Messer aus der toten Schwangeren ein Baby heraus.

Es wurde Yaksha genannt. Yaksha wuchs heran, und schon als Knabe mit acht Jahren war er der Klügste im Dorf. Einige Jahre später verschwinden nach und nach unerklärlicherweise alle Zeugen, die bei Yakshas blutiger Geburt dabei waren.

Alisa treibt sich im Fortsetzungs-Roman *Schwarzes Blut* mit Ray in Los Angeles herum, wo anscheinend eine Vampir-Horde haust. Täglich werden ausgesaugte und gräßlich verstümmelte Menschen gefunden. Wie beim Highlander wird der Kopf vom Vampir namens Eddie in einem Gefrierhaus von Alisa mit der Axt entfernt. Schwarzes Blut sprudelt. Er kann Alisa nicht mehr ausschalten. Im dritten Band mit dem Titel *Der rote Würfel* durchstreift der blonde Vampir Alisa die Spielerstadt Las Vegas. Auf ihren Fersen sind das FBI und einige verbrecherische amerikanische Wissenschaftler. Sie wollen ihre Vampir-DNS aufschlüsseln und künstlich nachbauen. Sie ist schließlich eine ideale Kampfmaschine und wäre für das Militär eine interessante Bereicherung im menschlichen Waffenarsenal.

Vampir Erwin verehrt Schönheit

Pinetz-Hochedlinger, Christine

Die österreichische Autorin Christine Pinetz-Hochedlinger wurde 1957 geboren. In Pinetz-Hochedlingers pfiffigen Kurzgeschichte *Miriam* (1988) schleicht ein gieriger Vampir ums Haus. Der lichtscheue Geselle hört auf den Namen Erwin und scheint ein großer Verehrer weiblicher Schönheit zu sein.
Mit dem gleichnamigen Buch *Erwin* von Hermann Hesse hat dies nichts zu tun.

Prototyp vampirischer Liebe

Poe, Edgar Allan

»Rauschgiftsüchtig, schwer verkauzt, dann auch noch frühvollendet und jämmerlich gestorben – Edgar Allan Poe (geboren 1809 in Boston) fehlte es an nichts, um als großer Außenseiter in die amerikanische Literatur einzugehen. So düster, so verbrecherisch wie bei ihm, haben wir gelernt, geht's sonst bei keinem anderen Autor zu« (Winkler). 1836 heiratete Poe seine dreizehnjährige Cousine; sie starb zehn Jahre später an der Schwindsucht. Böse Zungen behaupten, Poe habe in Wirklichkeit die Mutter seiner Cousine geliebt, und nicht die Tochter. Poe starb 1849 in einem Krankenhaus in Baltimore im Säuferwahnsinn.
»Die Rezeption seines Werkes ist in nicht unwesentlichem Maße von der Übersetzung der Erzählungen ins Französische bestimmt, die Charles Baudelaire herausbrachte. Aufgrund der Wertschätzung in Frankreich und von da aus auch in den anderen europäischen Ländern gelangte nach und nach auch die amerikanische Literaturkritik zu einer richtigen Einschätzung des Werkes eines ihrer größten und einflußreichsten Schriftstellers, ohne den die Literatur der Décadence nur schwer denkbar ist. Sowohl für die Entwicklung der De-

tektivgeschichte wie für die Science-fiction und die phantastische Literatur kommt den Erzählungen des Amerikaners exemplarische Bedeutung zu. Er erreichte eine Konzentrierung der Motive in der von ihm entwikkelten knappen Form der Short-Story, die bis heute vorbildlich blieb. Zwar wird Poe zu Recht als einer der bedeutendsten phantastischen Erzähler überhaupt eingeschätzt, aber dennoch ist die Zahl der Erzählungen, in denen Übernatürliches eine Rolle spielt, eher gering. Mögen auch berühmte Geschichten wie *The Black Cat* oder *The Pit and the Pendulum* brillante Horrorgeschichten sein, die als frühe Beispiele der ›conte cruel‹ gelten können, phantastisch im eigentlichen Sinne sind sie nicht« (Zondergeld).

In den zweifellos autobiographisch geprägten Geschichten *Berenice* (1835) und *Ligeia* (1838) orientiert sich Poe am Vampirstoff. In *Berenice* erzählt Poe die Geschichte von Egaeus und seiner Cousine Berenice, die in dem düsteren Schloß ihrer Väter leben. Über ihre Vorfahren heißt es, sie seien ein Geschlecht von Geistersehern und Visionären gewesen. Egaeus, ein alter Knabe, dem nichts Jugendliches mehr anhaftet, war bereits als Kind stets kränklich und in tiefe Melancholien versunken. Berenice dagegen ist lebhaft, graziös und von überströmender Lebenskraft. Egaeus, unter dessen Schädeldecke anscheinend ein krankes Gehirn rumort, gibt sich in seinen Mußestunden den verrücktesten Grübeleien hin. Berenice wird krank. Sie leidet unter Anfällen von Epilepsie, die häufig in vollständigen Starrkrampf übergehen. In Egaeus' Schädel schlagen die Gedanken Purzelbäume. Er brütet: »Ich wußte bestimmt, daß ich sie in den strahlenden Tagen ihrer unvergleichlichen Schönheit nicht geliebt hatte. Die seltsame Anomalie in meinem Dasein ließ meine Gefühle niemals dem Herzen, ließ meine Leidenschaften stets dem Gedanken entspringen. In früher, grauer Morgendämmerung – zu Mittag unter den zitternden Schatten des Waldes – des Nachts in der Stille meines Bibliothekszimmers war sie vor meinen Augen erschienen: nicht als die lebende, atmende Berenice, sondern als die Berenice eines Traumes; nicht als ein irdisches Wesen von Fleisch und Blut, sondern als die Abstraktion eines solchen Geschöpfes, nicht als ein Gegenstand der Bewunderung, sondern als ein Objekt der Analyse, nicht als ein Wesen, geschaffen zur Liebe, sondern als Thema sinn- und planlosen Nachdenkens. Und nun – nun erbebte ich in ihrer Gegenwart, nun erblaßte ich, wenn sie sich mir näherte, und plötzlich ward mir bewußt, daß sie mich seit langem liebte, und ich sprach ihr in einer bösen Stunde trotz ihres zerfallenen, trostlosen Zustandes von Heirat.« Bald nach der Eheschließung mit seiner hinfälligen Cousine verschlechtert sich der Geisteszustand von Egaeus rapide. Der Anblick der Zähne des Objektes seiner obskuren Begierden lassen sein krankes Gehirn nicht mehr zur Ruhe kommen. »Das weiße Gespenst ihrer Zähne war aus meinem Gehirn nicht zu bannen, nicht fortzutreiben. Jedes Fleckchen auf ihrer Oberfläche, jede Tönung auf ihrem Email, jede Ausbuchtung an der Schneide hatte ihr flüchtiges Lächeln meinem Gedächtnis unauslöschlich eingebrannt! Ich sah sie *jetzt* sogar deutlicher, als ich sie *soeben* gesehen, diese Zähne! – diese Zähne! Sie waren hier – und waren dort – überall, sichtbar, greifbar vor mir: lang, schmal und außerordentlich weiß. Bleiche Lippen zogen sich um sie herum, genau wie in dem schrecklichen Augenblick, da ich sie zuerst gesehen! Dann überfiel mich meine krankhafte Einbildungssucht mit wilder Wut, und vergebens kämpfte ich gegen ihre unerklärliche, unwiderstehliche Gewalt! Unter den zahllosen Gegenständen der äußeren Welt hatte ich nur noch Gedanken für diese Zähne. Nach ihnen trug ich ein wahnsinniges Verlangen. Alle Erscheinungen der Welt, alle Interessen des Lebens wurden davon aufgesogen. Sie – sie allein waren meinem inneren Auge gegenwärtig, ihr Wesen wurde zum alleinigen Inhalt meines Gedankenlebens. Ich betrachtete sie von jedem Gesichtspunkte, von jeder Seite aus. Ich studierte ihre besonderen Merkmale, ich sann über ihre Eigentümlichkeiten nach, ich grübelte über ihre Ähnlichkeit untereinander. Ich forschte nach den Veränderungen, denen sie unterworfen waren. Und als ich ihnen in meiner Vorstellung Gefühlskraft und Ausdrucksfähigkeit auch ohne den Beistand der Lippen zuschreiben mußte, da schauderte ich! Von Berenice glaubte ich fest, *daß alle ihre Zähne Ideen* seien. Ideen! War das der idiotische Gedanke, der mich zugrunde richten sollte? Ideen!?! Begehrte ich sie wohl deshalb so wahnsinnig? Ich fühlte, daß nur ihr Besitz allein mir jemals Frieden, jemals den Verstand zurückgeben könne.«

Berenice wird von einem erneuten Epilepsie-Anfall mit tödlichen Folgen heimgesucht. Bei Anbruch der Nacht sind die Vorbereitungen zur Bestattung beendet, und das Grab erwartet seinen Bewohner. Um Mitternacht betritt ein völlig verstörter Diener das Bibliothekszimmer seines Herren. »Seine Blicke waren schreckverwirrt, und er sprach mit leiser, zitternder, erstickter Stimme. Was sagte er mir? – Ich vernahm nur Bruchstücke. Er sprach von einem gräßlichen Schrei, der das Schweigen der Nacht unterbrochen – sagte, daß die Dienerschaft zusammengelaufen sei und in der Richtung des Tones gesucht habe. Dann wurde seine Stimme gellend deutlich – er redete von der Schändung des Grabes – von dem entstellten, aus den Leichentüchern gerissenen Körper, der noch stöhnte, noch pulsierte, *noch lebte!*

Er deutete auf meine Kleider; sie waren mit Kot und Blut beschmutzt. Er sprach nicht, sondern ergriff sanft meine Hand, sie trug die Male menschlicher Nägel. Er richtete meine Aufmerksamkeit auf einen Gegenstand, der an der Wand lehnte – es war ein Spaten. Mit einem Schrei stürzte ich zum Tisch und ergriff die Ebenholzkiste. Ich hatte nicht die Kraft, sie zu öffnen, sie glitt aus meiner zitternden Hand, fiel schwer zu Boden und sprang entzwei; mit Gerassel rollten einige zahnärztliche Instrumente heraus und zweiunddreißig kleine, weiße, wie Elfenbein schimmernde Gegenstände, die sich auf dem Fußboden verstreuten …«

Der englische Schriftsteller D. H. Lawrence *(Lady Chatterley)* hat in seinen *Studies in Classic American Literature* Poe als den Prototyp vampirischer Liebe beschrieben, der beispielsweise Ligeia so lange und gnadenlos analysieren, in sein Bewußtsein aufnehmen, kennenlernen wollte, bis er sie aufgesogen habe: Dieses Kennenwollen ist die Versuchung des Vampir-Teufels. »So gewiß das Ich der Poeschen Erzählungen ein analytisch verzehrendes Monster ist, so wenig vermag man allerdings Lawrence zu folgen, wenn er das Problem zu dem alten Klischee vom Geiste als dem Widersacher der Seele versimpelt, also auf eine Denunziation des Geistes zugunsten des ›gesunden Instinktes‹ und des ›dunklen Kennens aus dem Blut heraus‹ hinauswill.«

Ein anderer Kritiker, Elio Vittorini, formuliert den Gedanken sinnfälliger: »... wirklich ist in *Ligeia* und *Berenice* und diesen Geschichten die Liebe vampirhaft, und Vampirsang ist ihre Poesie. Vampir bedeutet, daß ein Wesen einem anderen das Leben aussaugt; es schwätzt und schwätzt, es erkennt und verbraucht und schlägt sich den Bauch voll und singt. So ist die Liebe der Menschen, die lieben *wollen,* ein Bedürfnis zum Willen, ein sich Verbeißen, um nicht zu sterben, ein sich dem Tod und der Natur Verweigern; und das wird ein Gastmahl des Leibes auf einem Kadaver. Bezeichnendes Beispiel: In *Berenice* reißt der Liebende dem geliebten Kadaver die Zähne heraus, denn diese Zähne sind, wie er selber sagt, ›Ideen‹: ein Teil des Miteinanderbekanntseins, des Erkennens. Und die Poesie der Erzählung ist ein darauf angestimmter Hymnus, die vampirische Begehung. Oft hält sich Poe durchaus nicht bei den aktuellen Präliminarien auf, schweigt über den Schwung, mit dem der Vampir das Opfer packt, und beginnt mit dem Anfang des Endes. Seine Geschichten von der Grausamkeit wie *The Black Cat, The Pit and the Pendulum, The Cask of Amontillado* sind dies: die letzte Strophe im Hymnus des Vampirs.«

Und Dieter Sturm, ein deutscher Kenner der Vampir-Literatur, schreibt in diesem Zusammenhang: »Das alles ist richtig, aber es fehlt eine Beobachtung: daß nämlich dieses schreckliche Ich nichts anderes erkennt, nichts anderes aufzehrt, nichts anderes zerstört als sich selbst, daß es seinen Hymnus auf den eigenen Leichnam singt. Joseph Sheridan Le Fanu hat derart Geschichten des Ich, das in die Tiefenschächte der eigenen Psyche gelockt wird, sich selbst als fremdes Ungeheuer begegnet und den Blick nicht von sich lassen kann, bis es zu spät ist, aus der Sicht des Opfers geschrieben, Poe aus der des Monsters. Beide sprechen von einem Ich, vom gleichen Grauen: dem vor einem selbst.«

Der erste berühmte Vampir
Polidori, John William

Polidori (1795–1821) war Arzt, Reisebegleiter und Liebhaber des englischen Literatur-Moguls Lord Byron. Er führte ein unglückliches Leben und starb durch Selbstmord im Alter von 26 Jahren.

Polidoris Novelle *The Vampyre; A Tale (Der Vampyr)* wird heute als die erste bedeutende literarische Verwertung des später so fruchtbaren Vampir-Motivs betrachtet. Der Legende nach ging Polidoris Erzählung aus einer Wettbewerbs-Idee hervor. An einem kalten, verregneten Sommerabend des Jahres 1816 treffen sich Polidori, Mary Shelley und ihr Ehemann Percy Shelley in Lord Byrons Villa am Genfer See. Die verfrorene Gesellschaft lagert um den Kamin. Man las gemeinsam französische Übertragungen deutscher Geistergeschichten, und schließlich schlug Byron vor, jeder der Anwesenden sollte versuchen, etwas Derartiges zu schreiben.

Mary Shelley begann am *Frankenstein* zu arbeiten; Byrons und Percy Shelleys Texte blieben Fragment. Polidori wußte nicht, wie er seinen Einfall weiterführen sollte. Er bemächtigte sich des Byronschen Konzeptes und fertigte daraus seine Vampir-Novelle, die 1819 veröffentlicht wurde. In Ken Russels Film *Gothic* (1986) wird jenes Zusammentreffen vom 16. Juni 1816 wiedergegeben, in dessen Folge Mary Shelleys Science-fiction-Klassiker *Frankenstein – Der neue Prometheus* und Polidoris *Vampyr* entstanden.

In Polidoris Story geht es folgendermaßen zu: Aubrey, ein weltfremdes Aristokratensöhnchen, freundet sich mit Lord Ruthven, einem jungen Lebemann und Frauenverderber, an. Ruthven macht sich mit eindeutigen Absichten an die unerfahrene Tochter ihrer Gastgeber heran. Aubrey argwöhnt, daß dabei »die Unschuld des verdachtlosen Mädchens geopfert werden sollte«, und vermasselt seinem Gefährten die Tour. Der Lord rächt sich blutig an dem Tugendbold. Er verführt dessen Freundin. »Auf dem Nacken und auf der Brust des Mädchens war Blut sichtbar, und auf der letzteren (!) sogar die Zeichen von Zähnen, die eine Ader geöffnet hatten.« Ruthven, nunmehr als Vampir enttarnt, macht selbst vor Aubreys Schwester nicht halt, an deren Blut der Unhold seinen Durst stillt. »Die Weiber sind schwach«, kommentiert die Kreatur.

»Das Revolutionäre an der Novelle ist, zumal für ein Unterhaltungsstück, daß sie kein seliges Ende nimmt. Das Böse triumphiert, Aubrey stirbt, seine Schwester ist ein Opfer Ruthvens, der weiter als Vampir über die Erde vagieren wird.«

Polidoris Novelle wurde ein Riesenerfolg. Bereits 1819 wurde die erste deutsche Übersetzung publiziert. 1825 erschien eine zweite, französische. Sie bildete die Vorlage für Theaterstücke und Opern. Polidoris Ruthven wurde zu einer Art Dracula des 19. Jahrhunderts. In Paris wurde der Vampir zur modischen Figur. Die rasche Verbreitung von Polidoris Novelle ist weniger eine Folge ihrer literarischen Qualitäten als ein Zeichen dafür, wie sehr die Zeit für das Vampir-Motiv präpariert war.

In richtiger Erkenntnis des Zeitgeschmacks schrieb Polidoris Zeitgenosse, der Gruft-Romantiker Nodier: »Mit seiner grausigen Liebe wird der Vampir alle Frauen in ihren Träumen in Angst versetzen. Und es wird gewiß nicht lange dauern, bis das exhumierte Ungeheuer seine unbewegliche Maske, seine Grabesstimme, sein fahlgraues Auge, all seine melodramatischen Eigenschaften der Melpomene der Boulevards leihen wird. Was für ein Erfolg wird ihm alsdann beschert sein!« Wie sich H. P Lovecraft, der Großmeister des Grauens im 20. Jahrhundert, dazu hinreißen lassen konnte, zu schreiben, er habe in Polidoris Novelle »einige exzellente Passagen reinen Entsetzens gefunden, darunter ein schreckliches nächtliches Erlebnis in einem gemiedenen griechischen Wald«, bleibt wohl für immer dessen Geheimnis. Ein amerikanischer Horror-Spezialist dagegen geht in einer 1991 verfaßten Kritik recht scharf mit Polidoris Blutsauger um: *The Vampyre* ist eine Erzählung ohne literarischen Schliff. Sie vermittelt uns jedoch das prototypische Bild des Edelmannvampirs. Lord Ruthven ist reserviert, brillant, eisig, von faszinierender Wirkung auf Frauen und unverfroren böse. Das Manko dieser Story ist, daß Polidori, unfähig, die Macht der Gestalt zu fühlen, die er geschaffen hat, keine genügend spannende Prosa hervorzubringen vermag, um den Leser zu fesseln. Das Ergebnis ist ein Ding, das uns bestenfalls zu einem höflichen Gähnen bewegt.«

Vampir beim Zahnarzt
Preuß, Gunter

Gunter Preuß verfaßte den Text zu einem Bilder-Buch, mit dem sich Kleinkinder kurz nach dem Ausschlüpfen vergnügen mögen. In dem mit Illustrationen von Marlis Scharff-Kniemeyer versehenen Band *(Beiß mich doch!* 1993) läuft folgende Story ab: Bei einem Besuch im Zirkus »Graue Maus« macht ein Dreikäsehoch – Spitzname »Milchzahn« – wenig erfreuliche Bekanntschaft mit dem zwielichtigen Zirkus-Direktor, der sich bald als Vampir entpuppt.

Der Mäuse-Zirkus-Vampir will die Rotznase als Blutsauger-Lehrling bei sich behalten. Was für ein Glück, daß Milchzahns Eltern von Beruf Zahnärzte sind. Sie ziehen dem Unhold die Vampir-Zähne und setzen ihm ein Gebiß ein, »mit dem kann er eine Pflaume beißen, wenn sie weich ist«.

Knoblauch-Schnaps als Vampir-Killer
Price, Edgar Hoffman

Der amerikanische Autor Edgar Hoffman Price (geboren 1898 in Fowler, Kalifornien) war als Soldat der US-Kavallerie von 1917 bis 1919 auf den Philippinen und in Frankreich stationiert. In West Point war er in den Mannschaften der Pistolenschützen und Fechter aktiv. 1923 absolvierte Price die Militär-Akademie und wurde mit einer Aufgabe bei der Küstenartil-

lerie betraut. 1925 erschien eine Geschichte von ihm im Horror-Magazin *Weird Tales,* die erste von vielen Veröffentlichungen über einen Zeitraum von fünfundzwanzig Jahren.
Von 1928 bis 1932 war Edgar Hoffman Price Manager einer chemischen Fabrik. 1932 entschied er sich, hauptberuflich als Schriftsteller zu arbeiten. Price schrieb in allen Genres – Horror, Science-fiction, Western, Krimis und exotische Abenteuerliteratur. Im Mittelpunkt vieler seiner phantastischen Geschichten steht der »Geisterjäger« Pierre d'Artois.
Price war mit dem *Conan, der Barbar*-Erfinder Robert E. Howard befreundet; zusammen mit seinem *Weird Tales*-Kollegen H. P. Lovecraft schrieb er die Geschichte *Through the Gates of the Silver Key.* Nachdem Edgar Hoffman Price über fünfhundert seiner Stories verkauft hatte, hängte er 1952 die Schriftstellerei an den Nagel und verdiente sich seine Brötchen als Mikrofilmtechniker und Kameramann. Price ist Buddhist und Mitglied der Theosophischen Gesellschaft Amerikas. Er ist ein versierter Astrologe und hält Vorträge zu diesem Thema. Übersetzungen seiner Texte ins Deutsche sind nur selten einmal in einer Anthologie zu finden.
In seiner Erzählung *Vampir auf Spanisch (Spanish Vampire)* sucht sich der vom Schicksal gebeutelte Jura-Student Eric Binns ausgerechnet einen Grabstein als Ruheplätzchen aus. Unter dem Grabstein aber befindet sich die Heimstatt der vor 129 Jahren gestorbenen Dona Catalina Maria Perez y Villamediana. Das hinreißende Geschöpf mit dem spanischen Akzent stellt sich dem Studenten mit den Worten »Ich bin ein Vampir« vor. Anfänglich glaubt der junge Mann, das Mädchen habe einen leichten Stich. Doch bald macht sie sich an der Arterie ihres neugewonnenen Freundes zu schaffen. »Ich beiße nicht wirklich, ich trinke bloß; mit den Lippen und der Zunge …«, klärt sie ihren bereitwilligen Geliebten auf. Als sie Tage später ihren Gespielen erneut anzapft, hat dieser nach einem guten Essen vier volle Teller Chili mit reichlich Knoblauch und eine Flasche Mastika, griechischen Branntwein, im Bauch.

Der Blut-Knoblauch-Schnaps-Cocktail aus der Studenten-Ader erweist sich als äußerst unbekömmlich für das Vampir-Mädchen. Am nächsten Tag besucht der Student wie immer seine sauglustige Freundin. »Der Sarg war nicht leer, aber was da drinnen lag, war schon viele, viele Jahre da.«

Vampir-Inzest

Przybyszewski, Stanislaw

»Ja: ich liebe den Wahnsinnstrotz, den granitharten, drachenzahngeborenen Stolz des biblischen Menschen, der dem grausamen Gotte höhnend mit dröhnendem Lachen sein erstes Satan-Jehovah zuruft und einen Felsen aus der Erde reißt, um ihn gegen den Himmel zu werfen, gegen die cherne Stirn des furchtbaren Mörders, der seine selbsterschaffene Brut geißelt für die Sünden, die er selbst ihr eingeimpft hat«.

Daß der Mann, der diese Zeilen schrieb, in die gewaltigen Welten Friedrich Nietzsches eingetaucht war, wird an vielen Stellen seiner Schriften deutlich. Stanislaw Przybyszewski reicht natürlich nicht – weder gedanklich noch sprachlich – an Nietzsche heran, so ist Stanislaw Przybyszewski (1868–1927) doch ein gelehriger Schüler gewesen, besonders im Hinblick auf Ausdruckskraft und stilistische Ästhetik.

In Stanislaw Przybyszewskis latent satanistischen und von der Idee des Androgynen beherrschten Erzählungen kreist der polnische Dekadenz-Gigant in rauschhafter Sprache die von der Dekadenz einst beschworene und gefeierte Ohnmacht des Intellekts ein, um diese Ohnmacht dann durch die Tyrannei des Instinkts zu erklären und in einen orgiastischen Pansexualismus einmünden zu lassen. Mit enormen Wortexplosionen zersprengt er jede bürgerliche Haltung, ruft letztlich zur Umwertung aller Werte auf und läßt auch zwischen den Zeilen keinen Millimeter Raum für moralische Kategorien jedweder Art.

Für Liebhaber ausladender Sprache und Genießer morbider und edelster Wahnsinns-Dekadenz sind Przybyszewskis Werke mehr als nur empfehlenswert. Seine inzestiöse Vampir-Novelle *De profundis,* entstanden in den Jahren 1895 bis 1898, ist ein Destillat aus den Halluzinationen einer gepeinigten Seele und literarischer Gespensterbeschwörung.

Stanislaw Przybyszewski verfaßte den Großteil seiner Schriften in deutscher Sprache. Er lebte während seiner Studienzeit in Berlin. Aufenthalte in Skandinavien und Spanien schlossen sich an. Im Jahre 1898 kehrte Stanislaw Przybyszewski in sein Heimatland, nach Krakau, zurück und stand dort für einige Zeit im Zentrum der polnischen Symbolisten und Naturalisten. Seine letzten Jahre verbrachte Stanislaw Przybyszewski – fast vergessen – als seriöser Bahnbeamter in Danzig.

Q

Rumpelkammer-Vampir
Quinn, Seabury

Von Seabury Quinn (1889 bis 1969) sind in Deutschland in den letzten fünfundzwanzig Jahren gerade mal eine Handvoll Geschichten in verschiedenen Anthologien erschienen, die sich die Sammler mühsam zusammenklauben müssen. Über Jahre hinweg aber war er – und nicht seine heute viel bekannteren Weird Tales-Schriftsteller-Kollegen Robert Bloch, Hugh B. Cave, August Derleth, Robert E. Howard, Carl Jacobi, David H. Keller, H. P. Lovecraft, C. L. Moore, Edgar Hoffman Price, C. A. Smith und Manly Wade Wellman – der beliebteste Autor dieses Horror-Magazins. Es war gerade Quinns Popularität bei den Lesern, die dem Magazin häufig über finanzielle Durststrecken hinweggeholfen hat. Übrigens war Quinn ein glühender Bewunderer der Stories von H. P. Lovecraft, während dieser Quinns Geschichten von ganzem Herzen verabscheute.

Quinn, der zeitweise Redakteur einer Zeitschrift für Leichenbestatter war, schrieb nahezu einhundert Stories über seinen okkulten Detektiv Jules de Grandin und dessen Freund Dr. Samuel Trowbridge, der sich als ebenso begriffsstutzig wie Arthur Conan Doyles Dr. Watson erweist. Eine gewisse Ähnlichkeit dieser Stories mit den etwa zur gleichen Zeit entstandenen Harry Dickson-Geschichten des Belgiers Jean Ray ist nicht von der Hand zu weisen. Quinns Jules-de-Grandin-Geschichten »pflegen ihren Ausgangspunkt in seinem Wohnort Harrisonville zu nehmen, einer archetypischen amerikanischen Kleinstadt, die allerdings eine Brutstätte teuflischer Verbrechen ist. Anbeter geheimer Kulte, bei denen Menschenopfer gebracht werden, perverse Orientalen und dämonische Russen sind die

Gegner des wenig skrupulösen Detektivs« (Zondergeld). Ein garstiger Kritiker hat Harrisonville einmal die Stadt mit der größten Ungeheuer-Dichte der Welt genannt.

In *Ruhelose Seelen (Restless Souls,* 1928) hetzt Quinn seinen Jules de Grandin auf die Fährte reinrassiger slawischer Vampire. Mit seiner okkulten Spürnase kann er diese unreinen Wesen zehn Meilen gegen den Wind riechen. De Grandin, ein genußsüchtiger, sentimentaler Sadist, wütet wie ein Berserker unter den Blutsaugern. Eine der Kreaturen, einen zugegebenermaßen besonders üblen Burschen, verbrennt er kurzerhand im Krematorium, während er im Vampir-Schlaf ruht. Eine andere, ein blutjunges Vampir-Mädchen – gerade mal zwei Monate alt –, zerrt er aus ihrem Grab und spritzt ihr fünf Gramm Morphium, bevor er sie mit Messer und Pfahl schlachtet. Quinn hat in seine Vampir-Geschichte alle, aber auch alle Requisiten aus der Vampir-Rumpelkammer hineingepackt, maßlos übertrieben und furchtbar dick aufgetragen. Die Lektüre dieses wüsten Garns gerät dem Leser zur qualvollen Strafarbeit.

R

Vampir-Party
Radel, Jutta und Angela Weinhold

Das Kinderbuch *Vampire und Gespenster* von Jutta Radel und Angela Weinhold versorgt die kleinen Grusel-Freunde mit allerlei nützlichen Tips über vampirische Dekoration und Requisiten, festliche Vampir-Klamotten, vampirische Schminktricks und schicke Vampir-Frisuren, Vampir-Säfte und Vampir-Puddings für eine gelungene Vampir-Party. Die Eltern werden dabei mächtig bibbern.
Die Texte für dieses *Mitmachbuch für Gruselfreunde,* das 1993 in der BRD erschien, hat sich Jutta Radel einfallen lassen; die Illustrationen stammen aus der Feder von Angela Weinhold. Jutta Radel wurde in Hamburg geboren und lebt am Zürichsee. Sie arbeitet als Redakteurin bei einer Jugendzeitschrift. Bekannt ist sie durch ihre zahlreichen Veröffentlichungen auf dem Gebiet der Kinderliteratur – durch Beschäftigungsbücher und Anthologien für jüngere Leser, Kurzgeschichten und Kochbücher. Angela Weinhold ist 1955 in Geesthacht/Schleswig-Holstein geboren und lebt in Essen. Sie studierte Grafik-Design und ist seit 1982 als Illustratorin für Kinder- und Jugendbuchverlage tätig.

Vampir-Trottel
Randa, Peter

Peter Randa ist das Pseudonym eines französischsprachigen sog. Niedrigliteraten, von dem in den siebziger Jahren drei Heftromane ins Deutsche übersetzt wurden. In *Zu Gast bei Mr. Vampir* (1974) – der französische Originaltitel lautet *Le Banquet des Tenebres* – geistert Satan höchstpersönlich in Gestalt eines »der alte Trottel« genannten Tattergreises durch Paris. Aus unerfindlichen Gründen hat sich der Höllenfürst die vampirische Unart angewöhnt, Blut aus weißen Mädchenhälsen zu saugen.

Romantischer Vampir

Rauschnik, Gottfried Peter

Die phantastischen Erzählungen des Gottfried Peter Rauschnik, geboren 1778 in Königsberg und gestorben 1835 in Leipzig, werden heute nur noch selten wieder neu veröffentlicht. Eine der wenigen Ausnahmen stellt *Die Vorschau* dar, die 1978 in *Phaicon – Almanach der phantastischen Literatur* vorgestellt wurde, und als ein ganz typisches Beispiel seiner Erzählkunst gilt *Gespenstersagen* (1817), die den Übergang zwischen der Schauergeschichte des ausgehenden 18. Jahrhunderts und der romantischen Erzählung à la E.T.A. Hoffmann veranschaulichen. In weiteren Sammlungen seiner »abenteuerlichen und romantischen Erzählungen« benutzte Rauschnik (Pseudonym: Ph. Rosenwall) viele klassische Motive der Phantastik wie den Doppelgänger oder den Vampir. Gerade ostdeutsche Autoren sind bei Schauerthemen oft federführend.

Vampir-Touristen

Raven, Simon

Der hierzulande ziemlich unbekannte Schriftsteller Simon Raven, möglicherweise ist er englischer Nationalität, veröffentlichte 1960 die Vampir-Geschichte *Chriseis.* Simon Ravens Story berichtet von den Erlebnissen von vier jungen Männern während eines schönen Griechenland-Urlaubs. Einer von ihnen macht in Korinth die Bekanntschaft einer Frau mit dem Namen Chriseis.

Die schwarzgekleidete Dame mit den hellen Augen entpuppt sich alsbald als gnadenlose Blutsaugerin. Als sie ihrem Opfer den letzten Blutstropfen aussaugt, wird sie von dessen Freunden in einem Handgemenge erwürgt und anschließend gepfählt. Ravens Story besticht durch Realismus und Modernität.

Mit den üblichen Grusel-Kulissen wie dunklen Grüften, verfallenen Burgen und lautem Wolfsgeheul bei Mondenschein verschont Simon Ravens den Leser. Sein Text ruft eher angenehme Urlaubsgefühle als eine kalte Gänsehaut hervor.

Die Vampir-Fürstin und der Friedhofswächter

Ray, Jean

Jean Ray ist der bedeutendste und international wohl bekannteste phantastische Autor Belgiens. Im französischen Sprachraum wird er hochgeschätzt. Im Deutschen ist er aber immer noch eine Art Geheimtip unter Kennern phantastischer Literatur, obwohl man ihn oft in einem Atemzug mit den Großen des Genres, wie zum Beispiel H. P. Lovecraft, nennt. Einige seiner Geschichten erschienen in dem legendären amerikanischen Horror-Magazin *Weird Tales.*

Jean Ray wurde als Johannes Raymondus de Kremer 1887 in Gent geboren, wo er bis zu seinem Tod 1964 lebte. Reine Erfindung sind die Geschichten, er sei ein großer Abenteurer, Pirat, Schmuggler und Löwenbändiger gewesen. Ray arbeitete als Journalist und verbrachte fast sein ganzes Leben in seiner Geburtsstadt, die er nie weiter verließ, als eine Tankfüllung reicht.

Unter dem Pseudonym John Flanders verfaßte er sogenannte Jugendgeschichten, in denen sich »die grotesken Grausamkeiten noch direkter in den Vordergrund schieben«, als das in Erzählungen für Erwachsene der Fall ist. In den *Harry Dickson*-Heften hetzte er seinen »amerikanischen Sherlock Holmes« in 180 Folgen durch das Unmögliche, Unwahrscheinliche und Phantastische in die Abgründe der Hölle.

Rays Hauptwerke sind der Roman *Malpertuis* und seine phantastischen Erzählungen. »Er war ein überaus produktiver Autor (manche Kritiker schrecken vor dem Wort Vielschreiber nicht zurück), dessen gesamtes literarisches Werk bis heute nicht vollständig gesichtet worden ist.«

Jean Ray ist mehr als kennenswert. Seine Geschichten, merkwürdig zwischen Lovecrafts Gruselwesen und Jugendstil-Experimenten à la Hanns Heinz Ewers schwimmend, üben auf den Leser einen merkwürdigen Zauber aus: vielleicht, weil er nichts erklärt, weil er nicht so deutlich wird wie Lovecraft. Erscheint in den Werken Rays die Frau, so erfüllt sie auch immer »eine dämonische, überhöhte Funktion. Eigenartigerweise finden wir dieses Merkmal bei fast allen phantastischen Autoren wieder: die Dämo-

nisierung der Frau, des alles beherrschenden Monstrums, das undurchschaubar wird und bleibt.«
Ein recht rüdes Stück Horror-Literatur ist Rays 1925 erschienene Erzählung *Der Friedhofswächter (Le gardien du cimetière)*. In dieser Short-Story wird ein armer Teufel für den Posten des Hilfswächters auf dem seit zwanzig Jahren stillgelegten Friedhof einer armen Stadtgemeinde angeheuert. Auf diesem Friedhof wurden acht Jahre zuvor in einem Mausoleum von der Größe eines kleinen Palastes die sterblichen Überreste der steinreichen Fürstin Opoltschenska – aus russischem oder bulgarischem Adel – beigesetzt. Die Fürstin hatte vor ihrem Tod den stillgelegten Friedhof für eine phantastische Summe gekauft unter der Bedingung, daß sie dort ihr Grab haben könne und als letzter Mensch auf dem Friedhof bestattet werde. Zwei ihrer alten Diener setzte sie als Wächter ein. Ein dritter Mann sollte hinzukommen. Die beiden Diener der Fürstin verwöhnen ihren neugewonnenen Gehilfen mit großartigen Mahlzeiten. Abends bereiten sie ihm immer ein heißes Getränk zu, das sie »Schur« oder »Skur« nennen. Nach dem Genuß dieses schwarzen Gebräus schläft er sofort ein. Eigentlich müßte der neue Friedhofswächter bei dieser Lebensweise fett wie eine Wachtel werden. Er nimmt aber ein kränkliches Aussehen an. Hinter seinem Ohr fühlt er eine kleine Wunde, die blutet. Alpträume befallen ihn. Schließlich entdeckt er acht Gräber. Es sind die Gräber seiner Vorgänger auf dem Posten des Friedhofswächters. In seiner Verzweiflung betäubt der Friedhofswächter die beiden Diener der Fürstin mit ihrem eigenen Gesöff und tötet sie mit einem Revolver durch Schüsse hinter das Ohr. Dann legt er sich auf sein Feldbett und stellt sich schlafend. Die Tür öffnet sich ganz leise, und etwas tritt, schauderhaften Leichengestank verbreitend, ins Zimmer. »Und plötzlich lastet ein gewaltiges Gewicht auf mir. Scharfe Zähne verbeißen sich in meine schmerzende Wunde, und entsetzlich eisige Lippen saugen gierig mein Blut.« Es ist die Fürstin Opoltschenska, die ihr jämmerliches Leben verlängert hat,

indem sie das junge Blut von acht unglücklichen Friedhofswächtern trank. Blitzschnell speit der Revolver des halb ohnmächtigen Opfers seine letzten Kugeln aus, und das Vampirweib stürzt mit einem gewaltigen Todesröcheln, das die Wand mit schwarzem Blut bespritzt, auf den Boden.
Rays rabiate Vampir-Story weist starke Ähnlichkeiten mit der 100 Jahre zuvor veröffentlichten Erzählung *Der Vampyr* von E. T. A. Hoffmann auf, besonders, was die Friedhofskulisse, den Betäubungsfusel und das heulende, alte Vampirweib betrifft. Ray kannte das Werk Hoffmanns und nannte ihn einen »genialen Dichter«. Der Belgier war mit der Literatur der deutschen Phantasten vertraut. So zählte er beispielsweise die humoristische Gespenstergeschichte *Die Nacht von Brzwezmcisl* von Heinrich Daniel Zschokke (1771–1848), einem zeitweilig außerordentlich populären, heute weitgehend vergessenen Verfasser von Schauerromanen, zu seinen Lieblingsgeschichten. Er kannte auch Jakob Elias Poritzky (1876–1935), eine bis heute verkannte Größe der deutschen phantastischen Literatur, dessen Erzählungen er bewunderte. Einige der frühen Arbeiten von Georg von der Gabelentz (1868–1940) übten einen gewissen Einfluß auf ihn aus.

Vampir-Ritter
Reichenstetter, Friederun

Während Daniel mit seiner Familie im Urlaub war, wurde ihr Haus rot gestrichen. »Wie in Ochsenblut getaucht«, meint stöhnend die Mutter. Das blutrote Haus lockt den Ritter Roland an, einst Besitzer der größten Burg Europas. Er wurde von seiner Schwiegermutter, einer Vampirin, gebissen. Der Vampir-Ritter will Daniels Blut. Mit fünf frisch gekauten Kaugummis, die sich Daniel aus dem Mund holt, werden die spitzen Zähne des durstigen Ritters Roland verklebt. In der zweiten Geschichte, *Lecker, sagt Lissi,* fliegen Frau Pfannschmitt zwei Kinder zu. Lissi und Viktor, so heißen die beiden merkwürdigen und spindeldürren Vampir-Kinder, werden ins Krankenhaus gebracht. Dort soll ihnen Blut abgenommen werden. Im Krankenhaus trinken die beiden kleinen Blutsauger zwölf Blutproben aus

Reagenzgläsern aus. Die Krankenschwester ist sauer und tobt. Jetzt haben die Vampir-Kinder wieder genügend Kraft, um durch die Krankenhausfenster davonzufliegen. Friederun Reichenstetter ist eine bekannte Kinderbuch-Autorin und arbeitet meistens mit der vielbeschäftigten Illustratorin Charlotte Panowski zusammen, die auch diese beiden Vampir-Geschichten bebildert hat.

Vampire auf dem Prater
Remmers, Elisabeth

Marie und der Prater-Vampir in der Anthologie *Draculas Rückkehr* ist eine wunderbar morbide Geschichte der Autorin Elisabeth Remmers aus Wien. Die junge Marie verliebt sich in Carlo, der in einem Prater-Varieté als Vampir auftritt. Immer wieder zieht es Marie in die Vampir-Vorführung auf dem Prater. Nach sechs Besuchen meldet sie sich für den Biß auf der Bühne: Da sieht sie die Augen des jungen Vampirs gespannt, fast ungläubig auf sich gerichtet und spürt deutlich, daß er ihr nicht nach dem Leben trachtet. Ihr Blut soll er bekommen, sie hat genug davon. Verliert sie nicht sonst jeden Monat so viel davon, ohne daß es ihr schadet? Unsterblich ist Marie in den Prater-Vampir Carlo verliebt. Seine Vampir-Zähne bleiben als einzige Erinnerung in einer Schachtel zurück, nachdem Carlo verschwindet. Marie, die in einer Knopffabrik arbeitet, wird von ihm schwanger. Vor der Geburt heiratet sie schnell den gutmütigen Inhaber der Knopffabrik. Während sich der Junge normal entwickelt, gibt das Verhalten des Mädchens der Mutter Anlaß zu schlimmsten Befürchtungen. Das Zwillingsmädchen ist eine kleine Bluträuberin und schreckt auch nicht vor dem Blut ihres Bruders zurück.

Vampir-Rock-Band
Resnick, Mike

Der 1942 in Chicago geborene Resnick arbeitet seit seinem 22. Lebensjahr als Schriftsteller. Eine Zeitlang war er vor allem mit wirtschaftlichem Erfolg als Hundezüchter tätig. Nachdem er eine große Anzahl Bücher der verschiedensten Genres geschrieben hatte, wandte er sich Anfang der achtziger Jahre verstärkt der

Science-fiction zu. Sein Roman *Walpurgis III,* die Geschichte eines interstellaren Massenmörders, wurde auch in Deutschland bekannt.

In seiner 1991 veröffentlichten Short-Story *Eine kleine Nachtmusik (A Little Night Music)* erzählt der Autor vom Treiben der erfolglosen Vampir-Rock-Band *Vlad Dracule und die Aufspießer,* die am liebsten in Horror-Städten wie Saigon, Beirut, Tschernobyl, Kampala, Soweto, Lusaka und Kuwait City ihre Show abzieht.

Comic-Vampirin Dracurella

Ribera, Julio

Der spanische Comic-Zeichner Julio Ribera hat mit seiner Figur Dracurella eine originelle Vampir-Frau geschaffen. Ihr Vater ist der legendäre Graf Dracula, der mit einigen anderen Monstern wie Frankenstein auf seinem düsteren Schloß in Transsylvanien lebt. Dracurella hat aber nichts anderes im Kopf als eine gemütliche Wohnung mit einem Fernseher und einer praktischen Küche, wo sie Spezialitäten für ihren Freund, den grünen Drachen Gri-Grill, zubereiten kann. Die böse Hexe aus dem Schneewittchen-Märchen, die auch auf dem Schloß ihres Papas wohnt und mit diesem wahrscheinlich ein Verhältnis hat, will Dracurella beseitigen, weil ihr Zauberspiegel immer wieder betont, daß Dracurella die hübscheste ist. Das ist aber leichter gesagt als getan. Die Liebe zwischen Gri-Grill und Dracurella ist auch mit den miesesten Tricks nicht kaputt zu bekommen. Irgendwann muß auch Dracula, ihr Vater, zugeben, daß er sich getäuscht hat, und erklärt sie zur »würdigen Erbin des Fürsten der Finsternis«. Außer *Dracurella* hat Julio Ribera auch Comic-Reihen wie *Pistol-Tom, Tony Sextant, Die Wichte* (gemeinsam mit Christian Godard) und *Vagabunden der Unendlichkeit* geschaffen. *Dracurella* startete in Deutschland im Jahr 1992 mit dem Band *Der gefräßige Liebhaber.*

Softie-Vampir Lestat

Rice, Anne

Anne Rice, »Amerikas berühmteste Horror-Autorin« *(Stern),* gilt als Königin des modernen

Schauerromans. Berühmt wurde sie mit ihrer *Chronik der Vampire,* deren bislang vier Bände in den USA ein Millionenpublikum begeistert haben und die heute schon als moderne Klassiker gefeiert werden. Anne Rice wurde 1941 in New Orleans als Tochter irischer Einwanderer geboren. Sie wurde streng katholisch erzogen und besuchte eine Klosterschule. Nachdem sie lange Jahre in San Francisco gelebt hat, wohnt sie heute wieder mit ihrem Ehemann, dem Maler und Dichter Stan Rice, und ihrem Sohn in einem alten Landhaus in New Orleans.

Gespräch mit dem Vampir (Interview with the Vampire) entstand 1976 aus einem Moment des Schmerzes. Anne Rice hatte ihre sechsjährige Tochter Michelle verloren. Immer wieder hatte sie davon geträumt, daß der Körper ihres Kindes mit einer giftigen Flüssigkeit angefüllt war, die es langsam auffraß. Wenige Monate später erfuhr sie, daß Michelle an einer unerforschten Blutkrankheit litt. Nach ihrem Tod fiel sie in ein schwarzes Loch. Und plötzlich stand Louis, der Vampir, neben ihr. »Ich hatte damals kein Leben in mir«, erzählt Anne Rice, »ich war eine Untote. Ich sehnte mich nach dem Tod und war dem Wahnsinn nahe. Und dieser Vampir erzählte mir alles über Trauer, Schuld und den Verlust von Illusionen. Mit seiner Hilfe konnte ich über die menschliche Existenz nachdenken. Plötzlich fühlte ich mich so lebendig wie nie zuvor in meinem Leben.«

In *Gespräch mit dem Vampir* erzählt Louis der Vampir vor laufendem Tonbandgerät die Geschichte seines Lebens. Der junge Mann, der das Interview führt, hält ihn zunächst für einen wahnwitzigen Spinner, doch ihm dämmert sehr schnell, daß Louis die Wahrheit sagt. Angsterfüllt, aber auch fasziniert lauscht er der Geschichte: Eines Nachts begegnet Louis dem Vampir Lestat, der von seinem Blut trinkt und ihn zum Vampir macht; Lestat wird für Louis zum ungeliebten Lehrmeister, der ihn in die Welt des Übersinnlichen einführt. Gemeinsam residieren sie in New Orleans auf der Plantage von Louis' Familie, wo sie im Laufe der Jahre die Sklaven der Plantage dezimieren. Lestat und Louis machen ein kleines Mädchen zum dritten Mitglied ihrer vampirischen Gemeinschaft; ein altersloses Vampir-Kind auf alle Zeiten. Seine Suche führt Louis durch die ganze Welt, auch nach Paris, und dort lernt Louis Reize kennen, die weit über das dekadente Dandytum eines Wilde oder Baudelaire hinausgehen. Dort muß er auch am eigenen untoten Leib erfahren, was es für einen Vampir bedeutet, zu lieben, geliebt zu werden und diese Liebe zu verlieren. Anne Rices *Gespräch mit dem Vampir* ist »eine romantische und philosophische Neuschöpfung des Vampir-Mythos, und insbesondere die handelnden Charaktere, die Vampire Louis und Lestat, gaben der phantastischen Literatur neue Dimensionen. Die Leben und damit auch die Ängste und Nöte dieser Vampire trafen wohl einen Nerv des zu Recht zahlenden Publikums« (Duwald).

Gespräch mit dem Vampir wurde unmittelbar nach Erscheinen ein sensationeller Erfolg bei Kritik und Publikum. »Überwältigend sinnlich« schrieb die *Washington Post*, »voller ungewöhnlicher Bilder, teils schrecklich, teils schön, immer aber unvergeßlich«. Und die *Chicago Tribune* urteilte begeistert: »Anne Rice beginnt da, wo Bram Stoker und Hollywood aufgehört haben«.

Im zweiten Band der *Chronik der Vampire,* der in der deutschen Übersetzung den Titel *Der Fürst der Finsternis (The Vampire Lestat. The Second Book in the Chronicle of Vampires,* 1985) verpaßt bekam, befaßt sich Anne Rice mit der Biographie des Vampirs Lestat.

Lestat de Lioncourt, Sohn eines verarmten französischen Landadeligen und einer italienischen Mutter wird im letzten Drittel des achtzehnten Jahrhunderts geboren, dem Zeitalter der Aufklärung, der Morgendämmerung der Revolution. Paris ist zur pulsierenden Metropole des Landes geworden. Und so ist es auch der geheime Traum Lestats, aus der Enge des Elternhauses nach Paris zu fliehen. Und eines Tages ist es soweit: mit dem hübschen Bürgersohn Nicolas de Lenfent bricht Lestat in die französische Hauptstadt auf. Doch dort gibt es für ihn bald ein böses Erwachen: Von einer dämonischen Gestalt in ein abgelegenes, finsteres Gemäuer verschleppt, wird er selbst zum Vampir, zum Fürsten der Finsternis.

Voll unstillbaren Dursts nach seinem ganz besonderen Lebenselixier durchstreift Lestat fortan das nächtliche Paris und bereist ruhelos Europa und den Orient, bis er schließlich in New Orleans in einen todesgleichen Schlaf sinkt. In den achtziger Jahren unseres Jahrhunderts wird er plötzlich von den Klängen einer Rockband wieder zu neuem Leben erweckt.

Mit *Königin der Verdammten,* dem dritten Band der *Chronik der Vampire (The Queen of the Damned. The Third Book in the Vampire Chronicles,* 1988) hat Anne Rice ein weiteres barocksinnliches Lesevergnügen ersten Ranges geschrieben, eine schaurig-schöne Beschwörung des Bösen, eine hintersinnige Gratwanderung zwischen Alltagswelt und Grauen, Schönheit und Dämonie, Unschuld und Raserei.

Auch im Mittelpunkt dieses Romans steht Lestat de Lioncourt, der durch einen ekstatischen Nackenbiß in die Welt der Vampire aufgenommen wurde. Er verzehrt sich nach der Liebe der Menschen. Doch sein Fluch ist, das, was er liebt, zerstören zu müssen. Von jeher der jugendliche Rebell, vermag Lestat auch als Vampir nicht den ungeschriebenen Gesetzen der Untoten zu gehorchen. Seine unerhörten und respektlosen Taten beschwören den Zorn seiner Artgenossen herauf, aber sie erwecken auch die Liebe von Akascha, der Königin der Verdammten. Und während die Vampire aus aller Welt aufbrechen, um Lestat zu vernichten, erhebt sich Akascha aus ihrem jahrtausendelangen Todesschlaf, um den geliebten Jüngling zu retten. In ihren Armen erlebt Lestat den Taumel ungeahnten Glücks; sie weiht ihn in die geheimen Kräfte der Unsterblichkeit ein und läßt ihn vom Rausch der Macht kosten.

Einen weiteren Auftritt hat der schöne, lüsterne arrogante Vampir Lestat im vierten Band der Vampir-Chroniken: *The Tale of the Body Thief* aus dem Jahre 1992, der in Deutschland unter dem Titel *Nachtmahr* 1994 in die Buchhandlungen gelangte.

»Mittlerweile hat Anne Rices Geisteskind Lestat längst ein Eigenleben entwickelt, das vergleichbar mit dem Donald Ducks, Sherlock Holmes' und Lestats legendärem Ahnen Dracula ist und das eine Anhängerschaft nach sich zieht, die durchaus Parallelen im Fankult um einen Popstar findet. Aber wie wir wissen, kommt das nicht von ungefähr – hat doch Lestat eine Karriere als solcher hinter sich, wie uns die Chronistin seines außerordentlichen ›Lebens‹ in *Der Fürst der Finsternis* wissen ließ. Offensichtlich ist Anne Rice bewußt geworden, daß ihr der Charakter durch seine Eigendynamik zu entgleiten drohte, nachdem er vom skrupellos-dekadenten, charmanten Monster aus *Gespräch mit dem Vampir* zum aufrechten, dekadent-charmanten Vampir-Casanova in *Der Fürst der Finsternis* und schließlich zum dekadenten Halbgott in *Die Königin der Verdammten* mutierte. Unverändert blieben in allen Werken seine maßlose Selbstüberschätzung, sein übertriebener Narzißmus und seine schiere Geilheit, die ihn im Aids-Zeitalter zur größtmöglichen Bedrohung jeder Bevölkerungsgruppe jeden Alters werden lassen müßte, da sie Inzest, Pädophilie, Bisexualität und Nekrophilie einschließt, und schließlich seine Neugier auf alles, was ihm als Herausforderung oder mögliche neue Erfahrung erscheint. Im Gegensatz zu seinem Gespielen Louis kein Mann der Bücher und unsensibel bis an die Grenze des Erträglichen, befindet sich Lestat auch in *Nachtmahr* wieder auf der Suche nach neuen fleischlichen Genüssen – und macht dabei aufs neue deutlich, daß er nicht gerade der Hellsten einer ist. Cher Lestat begegnet zu Beginn der Geschichte immer wieder einem gutaussehenden, jungen Sterblichen, den er nicht kennt, der offensichtlich aber in der Lage ist, ihm überallhin auf den Fersen zu bleiben. Der junge Mann spielt ihm unheimliche Kurzgeschichten von Lovecraft und Bloch zu, die scheinbar nichts miteinander zu tun haben; Lestats sterblicher Freund David Talbot jedoch vermutet, daß der Fremde auf ein wiederkehrendes Motiv beider Geschichten – Körpertausch – anspielt. Tatsächlich stellt sich der Fremde bald als Reglan James vor und erklärt, daß er den Körper mit anderen tauschen kann – und nun möchte er, vorerst für eine Woche, mit Lestat tauschen, dem Vampir die Chance geben, noch einmal sterblich zu sein; und im Austausch die außerordentlichen Fähigkeiten Lestats erproben. Louis und Talbot warnen ihren Freund, doch vergeblich; Lestat tauscht seinen Körper mit James und stellt fest, daß der Fremde nicht im mindesten die Absicht hat, dies wieder rückgängig zu machen. Ohne Geld, in einem fremden Körper, werden Lestat schnell die Nachteile sterblicher Existenz deutlich. Er ist schwach; er ist gezwungen, menschliche Nahrung zu sich zu nehmen und wieder auszuscheiden; der Geruch von Körperschweiß und der seiner Genitalien erregt Übelkeit in ihm. Lestat vergewaltigt eine Frau, die ihm hilft, verführt eine Nonne, in die er sich verliebt (Lestats Herz ist groß, wie wir wissen ...), Krankheit und Demütigung suchen den Ex-Vampir heim, vergeblich erfleht er von Louis das ›Dark Gift‹, den Vampir-Kuß. Soviel zum Inhalt von *Nachtmahr.* Anne Rice tat gut daran, ihren Figurenkosmos diesmal auf wenige Charaktere zu begrenzen. Außer Lestat, Louis und Talbot tauchen von den bereits bekannten Gestalten nur Claudia (die Lestat in Alpträumen heimsucht), Marius (in einem Kurzauftritt) und Aaron Ligthner (aus *The Witching Hour*) auf. Die Geschichte ist spannend erzählt, spart nicht an Philosophie und Anspielungen auf andere Werke, verzichtet aber zur Gänze auf die überladene, gigantomanische Kulisse von *Die Königin der Verdammten.* Symbolik gibt es reichlich: Der ganze Kontext der Story ist ein Faustischer, und er arbeitet auf wenigstens zwei Ebenen – der von Talbot und der von Lestat. Die vom sterblichen Lestat verführte Nonne heißt Gretchen, und voller Entsetzen flüchtet sie sich in den Wahnsinn, als der Vampir Lestat vor ihr steht und ihr seine Liebe erklärt. Die Lieblingslektüre des greisen Wissenschaftlers Talbot ist Goethes Faust, und wenngleich er fortwährend Lestats Verführungen widersteht, wartet die wahrhaftige Versuchung ewiger Jugend noch auf ihn, wobei Lestat und Reglan James sich die Rolle des Mephistopheles teilen. Zahlreiche spielerische Hinweise, nicht nur auf *Faust*, machen Rices Roman zu einem vielschichtigen Vergnügen. Doch noch größerer Reiz erwächst aus den Selbstverständlichkeiten menschlicher Existenz, die Lestat nahezu unüberwindlich erscheinen, ihn peinigen und, in gewissem Sinne, auch läutern. Auch wenn am Ende wieder sein eigenwilliger, unsensibler Egoismus durchbricht, so haben wir, die Leser, auch eine ungewohnte, verwundbare, menschliche Seite seiner Persönlichkeit entdecken können. Zum ersten Mal verdient dieser faszinierende Bastard so etwas wie Sympathie. *Nachtmahr* ist sensible, aufregende, intellektuelle Lektüre und den beiden letzten Bänden der Vampir-Chroniken vorzuziehen« (Sommerlad).

Gespräch mit einem Vampir wurde 1994 mit Tom Cruise in der Hauptrolle verfilmt. Vom Strahlemann-Image ist nichts übriggeblieben – als Blutsauger Lestat sieht Tom Cruise aus wie eine wandelnde Leiche. Boshafte Augenzeugen der Dreharbeiten in New Orleans behaupteten, mit seinem bleichen Teint und den langen, rotblonden Locken würde Cruise an seine Ehefrau Nicole Kidman erinnern – nach einer durchzechten Nacht.

In der ihr eigenen Luxusschreibe verfaßte Anne Rice 1985 noch die Erzählung *Der Herr von Rampling Gate (The Master of Rampling Gate)*, eine Story, in der zwar ein Blutrünstler im Mittelpunkt steht, die aber nicht zu den Vampir-Chroniken zählt.

Die Geschichte spielt gegen Ende des 19. Jahrhunderts und weist wesentliche Elemente einer klassischen »gothic novel« auf. Auf dem Totenbett läßt der alte Rampling seinen Sohn Richard schwören, »Rampling Gate Stein für Stein niederzureißen«; dieses Rampling Gate, das schon immer der Familie gehört hatte und das seit 400 Jahren existierte.

Richard und seiner Schwester Julie erscheint der Wunsch ihres Vaters völlig unbegreiflich. Die Geschwister statten daher dem Familienbesitz einen Besuch ab.

»Rampling Gate ragte wie ein Märchenschloß aus dem dazugehörigen dunklen Wald auf. Eine Wildnis aus Giebeln und Schornsteinen, von Efeu überwuchert, Sprossenfenster, in denen sich die dahinziehenden Wolken spiegeln.« Bald entdeckt Julie, daß in einem verfallenen Turm, inmitten eines Durcheinanders wie auf

einem Dachboden, ein Vampir haust.
Die Kreatur ist sanftmütig, bemerkenswert gut aussehend, mit schmaler Nase, schön geschwungenen Augenbrauen, großen, dunklen Augen und einem Schopf glänzender, brauner Haare. »Liebe mich, Julie!« winselt der Softie-Vampir in ihr Ohr. Sie spürt seine Lippen an ihrem Hals. »Nur ein kleiner Kuß, Julie, es tut nicht weh …« Lautlos und ohne Widerstand läßt das Mädchen den Beißer gewähren. »An meinem Hals fühlte ich einen vibrierenden Schmerz, ein beinahe angenehmes Gefühl, ein köstliches Pochen, das nicht enden wollte.« Julie setzt alle Hebel in Bewegung und verhindert, daß die alte Hütte abgerissen wird. Der Vampir-Schönling bleibt weiterhin der Herr von Rampling Gate. Abgeschlossen hat Anne Rice ihren Roman-Zyklus 1995 mit dem Buch *Memnoch der Teufel.* Zum guten Schluß erscheint der Satan persönlich und entführt Lestat auf eine surreale Reise durch Raum und Zeit. Das Ganze ist mit viel Esoterik angereichert. Nach dem Lestat-Zyklus widmete sich die Rice dem Thema Hexen. Anne Rice soll auch unter den Namen Anne Rampling und A. N. Roquelarue erotische Bücher verfassen.

Vampir gibt Liebesunterricht

Rick, Karin

Die 1955 in Wien geborene Karin Rick studierte Fremdsprachen, Publizistik, Philosophie und Kunstgeschichte. Fünf Jahre lang war sie als Lektorin für Gegenwartsliteratur in Nancy/Frankreich tätig. Ihre Geschichte *Der junge Mann und seine Lehrerin* (1988) erzählt von einem jungen Gimpel, der Nachhilfestunden bei einer Französisch-Lehrerin nimmt und von dieser Dame während des Unterrichts um sein Blut und Sperma erleichtert wird. Pikant berichtet Frau Rick: »Sie zieht seinen Schwanz aus der Scheide und sieht ihn sich gut an. Sie ist ziemlich benebelt und schlaff und will eigentlich nur noch etwas daran nuckeln. Vielleicht spritzt er, dann hat sie seinen Saft im Mund. Ihre Hand schiebt ihm bereits gedankenlos die Haut am Schaft hinunter, ein hastiges Keuchen kommt aus seinem Mund. Da stülpt sie die

Lippen über sein Geschlecht, ritzt vorsichtig, um ihm nicht weh zu tun und womöglich von seiner Lust abzuhalten, mit dem Zahn an seiner Eichel, bewegt die Hand, die das Glied umklammert hält, schneller, und der junge Mann gibt aufstöhnend sein Sperma ab, das sich mit seinem Blut in ihrem Munde vermischt.«

Vampir-Baby
Robards, Karen

In *Zucker, Gewürze und Geschwisterliebe (Sugar and Spice and …,* 1991) erfahren wir von den Eltern des sechs Jahre alten Petey, die sich zu Weihnachten ein echtes, lebendiges, kreischendes, neun Monate altes Baby aus Rumänien einfliegen ließen.
Der kleine Petey traut dem krakeelenden Gör nicht über den Weg. Er glaubt, das Balg sei ein Vampir, und tötet es.

Vampire kämpfen in Chicago gegen Werwölfe
Robinson, Frank

Der amerikanische Autor Frank Robinson, 1926 in Chicago geboren, studierte Physik und Journalismus. Zwanzig Jahre lang war er als Redakteur für verschiedene Zeitschriften *(Playboy)* tätig.
Sein 1974 verfilmter Katastrophenroman *The Glass Inferno* lief in bundesrepublikanischen Kinos unter dem Titel *Flammendes Inferno.*
In dem Horror-Roman *Nachtschicht* zerfleischen sich Werwölfe und Vampire im Kampf um die Herrschaft über das nächtliche Chicago.
Frank Robinsons brutale und zynische Story *Nachtschicht* nimmt man nicht freiwillig ein zweites Mal zur Hand.

Vampir-Zahnprothese
Rosendorfer, Herbert

»Herbert Rosendorfer ist zweifellos einer der subtilsten und geistreichsten deutschsprachigen Unterhaltungsschriftsteller der Gegenwart. Ein so beschwingtes Erzähltalent besitzt in der deutschsprachigen Literatur unserer Tage tatsächlich einen bestechenden Seltenheitswert«, urteilt die *Neue Zürcher Zeitung.* Und Literatur-Ober-Guru Marcel Reich-Ranicki charakterisiert den Schriftsteller mit den Worten:

»Rosendorfer, ein in Deutschland ganz seltener Vogel, ist ein hervorragender Humorist.«
»Rosendorfer stammt aus der Familie eines E. T. A. Hoffmann oder Jean Paul« (Martin Gregor-Dellin). »Der Einbruch des Unheimlichen in den sicheren Alltag, Verbrechen und Mythos, die Topologie der Geisterwelt gelten als seine Spezialitäten« (G. Heidenreich). Seine Werke sind geprägt von einer »Neigung zur gesellschaftskritischen Satire und Groteske« (Zondergeld).
1969 erschien Rosendorfers erster Roman, *Der Ruinenbaumeister,* ein Buch, das heute längst ein heimlicher Klassiker ist. In dem labyrinthisch strukturierten Roman, der sich häufig vor eigenen Einfällen kaum retten kann, läßt Rosendorfer in der »Brankovic-Episode« auch einen Vampir auftreten. Es handelt sich bei diesem Vampir um eine steinalte Kreatur, die sich wie Bram Stokers Dracula darauf versteht, eidechsengleich an glatten Mauern hinabzuhuschen. Dieses unreine Wesen – der Profession nach Musik-Professor – lockt begnadete Musikstudenten auf sein Schloß. Er steht in dem Verdacht, sie homoerotisch zu mißbrauchen, und saugt ihnen ihre musikalische Kreativität aus den jungen Gehirnen, um dadurch seine eigene unsagbare Existenz zu verlängern und um Unsterblichkeit zu erlangen.
Mit der Lektüre von Rosendorfers Erzählband *Der stillgelegte Mensch* (1970) »werden Freunde des schwarzen Humors, Horror-Fans und Überwirklichkeitspartisanen auf ihre Rechnung kommen« (Hans Weigel, *Die Welt*). Die in diesem Band enthaltene Geschichte *Der Bettler vor dem Café Hippodrom* erzählt von einem vierhundertjährigen Vampir-Grafen, der vor den Kommunisten aus seiner transsylvanischen Heimat nach München geflohen ist. Dem Unhold sind sogar die Zähne ausgefallen, und er hat sich eine Vampir-Zahnprothese machen lassen. Das alte Reptil ist froh, wenn es noch die Kraft hat, einen alten Knacker im Männer-Übernachtungsheim ein wenig auszusaugen. Die Kreatur bettelt sich ein paar Pfennige zusammen, um sich hie und da eine Blutwurst zu kaufen. Den Blutsauger ereilt sein Schicksal, als er bei einem Einbruch ins Rotkreuzkranken-

haus, wo er sich über die Blutkonserven hermachen will, ertappt und eingesperrt wird. In einer Ecke der Gefängniszelle verschmort der Vampir durch die eindringenden Sonnenstrahlen. Zurück bleibt nur ein übelriechender, schwarz-fettiger Belag auf dem Boden.

Herbert Rosendorfer wurde 1934 bei Bozen geboren. 1939 zog er mit seinen Eltern nach München. Nach dem Tod des Vaters lebte er von 1943 bis 1948 bei den Großeltern in Kitzbühel. Zuerst studierte er Bühnenbildnerei, später Jura. Seit 1966 arbeitet er als Amtsrichter in München und Naumburg. Heute ist er am Oberlandesgericht in Naumburg (Sachsen-Anhalt) tätig. Rosendorfer ist Honorarprofessor am Institut für Bayerische Literaturgeschichte der Universität München. Er komponiert, malt und wurde für sein vielschichtiges literarisches Schaffen mit einigen Literaturpreisen ausgezeichnet.

Barnabas der Romantic-Vampir

Ross, Marilyn

Marilyn Ross, eine englische oder amerikanische Autorin, schreibt Romantic-Thriller und Soft-Horror-Romane, in denen sie sich gerne auch mit dem Vampir-Motiv beschäftigt *(Die Vampir-Contessa,* 1982; *Der Vampir und die Tänzerin,* 1974). In den Jahren 1977 bis 1978 erschien in deutschen Landen ihr neunbändiger Horror-Heftroman-Zyklus *Barnabas der Vampir,* der sich bis heute ungemeiner Beliebtheit erfreut. Der Zyklus besteht aus den Bänden *Sein erstes Opfer; Das Blutfest auf den Klippen; Der Werwolf und die Hexe; Wenn der Totenvogel klagt; Der Club der Phantome; Der Blutgraf; Jagd auf Werwölfe; Die Geisterhöhle; Die Todesfrau von Collinwood.*

Vampir-Killer

Rusch, Kristine Kathryn

In *Kinder der Nacht (Children of the Night,* 1991) heißt es: Die staatlichen Rehabilitierungs-Programme für Vampire schlagen fehl. Die Blutsauger werden von ausgebildeten Vampir-Killern liquidiert. Eine typische Neunziger-Story, die an Filme wie *Blade* erinnert, oder an das Vampir-Movie *From Dusk till Dawn.*

Ein Vampir für das Proletariat

Rymer, James Malcolm

Im Hervorbringen von vampirischen Unholden, die bei den Lesern Kult-Status erlangten, sind die englischen Horror-Autoren des 19. Jahrhunderts unübertroffen. Polidori schuf mit seinem Vampir-Aristokraten Lord Ruthven den ersten erfolgreichen Blutsauger der Weltliteratur, Le Fanu steuerte die Figur der Vampir-Lesbe Carmilla bei, und Stokers Dracula hat bis heute, fast einhundert Jahre nachdem dieses unreine Wesen zum ersten Mal den Sargdeckel lupfte, noch immer keinen würdigen und ebenbürtigen Nachfolger gefunden.

Zu diesem Triumvirat des Schreckens gesellte sich in den vierziger Jahren des 19. Jahrhunderts ein nicht weniger blutrünstiger Bursche, der als Varney der Vampir, Karriere machte. Der Varney genannte Untote trieb in wöchentlich erscheinenden Fortsetzungsgeschichten (in »Penny Dreadful« genannten Heftchen), die zum Schluß 220 Kapitel auf nahezu 1000 zweispaltig gedruckten Seiten umfaßten, sein Unwesen.

Diese »Penny Dreadful«, »shilling shocker« und »blood« genannten Heftchen und Magazine wurden in England in der Periode zwischen 1820 und 1860 in Tausenden von Exemplaren gedruckt. Neue Druckverfahren ermöglichten eine billige Herstellung, und auf diese Weise konnte der Lesehunger einer sozial meist niedrig gestellten Leserschaft, die sich aufwendig gemachte Bücher nicht leisten konnte, befriedigt werden. Die mit groben, teilweise mehrfarbigen Holzschnitten illustrierten Hefte brachten vor allem Grusel- und Kriminalgeschichten und Serienromane, die oft sensationslüstern aufgemotzte Überarbeitungen älterer Gothic novels waren.

Die Abenteuer des unreinen Heftchen-Helden wurden später in Büchern unter dem Titel *Varney the Vampire or The Feast of Blood* zusammengefaßt und veröffentlicht. Als Verfasser dieses berühmten frühen Vampir-Romans gilt heute im allgemeinen James Malcolm Rymer (1824–1884) und nicht, wie man lange Zeit annahm, Thomas Peckett Prest (1810 bis

1859), ein anderer seinerzeit sehr beliebter »blood«-Autor. Im Deutschen existiert der Varney-Stoff in einer stark gekürzten Übersetzung aus dem Jahre 1975 unter dem Titel *Varney, Der Vampir oder das Fest des Blutes.* Einzelne Episoden des Romans wie *Die Nacht im Knochenhaus* oder *Varney der Vampir erhält Besuch* finden sich verstreut in diversen Anthologien. »Die Erwartungen seines Publikums berücksichtigend, führt Rymer jedes Grauen einflößende Detail des slawischen Volksglaubens in extremer Weise aus. Das belegt schon die optische Erscheinung des Unholds. Anders als im Falle *Dracula* wird der Leser von *Varney the Vampire* über weite Strecken der Handlung hinweg mit einem furcht- wie ekelerregenden Ungeheuer konfrontiert. Die Statur des Blutrünstlers ist ›gigantic in height‹, die spitzen Fingernägel sind so lang, daß sie ›literally appear to hang from the finger ends‹ und der ›strange howling noise‹, der aus der Kehle des Ungeheuers dringt, ›awakes terror in every breast‹. Sein Gesicht ist ›perfectly white, perfectly bloodless‹, und die fangartigen Zähne, die über die weit zurückgezogenen Lippen hervorragen, werden als ›fearful-looking‹, ›hideously‹ und ›glaringly white‹ beschrieben. Den weitaus beklemmendsten Eindruck vermitteln die Augen. Ihr ›dreadful‹, ›glassy‹, ›horrible‹ oder ›shining, metallic‹ Blick vermag die ›unearthly ferocity‹ des Monstrums am deutlichsten zu verraten« (Pütz).

»*Varney the Vampire* ist eines der wunderbarsten schlecht geschriebenen Bücher der Welt. Vergessen Sie Literatur; vergessen Sie Prosastil, vergessen Sie Charakterisierung, und richten Sie sich auf Handlung, Handlung und noch einmal Handlung ein, oft gewaltsam und gelegentlich so lüstern, daß es an Pornographie grenzt. James Malcolm Rymers *Varney* ist prachtvoll blutdürstig: ›Ich grübelte, was ich tun sollte, bis mich ein seltsames Gefühl überlief, daß ich mir wünschte – was? Blut! – frisches Blut, dampfend und heiß, sprudelnd und saftig, aus den Adern eines keuchenden Opfers.‹ Varneys Opfer sind zumeist sinnliche junge Frauen, geschildert in der vollen Glut ihrer halbbekleideten Nacktheit.

Wir wollen es nicht verhehlen: *Varney* ist kein Kunstwerk. Es vermittelt keine Erkenntnisse über das Leben, keine kosmische Vision, keine Einsicht in die Natur des Menschen. Wenn man aber phantasiereiche, leicht lesbare Erzählungen liebt, dann ist *Varney der Vampir* jedoch eine wunderbare Chance, einen regnerischen Nachmittag genußreich zu verbringen« (Wolf).

S

Dracula als Mickey Mouse

Saberhagen, Fred, und James V. Hart

Als 1992 Francis Ford Coppolas *Bram Stoker's Dracula* über die Kinoleinwände flimmerte, wurde der Streifen als der Film angepriesen, der Stokers Roman aus dem Jahre 1897 endlich original wiedergeben würde. Diese Behauptung ist schlichtweg eine Lüge. Das gilt auch für das Drehbuch von James V. Hart – abgedruckt in dem Band *Bram Stoker's Dracula – Der Film und die Legende* von Francis Ford Coppola und James V. Hart – und die Novelisation des Filmes beziehungsweise des Drehbuches durch den amerikanischen Schriftsteller Fred Saberhagen – *Bram Stoker's Dracula – Das Buch zum Film (Bram Stoker's Dracula. A Francis Ford Coppola Film,* 1992).

Die Idee von Hart und Saberhagen, zu erklären, wie und warum Graf Dracula zum Vampir wurde – er lästert Gott und widerruft sein Christentum –, ist zwar anerkennenswert, hat aber nichts mit Stokers Roman zu tun. Oberflächlich betrachtet nehmen die beiden Autoren zwar die Handlung des Stoker-Romans auf – zum Beispiel Jonathan Harkers Fahrt nach Transsylvanien, Draculas Reise nach London und die Verfolgungsjagd zurück in die Karpaten – aber das ist auch schon alles: Die Aussage der Texte von Hart und Saberhagen, und die des Filmes, hat mit der Aussage des Originals wenig zu tun. Wir haben es hier mehr mit der Antwort Coppolas, Harts und Saberhagens auf Disneys *The Beauty and the Beast* zu tun als mit einer Umsetzung von Stokers Buch: Romeo und Julia lassen grüßen.

In Stokers Roman beschreibt Van Helsing Dracula folgendermaßen: »Er ist grausam, mehr als grausam. Er ist ein Teufel an Gefühllosigkeit. Wenn wir unterliegen, handelt es sich um mehr als um Leben und Tod. Wir werden dann so wie er; wir werden von da an gräßliche Nachtgespenster ohne Herz und Gewissen, die die Leiber und Seelen derer zu vernichten trachten, die sie vorher am meisten geliebt haben. Wir werden für immer der Abschaum aller sein; ein Schandfleck in Gottes reinem Angesicht, ein Pfeil in der Seite dessen, der für die Menschen gestorben ist.« Stokers Dracula ist mächtig. Stokers Dracula ist übernatürlich und seine erotische Faszination bezieht sich nicht aus der Romantik, sondern aus seiner Amoral. Der Dracula der Herren Coppola, Hart und Saberhagen dagegen ist ein unglücklicher Latin Lover, dessen dämonische Ausstrahlung Graf Duckula alle Ehre machen würde. Ein Kritiker witzelte über Gary Oldman, der in Coppolas Film den Unhold mimen muß: »Oldman spielt wie Mickey Mouse.« Bram Stokers Helden Dr. Seward, Holmwood und Morris verkommen bei Hart und Saberhagen zu Pappkameraden, die lediglich als Staffage dienen. Der bedauernswerte Texaner Morris muß als Revolverheld im Staubmantel durch das viktorianische London schlurfen. Mina Harker mutiert zu Draculas reinkarnierter erster Liebe und treibt sich in Porno-Kinos herum. Aus der sexuell aufgeweckten Lucy wird in den Händen von Hart, Saberhagen und ihres Zuchtmeisters Coppola eine kleine Hure, die stundenlang über die Ausmaße von Männer-Schwänzen schwadronieren muß. Van Helsing wird von Hart und Saberhagen derart zugerichtet, daß ihn seine eigene Mutter (oder Bram Stoker) nicht wiedererkennen würde: Der wackere holländische Vampir-Gelehrte gerät den beiden Ami-Autoren zu einem halbverblödeten, lüstern-sadistischen Hanswurst. Diese wenig bekömmliche Mixtur verscherbeln die Herren Coppola, Hart und Saberhagen dem Publikum als »Bram Stokers Dracula«. Mister Hart behauptet von sich, er habe tatsächlich Stokers Dracula-Roman gelesen (übrigens auch Anne Rices *Gespräch mit dem Vampir* – möglicherweise hat er da einiges durcheinandergebracht).

Die drei Herren, die sich so frevlerisch an Stokers *Dracula* vergangen haben, sind keine unbekannten Figuren. Die Verdienste von Francis Ford Coppola *(Apocalypse Now)* sind unbestritten, »aber von Horror-Filmen hat er schlicht und einfach keine Ahnung« (Bergmann).

James V. Hart wurde in Shreveport, Louisiana, geboren und wuchs in Texas auf. Heute lebt er in New York. Er studierte Finanz- und Volkswirtschaft und arbeitete an seinem Magister in Fernsehfilmkunst, als er begann, knapp kalkulierte »Autokino«-Filme zu produzieren. Als Verfasser des Drehbuchs für den Steven Spielberg-Film *Hook* gelang ihm der Durchbruch.

Der Autor Fred Saberhagen wurde 1930 in Chicago/USA geboren. Bevor er mit dem Schreiben von Science-fiction begann, war er Techniker und Angehöriger der US Air Force. Bekannt wurde Fred Saberhagen vor allem mit der *Berserker*-Serie. In dieser erfolgreichen Serie geht es um die Abwehr von feindlichen Robotermechanismen, die, auf die Vernichtung alles Lebendigen programmiert, die Galaxis heimsuchen. Gegen Ende der siebziger Jahre emanzipierte sich Saberhagen von seinem Image als *Berserker*-Autor und veröffentlichte eine Anzahl erfolgreicher Romane, in denen er seine frühere Schwäche, keinen eigenen Stil zu haben, ausmerzte. Saberhagens Hobbys sind Schach und Archäologie. Von seinen neueren Werken fallen nicht wenige in den Bereich Fantasy. Er schrieb auch einige Vampir-Romane, die bislang aber nicht ins Deutsche übersetzt wurden.

Coppolas *The Great Dracula-Swindle* verschwand sehr schnell aus den Kinos; Harts Drehbuch und Saberhagens Novelisation wurden auf Wühltischen verramscht.

Die Freunde von Bram Stokers Vampir-Klassiker können sich wieder ungestört ihrer Lieblingslektüre widmen oder sich in einem Programmkino Murnaus *Nosferatu* reinziehen, ohne von den beutelschneiderischen Hollywood-Kreaturen belästigt zu werden.

Draculas Blut
Sackett, Jeffrey

Jeffrey Sackett, ein zeitgenössischer amerikanischer Horror-Autor, machte bislang mit den

Romanen *Geraubte Seelen, Gepfählt* und *Dämonen aus der Vergangenheit* auf sich aufmerksam.
Bei seinem Vampir-Roman *Gepfählt (Blood of the Impaler,* 1989) handelt es sich um einen Stoff, der direkt an die Geschehnisse aus Bram Stokers Dracula anknüpft. Im Mittelpunkt der Handlung steht der New Yorker Malcolm Harker, der Urenkel von Mina Harker, die in Stokers Dracula-Roman gezwungen wurde, das unreine Blut des Ober-Vampirs zu trinken. Auch in Malcolms Adern rumort das unruhige Blut des Karpaten-Unholds. Der ungläubige Malcolm reist mit seiner Freundin Holly nach England.
Das vampirische Erbgut in Malcolms Adern gewinnt immer mehr die Oberhand. Bald kann Malcolm nur noch nachts leben, der Verzehr fester Nahrung bereitet ihm großen Ekel und der Empfang der Hostie in der Kirche verbrennt ihn.
Im Laufe der weiteren Handlung erweckt Malcolm Lucy Westenra und Dracula unvorsichtigerweise zu neuem untoten Leben, und der Kampf gegen den mächtigen Vampir und seine Kreaturen beginnt erneut.
Wer von Bram Stokers unvergeßlichen Roman-Figuren aus Dracula nicht genug bekommen kann, dem sei Jeffrey Sacketts Roman *Gepfählt* wärmstens ans pochende Leser-Herz gelegt.

Dracula-Kopie
Samuels, Victor

Der Amerikaner Victor Samuels wurde hierzulande nur durch seinen kurzen Roman *Zu Gast bei Dracula (The Vampire Women,* 1973) bekannt. Bei Samuels' Drakula mit »k« handelt es sich um eine Fortsetzung zu Bram Stokers Dracula. Der Roman spielt in der Gegenwart und ist mit vielen Zitaten und Szenen aus Stokers Horror-Klassiker und Tod Brownings Dracula-Film aus dem Jahre 1931, mit Bela Lugosi in der Hauptrolle, angereichert. Der Ober-Vampir wird von Samuels durch das bloße Herausziehen des Holzpflocks aus der Herzgegend wiedererweckt; ein Ritual, das in den Dracula-Adaptionen der Hammerstudios nur mit Hilfe von kübelweise Blut zum Erfolg führte.

Fantasy-Nosferatu
Sargent, Carl,
und Mark Gascoigne

Serrin Shamandar ist ein Elf und Magier. Er stößt immer öfter auf geheimnisvolle Entführungen, hinter denen der Vampir Luther von Hayek steckt. Luther, ein Nosferatu im Jahr 2055, braucht Menschenblut, um damit einen selbstentwickelten Retrovirus zu gewinnen, der die gesamte Menschheit unterwerfen soll. Beim großen Finale in einem Kloster tobt eine riesige Schlacht mit modernsten Waren, ungeahnten Geisteskräften und traditioneller Druiden-Magie. Luther tappt in die Falle, als er in den Hals von Serrin beißen will: »Metall drang aus Serrins Haut, floß aus ihm heraus. Aus seiner rechten Hand drang ein Strom kalten und doch flüssigen Metalls, das auf den Boden tropfte.« Aus einem goldenen Gefäß kommt ein makelloser Elf und wird eine leuchtende Kraftlinie, die auf den taumelnden Luther trifft: »Aus Ohren, Augen und Nase quoll Blut.« Luther spuckt noch etwas schwarzen Lebenssaft und zerschmilzt dann im grellen Lichtstrahl. Der Roman *Nosferatu 2050* von Carl Sargent und Marc Gascoigne ist eine Mischung aus Fantasy, Horror und Science-fiction, wie das bei *Shadowrun* üblich ist. *Nosferatu 2050* ist der siebzehnte Band im *Shadowrun*-Zyklus. Im vielbändigen Zyklus kommen öfter Bluträuber vor.

Vampir-Witwe
Saxon, Peter

Der Amerikaner Peter Saxon war in den siebziger Jahren ein in Deutschland nicht gänzlich unbekannter Verfasser von Heftromanen. Bei seinem *Das Schloß der Vampire (Vampire's Moon,* 1970) scheint er folgendermaßen vorgegangen zu sein: Man nehme eine Burg in den Karpaten, »mit all ihren Türmen und Zinnen. Es war ein wirres, zusammengestükkeltes, immer wieder angebautes Gebilde, dessen Silhouette drohend in den düsteren Himmel ragte. Teile der Burg waren verfallen, aber aus einem offensichtlich guterhaltenen Flügel schimmerte Licht aus einigen Fenstern, und schwarzer Rauch quoll aus einem Kamin.« Natürlich muß dieses Bilderbuch-Spukschloß über unterirdische Höhlen, diverse Folterkammern und zahllose Geheimgänge verfügen. Ein Labyrinth im Untergrund.

Herr dieser alten Bude, sie heißt Burg Bast (nicht zu verwechseln mit Schloß Bran in Transsylvanien, einem beliebten Pilger-Ziel von Dracula-Fans, das es tatsächlich gibt), ist Graf Zapolia, ein uralter Blutsauger, der wahrscheinlich schon seit 500 Jahren seine Hauer wetzt. »Er war ungefähr einsachtzig groß. Seine Kleidung bestand aus einem schwarzen Anzug, der einen guten Schneider verriet, einem weißen Hemd mit schwarzer Seidenkrawatte und einem schwarzen Umhang. Sein Haar, das Geheimratsecken freiließ, war über einer hohen, knochigen Stirn glatt zurückgekämmt. Seine Augen lagen tief, was sie noch dunkler erscheinen ließ. Seine Nase war lang und schmal wie sein Gesicht, sein Mund klein und wie schmollend verzogen. Die kräftige Röte der Lippen hob sich geradezu erschreckend von seiner bleichen Haut ab. Er mochte an die fünfzig sein.«

Als willfährige Kreatur steht dem Vampir-Grafen der perverse Franz zur Seite. »Seine linke Augenhöhle gähnte leer, und eine breite Narbe führte von ihr bis zum Kinn. Tiefe Furchen durchzogen den Rest seines Gesichts bis zum dünnen und fast lippenlosen Mund.« Natürlich sollte der Bursche auch noch hinken: »Sein rechtes Bein ließ sich offensichtlich am Knie nicht abbiegen, sondern schwang völlig steif seitwärts und im Bogen nach vorn« (auch so ein Fall für die Augsburger Puppenkiste). Nicht fehlen dürfen natürlich ganze Rudel von Wölfen, Schwärme von Fledermäusen (gehen alle auf den Pfiff vom Ober-Vampir), eine mit widernatürlicher Phantasie geschlagene Hexe, acht wunderschöne Vampir-Weibsen (als Statisten) und jede Menge rumänische Bauernhälse (falls der Graf Appetit kriegt).

Handlung? Plot des Romans ist der Wunsch des Grafen, sich mit der dünnlippigen Laura zu vermählen. Er glaubt, in Begleitung dieser ansonsten hübschen Amerikanerin besser an die Gurgeln der Bevölkerung der Metropolen Europas und Amerikas heranzukommen. In einer blasphemischen Hochzeits-Zeremonie vermischt er sein Vampir-Blut mit dem seiner Dame und verwandelt sie durch einen Biß in den Hals ebenfalls in eine Kreatur der Finsternis. Weil aber dem Grafen in seiner unersättlichen Blutgier einmal gleich eine ganze Gruppe amerikanischer Rumänien-Touristen zum Opfer fiel, werden die Behörden auf sein Treiben aufmerksam. Einige junge Burschen, die sich als Detektive ausgeben, heften sich an seine Fersen. Nachdem sie ihn erfolglos mit silbernen Revolver-Patronen traktiert hatten, säbeln sie ihm während einer Rauferei mit einem Metzger-Messer kurzerhand den Kopf ab. Laura, seine Vampir-Witwe, wird in den USA in ein Irrenhaus gesteckt, weil kein Mensch den Vampir-Unfug glauben will.

Vampir im Frauenhaus

Sberlo, Gertrud

»Ich wurde 1955 zahnlos als Weib geboren. Seit zwei kräftige Vorderzähne ich mir erschliffen habe, beiße ich zu. Mann, deine Bräune steht dir nicht. Bleich sei dein Gesicht«, sagt die Autorin über sich selbst und ihr literarisches Anliegen.

In ihrer Erzählung *Herr von Salik am Rustikon oder Das Gastmahl zur Mitte der Nacht* (1988) verbreitet sie folgende Auffassung: »Wie einschläfernd selbst so eine Vampirgeschichte ist, wenn nicht symbolisch Geschwänztes sich einzahnt in weiblich Blut. Mein bist du über den Tod hinaus, kaum, daß ich dich berührt. Keine dümmere patriarchalische literarische Gattung legen wir uns vor, wenn wir ins Genre der Vampirgeschichte hinunterfallen. Auch du, Leserin, solltest Zeit und Geld, das dich dieses Buch gekostet hat, lieber investieren in ein Frauenhaus. Dort werden Vampirgeschichten realistischer erzählt als hier und anderswo.«

Betrügerischer Ehemann wird im Traum zum Vampir

Schafranek, Dorothea

Die 1938 in Wien geborene Autorin erzählt in *Der Blutsauger* (1988) das Ehedrama von einem Mann, der seine Frau mit der Hure vom Bezirk betrügt. In den Alpträumen der Hintergangenen rumort ihr fremdgängerischer

Ehemann als Vampir. »Immer wieder diese Zähne an meinem Hals, dieses Lachen, dieser Biß, der sich eingräbt in mein Fleisch und mich leer macht, all mein Blut saugt und mich blutleer zurückläßt.«

Vampir-Lüge
Schami, Rafik

Rafik Schami wurde 1946 in Damaskus geboren. 1971 siedelte er in die Bundesrepublik über. Seit 1982 ist Schami freier Schriftsteller und lebt in Kirchheimbolanden. Schami steht als Autor in der orientalischen Erzähltradition. Er verzaubert seine Zuhörer mit Geschichten ohne Ende. Seine Erzählungen stecken immer voll Überraschungen, und sie entwickeln sich erst so richtig mit ihren Zuhörern. Die bekanntesten Bücher von Schami sind *Der Fliegenmelker, Erzähler der Nacht, Der Kameltreiber von Heidelberg, Das letzte Wort der Wanderratte* und *Der ehrliche Lügner.*

In seinem Buch *Der fliegende Baum* (1991), einem Band, der Märchen, Fabeln und phantastische Geschichten enthält, plaudert Schami *Die Wahrheit über Vampire und Knoblauch* aus. Dem Held seiner Geschichte, einem Journalisten, fällt bei seinen Recherchen in Rumänien über den Ober-Vampir Dracula ein hochinteressantes historisches Dokument aus dem 15. Jahrhundert in die Hände. Das Dokument berichtet von Graf Dracul, genannt Vlad Tepes, der Pfähler. Dieser soll die zum Tode durch Aufspießen Verurteilten tagelang mit Knoblauch gefüttert haben. »Graf Dracula soll daran Genuß finden, das Blut der Hingerichteten zu lecken, bis er besoffen ist. Er mag das Blut nur, wenn es nach Knoblauch riecht.« Der Journalist resümiert: »Das ganze Gerede über die abstoßende Wirkung des Knoblauchs auf Vampire war also eine Lüge.«

Jahre später trifft Schamis Journalisten-Held in München auf einen marokkanischen Gastarbeiter, der behauptet, das Opfer eines vampirischen Nachkommen des Grafen Dracula geworden zu sein. Bei dem Vampir scheint es sich um ein rechtes Leckermäulchen zu handeln. »Marokkanisches Blut habe ich noch nie gekostet«, stöhnt der Vampir genußvoll, als er dem

Gastarbeiter das Blut abzapft. »Knoblauch und Harissa, o Gott, wie pikant.« Schamis Vampir gehört einer neuen Generation von Blutsaugern an, die ihre Opfer nicht bis zum letzten Blutstropfen aussaugen, sondern sich mit einem halben Liter begnügen. »Zu Tode saugen! Oh, wie brutal und primitiv! Das waren doch meine Vorfahren, die haben drauflos gesaugt, bei allem, was ihnen in die Hände fiel, ob Katze oder Mensch, Alkoholiker oder Hepatitiskranker, ihnen war alles egal. Oh, wie dumm sie waren! Sie schufen mit jedem zu Tode Gesaugten neue Konkurrenz. Bis es zur Katastrophe kam. Es gab mehr Saugende als auszusaugendes Material. Nein! Wir sind schlauer geworden. Ein halber Liter täglich, und damit hat es sich. Leichen! Oh, es wird mir schlecht bei dem Gedanken, über Leichen zu stolpern. Licht? Man muß ein Denkmal für Edison setzen, unzählige Denkmäler ... Es gibt nichts Besseres, als die Dinge im richtigen Licht zu sehen. Stell dir vor, ich beiße einen X-Beliebigen, statt die Auslese zu genießen!« Hier siegt der Geschmack.

Lucy Vampir

Scheffler, Ursel

Ursel Scheffler stammt aus Nürnberg. Sie studierte Literatur in München und lebt jetzt mit ihrer Familie in Hamburg. Seit 1975 veröffentlicht sie erfolgreiche Kinderbücher, die bereits in 15 Sprachen übersetzt sind. Gern schreibt sie Krimis, Abenteuer- und Phantasiegeschichten. 1991 veröffentlichte sie das Kinderbuch *Lucy und die Vampire,* das von Angela Weinhold ausgezeichnet illustriert wurde.

Tagsüber ist Lucy ein Mädchen wie jedes andere: Sie ist vergnügt und macht gern Unsinn. Sie ist nicht ungewöhnlich hübsch, nicht außergewöhnlich groß, nicht überdurchschnittlich klug und nicht übermäßig vorlaut. Aber nachts! Jede Nacht, pünktlich zur Geisterstunde, wird Lucy zum Vampir. Ganz klar, daß diese allnächtliche Verwandlung für Aufregung sorgt – vor allem bei Lucy selbst, die von ihrer »Veranlagung« nichts ahnt. Aber das ist noch längst nicht alles. Lucy und ihre Mutter, die schöne Fanny Rankenstein, haben nämlich ein äußerst geheimnisvolles Erbe angetreten – das Erbe eines rätselhaften Herrn namens Frank N. Stone. Ein weiteres Kinderbuch von Ursel Scheffler, in dem es vampirisch zugeht, ist der Band *Lucy und Dr. Acula* (1992).

Ungewaschene Vampirin
Schnaider, Renate

Die 1943 in Graz geborene Autorin studierte Germanistik und Anglistik. Jahrelang lebte sie in der Türkei. Heute ist sie als Lehrbeauftragte an der Grazer Universität tätig. In ihrer gelungenen Erzählung *Mara und die Fremde* (1988) benutzt sie geschickt das Handlungsschema einer »klassischen« Vampir-Geschichte. Ihre Heldin landet infolge eines Motorschadens an ihrem Auto in einem serbischen Kaff. Sie haust in einer abseits gelegenen Hütte und wartet auf den Bus, der nur selten das Dorf anfährt. Sie erhält in ihrer Verlassenheit regelmäßig Besuch von dem jungen Mädchen Mara, das sie anziehend, aber auch als beklemmend und abstoßend empfindet. »Vielleicht lag es an dem Geruch, der den Gegenständen in der Hütte anhaftete, wenn Mara die Hütte verließ. Es roch immer etwas nach feuchter, schimmeliger Erde, nach ungewaschenen und ungelüfteten Kleidern, als würde Mara den ganzen Tag in den Feldern draußen arbeiten und graben und in ihren Kleidern schlafen.« Endlich kommt der Bus in das Dorf, und die Touristin kann die elende Gegend verlassen.
Bald darauf liest sie in der Zeitung die Meldung, in dem Dorf, in dem sie sich aufgehalten hatte, »habe man eine junge Frau auf entsetzliche Weise getötet.
Die Dorfbewohner hätten die Frau für einen Vampir gehalten, sie mit einer Mistgabel erschlagen und ihr anschließend einen Nagel durchs Herz gestoßen, um sie – wie sie sagten – für ewig unschädlich zu machen. Die Frau habe Mara geheißen. Niemand in diesem Dorf habe sie näher gekannt bis auf eine Fremde, die eine Zeitlang in diesem Dorf gelebt habe.«

Schreibender Vampirologe
Schneidewind, Friedhelm und Ulrike

Kurz, aber witzig und spritzig ist die Vampir-Story *Prosit* von Ulrike und Friedhelm Schneidewind. Der Oberste Rat der Vampire überprüft bei *Prosit* den Vertrieb und Verkauf von Blut in handlichen Flaschen und erlaubt damit die Einführung der Marktwirtschaft in Transsylvanien. Das Vampir-Spezialisten-Duo Ulrike und Friedhelm Schneidewind führt seit Jahren im Saarbrücker Studio-Theater das Vampir-Stück *Carmilla* auf. Ulrike Schneidewind wird als die »schönste, überzeugendste und bissigste Vampir-Darstellerin Deutschlands« in den Medien gerühmt. *Carmilla – Das Buch zum Stück* von Friedhelm und Ulrike Schneidewind ist die erste große literarische Veröffentlichung des kreativen Ehepaars, das in der Villa Fledermaus bei Saarbrücken lebt und arbeitet. Das Buch enthält den Text und zahlreiche Fotos der Uraufführung, Auszüge der englischen Originalstory, zwei Vampir-Geschichten und ausführliche Literaturhinweise. Dabei ist auch ein Essay über Vampirismus. Von Friedhelm Schneidewind ist außerdem erschienen: ... *wie schmelzen deine Blätter* mit Essays über Ethik in der Wissenschaft, New Age, Vampire, Elfen, Tolkien und nordische Mythologie, Science-fiction-Stories und Lieder. *Geworfen in die Ewigkeit* ist ebenfalls ein Buch von Friedhelm Schneidewind. »›Oh‹, sprach der Vampir. ›Welch herrlicher Sonnenauf...‹« Neben dieser »kürzesten Vampir-Geschichte aller Zeiten« präsentiert der bekannte Vampirologe 15 phantastische Geschichten von der entferntesten Zukunft bis in die mythische Vergangenheit. 1999 schrieb der Biologe Friedhelm Schneidewind das *Lexikon des Blutes.* Er ist auch Mittelalter-Experte.

Selbstmord-Vampir

Schniebel, Jan P.

Der Rotfuchs, eine eher sozialpädagogisch orientierte Tugendbold-Comic-strip-Figur aus den siebziger Jahren, ist ein Geschöpf des Zeichners Jan P. Schniebel (geboren 1946 in Hamburg). In einem seiner immer jugendfreien Abenteuer rät der Rotfuchs einem Vampir, der mit stark rollendem »R« (»Jetzt rreichts mirr!«) Selbstmord begehen will: »Zwecklos, du bist doch schon tot!«

Vampir wird zum Hasenjäger
Schuyler-Miller, Peter

Der amerikanische Autor (1912 bis 1974) verfaßte von 1930 bis 1945 einige Dutzend Stories; die meisten davon gehören zur Science-fiction. Nach dem Krieg schrieb er kaum noch etwas, sondern betätigte sich hauptsächlich als Rezensent, eine Tätigkeit, die er bis zu seinem Tod fortführte. In der BRD wurde nur wenig von ihm veröffentlicht. Schuyler-Miller behandelt in seiner Horror-Story *Über den Fluß* dieselbe Problematik wie Gerald W. Page in *Durst.* Ein Mann verwandelt sich in einen Vampir, ohne sich zunächst über seine neue Existenzform im klaren zu sein. Wie Pages Vampir Sam Coleman nährt sich auch Schuyler-Millers Blutsauger Joe Labatie anfänglich von kleinen Waldtieren, bis er einen Menschen tötet. Die beiden Geschichten gleichen sich bis aufs i-Tüpfelchen.

Vampire im alten Rom
Schwob, Marcel

Der hochgebildete Autor, eine Art Enzyklopädist des 19. Jahrhunderts, gehört zu den Schlüsselfiguren der französischen Décadence. Mit gelehrtem Rüstzeug und mit Leidenschaft erforschte er anrüchige Epochen und Aspekte der Vergangenheit. Er studierte den Jargon mittelalterlicher Verbrecherbanden und den Lebenslauf François Villons, des extravaganten Dichters der Unterwelt. Aus alten Texten und Archiven grub er Vagabunden, Eunuchen, Banditen und Verbrecher aus. Mit einer krankhaften Phantasie geschlagen, widmete er sich in seinen Werken so illustren Themen wie Koprophilie, Nekrophilie, Inzest, Homosexualität, Sadismus und Prostitution. Seine phantastischen Erzählungen, die nur einen Teil seines Werkes ausmachen, sind vornehmlich unter Poes Einfluß entstanden; mit mehr Grund als Villiers de l'Isle-Adams Geschichten könnten sie »Contes cruels« heißen. Wie bei Villiers macht sich neben monströsen und grausamen Motiven auch ein makabrer Humor bemerkbar (seine Quelle ist Mark Twain). Schwob war ein Bewunderer Oscar Wildes und widmete ihm ein Märchen. Schwob (geboren 1867), der eine grolle Leidenschaft für eine schwindsüchtige Prostituierte hegte, starb 1905 in Paris an der Tuberkulose. In seinem Geschichten-Zyklus *Die Gabe an die Unterwelt* aus dem Jahre 1896 finden sich zwei Texte, in denen er sich am Vampir-Motiv verlustiert. *Die Vampire* (auch: *Die singenden Vampire)* erzählen aus dem alten Rom zur Zeit des Kaiser Claudius. Die antiken Blutsauger haben »die Gestalt alter Weiber, und nachts verwandeln sie sich in Vögel«. Die Kreaturen vergehen sich nach Schwob vorzugsweise an den Leichen Verstorbener. »Die Vampire bohren ihnen runde Löcher ins Gesicht, um das Blut auszusaugen« und fressen anscheinend Herz, Lunge und die Eingeweide der Kadaver.

In dem anderen Text, *Kinderkreuzzug,* lauert ein Aussätziger einem Kinde auf. »Ich denke oft an Blut, mit meinen Zähnen könnte ich beißen; sie sind unversehrt.« Das Blut der Gotteskinder ist ihm mystisches Substitut für Christi Blut, das, wie er glaubt, nicht für ihn vergossen wurde: »Ich bin auf Erden von einer bleichen Verdammnis umgeben. Ich habe mich auf die Lauer gelegt, um aus dem Halse eines seiner Kinder unschuldiges Blut zu saugen.« (Der Sadismus sei ein Wechselbalg des Katholizismus, heißt es in Joris K. Huysmans *Gegen den Strich.* Schwobs Unreiner leidet die Qualen des von der Erlösung ausgeschlossenen; sein Vampirbiß ist die rächende Perversion des Abendmahls.

Schutzpatron für Vampirin
Scott, Jodie

»Aus Satans Rippe bist du geschnitten«, zeterte die Mama gegenüber ihrer 13jährigen Tochter. Der Vater brüllte: »Verschwinde!« Die Dienstboten mußten Türen und Fenster vernageln und sollten Steine auf sie werfen oder heißes Wasser über sie schütten, wenn sie es wagen sollte, die Burgmauern hochzuklettern, um in ihr Kinderzimmer zu gelangen. Die junge Sterling rief den Schutzpatron aller Blutsauger, St. Judas, an und schlief in der schneebedeckten Scheune. Als sie 700 Jahre später in Chicago lebt, macht sich die Vampir-Frau an der Schwelle zum 21. Jahrhundert Gedanken über ihre bluträuberische Existenz: »Vampirismus würde ich niemals aufgeben. Ohne ihn wäre ich nichts, sogar weniger als nichts, ein Sack voller Knochen in irgendeiner europäischen Krypta.« Sie kann sich immer wieder erfreuen an ihrer lüsternen Jagd auf Frauen. Ihr Schlußwort ist: »Ich wäre gern geheilt, ohne etwas von der wundersamen Macht und dem Kitzel einzubüßen, die meine Veranlagung begleiten. Aber ... war denn jemals irgendwas einfach?« Die Story *Ich bin ein Vampir* ist in der Anthologie *Draculas Töchter* enthalten und entstammt der Feder von Jody Scott.

Vampir-Klinik

Shadow, Mike

Mike Shadow war ein Pseudonym des Heftroman-Autors Werner Kurt Giesa, der heute als Verfasser der Horror-Serie *Professor Zamorra* als einer der beliebtesten Schriftsteller dieses Genres angesehen wird. Zusammen mit Manfred Weinland verfaßte er 1980 einen aus den Romanen *Die Vampir-Klinik, Draculas Rückkehr* und *Draculas Höllenheer* bestehenden Dreiteiler. 1982 folgte der Roman *Eine Welt für Vampire,* der wie die oben genannten Hefte für die von 1973 bis 1985 erschienene Serie *Gespenster-Krimi* geschrieben wurde.

Die Zähne eines Siebzigjährigen und silberne Haare

Sharkey, Jack

Der 1931 in Chicago geborene Sharkey arbeitete an einer High-School als Lehrer im Fach Englisch. Er absolvierte eine zweijährige Dienstzeit bei der US Army und war ein Jahr lang in der Werbebranche tätig. Er zog nach New York und wurde freier Schriftsteller. In den sechziger Jahren veröffentlichte er mehrere Dutzend Kurzgeschichten und Novellen, hauptsächlich Sciencefiction. In Deutschland werden die Werke Sharkeys wenig geschätzt und nur selten aufgelegt. In *Die Dämonin* erzählt Sharkey die Geschichte von Bob, einem sechsunddreißigjährigen Büromenschen, der mit der attraktiven, jungen und lebensfrohen Valerie verheiratet ist. Mit Entsetzen reagiert der Mann auf die Feststellung seines Zahnarztes, er habe die Zähne eines Siebzigjährigen. Plötzlich ist auch sein dichtes und braunes Haar mit silbernen Fäden durchzogen. Winzige Fältchen unter seinen Augen geben seiner Haut das Aussehen rosafarbenen Kreppapiers. »Sechsunddreißig Jahre alt bin ich, aber ich habe die Zähne eines Greises und das Aussehen eines Mannes über sechzig«, stöhnt er verzweifelt.

Bob belauscht seine Frau bei einem Telefongespräch, das sie mit einem Mann führt, mit dem sie anscheinend eine Party besucht hatte, während er geschäftlich unterwegs war. Aus seinem Unterbewußtsein steigen Erinnerungen hoch, die plötzlich einen Sinn bekommen. Wie oft hatte sie Verabredungen nicht eingehalten und war einfach davongelaufen? Nie hatte er etwas über ihre Vergangenheit erfahren, sie war allen solchen Fragen ausgewichen oder hatte geschwiegen. Bobs Alterungsprozeß nimmt immer rasantere Formen an. Sein Haar ist schneeweiß, sein Augenlicht läßt rapide nach, er schrumpft ein, sein Anzug schlottert am Körper.

Als ihn seine Frau auf die Terrasse führt und er in ihr Gesicht sieht, sieht er in das Gesicht eines anmutigen, hübschen Mädchens von kaum zehn Jahren. »Wer bist du? Was bist du ...?« krächzt er mühsam. Kalt und erbarmungslos liegt ihr Blick auf ihm. Dann sagt sie: »Hunger und Gier nach Leben erfüllen mich, aber ich habe kein eigenes Leben – ich kann es nur anderen wegnehmen. Ich und andere, die wie ich sind. Wir besitzen das geheime Buch des Lebens, in dem die Schicksale aller Menschen aufgezeichnet sind. Um so etwas wie leben zu können, müssen wir anderen Menschen die Zukunft rauben, ihnen die Jahre stehlen. Du wärest achtzig Jahre alt geworden, Bob.« – »Wie macht ihr es?«, fragt er leise. »Als du mich zur Frau nahmst, gelobtest du, eins mit mir zu sein und dein Leben mit mir zu teilen. Zu teilen, Bob. Aber ich habe kein eigenes Leben, nur den Hunger und die Gier danach. Jedesmal bei einer Berührung, bei einem Kuß, bei einer Umarmung, überhaupt immer, wenn wir uns nahe waren, saugte ich dich aus, nahm dir ein Stück deiner Zukunft.

Aber was sind fünfzig oder sechzig Jahre gegen vollkommene Leere? Wir konnten nicht teilen, ich wollte alles. Deine Jahre gehören nun mir; ich werde sie leben.« Es waren tausend verschiedene Gedanken, die in diesem Augenblick von Bob Besitz ergriffen. Er dachte an die vielen kränkelnden Männer, deren Frauen jung und gesund blieben, an die Tatsache, daß die Lebenserwartung der Männer kürzer als die der Frauen war, und er entsann sich der Angewohnheit der Frauen, stets ein Geheimnis um ihr wahres Alter zu machen. Mit letzter Kraft gelingt es ihm, die Dämonin von der Veranda zu stürzen.

Bob sucht den zerschmetterten Körper Valeries, aber er findet ihn nicht, sondern nur ein Bündel verschmutzter Kleider. Es sind die Sachen, die sie eben noch angehabt hat. Als seine Füße den grauen Staub der Gosse streifen, wirbelt er ihn auf, und er dringt in die Nase. »Es roch modrig und alt. Sehr alt.«

Der Schriftsteller Jack Sharkey hat das klassische Vampir-Motiv, bei dem Blut fließen muß, recht geschickt abgewandelt.

Seine Vampir-Dämonin Valerie, ein raffiniert gezeichnetes Bild der »Femme fatale«, lebt von den Lebensjahren, die sie den Männern abzapft.

Ob der amerikanische Autor allerdings mit seinem von chauvinistischer Animosität durchsetzten Zeitklau-Machwerk den Beifall der emanzipierten Damenwelt findet, steht sicher auf einem ganz anderen Blatt.

Neue Vampir-Generation

Shepard, Lucius

Drei Jahrhunderte lang wurde das große Vampir-Treffen auf Burg Banat geplant. Diese Zeit war auch nötig, um den Spender eines ganz besonderen Vampir-Getränks zu erschaffen: die Goldene. Das Eintreffen der ersehnten Goldenen wird von dem Autor Lucius Shepard in seinem Vampir-Roman *Die Spur des goldenen Opfers* romantisch-dramatisch geschildert: »Ihre Augen hatten etwas Kristallhaftes an sich. Die Iris war beinahe türkisfarben und außerdem topasfarben und golden gefleckt. Ihre Oberlippe war voller ausgeprägt als die Unterlippe und verlieh damit ihrem Mund etwas sinnlich Trotziges. Das Gesicht eines ungestümen Kindes, das noch nicht vollständig auf seine Sexualität vertraut, das die Macht seines Körpers ahnt, aber noch nicht versteht.« Ein gewisser Beheim entdeckt Menschen, die als Zuchtmaterial für Vampire in der Burg Banat hausen. Paulina, die in der Burg Banat geboren wurde, wird Beheims Gehilfin. Sie ist dafür gedacht, auch eine Goldene zu werden. Michel Beheim will im Todeskampf von Agenor, seinem Meister, wissen, wie sich die Vampir-Familien in Zukunft verhalten sollen, um gegen die Menschen zu bestehen. Agenors Antwort: »Geht nach Sumarinda. Eine Stadt an dem Fluß Mahakam.« Die Vampire gehen nach einer Katastrophe ihren Weg in die Zukunft. Sie tanzen miteinander. Alles wird frisch für sie. Die Gerüche und die Farnen. Sie gehen die Straße des »eigenwilligen Blutes hin zum Ende der alten romantischen Dunkelheit und der geheimen Pracht der Toten, zum Licht des Ostens und den Mahagonibergen«. Die Aussage ist sonnenklar: Die Vampire sind es leid, als unmoralische blutsaufende Ungeheuer immer in dunklen Burgen zu hausen. Sie wollen endlich die sinnlichen Genüsse der Menschen haben. Auch wenn sie dafür sterben.

Schlangenfütterung mit Vampir-Herzen

Shocker, Dan

Der Autor Dan Shocker genießt unter den Kennern und Freunden des Horror-Heftromans einen geradezu legendären Ruf. Er veröffentlichte den ersten Grusel- beziehungsweise Horrorroman, der als Heft in einer als Gruselroman auch kenntlich gemachten Serie erschien. Dan Shocker war auch der erste Autor, dem es gelang, eine eigenständige Horror-Heftroman-Serie (resp. zwei) zu schaffen und auf dem Markt zu etablieren: *Larry Brent* und *Macabros.* Dan Shocker bereitete damit den Boden vor für Herren wie Jason Dark *(John Sinclair)* oder Robert Lamont *(Professor Zamorra)* und ihre Konsorten. Die Gurus der Schundheft-Kultur. »Dan Shocker war nicht zu kopieren. Seine Art, die Themen aufzuarbeiten und in die Geschichten einzubringen, konnten und wollten andere Autoren nicht nachvollziehen. Er folgte selten den Trends des Horrors, den meistens der Film abgab. Dan Shocker versuchte dabei immer eigenständig zu bleiben. Er ging nicht auf den Trend ein, silberkugelverschießende Revolver seien der letzte Schrei für den Helden. Dan Shockers Helden behielten immer ein eigenständiges Image. Dan Shocker ist ein Autor, der innerhalb der Grenzen des Heftromans sich und seine Phantasie eingebracht hat wie nur wenige andere Autoren« (Horst von Allwörden). Dan Shocker ist das Pseudonym von Jürgen Grasmück, einem Autoren, den eine schwere Krankheit an den Rollstuhl fesselt. Grasmück begann seine Laufbahn als Schriftsteller bereits in den fünfziger Jahren, als er unter verschiedenen Pseudonymen im Zeitraum von 1956 bis 1968 einige Dutzend Science-fiction-Hefte, Western, Krimis und Leihbücher schrieb.

Für die Horror-Heftroman-Serien *Silber-Grusel-Krimi, Larry Brent* und *Macabros* verfaßte der »Vater des Grusel-Heftromans« in den Jahren 1968 bis 1986 einige hundert Geschichten. (Das Pseudonym Dan Shocker ist ein Wortspiel, bei dem der dicke Cowboy Dan Blocker aus der Western-Serie *Bonanza* eine gewisse Rolle spielt.)

In Shockers umfangreichem Werk finden sich eine Reihe von Heftromanen, in denen er sich mit Dracula und dem ganzen Rattenschwanz an Vampiren, Blutsaugern und Untoten auseinandersetzt.

Bereits den ersten Horror-Heftroman (und den ersten deutschen Horror-Heftroman überhaupt), den er als Dan Shocker 1968 veröffentlichte – Titel: *Das Grauen schleicht durch Bonnards Haus* –, kann man mit Einschränkung unter einem vampirischen Aspekt betrachten. Die Story: Die Mumie einer ägyptischen Prinzessin soll durch Unmengen Blutes einer bestimmten Blutgruppe wieder ins Leben gerufen werden. Dazu werden übergroße Vampir-Fledermäuse gezüchtet, die Menschen überfallen und aussaugen.

In seinem Zweiteiler *Draculas Liebesbiß* und *Draculas Höllenfahrt* (beide Baujahr 1971) kam der gute alte Vampirgraf aus Transsylvanien zu Ehren, wenn auch

Dan Shocker nicht dem gängigen Filmmotiv folgte, daß Blut auf die Asche des Vampirgrafen geträufelt werden mußte, damit er sich aus der Kiste bemüht. Dan Shocker alias Jürgen Grasmück wartet mit einer höchst interessanten Variante des Vampirthemas im Heftroman auf: Draculas Blut, wenn es in die Blutbahn eines Menschen gelangt, verändert die Persönlichkeit eines Menschen und macht ihn nach und nach selbst zum Vampirgrafen.

In einem anderen Roman treibt ein Vampir in Wien sein Unwesen, der gleich reihenweise blutleere Leichen hinterläßt. Binnen Tagesfrist verwandeln sich diese Toten selbst in Untote (bei Dan Shocker geht das ruckzuck). Diesen Kreaturen bleibt allerdings kein langes »Leben« beschieden. *Morotsch, der Vampir-Killer* (so der Titel des Heftromans aus dem Jahre 1974) stöbert sie in ihren Gräbern und Grüften auf und schneidet ihnen das zuckende Vampir-Herz aus der Brust. Aha!

Die Morotsch genannte gnomenhaft-vampirische Kreatur – übrigens die einzige ihrer Art auf der ganzen Welt – ist der Sohn einer ungarischen Hexe und eines Ghouls. Er wurde in Jolischka in Ungarn geboren, in einem alten Haus, in einem richtigen Hexenhaus wohlbemerkt. Die pochenden Vampir-Herzen, die er den Untoten herausschneidet, verfüttert er an eine schwarze Riesenschlange. Warum, o du makabrer Dan Shocker?

Weil: In dem Hexenhaus, in dem der Morotsch haust, gibt es sieben mal sieben Herzen. Die Herzen von Magiern, Hexen und Hexern, die seiner Hexen-Mutter im Kampf unterlagen. Alle fünfzig Jahre – die Länge einer Generation – muß die magische Kraft dieser Herzen neu aufgeladen werden. Sie versagen dann ihren Dienst, und der ghoulische Hexensohn muß seine Gestalt aufgeben, um als Morotsch die Bedingungen zu erfüllen. Er wird zum Vampir und zum Vampir-Killer in einer Person, um schließlich in den Besitz jener Herzen zu gelangen, welche Molik, die Schlange, die zu Satans Füßen lungert, als einzige Nahrung annimmt. Vampir-Herzen müssen es sein, Vampir-Herzen bringen die Herzen der Besiegten im

Schwarzen Tempel im Hexenhaus seiner Eltern wieder zum Schlagen. Damit wird die magische Kraft wiedererweckt, über die der Morotsch dann wieder verfügen kann. Die Heft-Reihe *Vampira* hat davon gesaugt ...

Obwohl der Plot dieser megamakabren Story einen starken Irrenhaus-Touch aufweist, ist sie spannend, packend und rasant erzählt. Übrigens muffelt es in der ganzen Geschichte schlimmer als in einem Lovecraftschen Schlangenkäfig; ein weiterer Pluspunkt für den Autor und seinen Roman.

Weitere Heftromane von Dan Shocker, in denen es vampirmäßig zugeht, sind *Der Sarg der Vampire* (1969), in dem sich die Blutsauger allerdings als Kranke entpuppen, bei denen die langen Fangzähne nur sporadisch als Mißbildung auftreten, *Die Blutsauger von Tahiti* (1971); *Party im Blutschloß* (1972); *Amöba saugt die Menschen aus* (1972); *Attacke der Untoten* (1973); *Draculas Vampirfalle* (1978); *Lady Draculas Vampir-Villa* (1982); *Die Vampir-Klinik des Dr. Satanas* (1984); *Schreckensparty bei Graf Dracula* (1985) und *Reiß den Pflock aus meinem Vampir-Herzen* (1985).

Dracula stinkt

Simmons, Dan

Der Autor zählt zu den größten Talenten der zeitgenössischen Phantastik. Bereits mit seiner ersten veröffentlichten Geschichte wurde er mit dem ersten Preis des Horror-Magazins *Twilight Zone* ausgezeichnet. Seither ist die Kette von Preisen für sein bemerkenswertes Werk nicht abgerissen.

Mehr als den Pflock fürchten es die Mitglieder der Dracula-Sippe, mit AIDS infiziert zu werden, informiert uns der Autor in seiner Erzählung *Draculas Kinder (All Dracula's Children,* 1991). Nun hat die Seuche das über 500 Jahre alte Oberhaupt des Blutsauger-Clans erwischt. Stinkend, mit ausgefallenen Reißzähnen, fault der mit Schwären überzogene Kadaver des Vampir-Chefs seinem Ende entgegen.

»Der beste Horror-Roman des Jahres«, schrieb das Grusel-Magazin *Twilight Zone* über *Kinder der Nacht (Children of the Night,* 1992), in dem Dan Simmons Themen und Motive des klassischen Vampir-Romans in einem zeitgenössischen politischen Terror-Szenario ansiedelt. Die amerikanische Hämatologin Kate Neuman arbeitet nach dem Sturz des Diktators Ceaucescu in Rumänien an einem Projekt zur Erforschung seltener Blutkrankheiten. Ihr wichtigster Patient ist das Baby Joshua, das zum Überleben zweimal wöchentlich Bluttransfusionen braucht. Joshuas einzigartiges Immunsystem verspricht einen Durchbruch in der Bekämpfung von Krebs und AIDS.

Es gelingt Kate, das Kind zu adoptieren und in Amerika ihre Forschungen fortzusetzen. Aber eines Nachts brechen fremde Männer in ihr Haus ein und entführen Joshua. Auf der Suche nach dem Kind kehrt Kate nach Rumänien zurück – tief ins Herz der transsilvanischen Schrekkenslandschaft hinein, in der wieder der historische Graf Vlad Dracula herrscht.

Denn Joshua ist Draculas Sohn, ausersehen, einmal die Herrschaft über das unsterbliche Geschlecht der Vampire zu übernehmen. Auf dem düsteren Stammschloß des Grafen, wo sich das blutsaugende Gelichter versammelt hat, kommt es dann zu einem furiosen Schreckensfinale.

Boxer lauscht der Vampir-Muschel

Sitter, Wolfhard

Deutschlands einziger dichtender Boxer, Wolfhard Sitter beschreibt in der Sauger-Story *K.o. beim ersten Biß* einen frustrierten Boxer, der die Schnauze von der Verliererei im Ring voll hat. Der Boxer tut sich mit finsteren Mächten am Hafen zusammen. Er lauscht dem Blut in einer schwarzen Muschel. Wenn er nach seinem Pakt mit der finsteren Macht im Boxring vor Tausenden Zuschauern das Blut seiner Gegner sieht, riecht und schmeckt, wird er zur unbesiegbaren Kampfmaschine. Allein in seiner Umkleidekabine, nimmt er die schwarze Muschel ans Ohr und lauscht der mysteriösen Melodie des Meeres aus Blut. Wolfhard Sitter hat auch einen schönen Lyrik-Band herausgebracht mit dem Titel: *Prinz der Jongleure – Nächtebuch eines Schattenboxers. K.o. beim ersten Biß* findet sich in der Geschichten-Sammlung *Draculas Rückkehr.*

Vampir in der U-Bahn

Skipp, John, und Craig Spector

John Skipp und Craig Spector gehören zu einer neuen Splittergruppe des Horror-Genres, den Splatterpunks. Diese meist jungen Autoren pfeifen auf die abgewetzten Interieurs wie alte Burgen, Katakomben und verlassene Häuser und legen den Finger auf die pulsierenden blutenden Wunden der Großstadt. Ihre Helden sind die abgefuckten Gossenjäger, die das Leben, wie es uns von den Illustrierten vorgegaukelt wird, schon längst verlassen haben und in den Niederungen der Städte dahinvegetieren. Oder es sind die coolen Typen, die sich freiwillig dem Spießertum entziehen, um ihre Art von Moral an den Mann zu bringen. Gewalt ist kein Thema, sondern Programm. Die Kamera wird nicht ausgeblendet wie in den alten Suspense-Filmen, sondern mit Makrolinse verstärkt mitten ins Gemetzel gestupst. Viele der Splatterpunks sind Versager, Nichtskönner. Ihre Bücher lesen sich erbärmlicher als die Klappentexte von Zombie-Videos. Einige wenige sind aber genial, sie verbinden eine gute Schreibe mit dem Inhalt des Splatterpunks. Ihre Bücher wirken dann wie Nitroglycerin oder wie der Finger weit hinten im Hals.

John Skipp und Craig Spector, auch bekannt als »The Boys«, kennt man hierzulande durch ihre Anthologie *The Book of the Dead* (im Deutschen erhältlich unter dem idiotischen Titel *Das große Horror-Lesebuch)*, *Das große Saubermachen (The Cleanup)* und ihren Ausflug ins Filmgeschäft – sie arbeiteten *Fright Night* zu einem Roman um.

Mit ihrem Roman *The Scream* (1988), in dem es um eine satanische Rockband geht, zementierten die Boys ihren Ruf als die ersten Rock 'n' Roller des Splatterpunks. Ihre Fiktion lädt förmlich zum Tanzen ein, so rhythmisch ist sie. Und wer genau auf den lyrischen Gehalt achtet, wird einiges mit nach Hause nehmen und darüber nachdenken.

Nicht umsonst sind Skipp und Spector beide Rockmusiker. Ihr gesamter Stil, ihre Energie, ihr Weltbild sind davon geprägt. Dazu bemerkte Skipp: »Ich liebe den Rock 'n' Roll. Dabei ist er an sich weder gut noch schlecht. Er ist eine neutrale Kraft. Die Rhetorik einer Band ist mir gar nicht so wichtig. Mir kommt es darauf an, was sie tut. Mir persönlich ist es egal, ob oder wieviel davon geredet wird, ein Groupie-Girl dem Satan zu opfern oder seine Augen auszulutschen. Erst wenn die Leute damit Ernst machen, bekomme ich meine Probleme.«

Ihr 1986 erschienener Roman-Erstling *Das Licht im Abgrund (Light at the End)* ist rasant, wild, witzig, aber erzähltechnisch noch etwas mehr als ein bißchen wacklig auf den Beinen. Es geht darin um einen sehr modernen Vampir namens Rudy Pasko, der die New Yorker U-Bahn unsicher macht, bis ihn schließlich eine Gruppe von Manhattanern vernichtet.

Hat man sich erst mal an den holperigen Stil gewöhnt, wird einem plötzlich eindringlich klar, daß der Roman mit den alten Vampir-Mythen gründlich aufräumt. Mit der verstaubten Salon-Atmosphäre des 19. Jahrhunderts haben Skipp und Spector nichts mehr am Hut. Scheiterhaufen und Kruzifixe gehören in die Vergangenheit (auch wenn Autoren vom Schlag einer Anne Rice das nicht begreifen wollen).

Skipp und Spector zielen auf etwas ganz anderes ab: nämlich auf Manhattans Arbeiterklasse, glaubwürdige Otto Normalverbraucher also, und keine Herzöge und Grafen. *Das Licht im Abgrund* bezieht eindeutig Stellung gegen Verbrechen, die Atmosphäre der Angst in der Großstadt, das anonyme Nebeneinander. Dabei schreckt es zu keinem Zeitpunkt vor Gewalt zurück. So etwas wie Heuchelei kennt es nicht. Die Boys haben so nichts anderes als eine äußerst authentische Form der New Yorker Hölle geschaffen. Die dank der modernen Schnitttechniken des Kinos ohnehin rasante Geschichte wird so respektlos, so fulminant erzählt, daß man am Ende den Eindruck hat, sie sei nicht mit Tinte, sondern mit Amphetamin geschrieben.

Werwölfischer Vampir

Sky, Frank

Mitte der siebziger Jahre verfaßte der deutsche Heftroman-Autor Hans G. Franziskowsky unter dem Pseudonym Frank Sky ein halbes Dutzend Horror-Stories, darunter den Band *Das Grab des Vampirs.* In Skys Geschichte, einem schnörkellosen Horror-Garn, das in der Bretagne spielt, geht es recht derb zu. Die Opfer seines französischen Vampir-Aristokraten werden mit zerfleischter Kehle aufgefunden. Geschickt baut der Autor in das Geschehen auch die Ballszene ein, die wir aus Roman Polanskis *Tanz der Vampire* kennen. Skys Blutsauger weist gewisse Ähnlichkeiten mit einem anderen Grusel-Monster, dem Werwolf, auf; immer wenn der Unhold von Blutdurst geplagt wird, mutiert seine Visage zu einem bestialischen Raubtiergebiß, das erst wieder verschwindet, wenn er sein unreines Bedürfnis gestillt hat. *Das Grab des Vampirs* erschien 1974 in der Grusel-Serie *Vampir Horror-Roman;* zwanzig Jahre später wurde es nochmals in der Reihe *Dämonen-Land* veröffentlicht.

Vampir-Gott
Smith, Clark Ashton

Der 1893 in Long Valley, Kalifornien, geborene Smith zählt neben H. P. Lovecraft und Robert E. Howard zu den die »Drei Musketiere« genannten Autoren, die am erfolgreichsten für das amerikanische Phantastik-Magazin *Weird Tales* schrieben.

Smith führte im ländlichen Norden Zentralkaliforniens in der Nähe der Stadt Auburn ein zurückgezogenes Leben. In der Stadt, die er »ein pestilenzartiges Höllenloch« nannte, hatte er eine ausgedehnte Serie von Liebesaffären mit verheirateten Frauen. Früh entschied er sich, Dichter zu werden. Die Schule verließ er mit vierzehn Jahren und bildete sich autodidaktisch, indem er sich die *Encyclopedia Britannica* einverleibte.

Smith, der unter Anfällen einer undefinierbaren Krankheit litt, veröffentlichte ab 1910 eine Anzahl von Gedichten, darunter *The Hashish-Eater.* Die Kritiker priesen ihn als Wunderkind, das Milton, Byron, Keats und Swinburne ebenbürtig sei. Ältere Kollegen, unter ihnen Ambrose Bierce, erklärten, er sei der führende Dichter seiner Zeit. Seine phantastischen Erzählungen, für die er heute hauptsächlich bekannt ist, begann er ab 1930, hauptsächlich in *Weird Tales,* zu veröffentlichen. Smith schrieb diese Erzählungen nur, um Geld zu verdienen, damit er seine alten Eltern versorgen konnte. Als diese 1935 und 1937 gestorben waren, widmete er sich wieder ganz der Lyrik, dem Zeichnen, Malen und der Bildhauerei. Smith starb 1961 in Pacific Grove, Kalifornien. Der Großteil seiner phantastischen Geschichten ist der Weird-fiction und der Fantasy zuzuordnen, einige fallen aber auch in den Bereich Science-fiction. Als Schauplatz vieler seiner Geschichten wählte Smith die voreiszeitlichen Kontinente Hyperborea und Atlantis, das Land Zothique, das in ferner Zukunft unter einer erkaltenden Sonne existiert, und das sagenhafte, von Vampiren heimgesuchte Land Averoigne im mittelalterlichen Frankreich. In diesen imaginären Welten, die von Dekadenz und Morbidität geprägt sind, herrschen Schwarze Magie, Grausamkeit und Teufelskult. Lovecraft sagte über seinen Schriftstellerkollegen: »Smith ist ohne Zweifel ein Genie.«

Smith' Erzählung *Ilalothas Tod (The Death of Ilalotha,* 1937) spielt am dekadenten Hof der Königin Xantlicha in einem Phantasiereich, das das »alte Tasuun« genannt wird. Ilalotha, eine Hofdame, ist anscheinend einem Giftattentat der Königin zum Opfer gefallen, die es auf Thulos, den Liebhaber der Hofdame, abgesehen hat. Nachdem man drei Tage lang viehische Orgien um die im Festsaal des Palastes aufgebahrte Tote veranstaltet hatte, wird der Leichnam Ilalothas in einem Bronze-Sarkophag in die Familiengruft in der alten Totenstadt gebracht.

Eines Nachts beobachtet Xantlicha, wie Thulos, anstatt sich auf ihrem Lager zu wälzen, zu dem Ahnengrab der verstorbenen Ilalotha schleicht. Unter schlecht verhohlenem Entsetzen und äußerstem Widerwillen folgt sie ihm unbemerkt hinab zur Behausung der Toten. Sie vernimmt einen Laut, »der bald dem sehnlichen Seufzen eines liebesbedürftigen Weibs gleicht, bald dem heiseren Geknurr von Schakalen, die sich balgen um einen Kadaver«.

Sie sieht Thulos, der über dem Rand eines Sarkophags liegt. Die eine seiner Hände umkrampft den Sargrand, während die andere in schwacher Bewegung eine verschwommene Gestalt liebkost, welche sich über den Liegenden beugt. »Leichenfahl war des Geliebten Gestalt, als hätt' er mehr Blut verloren, als die zerrissene Kehle und das zerfleischte Gesicht im ersten Anschauen vermuten ließen.«

Die Königin wähnt, daß Thulos nunmehr gestorben sei.

Mit grimmigem Mut, bewaffnet mit einem Dolch, nähert sie sich dem Geschehen und hält die mitgebrachte Laterne hoch. »Wabernd hebt sich der Lichtschein und zeigt nun Zoll für Zoll die Lästerlichkeit, der da im Finstern Thulos' Liebkosung gegolten – beleuchtet schonungslos die vom Blute verschmierten Hautlappen und das zähnestarrende, rötliche Loch, das halb Maul und halb Schnabel war … beleuchtet es so lange, bis Xantlicha begreift, weshalb der Geliebte nur mehr eine blutleer verschrumpfte Hülse ist … Denn was die Königin da erblickt, gemahnt in nichts mehr an Ilalotha bis auf die weißen, üppigen Arme und einen vagen Umriß von menschlichen Brüsten, schon im Begriff, sich zu tierischen Formen zu wandeln, als wären sie Lehm, der von teuflischen Krallen geformt wird. Auch die Arme beginnen jetzt dunkler zu werden und sich zu verändern, und während sie sich also wandeln, regt sich Thulos aufs neue und liebkost mit zärtlicher Hand das entsetzliche Wesen! Doch nicht länger scheint es seiner zu achten, sondern zieht nur die Finger aus der durchwühlten Brust und greift über ihn hinweg mit enorm sich streckenden Gliedern, als wollt' es die Königin würgen oder sie streicheln mit triefenden Krallen!«

Clark A. Smith verpflanzte in seiner schwerverdaulichen Ilalotha-Geschichte das altbekannte Motiv von der Liebenden, die den Geliebten ins Grab nachholt, in eine phantastische, exotische Kultur, die räumlich und zeitlich kaum festzumachen ist. Die Tote mutiert in der memphisch anmutenden Gruft zu einem ghoulischen Vampir. Der zerfleischte Liebhaber seinerseits scheint sich ebenso in ein nekrophagisches Zwitterwesen verwandelt zu haben.

Merkwürdig konventionell setzt Smith in *Rendezvous in Averoigne (A Rendezvous in Averoigne,* 1931) das Vampir-Motiv ein. In einem

verwunschenen Wald in seinem sagenhaften Averoigne schlittern ein Troubadour und sein Anhang in ein zeitlos-nachtseitiges Schloß voll unergründlicher Rätsel.
»Wir sind hier in einem Château, das es rechtens nicht geben dürfte, und sind die Gäste von Leuten, die eigentlich tot sein müßten seit mehr denn zweihundert Jahren. Und dergleichen Gesindel, sobald es umhergeht, hängt Gewohnheiten nach, die ich nicht erst zu nennen brauche«, schätzt der Besinger weiblicher Schönheit die Lage ein. Das widerliche Vampir-Aristokraten-Ehepaar, das auf dem Schloß haust, saugt die Begleiter des Reimeschmieds aus, daß sie ganz verfallen und blutleer wirken.
Der Strophen-Akrobat bleibt nur deshalb von einem ähnlichen Schicksal verschont, weil er zufällig einen Knüppel aus Buchenholz mit sich herumschleift. Wie wir wissen, ist Vampiren der Kontakt mit Buchenholz äußerst unbehaglich.
Er spitzt den Knüppel zu und stöbert das Blutsauger-Duo in seinem gruftigen Schlafgemach auf, wo er es nach Schema F vom Untaten zu Asche befördert.
Weitere Geschichten von Smith, in denen es vampirisch zugeht, sind das kleine Meisterwerk *Teichlandschaft mit Erlen und Weide (Genius Loci,* 1933), das einen Vergleich mit dem ähnlich gearteten *Die Übergabe (The Transfer)* von Algernon Blackwood nicht zu scheuen braucht, *Die Blumenvampire (The Flower-Woman,* 1944) und *Das Tor zum Saturn (The Hunters from Beyond,* 1944), in der ein mythischer Gott seine vampirische Fratze zeigt.

Das Tagebuch des Vampirs
Smith, L. J.

Auf satte 600 Seiten Umfang brachte es das in vier Heftroman-Folgen *(Das Erwachen/Der Kampf/Der Zorn/Die Rache)* erschienene *Tagebuch des Vampirs (The Vampire Diaries,* 1991). Verfaßt wurde dieses Lesefutter von dem amerikanischen Autor L. J. Smith. Die »Tagebücher« haben folgenden Inhalt: Vierhundert Jahre ist es her, daß die Brüder Stefan und Damon Salvator aus Liebe zu der schönen Katherine zu erbitterten Feinden – und durch Katherines Fluch zu Vampiren wurden. Noch immer ist der Kampf der Brüder nicht entschieden, und als Elena und Vampir-Stefan einander begegnen, scheint sich die furchtbare Geschichte von damals zu wiederholen. Denn so wie einst Stefan Salvator verliebt sich auch Damon Salvator in Elena.

Die begehrte Elena ahnt nichts von alledem. Nicht, daß Stefan nur durch die Zauberkraft seines goldenen Ringes das Sonnenlicht erträgt – und jede Nacht gegen den schrecklichen Drang ankämpfen muß, Menschenblut zu trinken. Nichts von seinem Bruder Damon, der die Gestalt einer Krähe annimmt, um Elena zu verfolgen und Unheil anzurichten – und nichts von der untoten Katherine, deren Seele ebenfalls keine Ruhe gefunden hat und deren Haß auf die untreuen Brüder nun auch Elena und die Bewohner von Fells Church trifft. Stefans schreckliches Geheimnis: Er wehrt sich als Vampir gegen sein Verlangen nach Menschen-Blut. Durch ihre große Liebe zu Vampir-Stefan wird Elena zum Spielball böser Mächte, aber auch zur Retterin ihrer kleinen Stadt.

Kleiner Vampir
Sommer-Bodenburg, Angela

Angela Sommer-Bodenburgs beliebte Buchreihe *Der kleine Vampir* hat inzwischen mehr Bände, als man zählen oder gar rezensieren kann. Die gelungenen Verfilmungen für das Fernsehen taten ein übriges, um ihren Blutsauger Rüdiger zum Lieblings-Vampir der minderjährigen Gruselfreunde avancieren zu lassen.

Anton liest für sein Leben gern Gruselgeschichten – vor allem über Vampire. Denn die sind ja bekanntlich besonders gruselig mit ihren langen, nadelspitzen Eckzähnen, dem kalkweißen Gesicht und den roten Augen. Von einem Vampir wie Rüdiger aber, der eines Abends bei ihm auf der Fensterbank hockt, hat Anton noch nie gehört. Ein richtig netter Vampir ist das, der ebenso gern liest wie er. Sogar spielen kann man mit ihm, »Vampir-ärgere-dich-nicht« zum Beispiel. Wenn nur Rüdigers Verwandtschaft nicht wäre, diese Vampirsippe aus der Gruft Schlotterstein. Besonders Tante Dorothee ist ewig hungrig: Ihr nach Sonnenunter-

gang zu begegnen kann lebensgefährlich sein. Und auch vor Lumpi dem Starken, Rüdigers großem Bruder, nimmt man sich besser in acht, denn er ist ein recht reizbarer Vampir. Gegen ein Spielchen mit Rüdiger und Anton hat er zwar nichts einzuwenden, doch nur solange er der Gewinner ist. Aber zum Glück ist da noch Rüdigers kleine Schwester Anna. Sie ist ein ganz besonders liebes Vampir-Mädchen, auf das Anton sich in jedem Notfall verlassen kann. Und wer mit einem Vampir befreundet ist, gerät eben manchmal in aufregende und gefährliche Situationen. Nicht nur zu Hause bei den Eltern, die unbedingt Antons neuen Freund kennenlernen wollen. Wie soll er ihnen erklären, warum der nie seinen schäbigen schwarzen Umhang ablegt, immerzu eine Hand vor den Mund hält und dazu noch so merkwürdig riecht? Aber auch unterwegs, auf dem Ausflug ins Jammertal zum großen Vampir-Treffen oder in den Ferien auf dem Bauernhof, kommen Anton und sein Vampir-Freund in manche Klemme. Wer konnte denn auch ahnen, daß der Dorfarzt, der sich lieber um Antons Halsschmerzen kümmern sollte, Jagd auf Vampire macht. Gott sei Dank völlig erfolglos!
Die Autorin Angela Sommer-Bodenburg schreibt zu ihrem Buch: »Von meinen Schülern weiß ich, daß sie gern gruselige, spannende Geschichten lesen und daß ihre Vorstellungswelt von Monstern, Geistern und Vampiren bevölkert wird. Sie sind zwar noch keinem begegnet, können es sich aber durchaus vorstellen … Mein Vampir ist allerdings kein blutrünstiges Scheusal, sondern ein lieber kleiner Vampir, der vielleicht dazu beitragen kann, Ängste abzubauen.«
»Spritzig, witzig, ironisch, spannend, unterhaltsam, so ordne ich das Buch vom Kleinen Vampir ein. Man merkt, daß die Autorin Kontakt zu Kindern hat, sich in sie hineindenken kann, von ihnen gelernt hat, ihnen etwas geben kann«, urteilt die Kritik.

Vampirin Lilith
Sommers, Robbi

Kay und Francine fahren nach New Orleans. Sie besuchen die Wahrsagerin Miss Mattie: »Sie werden beobachtet von der Gebieterin der Nacht. Verlassen Sie New Orleans auf der Stelle!« In ihrer Hotel-Lounge unterhält sich eine rothaarige Frau mit Francine, nachdem Kay ins Bett gegangen ist. Sie hat sahneweiße Haut, breite Schultern und einen üppigen Busen. Sie stellt sich Francine als Lilith vor. Sie betört Francine und macht sich im Aufzug an sie ran, wobei sie Francine mit ihrem Duft verzaubert und die feuchte Zunge ins Ohr bohrt. Francine ist überwältigt: »Die nackte Lilith war aufregend, ihr Körper so erotisch – die kräftigen Schultern, die reifen, runden Brüste mit kleinen, kekken, schräg nach oben weisenden Brustwarzen. Aus der schlanken Taille erblühten üppige Hüften. Zwischen ihren festen Schenkeln ein geheimnisvolles wolliges Dreieck ...« Bei Francines Orgasmus saugt Lilith das Blut aus dem Hals von Francine. Francines Körper spürt höllischen Schmerz. Lilith ruft: »Du bist mein!« Die Story *Lilith* von Robbi Sommers stammt aus der Anthologie *Draculas Töchter* von Pam Keesey. Die Anthologie mit Lesben-Blut.

Der Vampir der Oper

Somtow, S. P.

Sucharitkul P. Somtow (geboren 1952) ist ein amerikanischer Autor thailändischer Abkunft. Somtow wurde in Bangkok geboren und wuchs in Europa, unter anderem in der Schweiz, auf. Er ging in Eton zur Schule und studierte in Cambridge. Somtow, Sohn eines Diplomaten, ist ein Science-fiction-Autor der achtziger Jahre. In seinen Büchern erweist er sich als ein imaginativer Mythenschöpfer, der – als Mensch vieler Kulturen – die amerikanische Science-fiction um außeramerikanische Sichtweisen erweitert hat.

Somtow schrieb aber auch einige Horror-Sachen; unter anderem den Werwolf-Roman *Wolfsruf (Moondance)*, über den Robert Bloch sagte: »Der beste Alptraum, der je zu Papier gebracht wurde«, und den exzentrischen Vampir-Roman *Ich bin die Dunkelheit (Vampire Junction,* 1984). In diesem Roman geht es um einen Bluttrünstler, der, seit Jahrhunderten allein, immer auf der Flucht vor der Entdeckung ist. Seinen Lebensunterhalt fristet er, außer der Blutsaugerei, als Opernsänger in Bayreuth oder als Sänger in Kirchen, wo er fromme Lieder vorträgt. »Dieses Buch sollte man lieber nicht seiner alten Tante geben – es sei denn, man möchte enterbt werden. Es ist ein Hochgenuß für Horror-Fans«, meinte ein Kritiker.

Vater hat Vampir-Sohn
Spuill, Steven

Die Blutexpertin Katherine O'Keefe entdeckt, daß die Blutspuren bei einer ermordeten Frau äußerst ungewöhnlich sind. Merrick Chapman, Detektiv und Ex-Geliebter von Katherine, will dieses unheimliche Problem lösen. Chapmans Sohn Zane scheint nicht nur hinter diesem Mordfall zu stecken. Zane will Katherines Blut und Liebe. Merrick, sein Vater, ist schwer dagegen. Zane nennt sich einen Hämophagen, der von den Menschen nur ein bißchen Blut saugt und keinem damit das Leben nimmt: »Alle paar Wochen schlüpfe ich in jemandes Haus, versetze ihn in Tiefschlaf und entnehme ihm mit einer Transfusionsausrüstung einen Liter oder zwei.« Ein gnadenloser Kampf Vater gegen Sohn beginnt. Merrick gesteht Katherine, daß er neunhundertneunundzwanzig Jahre alt ist, 16 Frauen hatte, denen er immer treu war, und von diesen Frauen 43 Kinder bekam. Auch Zane. Und nur dieser Sohn wurde ein Vampir wie Merrick. Von Steven Spuill, der das Buch *Sohn der Nacht* schrieb, sind beim gleichen deutschen Verlag die Bücher *Schmerzkoller, Psycho-Kill* und *Seelenräuber* erschienen.

Das Imperium der Vampire
Stableford, Brian

Brian Stableford wurde 1948 in Shipley/Yorkshire geboren. Seine erste Erzählung wurde 1965 veröffentlicht. Sein Roman-Erstling wurde 1969 publiziert. Stableford legt mit steter Regelmäßigkeit ein bis vier Bücher pro Jahr vor, zumeist Science-fiction und Fantasy. Bis einschließlich 1983 wurden achtundzwanzig Romane von ihm veröffentlicht. Daß unter seinen Romanen nicht nur Spitzenwerke des Genres zu finden sind, versteht sich bei diesem Ausstoß von selbst, andererseits hat er es aber auch vermieden,

unter ein gewisses Niveau zu fallen. Stablefords Produktivität ist um so erstaunlicher, wenn man bedenkt, daß er hauptberuflich an der Universität von Reading Soziologie lehrt.
Sein packender, farbenprächtiger Roman *Das Reich der Angst (The Empire of Fear)* aus dem Jahre 1988 umspannt einen Zeitraum von drei Jahrhunderten und schreibt Geschichte aus einem Blickwinkel, wie man ihn von Alternativwelten-Romanen kennt. Die Vampire aus dem Reich Gaul sind wunderschön, empfinden keinen Schmerz und sterben selten. Gewöhnliche Menschen, die sich ihnen nicht unterwerfen, behandeln sie mit furchtbarer Grausamkeit. Jahrhunderte schon regiert so der Vampirprinz Richard, genannt »Löwenherz«, seine Untertanen. Ein Ende der brutalen Marter für die Menschen unter seiner Herrschaft ist nicht absehbar.
Doch am Hofe Richards wirkt im stillen der Mechanikus Edmund Cordery. Er ist Mitglied des Unsichtbaren Kollegiums, einer geheimen Organisation, die gegen die Vampire kämpft. Als eines Tages ein Vorläufer des Mikroskops in seine Hände gerät, beginnt er zu forschen. Er will das Geheimnis der Vampirherkunft ergründen. Als er hört, daß man ihn dafür umbringen will, scheidet er auf dramatische Weise aus dem Leben. Er injiziert sich Rattenpest-Bakterien und tötet seine Vampir-Geliebte dadurch, daß er sie von seinem verseuchten Blut trinken läßt. Sein Sohn Noell verbirgt sich in einem Kloster und widmet sich dem Studium der Bücher. Doch eines Tages hat sein beschauliches Leben dort ein Ende. Mit dem Piraten Langoisse, einer Zigeunerprinzessin und dem klugen Mönch Quintus flieht er nach Afrika. Und dort, im Herzen des schwarzen Kontinents, der Urheimat der Vampire, stößt er nach vielen Abenteuern auf das blutige Geheimnis ihrer Herkunft. Sein Wissen wird die Welt verändern.

Halb Mensch, halb Vampir

Stahl, Timothy; Doyle, Adrian; Schönenbröcher, Michael

Die Heftserie *Vampira* ist wohl die langlebigste, die sich nur mit dem Thema Vampirismus beschäftigt. Gestartet wurde *Vam-*

pira als Romanheft-Serie und wandelte sich dann in ein sogenanntes Taschenheft. Die Vampir-Frau Lilith Eden ist ein Mischwesen, halb Mensch, halb Vampir. Sie verkörpert zwei Welten: Gut und Böse. Der Vampir wird von den Menschen gefürchtet, von den Bluträubern verachtet und sogar verfolgt. Allerdings sind die traditionellen Blutsauger eine aussterbende Rasse. Die Autoren sind Adrian Doyle (Manfred Weinland), Timothy Stahl (stammt aus Illinois/USA und lebt in Helmbrechts, Bayern). Der Lektor Michael Schönenbröcher greift auch manchmal zur blutigen Feder. Besondere Rollen spielen in *Vampira* die Ewige Chronik (Blut-Bibel in einem Himalaya-Tempel), die Ur-Lilith (Adams erste Frau), Felidae (Gehilfin der Ur-Lilith), Landru (ältester Vampir), Lilienkelch (einzige Möglichkeit, um Vampire zu erzeugen), Magisches Tattoo (Fledermaus, die sich von der Haut lösen und sehen kann) und ein Symbiont. Dies ist ein Wesen, das als gestaltwandlerisches Kleid dient und aus der Haut der Ur-Lilith fabriziert ist.

Pußta-Vampir
Starkie, Walter

Aus der Feder von Walter Starkie, einem heute weitgehend in Vergessenheit geratenen Autor, stammt die Geschichte *Vampire in der Familie (The Old Man's Story)* aus dem Jahre 1933. »Starkies Geschichte spiegelt nicht Vorstellung, sondern Realität – sie handelt in Ungarn – vor. Die offensichtlichen Verschönerungen lenken von unbestreitbaren Werten ab, die die Geschichte erlangt haben könnte, wäre sie nicht unglücklicherweise von einem der unbelehrbarsten Romantiker des 20. Jahrhunderts verfaßt worden. Eine Eigenschaft, die der Vampir des Folkloristen mit dem des Autors teilt, ist das Dramatische; und diese Geschichte ist so dramatisch, daß in ihr diese beiden versöhnt sind« (James Dickie).

Der Schriftsteller Walter Starkie erwähnt in seiner Geschichte das Grab eines Blutsaugers, in dessen Grabstein sich mehrere Löcher befinden. Das Grab eines Vampirs zeigt normalerweise vier oder fünf Löcher, als ob der Boden mit einem Bleistift oder einem Finger durchbohrt wäre, und man kann vermuten, daß dies die Kanäle sind, durch die der Inhalt des Grabes wie Ektoplasma in die obere Welt fließt. Die verschiedensten Theorien erklären, wie die Untoten ihre Amphibienexistenz beibehalten. Die, die der Wahrheit am nächsten kommt, scheint diejenige zu sein, die besagt, daß innerhalb des Grabes eine Dematerialisation stattfindet, der sich außerhalb des Grabes eine Rematerialisation anschließt.

Ganz offensichtlich wird ein »Double« durch das Durchsikkern des Ektoplasmas aufgebaut. Dieses »Double« greift dann die Lebenden an, seine Gegenwart wird durch bestimmte »Signale« angekündigt, die gleichzeitig mit der Manifestation in Form eines Vampirs auftreten. Sein Element ist der Nebel, aber unnatürlich schwebender Dunst kann ebenfalls ein Anzeichen seiner bevorstehenden Ankunft sein, denn unter anderen Wesensmerkmalen, die den Vampir so liebreizend machen, hat er die Fähigkeit, die verschiedenartigsten Gestalten anzunehmen. Vom Tier bis zur flexiblen Materie.

Büro-Vampir mit einem einzigen Zahn

Stein, Leonhard

1918 veröffentlichte der heutzutage völlig unbekannte Schriftsteller Leonhard Stein die mittlerweile der Vergessenheit anheimgefallene Erzählung *Der Vampyr.* Der Autor hat das Geschehen im Bereich der Alltagswelt angesiedelt. Ein buckliges Bürofräulein saugt nachts einem in derselben Kanzlei angestellten Arbeitskollegen das Blut aus.

Da die Vampir-Sekretärin offenbar über hypnotische Fähigkeiten verfügt, wagt sich der Verfolgte zunächst nicht zu wehren. Stein verhindert weitgehend jede mitleidige Identifikation des Lesers mit dem Opfer, indem er dieses als feigen, egoistischen Spießbürger darstellt, der sogar seine eigene Braut dem Vampir ausliefert, um sich selbst zu retten. Dem Mann gelingt es zwar noch, die unheimliche Frau zu töten, doch stirbt er selbst bald darauf.

Stein ändert den Aufenthaltsbereich des Vampirs – früher waren es Schlösser, einsame Häuser, Friedhöfe und dergleichen, nun ist es eine Stadt –, behält aber einige überlieferte Details bei. Die Büro-Vampir-Frau ist rothaarig und grünäugig (und somit als sadistisch gekennzeichnet); sie hat übrigens nur einen einzigen, übermäßig langen Zahn, mit dem sie Bißwunden hinterläßt.

Das alte Erlösungsmotiv klingt noch an; im Sterben scheint die Vampirfrau so etwas wie einen inneren Frieden zu erlangen.

Die Sage berichtet, daß die Vampire in ihren Gräbern frisch und gesund aussehen; auch Steins Vampir wird immer schöner, je länger er das Blut seines Opfers saugt, er verliert allmählich den Buckel und die hinfälligen Züge. »Die Erzählung hat insofern eine Ausnahmestellung innerhalb des Vampir-Motivkreises, als Stein – wenn auch nur angedeutet – Kritik am Kleinbürgertum übt und eher mit dem Vampir als mit dem moralisch verkommenen Opfer zu sympathisieren scheint« (Elis).

Homosexueller Vampir von buntem Vogel

Stenbock, Eric

Zu den buntesten Vögeln, die sich in dem von eigenartigen Käuzen bevölkerten Garten der englischen Dekadenz-Literatur tummelten, gehörte Eric Stenbock (1860–1895).

Der exzentrische homosexuelle Graf pflegte in einem Sarg zu speisen, als einzigen Gefährten eine Kröte, die auf seiner Schulter hockte. 1894 veröffentlichte Stenbock unter dem Titel *Studies of Death* eine schmale Sammlung mit phantastischen Geschichten. In diesem Band findet sich die homosexuelle Vampir-Geschichte *Wie uns ein Vampir besuchte (The True Story of a Vampire)*, wohl ein Gegenstück zu Le Fanus lesbischen Vampir-Frau *Carmilla,* »das allerdings die emotionale Intensität und den psychologischen Tiefgang des irischen Autors nie erreicht« (Zondergeld)

Dracula

Stoker, Bram

Bram Stoker schuf mit *Dracula* die berühmteste Horror-Kreatur der Phantastik. Unter den zahllosen namhaften und oftmals auch namenlosen vampirischen Unholden gilt er als der unumstrittene Herr und Meister aller untoten Blutsauger. Seine Gruselkonkurrenten, der mondsüchtige Werwolf, das unglückselige, von Baron Frankenstein zusammengeschraubte Monster, der von bewußtseinsverändernden Drogen abhängige Dr. Jekyll alias Mr. Hyde und das bedauernswerte Phantom der Oper sind durch seine Existenz dazu verdammt, ein elendiges Dasein im Schatten seines Ruhmes zu fristen.

Abraham (Bram) Stoker, der geistige Vater von *Dracula,* wurde 1847 in Fairview, einem Ortsteil von Clontarf, nördlich von Dublin, County Dublin/Irland, geboren. Seine Eltern – der Vater war Staatsangestellter – lebten in kleinbürgerlichen Verhältnissen. Bram Stoker wuchs zusammen mit sechs Geschwistern auf.

Bis zu seinem achten Lebensjahr war Bram Stoker fast ständig krank und konnte aus eigener Kraft weder stehen noch gehen. Diese fortdauernde Krankheit und Hilflosigkeit muß einc traumatische Erfahrung für ihn gewesen sein, die auch in seinem literarischen Werk ihren Niederschlag findet. »Der ewige Schlaf und die Auferstehung aus dem Grabe finden sich im *Dracula* als zentrales Thema – es ist das Motiv für jemanden, der selbst eine jahrelange Krankheit überwinden mußte« (Görden).

Später festigte sich seine Gesundheit, und er wuchs zu einem stattlichen rothaarigen Riesen heran, der Leistungssport trieb und Fußball spielte. Stoker studierte wie vor ihm Joseph Sheridan Le Fanu am Trinity College in Dublin. Neben Geschichte und Literatur belegte er auch die Fächer Mathematik und Philosophie. Nachdem er das College absolviert hatte, arbeitete er von 1867 bis 1877 als Staatsbeamter in Dublin und veröffentlichte 1878 sein erstes Buch *The Duties of Clerks of Petty Sessions in Ireland (Die Pflichten der Bediensteten an den Magistratsgerichten in Irland).*

Stoker war zeitweise Herausgeber diverser Zeitschriften und schrieb unbezahlte Theaterkritiken für die *Dublin Mail.* In seiner Funktion als Theaterkritiker machte er die Bekanntschaft von Henry Irving, dem berühmtesten Shakespeare-Darsteller seiner Zeit. Irving holte ihn als persönlichen Manager und Leiter seines Lyceum Theatre nach London. Diese Position füllte

Stoker bis zum Tode Irvings 1905 aus. Auch als das Theater nach Anfangserfolgen nicht mehr florierte und man ihm sein Gehalt schuldig blieb, verließ er seine Arbeitsstätte nicht. »Er trieb seinen Einsatz bis zur persönlichen Verarmung« (Sporck). Andererseits ermöglichte die 27 Jahre währende Zusammenarbeit Stoker ausgedehnte Gastspielreisen zusammen mit dem Schauspieler in die USA. Sie erschloß ihm zudem den begehrten Eintritt in die Londoner High-Society. Er verkehrte mit Wilkie Collins, Sir Arthur Conan Doyle *(A Storm of Waterloo,* Doyles erstes Theaterstück, wurde 1894 in Bristol unter der Leitung Stokers mit großem Erfolg uraufgeführt) und der Familie Oscar Wildes.

Stoker war Mitglied einer der berühmtesten okkulten Gesellschaften der damaligen Zeit, des »Hermetic Order of the Golden Dawn«. Diesem aus Rosenkreuzern und Freimaurern hervorgegangenen Geheimbund gehörten als Mitglieder der Dichter William Butler Yeats, Arthur Machen, Algernon Blackwood, aber auch der Ober-Satanist Aleister Crowley an. 1878 heiratete Stoker Florence Balcombe, eine frühere Freundin des homosexuellen Oscar Wilde. Diese Frau war ebenso kalt wie schön. Stokers zweiter Biograph, sein Großneffe Daniel Farson, vermutet, daß er sexuell unbefriedigt war, es sich aber nicht eingestand, so wie er auch von den heftigen sexuellen Komponenten in seinen Büchern kaum etwas ahnte.

»Stoker war ein ernsthafter und pflichtbewußter, nicht zu Scherzen und Frivolitäten aufgelegter Mensch, dem vieles ein Geheimnis bleiben mußte, so auch die starke sexuelle Symbolik seines Dracula« (Rottensteiner). Bram Stoker starb 1912 an Syphilis.

Seine literarische Karriere begann Stoker mit einer Sammlung allegorischer Kindergeschichten – düster-phantastischen Märchen aus seltsam entrückten, nebelhaften Fantasiewelten, die unter dem Titel *Under the Sunset* 1881 erschien und von der Kritik recht lobend besprochen wurde. Stoker soll für die Publikation des Buches nicht weniger als 700 Pfund bezahlt haben, was beweist, wie erfolgreich Irvings

Theater zeitweise gewesen sein muß. Einige der Geschichten dieses Bandes nehmen bereits die dunklen Phantasmagorien eines Lord Dunsany und Clark Ashton Smith vorweg. Kernstück der Sammlung ist die Geschichte *The Invisible Giant,* die in deutscher Übersetzung unter dem Titel *Der unsichtbare Riese* greifbar ist und die nach Stokers eigener Aussage auf Berichte seiner Mutter über eine große Cholera-Epidemie zurückgeht.

Neben seinem weltberühmten Dracula-Roman schrieb Stoker noch weitere Romane, von denen wenigstens die drei auch in deutscher Übersetzung vorliegenden erwähnt werden sollten: *The Jewel of the Seven Stars,* 1903 *(Die sieben Finger des Todes), The Lady of the Shroud,* 1909 *(Das Geheimnis des schwimmenden Sarges)* und *The Lair of the White Worm,* 1911 *(Das Schloß der Schlange). Die sieben Finger des Todes* gilt als Stokers zweitbestes Buch. Stoker greift darin wie bei *Dracula* auf die Idee des Lebens jenseits des Todes zurück. Doch ist das mörderische Monster diesmal eine ägyptische Königin, deren Mumie nach Jahrtausenden zu neuem Leben erwacht. Wie Dracula ist diese Königin eine ambivalente Gestalt, denn trotz ihrer von einem Fluch beherrschten bösen Existenz unterliegen die Helden ihrer Faszination und machen sich schließlich willig zu ihren Dienern. Bei der heutigen Lektüre des Romans mutet uns die viktorianische Gefühlswelt, die uns in der Liebe des Helden zu der Tochter des geheimnisvollen Ägyptologen begegnet, fremd und fast unfreiwillig komisch an. Doch diese verklemmte Liebesgeschichte entsprach ganz dem Geschmack der damaligen Zeit, aus deren verdrängter Sexualität sich viele Ängste bildeten, die Stoker so eindringlich in seinen Romanen beschreibt.

Mit *Das Geheimnis des schwimmenden Sarges* kehrt Stoker in das düstere Transsylvanien zurück. Die Freunde Draculas werden in diesem Buch manche vertraute Szene entdecken. Die Handlung ist eine an den Haaren herbeigezogene Groschenheft-Geschichte um eine Balkan-Prinzessin, die sich als Vampir ausgibt. Doch markiert der Roman, der seine phantastischen

Elemente eher aus der Sciencefiction nach Art eines H. G. Wells oder Jules Verne bezog, auf interessante Weise einen Übergang zwischen dem traditionellen Horror der »gothic novel«, deren Epigone Dracula war, und den neuen Schrecken eines Zeitalters der dämonischen Technik: Am Schluß gibt es einen prophetisch anmutenden Luftangriff, der einiges von der Zukunft vorwegnimmt.

»Nicht weniger sexuell dominiert als *Dracula* ist Stokers letzter und seltsamster Roman, *Das Schloß der Schlange,* dessen Handlung so unfreiwillig lustig ist, daß sie schon wieder surrealistische oder halluzinatorische Qualitäten hat, wie ein Drogentrip, und nur auf der symbolischen Ebene sinnvoll ist. Der Held des Buches, ein junger Australier, kehrt in sein uraltes Haus im höhlenreichen Peak-Bezirk zurück, wo er fast nur von bösen Nachbarn umgeben ist, darunter der Lady Arabella March, die sich mit schlangenhafter Geschmeidigkeit bewegt und auch sonst recht merkwürdig ist. In der Gegend gibt es Legenden von einem unterirdischen Ungeheuer, einem weißen Riesenwurm, und es stellt sich heraus, daß die Lady Arabella nicht einfach vom Weißen Wurm besessen ist, sondern selbst das Gewürm ist. Schließlich wird sie, in einer Orgie der Vernichtung, durch Dynamit in lauter winzige Teilchen zerfetzt. Furcht vor dem Sexus, dem Weißen Wurm, Einsamkeit und Verwirrung drücken sich unverkennbar in diesem Roman aus« (Rottensteiner).

Regie-Exzentriker Ken Russell *(Gothic)* verfilmte den Stoff 1988 und machte aus dem viktorianischen Schauerroman ein neuzeitliches Pop-Spektakel in der ihm eigenen Manier. Russells Film – deutscher Titel *Der Biß der Schlangenfrau* – ist keine Parodie, aber so richtig ernst nimmt er die Geschichte auch nicht. Da werden Regenwürmer gereicht, Jesus kriegt die Giftspritze, und das Auge des Gesetzes bleibt an der Sonnenuhr kleben. Ein Höllenspaß also!

Stoker schrieb auch eine Anzahl Kurzgeschichten, die nach seinem Tod unter dem Titel *Draculas Guest* (1914) gesammelt wurden. Stokers Kurzgeschichten sind als deutsche Ausgaben unter den Titeln *Draculas Gast* (sechs Geschichten) und *Im Haus des Grafen Dracula* (zehn Geschichten) zugänglich. Bei *Draculas Gast* handelt es sich um eine ursprünglich als erstes Kapitel des *Dracula*-Romans geschriebene Erzählung, in der Stoker seinem irischen Landsmann Joseph Sheridan Le Fanu, dem Schöpfer der Vampir-Lesbe *Carmilla*, seine Referenz erweist. In der Geschichte liegt der vampirische Unhold schon wenige Kilometer hinter München auf der Lauer.

Stoker arbeitete sieben Jahre lang an seinem Dracula-Roman. Er studierte alle Quellen, deren er habhaft werden konnte, um sich über die Geographie, die Ethnologie, die Geschichte und die Folklore übernatürlicher Phänomene des osteuropäischen Handlungsschauplatzes des Romans zu informieren. Von Bedeutung sind besonders zwei Bücher, die in den Schilderungen der Landschaft ihren Niederschlag gefunden haben und die Stoker die Art von Einzelheiten lieferten, die ein Roman-Schriftsteller benötigt, um Wahrscheinlichkeit zu erzeugen: *The Land Beyond the Forest. Facts, Figures and Fancies of Transsylvania* von Emily de Laszowska Gerard aus dem Jahre 1888 sowie *An Account of the Principalities of Walachia and Moldavia* aus dem Jahre 1820 von William Wilkinson. Der Leser gewinnt oft bei den Reisebeschreibungen in Dracula den Eindruck, daß Stoker tatsächlich die weite und unwegsame Reise in die Karpaten unternommen habe. Allen gegenteiligen Vermutungen zum Trotz hat Stoker wie Karl May den wichtigsten Schauplatz seines Buches nie betreten.

Bei seinen Recherchen in der Abgeschiedenheit des British Museum stieß Stoker auf eine Quelle – *The Book of Werewolves* von Sabine Baring-Gould –, die nicht ohne Einfluß auf die Gestaltung seines »Über-Ghouls« Dracula geblieben sein dürfte. Das Buch berichtet vom Treiben der 1560 in den Karpaten geborenen Elizabeth Bathory. Diese Dame hatte die Angewohnheit, von einem Schloß zum anderen zu ziehen und dort junge Bauernmädchen auf bestialische Art zu foltern, zu töten und in ihrem Blut zu baden. Sie glaubte zum einen, daß das Mädchenblut ihren

Körper jung und gesund halten würde. Sie soll zum anderen aber auch während ihrer Folterungseskapaden sexuell dermaßen erregt gewesen sein, daß sie fast das Bewußtsein verlor.

Weitere Anregungen für seinen Vampir-Roman erhielt Stoker durch die Bekanntschaft mit dem Entdeckungsreisenden Sir Richard Burton. Burton (1821 bis 1890) gehört zu den farbigsten und vielseitigsten Forscherpersönlichkeiten des 19. Jahrhunderts. Er unternahm ausgedehnte Reisen nach Vorderasien, Indien, Amerika und Afrika und schilderte seine Erlebnisse in über achtzig Büchern. Burton übersetzte auch *Tausendundeine Nacht, Kama Sutra* und andere Werke der arabischen erotischen Literatur. Von besonderem Interesse für Stoker dürfte es gewesen sein, daß sein Gesprächspartner Burton der Herausgeber und Übersetzer einer Anthologie mit indischen Vampirgeschichten war *(Vikram and the Vampire or Tales of Hindu devilry,* 1869).

Von großer Bedeutung für die Entstehung des Dracula-Romans und vor allem für die Namensgebung des transsylvanischen Blutsaugers dürften die Hintergrundinformationen gewesen sein, die Stoker von seinem Logenbruder, dem Budapester Orientalisten Professor Arminius Vambéry, in verschiedenen Gesprächen und durch briefliche Auskünfte erhielt.

Im April 1890 wurde der bekannte Gelehrte nach einer Vorstellung im Lyceum Theatre von Irving und Stoker in den sogenannten Beefsteak Room eingeladen, in den die beiden regelmäßig Gäste zum Diskutieren, Essen und Trinken einluden. »Dort begeisterte er Irving und Stoker mit Geschichten von seinen Studien über Transsylvanien. Eine Erzählung, die sie ganz besonders faszinierte, war die von einem Mann, der behauptete, von einer wolfsähnlichen Kreatur angefallen worden zu sein, die sein Blut trank. Es müßte wohl ein Vampir gewesen sein, sagte Vambéry, denn diese lebenden Toten waren im ganzen Land bekannt und besonders von den Bauern gefürchtet. Der Schauspieler und sein Manager waren sprachlos, während Vambéry die ganze Nacht hindurch erzählte« (Peter Haining).

Von Vambéry wurde Stoker auch über die historische Figur des walachischen Fürsten Vlad Tepes III., genannt »Dracula«, eines diplomatisch geschickten und militärisch erfolgreichen, grausamen Balkanfürsten des 15. Jahrhunderts, unterrichtet. Dessen Vater war mit einem Orden ausgezeichnet worden, auf dem ein Drache – rumänisch »Dracul« – abgebildet war. Der Sohn wurde folglich zum »kleinen Drachen« – »Dracula« –, wobei Dracul im Rumänischen auch Teufel bedeutet.

Vlad Tepes III., genannt »Dracula«, ging mit auserlesener Grausamkeit gegen seine innen- und außenpolitischen Gegner vor. Man nannte ihn deshalb auch den »Pfähler«. Um seine Macht zu sichern, brach er den Einfluß des niederen Adels, der Bojaren, die er kurzerhand mitsamt ihren Familien pfählen ließ. Er ging sogar so weit, daß er eines Tages die gesamte Bojarenschaft zu sich einlud, um mit ihr das Osterfest zu feiern. Im Laufe des Festes ließ Vlad Tepes plötzlich seine Gäste von seiner Leibwache gefangennehmen und später jeden einzelnen der Bojaren auf Pfählen aufspießen.

Vlad Tepes fiel in Siebenbürgen ein, das seinerzeit »Transsylvanien« genannt wurde, und verwüstete die Gegend um Kronstadt. Wer von der Bevölkerung nicht direkt umkam, wurde verschleppt und ohne Rücksicht auf Alter und Geschlecht in der Walachei gepfählt. Einmal hielt er einen siebenbürgischen Kaufmannszug auf, beschlagnahmte die Waren und ließ die 600 Kaufleute pfählen. Andere deutsche Händler, die sich zufällig in der Walachei aufhielten, ließ er in einen Saal sperren und diesen über ihren Köpfen anzünden. Bei einem zweiten Unterwerfungsfeldzug gegen Siebenbürgen ließ er das gesamte Umland von Kronstadt vernichten und die Bevölkerung vor den Toren der Stadt auf Pfähle spießen. Unter den Gepfählten frühstückte er. Vlad Tepes wandte sich später noch ein drittes Mal nach Siebenbürgen. Diesmal wütete er besonders grausam, brannte alles nieder und entvölkerte ganze Landstriche. Bei dieser Aktion sollen 20 000 Menschen umgekommen sein, die meisten von ihnen gepfählt.

Vlad Tepes III. war ein verhaßter

Gegner der Türken, mit denen er nicht nur kriegerische Konflikte austrug. Er verbrachte einige Jahre seiner Jugend in türkischer Gefangenschaft, und sein Bruder wurde vom türkischen Sultan sexuell als »Geliebte« mißbraucht. Man erzählt sich auch Anekdoten von Vlad Tepes, daß er türkischen Gesandten, die den Turban nicht vor ihm ziehen wollten, diesen an den Schädel nageln ließ. Insgesamt soll der grausame Regent weit über 100 000 Tote zu verantworten haben.

Fürst Vlad Tepes »Dracula« bevorzugte eine besonders perverse Abart des Pfählens: Die Opfer wurden nämlich nicht bäuchlings auf Pfähle gespießt, sondern auf einen spitzen Pfahl »gesetzt«, so daß sich der Pfahl von unten in den Körper bohrte, da das Körpergewicht das Opfer naturgemäß immer weiter hineintrieb. Der Tod trat dadurch oft erst nach stundenlanger, mitunter tagelanger, grauenhafter Tortur ein. Einen Adeligen, der sich über den schlechten Geruch der Gepfählten beschwerte, ließ er auf einen höheren Pfahl setzen, wo die Luft reiner sei.

»Ob Vambéry Sagen zu referieren wußte, die Dracula vampirische Eigenschaften zusprachen, was angesichts des Volksglaubens der Donaugebiete durchaus möglich ist (von den bekannten Relationen billigt allerdings keine dem alten Grafen überirdische Qualitäten zu), oder ob es Stokers ingeniöser Einfall war, den Vampir-Typus mit der fast vorzeitlichen Figur des Pfählers zu verbinden, ist bisher nicht erfindlich« (Sturm).

Stoker beschreibt in seinem Dracula-Roman die Herkunft jenes dämonischen, blutsaugenden Vampirs, die auf eine Identität zwischen dem historischen, Dracula der Pfähler genannten Fürsten und seiner Horror-Figur Graf Dracula hinweist. »Ich habe meinen Freund Arminius von der Universität Budapest gebeten, mir einiges über den Mann mitzuteilen. Er muß tatsächlich jener Woiwode Dracula gewesen sein, der sich in den Türkenkriegen berühmt gemacht hat, dessen Name über den Fluß weit hinein bis ins Land der Türken bekannt war. Wenn sich das wirklich so verhält, dann war er kein gewöhnlicher Mann, denn damals und noch Jahrhunderte später wurde er als der klügste und geschickteste, aber auch als der tapferste der Söhne des Landes jenseits der Wälder gerühmt. Diese mächtige Denkkraft und Entschlossenheit hat er mit ins Grab genommen und führt sie nun heute gegen uns ins Feld.«

Neben der Auswertung wissenschaftlicher Schriften sind in *Dracula* zahlreiche Einflüsse belletristischer Werke erkennbar. Die wohl wichtigste Stelle nimmt hierbei Stokers Lektüre der Vampir-Erzählung *Carmilla* von Joseph Sheridan Le Fanu ein. Der Name des holländischen Gelehrten van Helsing etwa erinnert phonetisch an Dr. Hesselius, den deutschen Arzt des Le-Fanu-Textes, seine Rolle als unerbittlicher Bekämpfer der Blutsauger an die Gestalt des Barons Vordenburg, einen Vampirologen, der die blutsaugerische Carmilla zur Strecke bringt. Die komplexe Figurenkonstellation des Dracula-Romans legt Stokers Kenntnis des Buches *Varney the Vampire or The Feast of Blood* von James Malcolm Rymer nahe. Wie in *Dracula* kämpfen in diesem »shilling shocker« mehrere unerschrokkene Männer verschiedener Nationen und unterschiedlichen Alters gegen einen aristokratischen Vampir, nachdem dieser die junge Verlobte eines der Helden überfallen hatte. Stoker ließ sich bezüglich seines Grafen Dracula nicht nur von diesem Werk, sondern auch von der Novelle *The Vampire; A Tale* von William Polidori sowie der 1860 anonym erschienenen Erzählung *The Mysterious Stranger* maßgeblich inspirieren.

Über diese genannten Werke hinaus sei auf weitere belletristische Texte verwiesen, die zwar die Vampirthematik nicht behandeln, jedoch im Hinblick auf den formalen Aufbau des Romans, die Charakterisierung einzelner Figuren oder auch bestimmte Handlungsabläufe einen Einfluß auf *Dracula* gehabt haben dürften. Erwähnenswert sind hier in erster Linie die Romane *Woman in White/Die Frau in Weiß* (1860) von Wilkie Collins (der Roman wird in Form von Briefen und Aufzeichnungen erzählt), *She/Sie* von Henry Rider Haggard (1886), *The Strange Case of Dr. Jekyll and Mr. Hyde/Der seltsame Fall von Dr. Jekyll und Mister Hyde* von Robert Louis Stevenson

(1886), Goethes *Faust I* sowie einige Dramen Shakespeares, insbesondere *Macbeth.*

Als *Dracula* 1897 als Buch veröffentlicht wurde – eine erste deutsche Ausgabe erschien 1908 in der Übersetzung von Heinz Widtmann – war es trotz einiger Auflagen keineswegs ein durchschlagender Erfolg. *Dracula* wurde erst mit den Verfilmungen ab den dreißiger Jahren *(Dracula,* 1931; Regie Tod Browning mit Bela Lugosi in der Hauptrolle) zu einem Dauerbrenner auf dem Welt-Büchermarkt.
Die allererste Aufführung von *Dracula* war eine einmalig veranstaltete Lesung im Lyceum Theatre in London, mit der Stoker lediglich die Theaterurheberrechte für sein auch als Bühnenstück geplantes Werk erwerben wollte. Die erste dramatisch lebensfähige Aufführung von *Dracula* als Theaterstück fand 1925 in England statt, in einer Version von Hamilton Deane. Sie schlug sofort gut ein, doch das Interesse der Öffentlichkeit an Vampir Dracula wurde eigentlich erst 1927 so richtig wach, als der amerikanische Verleger Horace Liveright den Autor John Balderstone überreden konnte, zusammen mit Deane eine überarbeitete Version des Theaterstücks zu schreiben. Die Deane/Balderstone-Version ist trotz aller ihrer Schwächen die am häufigsten aufgeführte.
Es hat andere Theaterversionen von *Dracula* gegeben. Orson Welles dramatisierte ihn 1938 für eine Mercury-Theater-Radioproduktion. 1980 erschien Leon Katz' *Dracula: Sabbat am Broadway,* ein stark stilisiertes Stück, das fast nichts mehr mit Stokers Roman zu tun hat, und 1971 erwies sich Ted Tillers *Count Dracula* in Regional- und College-Theatern als erfolgreich. Doch es ist das Deane/Balderstone-Stück. das immer noch jeden Tag irgendwo aufgeführt wird.

Dracula steht als Roman in der Tradition der »gothic novel« und ist, wie manche Kritiker meinen, zugleich auch der letzte »gotische Roman«. Die Geschichte dieses Genres beginnt 1765 mit dem kurzen Roman *The Castle of Otranto/Die Burg von Otranto* von Horace Walpole. Weitere Hauptwerke der »gothic novel« sind *The Monk/Der Mönch* (1796) von Matthew Gregory Lewis und *Melmoth the Wanderer/Melmoth der Wanderer* (1820) von Charles Maturin. Die »gothic novel« beeinflußte in Deutschland E.T.A. Hoffmann – seine *Elixiere des Teufels* (1815) sind ohne *The Monk* nicht gut denkbar –, in Frankreich Victor Hugo und wirkt weiter in der Romanliteratur des viktorianischen Zeitalters *(Wuthering Heights/Sturmhöhe* (1847) von Emily Brontë, *The Woman in White* von Wilkie Collins, *The House by Edwin Drood* (1870) von Charles Dickens und *The Return of the Native/Die Heimkehr* (1878) von Thomas Hardy).

Die Autoren der »gothic novel« bevorzugten mittelalterliche Schauplätze wie verfallene Klöster, zugige Burgen und Schlösser, Ruinen, Friedhöfe mit schaurigen Mausoleen, in denen die Türen quietschen und sich die Ratten, Fledermäuse, Eulen und Spinnen in Geheimgängen und unterirdischen Labyrinthen tummeln. An diesen wenig komfortablen Aufenthaltsorten treibt ein großer, dunkler Schurke seine Späße mit einer schönen Heldin von unschuldiger Empfindsamkeit, auf die es der Schuft in erster Linie aus sexuellen Erwägungen abgesehen hat.

In seiner berühmten Studie *Love and Death in the American Novel/Liebe, Sexualität und Tod* (1960) hat Leslie A. Fiedler eine bis heute stichhaltige Deutung des Genres gegeben: Nach seiner Auffassung ist die »gothic novel« das Gegenstück zum realistisch-psychologischen Roman, da in ihm die psychischen Vorgänge in die Außenwelt projiziert werden. Die Schlösser und Keller, die in dunkler Nacht vor ihren dämonischen Verfolgern fliehenden Frauenfiguren, die auf unheimliche Weise belebte Natur, sie alle symbolisieren innere Vorgänge, bringen *The House by the Churchyard/Das Haus beim Kirchhof* (1863) von Joseph Sheridan Le Fanu, *The Mystery of Edwin Drood/Das Geheimnis des Edwin Drood* Unterdrücktes und Verdrängtes ans Tageslicht.

Als verfolgte Unschuld muß bei Stoker die unendlich edle und reine Mina Harker herhalten, die von Dracula umlauert und gezwungen wird, sein Blut zu trinken. Die weniger reine, weil in polygam-promiskuitive Tagträume versponnene Lucy Westenra wird von dem Karpaten-Vampir in eine Untote verwandelt und bekommt eine Gruft auf dem Friedhof zugewiesen.

Dracula hauste bis zu seiner Abreise nach England in einer weitgehend zerfallenen Burg, aus deren schwarzen Fenstern nicht ein einziger Lichtstrahl fiel und deren zerfallende Mauern eine gezackte Linie gegen den vom Mondlicht erhellten Himmel zeichneten. Die Burg steht am Rande eines schwindelerregenden Abgrunds.

Auch in London bleibt der Unhold dem gotischen Geschmack treu und schlägt sein Hauptquartier in einem abenteuerlich anmutenden Anwesen auf. »Das Haus ist sehr groß und vereint in sich die Baustile aller zurückliegenden Epochen bis zum Mittelalter. Es ist teilweise aus extrem dicken, ungehauenen Steinen errichtet und hat nur einige wenige hohe Fenster mit eisernen Gittern davor. Es sieht aus, als gehörte es früher zu einer Trutzburg, und grenzt unmittelbar an eine Kapelle oder kleine Kirche. Es wird von einer Mauer aus massivem Stein umschlossen, an der seit Jahren keinerlei Instandsetzungsarbeiten mehr vorgenommen wurden. Die geschlossenen Tore bestehen aus massiver Eiche mit eisernen Beschlägen, die über und über von Rost zerfressen sind.«

Die verstaubte Bruchbude weist aber neben dem gotischen auch einen vampirischen Aspekt auf. »Die Liegenschaft nennt sich Carfax …«: Ein Ort, an dem sich vier Straßen treffen … Was diese Namenswahl für Draculas späteres Versteck interessant macht, ist, daß Selbstmörder an Wegkreuzungen begraben wurden und, nach dem Volksglauben, neben anderen Unbequemlichkeiten, riskierten, als Vampir zurückzukommen. Später werden wir sehen, daß Dracula im Grab eines Selbstmörders Zuflucht fand.

Breiten Raum widmet Stoker in seinem Roman den Angst und Schrecken verbreitenden Machenschaften der Horrorfigur Dracula und dessen vampirischen Eigenschaften, die heidnischen und christlichen Ursprungs sind. Aber *Dracula* ist mehr als ein dem Horror-Genre und der Phantastik zugehörendes Werk. Die Themenpalette des Romans erstreckt sich über sexualpsychologische

Komponenten, die uns später noch amüsieren sollen, bis hin zu Aspekten, die sich mit religiös orientierten (der Ober-Vampir als »advocatus diaboli«), politischen (der osteuropäische Blutsauger als Vertreter des aristokratischen Feudalsystems), gesellschaftlichen (Emanzipation der Frau) und den naturwissenschaftlichen (Bluttransfusion, Apparaturen wie Kodakkamera, Telefon, Stenographie, Phonograph, Reiseschreibmaschine) Verhältnissen und Problemen der viktorianischen Zeit beschäftigen.

Im Mittelpunkt des Geschehens steht die monströse Figur des transsylvanischen Grafen Dracula, eines 400 Jahre alten Vampirs, der unter Zuhilfenahme magischer Kräfte willentlich diese widernatürliche Daseinsform zwischen Leben und Tod herbeiführte. »Die Dracula waren ein großes und edles Geschlecht; von einzelnen seiner Sprößlinge erzählten allerdings die Zeitgenossen, daß sie Bündnisse mit dem Satan hätten. Sie lernten seine Künste in den Bergen beim Hermannstädter See, wo der Teufel jeden Zehnten seiner Schüler als Tribut fordert.« Die untote Kreatur kam nach England, weil das volkarme Transsylvanien seinem Blutdurst nicht genügte.

Jonathan Harker, ein frischgebackener englischer Notar, der von dem Monster auf dessen Schloß gelockt wurde, beschreibt den Vampir-Grafen in seinem Tagebuch: »In der Türöffnung stand ein großer alter Mann. Er war glatt rasiert, mit Ausnahme eines langen weißen Schnurrbarts, und war von Kopf bis Fuß schwarz gekleidet. Auch nicht der winzigste Farbtupfer war an ihm zum entdecken. Seine Hand erschien eiskalt – eher wie die Hand eines Toten als eines Lebenden.

Sein Gesicht war ziemlich – eigentlich sogar sehr – raubvogelartig; ein schmaler, scharf gebogener Nasenrücken und auffallend geformte Nüstern. Die Stirn war hoch und gewölbt, das Haar an den Schläfen dünn, im übrigen aber voll. Die Augenbrauen waren dicht, wuchsen über der Nase fast zusammen und waren sehr buschig und in merkwürdiger Weise gekräuselt. Sein Mund, soweit ich ihn unter dem starken Schnurrbart sehen konnte, sah hart und ziemlich grausam aus; die Zähne waren scharf und weiß und ragten über die Lippen vor, deren auffallende Röte eine erstaunliche Lebenskraft für einen Mann in seinen Jahren bekundeten. Die Ohren waren farblos und oben ungewöhnlich spitz, das Kinn breit und fest, die Wangen schmal, aber noch straff. Der allgemeine Eindruck war der einer außerordentlichen Blässe.

Im Scheine des Kaminfeuers hatte ich auch seine Hände bemerkt, die auf seinen Knien lagen und sie für ziemlich schmal gehalten. Nun, da ich sie in der Nähe sah, bemerkte ich, daß sie sehr grob aussahen – breit, mit eckigen Fingern. Seltsamerweise wuchsen Haare auf der Handfläche. Die Nägel waren lang und dünn, zu nadelscharfen Spitzen geschnitten. Als der Graf sich einmal über mich neigte und diese Hände mich berührten, konnte ich mich eines Grauens nicht erwehren. Möglicherweise war auch sein Atem unrein, denn es überkam mich ein Gefühl der Übelkeit, das ich mit aller Willenskraft nicht zu verbergen vermochte.«

Stoker stattet Dracula mit einer Reihe vampirspezifischer Merkmale und Verhaltensweisen aus, von denen einige typisch für die untoten Blutsauger, andere dagegen vollkommen atypisch sind; so spaziert der lichtscheue Geselle beispielsweise im 23. Kapitel des Romans am hellichten Tag durch London. Stokers Vampir-Professor »Kopf ab«-van Helsing hält im Kreise seiner Getreuen ein ausführliches Referat, mit dem er sie detailliert über die Unarten und Eigenheiten des Vampirs aufklärt und auch die Mittel und Wege weist, wie das unreine Wesen unschädlich gemacht werden kann.

»Es gibt Wesen, die man Vampire nennt; einige unter uns haben handgreifliche Beweise dafür, daß sie existieren. Selbst wenn wir nicht unsere eigenen traurigen Erfahrungen hätten machen müssen, so würden immerhin die Berichte und Lehren unserer Vorfahren für vernünftig Denkende Beweis genug bilden.

Der ›Nosferatu‹ stirbt nicht wie die Biene, wenn sie einmal gestochen hat. Er wird dadurch nur noch stärker, und je stärker er wird, desto mehr Kraft hat er, wieder Böses zu tun. Dieser

Vampir, der unter uns weilt, vereinigt in sich die Kraft von zwanzig Männern; er ist schlauer als die Sterblichen, denn seine Schlauheit wächst im Laufe der Zeiten. Er besitzt die Gabe der Nekromantie, d. h., wie ja schon aus der Etymologie ersichtlich, die Sehergabe der Toten und unbedingte Macht über alle Toten, in deren Nähe er kommt. Er ist grausam, mehr als grausam, er ist ein Teufel an Gefühllosigkeit, und ein Herz besitzt er nicht. Er kann, mit gewissen Einschränkungen, erscheinen, wann und wo und in welcher Gestalt er will; er kann innerhalb seines Machtbereiches den Elementen gebieten: dem Sturm, dem Nebel, dem Donner. Er hat auch Macht über geringere Dinge, über Ratten, Fledermäuse, Fliegen, Füchse und Wölfe. Er kann sich größer und kleiner, er kann sich zeitweilig unsichtbar machen und ungesehen kommen und gehen.

Wie wollen wir also vorgehen, um ihn zu vernichten? Wie bringen wir heraus, wo er ist, und wenn wir ihn gefunden haben, wie können wir ihn unschädlich machen? Meine Freunde, das ist nicht einfach; es ist ein schreckliches Unternehmen, das wir da vorhaben, und kann Folgen haben, die auch den Tapfersten erzittern lassen. Denn wenn unser Plan mißlingt, ist er Sieger; wie werden wir dann enden? Das Leben bedeutet nichts; ich klammere mich nicht daran. Aber wenn wir unterliegen, handelt es sich um mehr als Leben und Tod. Wir werden dann so wie er; wir werden von da an gräßliche Nachtgespenster ohne Herz und Gewissen, die die Leiber und Seelen derer zu vernichten trachten, die sie vorher am meisten geliebt haben. Uns sind dann auf ewig die Pforten des Himmels verschlossen, denn wer sollte sie uns wieder öffnen? Wir werden für immer der Abscheu aller sein; ein Schandfleck in Gottes reinem Angesicht; ein Pfeil in der Seite dessen, der für die Menschen gestorben ist.

Nun wollen wir uns über die allgemeine Natur der uns entgegentretenden feindlichen Kräfte und über das individuelle Nichtkönnen klarwerden, d.h., wir wollen die Fähigkeiten der Vampire im allgemeinen und die unseres Gegners im besonderen betrachten.

Alles, worauf wir fußen, ist Tradition und Aberglaube. Das scheint im ersten Augenblick nicht viel, wenn man bedenkt, daß es sich um Leben und Tod handelt – ja, um mehr als Leben und Tod. Aber dennoch müssen wir zufrieden sein; erstens, weil wir nicht anders können – weitere Mittel stehen uns nicht zur Verfügung –, und zweitens, weil schließlich diese Dinge, Aberglaube und Tradition, alles sind. Beruht nicht darauf allein der Glaube anderer an die Vampire und leider auch der unsere? Wer von uns hätte noch vor einem Jahr die Möglichkeit solcher Dinge zugegeben, inmitten unseres wissenschaftlichen, skeptischen, nüchternen neunzehnten Jahrhunderts. Haben wir doch Dingen die Möglichkeit abgesprochen, die wir vor unseren eigenen Augen sich abspielen sahen. Nehmen Sie also mit mir an, daß der Glaube an die Vampire sowohl wie auch an ihre Lebensbedingungen und an den Schutz gegen sie augenblicklich auf derselben Basis beruhen. Denn, Sie dürfen mir Glauben schenken, der Vampir ist überall bekannt, wo Menschen leben. Im alten Griechenland, im alten Rom; er spukt in ganz Germanien und Frankreich, in Indien wie auf der Krim, sogar in China, das doch so weit in jeder Hinsicht von uns abliegt, ist er bekannt, und die Menschen fürchten sich dort vor ihm bis auf den heutigen Tag. Er folgt den Spuren der isländischen Berserker, der von Teufeln erzeugten Hunnen, der Slaven, Sachsen und Magyaren. So weit reichen also unsere Kenntnisse über ihn, und in der Tat ist so manches, was jene Völker von ihm glaubten und noch glauben, durch das erwiesen, was wir an uns selbst erfahren haben mußten. Der Vampir lebt weiter und kann nicht sterben bloß, weil die Zeit vergeht; er gedeiht immer weiter, solange er sich vom Blute lebender Wesen ernähren kann. Noch mehr! Wir wissen auch, daß er sich sogar zu verjüngen vermag, daß seine Lebenskraft immer größer wird und sich immer wieder zu erneuern scheint, wenn er genügend Nahrung hat. Aber ohne sie kann er nicht existieren; er ist nicht wie andere. Hat doch unser Freund Jonathan, der wochenlang mit ihm zusammenlebte, ihn nie essen sehen. Er wirft keinen Schatten und gibt im

Spiegel kein Bild, wie Jonathan gleichfalls beobachtet hat. Er hat die Stärke vieler Männer; Zeuge dafür ist wiederum Jonathan, der ihn das Tor vor den Wölfen verschließen sah, der seinen Griff beim Aussteigen aus dem Wagen fühlte. Er kann sich in einen Wolf verwandeln, wie wir seit der Ankunft jenes gespenstischen Schiffes in Whitby wissen, wo er einen Hund zerriß; er kann als Fledermaus erscheinen. Frau Mina Harker hat ihn als solche am Fenster in Whitby beobachtet, Freund John ihn aus dem Fenster unseres Nachbarhauses fliegen und Freund Quincey am Fenster von Lucy sitzen sehen. Er kann im Nebel kommen, den er sich selbst schafft, dafür haben wir das Zeugnis jenes pflichtgetreuen Kapitäns. Aber nach dem, was wir weiter wissen, ist die Entfernung, auf die er solchen Nebel erzeugen kann, auf einen gewissen Umkreis begrenzt. Er kommt auf den Strahlen des Mondes als elementarer Staub. Jonathan hat die unheimlichen Schwestern auf Schloß Dracula auf diese Weise entstehen sehen. Er kann sich klein machen, wir selbst haben Lucy, ehe sie zum ewigen Frieden einging, durch eine haarfeine Spalte der Grufttür hineinschlüpfen sehen. Er kann, wenn er einmal seinen Weg gefunden, überall hinein und heraus, es mag noch so fest verschlossen, ja sogar verlötet sein. Er sieht in der Dunkelheit, eine mächtige Gabe auf dieser Welt, die die Hälfte der Zeit im Finstern ruht. Aber ich bin noch nicht zu Ende. Er kann alles das und ist dennoch nicht frei. Im Gegenteil, er ist noch mehr Gefangener als der Galeerensträfling, als der Narr in seiner Isolierzelle. Er kann nicht überall dorthin, wohin es ihn gelüstet; er, der außerhalb der Natur steht, muß sich dennoch einigen ihrer Gesetze fügen. Warum, wissen wir nicht. Er darf das erste Mal nirgends eintreten, außer es ladet ihn einer der Bewohner ein; darnach allerdings kann er kommen und gehen, wann er will. Seine Macht zerstiebt, wie die aller bösen Dinge, wenn der Tag kommt. Nur zu gewissen Zeiten hat er seine begrenzte Freiheit. Wenn er sich nicht an dem Platze befindet, an den er gebunden ist, kann er sich nur um Mittag und genau bei Sonnenaufgang und Sonnenuntergang verwandeln.

Diese Dinge sind mir erzählt worden, und unsere Aufzeichnungen lassen uns erkennen, daß dies wirklich so ist. So kann er innerhalb der ihm gezogenen Schranken alles tun, was er will, wenn er sich in seiner Heimaterde, in seinem Sarg oder an einem verrufenen Platze befindet, wie z.B. in dem Selbstmördergrab in Whitby; dagegen ist er an anderen Plätzen bezüglich seiner Verwandlungen an eine bestimmte Zeit gebunden. Ebenso erzählt man sich, daß er fließendes Wasser nur zur Zeit der eintretenden Ebbe und Flut passieren kann. Aber es gibt Dinge, die ihn so angreifen, daß er alle Kraft verliert. Wie wir wissen, hat der Knoblauch diese Eigenschaft, auch gegen geheiligte Dinge, wie z.B. das Kreuz, das auf unserem Tische liegt, ist er machtlos. Er hält sich schweigend in respektvoller Entfernung davon. Es gibt auch noch andere Bannmittel, von denen ich Ihnen berichten will, für den Fall, daß wir bei unserer Verfolgung ihrer bedürfen sollten. Ein Zweig wilder Rosen auf sein Grab gelegt, hindert ihn am Herauskommen; eine geweihte Kugel, die man in den Sarg schießt, tötet ihn endgültig; und welch friedenbringende Wirkung ein Pfahl hat, den man ihm durch das Herz treibt, wissen wir ohnehin; ebenso daß das Abschneiden des Kopfes ihn zur Ruhe bringt.«

Stoker belebte die Vampir-Legende neu, indem er einen Roman schrieb, der förmlich vor sexueller Energie überfließt. Am deutlichsten hat die sexuellen Aspekte *Draculas* Maurice Richardson 1959 in seiner *Psychoanalysis of Ghost Stories* ausgesprochen: »Vom ›freudianischen Standpunkt‹ – und von keinem anderen – ist die Geschichte wirklich sinnvoll. Sie ist eine gewaltige polymorphe, perverse, bisexuelle, oral-anale genitale, sadomasochistische, zeitlose Orgie«.

»Viele Szenen in dem Roman lesen sich wie sexuelle Phantasien, vor allem in den Tagebuchaufzeichnungen der beiden Mädchen, und diese latente Sexualität, die an Pornographie grenzt, soweit das im Viktorianismus möglich war, macht wohl die Anziehung und den geheimen Reiz des Romans aus. Der Biß des Vampirs ist eine Initiation, die Gebissenen werden damit ihrerseits zu Vampiren, zu Untoten, die wiederum andere anstecken. Die Opfer Draculas sind junge schöne Mädchen, Draculas Biß ist ein nahezu orgiastischer Akt erotischer Unterwerfung unter die Faszination eines welterfahrenen, mächtigen Mannes von uraltem Adel. Auch die übliche Art der Unschädlichmachung des Vampirs, das Einrammen eines spitzen Holzpfahles ins Herz, ist eine Travestie des Sexualaktes« (Rottensteiner).

»*Dracula* ist sicher kein Buch über ›normalen‹ Sex; wir finden keine Missionarsstellung dort. Graf Dracula (und auch seine drei Vampir-Weibsen, die nicht mit nach England reisen durften) sind offenbar von der Taille abwärts tot; sie machen Sex allein mit dem Mund. Die sexuelle Grundlage von *Dracula* ist eine infantile Oralfixierung, verbunden mit einem ausgeprägten Interesse an Nekrophilie (und Pädophilie auch, könnte man sagen, denkt man an Lucy, die in ihrer Rolle der ›blutigen Dame‹ kleine Kinder belästigt). Außerdem geht es um Sex ohne Verantwortung, und man kann den Sex in *Dracula,* mit dem einmaligen und amüsanten Ausdruck von Erica Jong, als den endgültigen Fick ohne Reißverschluß betrachten. Diese infantile, zurückhaltende Haltung dem Sex gegenüber mag einer der Gründe dafür sein, weshalb der Vampir-Mythos, der in Stokers Händen zu sagen scheint, ›Ich werde dich mit dem Mund vergewaltigen, und es wird dir gefallen; anstatt dem Körper lebenspendende Flüssigkeiten zu geben, werde ich sie ihm nehmen‹, besonders bei Heranwachsenden immer so populär gewesen ist, die noch versuchen, mit ihrer eigenen Sexualität zurechtzukommen. Der Vampir scheint eine Abkürzung durch sämtliche Stammesmoralvorstellungen bezüglich der Sexualität gefunden zu haben« (King).

Die muntere Lucy – »Warum darf ein Mädchen nicht drei oder mehr Männer heiraten?« – mutiert durch den Biß des Blutsaugers (Stephen King mutmaßt, der Graf habe ihr einen Orgasmus verpaßt, der ihr das Gehirn weggepustete) ebenfalls zum Vampir und gebärdet sich alsbald als laszives Weibsungeheuer. »Das blendende Licht, das auf Lucys Gesicht fiel, zeigte uns, daß ihre Lippen von frischem Blut befleckt waren; in einem dünnen Streifen war es über ihr Kinn herniedergerieselt. Sie sagte mit leisem, wollüstigem Locken in der Stimme: ›Komm zu mir, Arthur. Mein Busen lechzt nach dir. Komm, wir ruhen zusammen. Komm, mein Gatte, komm!‹ Es lag etwas teuflisch Süßes in ihrer Stimme, ein Klingen wie brechendes Glas. Es rann uns heiß durch die Glieder.«

In den alten Vampir-Legenden wird dem Holzpflock und der Pfählung eine religiöse Bedeutung beigemessen. »Der Gegenpol zum Herrn der Finsternis ist Jesus Christus, der Herr des Lichts, der an einem Stück Holz gestorben ist. Aus diesem Grund befreit der Holzpfahl den Vampir von seinem Pakt mit dem Teufel« (Sackett). In *Dracula* wird diese religiöse Bedeutung durch eine sexuelle ersetzt. Als besonders prägnantes Beispiel kann hier die Pfählung Lucys gelten: »Arthur ergriff den Pfahl und den Hammer. Er richtete die Spitze auf das Herz des Leichnams. Dann schlug er mit aller Kraft zu. Das Wesen im Sarge krümmte sich zusammen, scheußlicher, blutiger Schaum trat aus seinen geöffneten roten Lippen. Der Körper wand sich, er zitterte und zuckte in wilden Krämpfen, die scharfen, weißen Zähne schnappten zu und durchschnitten die Lippen, die sich mit blutigem Speichel bedeckten. Aber Arthur wich nicht. Er glich einem Standbild des Gottes Thor, wie so sein unfehlbarer Arm sich hob und niederfiel, den gnadenbringenden Pfahl immer weiter hineintreibend (… driving deeper and deeper the mercy-bearing stake). Dann ließen plötzlich die krampfartigen Bewegungen des Leichnams nach, die Zähne schlugen nicht mehr zusammen und das Zucken des Gesichts hörte auf. Schließlich lag er still.« Ganz offensichtlich wird hier der spitze Pflock als Phallus-Symbol verwendet. Hinter dem präparierten Bild der Vampirvernichtung – just in der ursprünglich geplanten Hochzeitsnacht (die Hochzeit von Lucy Westenra mit Arthur Holmwood war für den 28. September geplant, die Vernichtung Lucys findet am 29. September statt) – verbirgt sich die Defloration der

Braut. In der Beschreibung des Todeskampfes sind die Parallelen zum Orgasmus nicht zu übersehen.

Mina Harker hat sich gezwungen, das Blut Draculas zu trinken. Es ist die versteckte Schilderung einer Fellatio, die der nicht »zu Scherzen und Frivolitäten aufgelegte« Stoker zu Papier brachte. Mina kniet (!) auf der Kante ihres Bettes. Ihre Lippen, ihre Wangen und das Kinn sind blutverschmiert; aus ihrer Kehle rann ein dünner Blutfaden. »Neben ihr stand ein großer, hagerer Mann, vollkommen in Schwarz gekleidet. Sein Gesicht war abgewandt; aber als er sich umdrehte, erkannten wir den Grafen. Mit seiner linken Hand hatte er Frau Minas Hände umfaßt und hielt sie mit ausgestrecktem Arm weit von sich; seine Rechte umklammerte ihren Nacken und drückte sie mit dem Gesicht an seine Brust. Ihr weißes Nachthemd war mit Blut bespritzt, und Blut rann wie ein feiner Faden über des Mannes Brust, die er entblößt hatte. Minas Haltung hatte verzweifelte Ähnlichkeit mit der eines kleinen Kätzchens, dem ein Kind die Nase in die Milch stößt, um es zum Trinken zu zwingen.« Für Minas Ehemann Jonathan Harker organisierte Stoker eine Sex-Orgie mit drei Vampir-Weibsen auf Schloß Dracula. Jonathan ist im Begriff, oral vergewaltigt zu werden, macht aber einen recht vergnügten Eindruck. Wie Mina, so frönt auch eine der schönen Vampir-Frauen ihrer Lust, indem sie sich auf die Knie niederließ und ihm starr in die Augen sah. »Es war eine wohlberechnete Wollüstigkeit, die anziehend und abstoßend zugleich wirkte; als sie ihren Nacken beugte, leckte sie ihre Lippen wie ein Tier, so daß ich im Licht des Mondes den Speichel auf ihren Scharlachlippen, ihrer roten Zunge und ihren weißen Zähnen erglänzen sah. Ich hörte ihre saugenden Laute, als sie einen Augenblick innehielt und sich die Zähne und Lippen leckte. Ich fühlte erst die zarte, zitternde Berührung ihrer weichen Lippen auf der überempfindlichen Haut meiner Kehle und dann die harten Spitzen zweier scharfen Zähne, die mich berührten und darauf innehielten. Ich schloß die Augen in schlaffer Verzückung und wartete – wartete mit bangem Herzen.«

Die starken sexuellen Untertöne in Bram Stokers *Dracula*-Roman sind sicherlich der Grund dafür, weshalb die Filmindustrie eine so lange Liebesaffäre mit dem Vampir eingegangen ist. Heute gibt es über 400 *Dracula*-Filme, darunter türkische, japanische und afro-amerikanische *(Blacula)*. Zu den originellsten gehört *Tanz der Vampire* von Roman Polanski. Max Schreck, Bela Lugosi und Christopher Lee werden als Dracula-Darsteller fortleben. Bram Stoker und seine Frau Florence Balcombe Stoker wurden von einigen Vampir-Autoren gar als Figuren in ihren fiktiven Erzählungen und Romane eingebaut. In der Horror-Story *Dracula 1944* ist es Stokers Ehefrau, mit der der Vampir in London anbandelt. In *Der Mann des Schreckens (The West End Horror)*, einem Sherlock Holmes-Pastiche von Nicholas Meyer, steht Bram Stoker in dem Verdacht, Theaterkritiker ermordet zu haben.

Vampir-Liebhaber
Strieber, Whitley

»Whitley Strieber ist wohl der originellste Vertreter der neuen Horror-Autoren«, lobt Autor Peter Straub seinen Grusel-Kollegen. Strieber (geboren 1945 in San Antonio, Texas) verfaßte zu Beginn seiner literarischen Laufbahn einige interessante Horror-Romane wie *Im Schatten des großen Wolfs (Wolf of Shadows), Katzenmagie (Cat Magic), Die Kirche der Nacht (The Night Church), Wolfsbrut (The Wolfen)* und *Der Kuß des Todes (The Hunger)*, die spannend das Thema Paranoia in modernen großstädtischen Gesellschaften verarbeiten.

Neuere Bücher des Amerikaners sind dagegen mit Vorsicht zu genießen; Strieber behauptet nämlich, er sei von außerirdischen Wesen entführt worden, eine Geschichte, die er dann auch flugs in zwei Romanen und in dem Drehbuch für den Film *Die Besucher* zum besten gab.

In Striebers Vampir-Roman *Der Kuß des Todes* aus dem Jahre 1981 hat der Leser das zweifelhafte Vergnügen, das Treiben einer steinalten Blutsaugerin quer durch die verschiedensten Menschheits-Epochen mitzuverfolgen. Das untote Wesen stammt aus dem Ägypten der Pharaonen und frönt mit gleichbleibender

Begeisterung im alten Rom, im feudalen England und im modernen New York seinem unreinen Blutdurst. Zu ihrer Verwunderung sieht sich die Vampir-Lady (das alte Reptil hat mindestens schon 5000 Jahre auf dem Buckel) mit der Tatsache konfrontiert, daß ihre »Lebensgefährten«, die sie durch den Vampirkuß ebenfalls in Untote verwandelt hat, schon nach kaum 200 Jahren endgültig das Zeitliche segnen. Das unreine Wesen macht sich in Striebers Roman auf die Socken, um das Rätsel des frühzeitigen Todes seiner Vampir-Liebhaber zu lösen.

Der *Kuß des Todes* ist recht apart gemacht, kann aber vergleichbaren Romanen wie Stephen Kings *Brennen muß Salem* aus dem Jahre 1975 oder dem ein Jahr nach Striebers Vampir-Roman erschienenen *Fiebertraum* von George R. R. Martin nicht das Wasser reichen.

Vampirin in der Luxus-Krypta

Strobl, Karl Hans

Der Österreicher Strobl (geboren 1877 in Iglau) zählt zusammen mit Gustav Meyrink und Hanns Heinz Ewers zu den bedeutendsten Vertretern der deutschen Phantastik des frühen 20. Jahrhunderts. »In manchen seiner gelungensten Erzählungen beweist er eine düstere Meisterschaft, die an E. A. Poe und E. T. A. Hoffmann erinnert.«

Verdienstvolles leistete Strobl als Herausgeber der legendären Zeitschrift *Der Orchideengarten* (1919–1921), die de facto noch vor den Magazinen in den USA die erste rein der phantastischen Literatur gewidmete Zeitschrift der Welt war. Wie sein Kollege Ewers ließ auch er sich im Dritten Reich vor den Karren der Nationalsozialisten spannen und verkam zum billigen Propagandaschreiber.

Nach seinem Tode 1946 wurden seine Werke im größeren Umfang nicht mehr aufgelegt.

Strobls 1914 erschienene Erzählung *Das Grabmal auf dem Père Lachaise* berichtet aus den tagebuchartigen Aufzeichnungen des Naturwissenschaftlers Ernest, eines armen Privatgelehrten. Der spindeldürre Hungerleider verpflichtet sich, ein Jahr lang in dem Grabmal der am 13. März 1911 gestorbenen Anna Feodorowna

Wassilska zu hausen, ohne mit einem Menschen zu sprechen oder die Marmor-Gruft zu verlassen. Als Lohn für sein Ausharren in der Luxus-Krypta wird ihm vertraglich die Summe von zweimal hunderttausend Franken zugesichert. Iwan, ein borstiger, pockennarbiger Tatar mit pustelnübersätem Gesicht, ist der einzige Diener, der vom Dienstpersonal der Madame Wassilska übriggeblieben ist. Dieses groteske Scheusal karrt zweimal am Tage ein Wägelchen mit exquisiten Speisen heran, die der Grabmal-Bewohner freudig verzehrt.

Natürlich wüßte der Gruftie zu gerne, was der Zweck dieses seltsamen Vertrages sein mag, in den er eingewilligt hat. Hatte die Verstorbene vielleicht einfach Angst vor dem Lebendigbegrabenwerden? Oder die Besorgnis vor Leichendieben? Hatte sie vielleicht jene zweimal hunderttausend Franken nur zu dem Zweck ausgesetzt, um die Vorfreude an der Qual des Bewerbers zu haben, um die Vorstellung genießen zu können, wie der in dieses Grabmal Gebannte durch alle Ängste und Schrecknisse eines Friedhofs aufgerieben werden würde? Der Full-Time-Gruftler, von dem wir in der Erzählung nur den Vornamen Ernest erfahren, läßt sich das wenige, das er von der Toten weiß, durch den Kopf gehen. Er kennt ein Porträt, auf dem sie sich hüllenlos in der herbstlichen Schönheit einer Frau in den Fünfzigern räkelt. Der Kopf zeigt »kluge, kalte Augen unter prachtvoll geschwungenen Brauen, eine derbe russische Nase, einen vollen, üppigen Mund, dessen blutrote Lippen langsam von den starken, weißen Zähnen zurückzuweichen scheinen, während ein grausames und kühles Lächeln mehr zu ahnen ist, als sich wirklich ausdrückt. Die Finger sind so lang und laufen so spitz zu und es liegt ein so merkwürdiger Schatten auf ihnen, daß sie beinahe aussehen wie Klauen.« Er erinnert sich auch der brutalen und tatendurstigen Bedürfnisse der Madame Wassilska. Wie Katharina der Zweiten führte man ihr junge Männer zu. Ihre Bälle sollen die reinsten Orgien gewesen sein. Andere ihrer Hobbys bestanden darin, die Kammerzofen mit langen Nadeln ins Fleisch zu piksen und den Bäckerlehrling in den Hals zu beißen. »Dies also ist das Porträt meiner Wohltäterin«, sinnierte der Gruft-Mann.

Durch den Genuß der raffiniert zubereiteten Speisen wird er immer fetter und fetter. Es gelingt ihm nicht mehr, seinen aufgedunsenen Körper durch den schmalen Spalt, der die Tür des Grabmals bildet, zu zwängen. Als ihn seine unglückliche Freundin Margot besucht und ihn tränenreich bittet, endlich diesen Unsinn aufzugeben und sein Gefängnis zu verlassen, winkt er ihr wortlos mit beiden Händen, sich zu entfernen, und kehrt ihr den Rücken zu. Danach schläft er wie eine Ratte. Beim Erwachen fällt sein Blick auf eine kleine eingetrocknete Blutkruste oberhalb des Handgelenkes. Auch am Hals findet er eine ähnliche Wunde, als sei er dort gebissen worden. »Und die Wunden heilen nicht zu ... es werden abscheuliche Narben daraus, eitrige Pusteln ... genauso wie die Pusteln Iwans.«

Jede Nacht erwacht er aus einem dumpfen Schlaf, in den er jetzt immer verfällt. »Und ich fühle, daß ich nicht allein bin. Jemand ist bei mir, hat sich über mich geworfen und küßt mich so schmerzhaft, daß es ist wie Bisse. In dem grünlichen Schimmer sehe ich eine Frau, ich fühle sie ... ich erwidere die Küsse, ohne ein Wort zu sprechen ... ich darf nicht sprechen, aber küssen darf ich. Und Margot preßt mich mit einer wütenden Kraft an sich, mit aller Kraft der Sehnsucht und Verzweiflung. Margot, wer sonst sollte es gewesen sein als Margot? Mein ganzer Körper ist mit Wunden bedeckt ... mit Bißwunden, den Spuren der wilden Küsse. Ich wanke kraftlos herum, mein Fleisch ist wie blutleer ... die Muskeln liegen schlaff und schwammig unter der welken Haut.« Doch bald begreift er, daß es nicht seine Freundin sein kann, die ihn jede Nacht besucht. »Ich werde hier in einem marmornen Gefängnis gemästet ... ich werde gemästet ... mein schwammiger, aufgetriebener Leib ist nur ein Behälter für recht viel Blut, die Gefäßwände müssen sich ausdehnen, um recht viel des Saftes aufnehmen zu können – für einen Vampir, der jede Nacht kommt, um sich satt zu trinken. Und meine Mannheit ist durch diese verbrecherisch gewürzten Speisen aufgestachelt, durch geheime

Mittel aufgereizt. Sie trinkt meine Kraft fort, sie saugt mein Leben ein, und je mehr ich davon hergebe, desto voller und stärker wird der Balg des Vampirs.« Nun, da Ernest alles zu wissen glaubt, ist er vollkommen ruhig. In der Nacht lauert er dem unersättlichen Vampir-Weib auf. Er schlägt seine Hände in ihren Hals, seine Zähne packen ihre Gurgel ... Blut füllt seinen Mund. »Es ist ja nur mein eigenes Blut, das ich zurücktrinke«, denkt er. Als der Morgen dämmert, versteht der vom Wahnsinn Umzingelte nicht mehr, daß es sich bei dem Körper mit der durchbissenen Kehle, den er mit dem Fuße von sich stößt, um den Leichnam seiner Freundin Margot handelt. Das Mädchen hatte in jener Nacht einen erneuten Versuch unternommen, ihren Geliebten aus der unheilvollen Gruft zu befreien. Strobls *Grabmal* ist eine der gelungensten Vampirgeschichten der deutschsprachigen Phantastik. Mit ähnlichen Texten aus dieser Zeit, zum Beispiel Bensons *Mrs. Amworth* oder Rays *Friedhofswächter* (der sowieso kräftig bei Strobl abgekupfert hat), kann sie durchaus mithalten. Strobls Madame Wassilska, »eine asiatische Tyrannin«, ist die zur Vampir-Vamp-Bestie mutierte »Femme fatale«. Sie saugt ihrem Opfer das Blut aus und melkt ihm das Sperma ab. »Der erotische weibliche Vampir ist ebenso Teil der klassischen Vampirlegende wie sein männliches Gegenstück. Die Vampir-Frau wird als wollüstig und ausschweifend, unwiderstehlich und herzlos grausam beschrieben. Wie der männliche Vampir hat sie volle rote Lippen. Vermutlich sind sie das Ergebnis des Blutsaugens, doch traditionsgemäß werden sie im Volksglauben auch als Zeichen übermäßiger Sinnlichkeit angesehen. Sogar die Mediziner machten, wenn sie von Sexualität sprachen, durchaus Anleihen beim Vampirismus. Sperma galt als eine noch konzentriertere Form der Lebensenergie als das Blut. Die Sexualität, die dem Mann das Sperma raubte, gefährdete somit seine Kraft. Die Frau war eine »Krankheit zum Tode«. Tatsächlich wurde der Vampir in Literatur und Malerei gegen Ende des 19. Jahrhunderts meistens weiblich dargestellt. »Die Femme fatale oder der Vamp waren sexuell gierige, morbide, ausbeutende und männermordende Frauen. Die Hexe kehrte angesichts der unmenschlichen Idealbilder der keuschen, immer auf Anmut und Anstand bedachten, denaturierten Frau wieder« (Meurer).

Es gibt noch einen anderen Text von Strobl, in dem er das Vampirmotiv verwendet; es ist die 1909 entstandene Erzählung *Das Aderlaßmännchen.* Die Geschichte spielt »im heiligen römischen Reich«, zu einer Zeit, als sich die Mediziner im Interesse der anatomischen Wissenschaft noch mit Vorliebe auf nächtlichen Friedhöfen herumtrieben. Ein Eusebius Hofmayer genannter Doktor wird beim Schänden eines Grabes von einer seltsam anmutenden Figur überrascht. »Der fremde Herr lächelte freundlich, daß zwei Reihen von spitzen Zähnen wie Sägen zwischen die vorgezogenen Lippen kamen. Zwischen diesen Sägen und den beiden Augenlöchern, in denen kein Blick zu sein schien, saß die aufgestülpte Nase einer Fledermaus. Unter dem Schlafrock des Herrn schnarrte ein rostiges Uhrwerk. Und zu alledem fallen auf den Rücken zwei spitze, zakkige Schatten, als ob dort Flügel an den Schultern säßen.« Der Fremde hievt den Sarg der kürzlich verstorbenen Jungfrau Veronika Huber aus dem Grab und deponiert den Leichnam in Hofmayers Sezierraum. Der Herr im Schlafrock verlangt von dem verdutzten Medicus eine Gegenleistung für seine Dienste. Hofmayer wird nämlich regelmäßig in das Frauenkloster der Stadt gerufen, um dort die frommen Schwestern zur Ader zu lassen. Der eigenartige Friedhofsgeselle will nun in Gestalt des Doktors dort hingehen und den Schwestern das Blut abziehen. Als Doppelgänger des Medicus Hofmayer beginnt er unter den Nonnen zu wüten. »Blut gibt Macht über Blut«, sagte der Doppelgänger, faßte die Schwester Thekla beim Halse und stieß seine eisernen Klauen spielend mit kurzem Druck in ihre Haut, daß kleine dünne Strahlen von Blut aus den Löchern spritzten. Sie schrie. Laut und grell und verzweifelt. »Das Bild ... das Bild!« Der Heiland hing mit abgewendetem Antlitz an der Wand. Da fühlten die Schwestern, daß sie verlassen und einem anderen, grausamen

Herrn preisgegeben waren. Die Klostervorsteherin Basilia und einige andere rannten zur Tür. »Aber die Türklinke bäumte sich der Vorsteherin entgegen und biß sie mit Natternzähnen in den Arm. Alle Schnörkel und Zierate sträubten Schlangenbuckel, erhoben kleine, rauchende Mäuler und zischten.« Die Schwestern, die zu den Fenstern flohen und den Garten erreichen wollten, wurden von der geronnenen, klebrigen Luft wie Fliegen festgehalten.

»Der Saal war ein Gefängnis, in dem ein verruchter Wille das Leben vernichtete. Der furchtbar veränderte Eusebius Hofmayer verfolgte die irrsinnigen Bemühungen der Schwestern mit schmalen, über knirschenden Sägen hochgezogenen Lippen. Unter seinen spielenden Klauen verlängerte sich der Hals der geschäftigen Thekla. Bei einer boshaft kichernden Musik ordneten sich die Messer und Lanzetten auf dem Instrumententisch zu Paaren und schritten ein zierlich klingendes Menuett nach bester Ordnung.«

Der blutsaugerische Geselle verabschiedet sich aus der Erzählung. »Das Gebäude öffnete den Mund, um sein Geheimnis zu verraten, der Herr im Schlafrock kam hervor und ging langsam davon, indem er dem Volke zunickte. Auf dem kahlen Schädel zickzackten die Zeichnungen der Knochennähte, lederne Lefzen zogen sich von blanken Sägen zurück, und aus den Mundwinkeln rieselten zwei dünne, hellrote Blutstrahlen. Im Staube schleiften die Quasten des geblümten Schlafrockes nach und ließen rote, feuchte Furchen auf dem buckligen Pflaster der Straße.« Die Schwestern findet man »in ihren Sesseln zusammengeschrumpft, als Hüllen ihrer einstigen Leiblichkeit, Bündel von Häuten und Kleidern. Aus ihren Körpern war der Inhalt ausgesogen, und ohne eine Spur von vergossenem Blut war an ihnen ein furchtbarer Aderlaß vollzogen.«

Im *Aderlaßmännchen,* das wesentlich komplexer angelegt ist als das *Grabmal auf dem Père Lachaise,* klingen eine Unzahl von traditionellen Themen an. Die Geschichte beginnt an einem »klassischen« Ort der Horror-Literatur, auf einem Friedhof, der von Grabschändern heimgesucht wird, eine Szenerie, wie wir sie von Stevensons *Der Leichenräuber (The Body Snatcher,* 1884) kennen. Der blutsaugerische Geselle mit der üblen Visage erweckt den Eindruck einer Fledermaus. Strobl verbindet das Vampirische mit dem Automatenhaften, indem er mehrmals erwähnt, daß »unter dem Schlafrock ein rostiges Uhrwerk schnarre«. Auf die Vampirsage greift Strobl zurück, indem er den Fremden mit Zauberkräften den Sarg aus dem Grabe befördern läßt. Den Vampiren wird ja die Fähigkeit zugesprochen, ihr Grab nach Belieben öffnen zu können, ohne Spuren zu hinterlassen.

Ein weiteres Motiv, das Strobl verwendet, ist das des »bösen Doppelgängers«, ein Motiv, wie es sich in zahllosen Texten der phantastischen Literatur findet. »Der falsche Hofmayer ist von einer das Grauen verspottenden Possierlichkeit, die stellenweise an E.T.A. Hoffmann erinnert. Als die Nonnen flüchten wollen, bäumen sich ihnen die Türschnallen als zischende Schlangen entgegen; eine ähnliche Stelle findet sich in Hoffmanns *Goldenem Topf«* (Elis).

Vampir auf der Psychiater-Couch

Sturgeon, Theodore

Der Amerikaner Theodore Sturgeon (1918–1985) zählt nach Ansicht mancher Kritiker zu den bedeutendsten Kurzgeschichten-Autoren, die Science-fiction hervorgebracht hat. Sein Roman *More Than Human* aus dem Jahre 1953 (deutscher Titel: *Baby ist drei)* gilt bis heute als einer der zehn berühmtesten Romane dieses Genres.

Sturgeon ist für die Entwicklung der Science-fiction ein ungemein wichtiger Autor. Neben Ray Bradbury gilt er als gefühlvollster Schriftsteller, der oft mit stilistischen Meisterleistungen aufwartete, sich manchmal aber auch am Rande der Sentimentalität bewegt. Bei ihm steht ausschließlich der Mensch im Mittelpunkt der Erzählung, die oft von Liebe und Toleranz gegenüber Andersartigen handelt. Dabei setzt Sturgeon seine Hoffnung ganz auf Kinder und Jugendliche, die allein in der Lage seien, überkom-

mene Vorstellungen abzustreifen und die Welt zu verändern.
Theodore Sturgeon hatte aber auch einen Hang zu Fantasy- und Gruselstücken. Im Jahre 1961 schrieb er den kurzen Vampir-Roman *Blutige Küsse (Some of Your Blood)*.
Schon der Titel verrät, was den Leser hier erwartet: einen jener herrlich schauerlichen, gänsehauterregenden Kopfkissen- und Kaminabend-Lektüren.
Der bemerkenswerte Held dieses Vampir-Thrillers empfindet von Zeit zu Zeit Appetit auf etwas, was schon Graf Dracula dereinst reizvoll erschien.
George, als Kind unserer Tage, allerdings landet mit seinem äußerst komischen Verhalten bald auf der Couch eines verständnisvollen Psychiaters ...

Vampir in Pfaffenkutte
Sullivan, Tim

Der Autor stammt aus dem grünen Maine in Neuengland. Nach einer Odyssee durch die Staaten, die in seinen Stories ihren Niederschlag findet, hat er sich im sonnigen Florida angesiedelt. Sein höchst merkwürdiges Hobby: Joggingläufe um drei Uhr früh. Wenn man Sullivans Erzählung *Los Ninos de la Noche* (1991) Glauben schenkt, dann scheint es in Hollywood von Vampiren zu wimmeln. Einer von ihnen verbirgt schlau seine Blutrünstigkeit unter der Pfarrerkutte. Horrorspektakel mit Sexeinlagen.

Der Vampir von Hannover
Summers, Montague

Der Engländer Montague Summers (1880–1948) war ein homosexueller Gelehrter, der von sich behauptete, ein katholischer Priester zu sein. Er gehörte zu den größten Kennern der älteren phantastischen Literatur. Gründlich dokumentierte er das Genre der »gothic novel« *(The Gothic Quest,* 1938, *A Bibliography of the Gothic Novel,* 1940). Hexerei und Dämonologie waren weitere Bereiche, in denen Reverend Summers sich auskannte *(The History of Demonology,* 1926). Er schrieb ein Buch über den Werwolf *(The Werewolf,* 1933) und verfaßte zwei Studien zum Vampir *(The Vampire, His Kith und Kin,* 1928; *The Vampire in Europe)*.

Bei Summers' kurzem Text *Fritz Haarmann – Der Vampir von Hannover* handelt es sich um einen Bericht über den homosexuellen Massenmörder Fritz Haarmann, der in den Jahren nach dem 1. Weltkrieg in Hannover 27 bestialische Morde oder mehr verübt hatte. Seine Opfer waren männliche Jugendliche im Alter von 12 bis 18 Jahren, denen Haarmann nach Art eines Vampirs einen tödlichen Biß zufügte. Das Fleisch der Ermordeten soll er selbst aufgegessen, für den menschlichen Verzehr verkauft oder zu Würstchen verarbeitet haben. Haarmann wurde zum Tode durch Enthauptung verurteilt, ein Urteil, das man mit einem schweren Säbel vollstreckte.

»Das ist wahrscheinlich einer der außergewöhnlichsten Fälle von Vampirismus, die je bekannt wurden«, schreibt Montague Summers. »Der blutrünstige Erotismus, der tödliche Biß in den Hals sind typisch für den Vampir, und vielleicht war es mehr als bloßer Zufall, daß die Hinrichtungsart im Abtrennen des Kopfes vom Rumpf bestand, gehörte dies doch zu den wirksamsten Methoden, einen Vampir zu vernichten. Im allgemeinen, heutigen Wortsinn war Haarmann zweifellos in jeder Hinsicht ein Vampir.«

T

Vampir-Gemetzel
Tarantino, Quentin

Regisseur Quentin Tarantino (bekannt durch den Streifen *Pulp Fiction)* hat zu seinem Splatter-Movie *From Dusk Till Dawn* das gleichnamige Buch mit dem Untertitel: *Von der Dämmerung bis zum Morgengrauen* verfaßt. Selten gab es ein solches Vampir-Gemetzel in einer einsamen Wüstenkneipe. Das Vorwort stammt von dem Horror-Spezialisten Clive Barker. In dem Buch sind Farbfotos aus dem Blutbad-Streifen.

Vampir-Sarg-Sammler
Taylor, Alvin, und Lenn J. Moffat

Das Autorengespann schusterte die Story *Vater und sein Vampir (Father's Vampire)* zusammen. Ein simples und biederes Geschichtlein um einen übergeschnappten Sammler, in dessen Müll-Kollektion sich ein Sarg inklusive Vampir befindet. Die ungefähr 573. Fassung zum Thema »Vampir im Keller«. Der letzte Stuß.

Dracule und seine Jungfrauen-Schlächter
Tem, Steve Rasnic, und Melanie Tem

Der zehnte Schüler (The Tenth Scholar, 1991) ist eine Geschichte düsterer Eigenartigkeit. Ein schwangeres Schulmädchen, das immer gevögelt wird und am liebsten vor piekfeine Restaurants hinscheißt, Kindermörder, Jungfrauen-Schlächter und Vlad Tepes, der Pfähler, genannt Dracule, gehen darin um.

Vampir-Blutpunsch
Tenn, William

Der amerikanische Schriftsteller William Tenn wurde 1920 in London geboren und begann seine Karriere kurz nach dem Zweiten Weltkrieg. Unterbrochen von anderen Beschäftigungen, er war unter anderem Handelsvertreter und Zahlmeister, schrieb er ab 1946 zwei Romane und über fünfzig Kurzgeschichten, das meiste davon Science-fiction. Seine Stories zeichnen sich oft durch Pointenwitz und trockenen Humor aus, der fast schon an Sarkasmus grenzt. Seine Neigung zur Satire zeigt sich besonders deutlich in *Party of the two Parts,* einer Story über einen galaktischen Pornographen, der »schlüpfrige« Bilder von der Zellteilung (Fortpflanzung) einer Amöbenrasse verkauft. William Tenn hatte an der Universität von Pennsylvania einen Lehrstuhl für Anglistik inne. Seine Werke wurden in der Bundesrepublik Deutschland das letzte Mal Anfang der siebziger Jahre veröffentlicht. Dann hörte man nichts mehr von ihm. Der Autor wurde wohl vom Zug der Zeit überrollt.

Aus der Feder von William Tenn stammt die kurze Vampir-Geschichte *Denn sie geht nur nachts aus … (She Only Goes Out at Night).* Die Story, die 1956 veröffentlicht wurde, spielt in der Gegenwart der Vereinigten Staaten. Ein junger Mann verliebt sich in ein Mädchen aus der Nachbarschaft. Seine Angebetete heißt Tatiana Latianu. Sie stammt aus einer rumänischen Adelsfamilie, die über 500 Jahre alt ist. Leider entpuppt sich die junge Dame als Vampirin, die sich mit Vorliebe nachts herumtreibt und an Dutzenden von Kleinkindern Blut saugt. Aber unser junger Mann hält trotz ihrer schlechten Angewohnheiten zu seiner Freundin und schleppt sie zu einem Facharzt, der auch gleich Rat weiß. »Vampirismus mag im fünfzehnten Jahrhundert eine unheilbare Krankheit gewesen sein, aber ich bin sicher, daß es im zwanzigsten Jahrhundert einen Weg gibt, um mit ihr fertig zu werden. Fürs erste scheint mir dieses nächtliche Leben ein Hinweis auf eine mögliche Allergie gegenüber dem Sonnenlicht zu sein, vielleicht auch ein Anflug von Photophobie.

Sie wird also eine Weile lang dunkle Brillengläser tragen müssen, und dann werden wir sehen, was sich mit Hormoninjektionen machen läßt.

Ein etwas größeres Problem stellt

da schon der notwendige Blutkonsum dar.« Aber er löst es. »Heutzutage wird Blut in einer dehydrierten, kristallinen Form hergestellt. Also schüttet Tatiana Latianu jede Nacht vor dem Schlafengehen ein wenig Pulver in ein Glas Wasser, gibt ein oder zwei Eiswürfel dazu, rührt um, und fertig ist ihr täglicher Blutpunsch.« Der junge Mann und seine Tatiana leben glücklich und zufrieden. Und wenn sie nicht gestorben sind …

Alle Menschen sind Vampire

Thabet, Edith

In dem kurzen Text *Von Biß zu Biß* kommt die 1947 in Wien geborene Autorin Edith Thabet zu dem unheilvollen Schluß: »Der Mensch ist des Menschen Vampir.«

Vampir-Nachtfalter aufgespießt in der Sammlung

Thomas, Roger M.

Von Roger M. Thomas, einem hierzulande unbekannten Autor, wurde in verschiedenen deutschen Horror-Anthologien die Erzählung *James Bradleys Vampir* veröffentlicht.

Der handwerklich solide gearbeitete Text spielt in den USA der dreißiger Jahre (vielleicht wurde er auch bereits zu diesem Zeitpunkt in einem amerikanischen Weird-Fiction-Magazin veröffentlicht, bekannt ist, daß die Story 1965 in einer von dem Grusel-Spezialisten Kurt Singer herausgegebenen Anthologie abgedruckt wurde). Er berichtet in großen Teilen von Ereignissen, die sich fünfzig Jahre zuvor, im Jahre 1872 in einer ländlichen Gegend der USA abspielten.

Das Haus des Farmers James Bradley wird von einem besonders blutrünstigen Exemplar der Vampir-Gattung heimgesucht. Zum Glück steht ihm sein Nachbar, der aus Ungarn stammende Charlie Rednik, ein passionierter Schmetterlingssammler und ein Mann, der sich im Umgang mit ungebetenen Vampir-Gästen bestens auskennt, mit Rat und Tat zur Seite. Charlie Rednik gelingt es nach einigen Versuchen, den als Nachtfalter getarnten Vampir in dem mit Knoblauch versiegelten Bauernhaus dingfest zu machen. Charlie

Rednik spießt das schöne Nachtfalter-Vampir-Exemplar auf eine Nadel, die die Körpermitte durchbohrt. Er führt ein angespitztes Streichholz in den Kadaver ein, das genau auf die Stelle zielt, wo ein Mensch das Herz hat. (Ein Mensch oder einer der sogenannten Untoten.)

Der kunstvoll aufgespießte Vampir-Nachtfalter wird zu einem Prunkstück in seiner Schmetterlingssammlung.

Vampir in der Irrenanstalt
Tolstoi, Alexej K.

Bei Tolstoi (1817–1875) handelt es sich nicht um den Verfasser von *Krieg und Frieden,* sondern um einen russischen Grafen, der zeitweilig Zeremonienmeister am Hofe des Thronfolgers war. 1841 erschien seine umfangreiche Novelle *Der Vampir,* die allem Anschein nach die übelsten Hervorbringungen der europäischen Schauerromantik zum Vorbild hat. In dem Text geht es schlimmer zu als auf dem Exerzierplatz einer preußischen Irrenanstalt.

Weniger Durcheinander als in *Der Vampir,* wo Tolstois Protagonisten unentwegt Opium kauen, herrscht in *Die Familie des Vampirs* (auch: *Die Familie des Wurdalak).* Tolstois französisch geschriebene Novelle *(La Famille du Vourdalak)* erschien posthum 1884 auf russisch. Der italienische Regisseur Mario Bava verwurstete den Stoff für seinen Episoden-Spielfilm *Die drei Gesichter der Furcht (I tre volti della paure,* 1963). Für die Rolle des Blutsaugers mußte der alte Frankenstein-Monster-Mime Boris Karloff herhalten. Bava war für die Verfilmung dieses Stoffes durchaus prädestiniert. Unter dem Pseudonym John Old drehte er so appetitliche und intelligente Streifen wie *Die Stunde, wenn Dracula kommt* (1960), *Vampire gegen Herakles* (1961), *Der Dämon und die Jungfrau* (1963), *Planet der Vampire* (1965) und *Die toten Augen des Dr. Dracula* (1966).

Draculas Herkunft
Tremayne, Peter

Mircea, der jüngste Sohn des Grafen Dracula, schrieb 1480 *Die Chronik der Draculas,* die Geschichte seiner schrecklichen Familie nieder. Mit Feuer und Schwert errichten die Draculas ihre Schreckensherrschaft über die Walachei, aber selbst Mircea packt das Entsetzen, als er hinter das blutige Geheimnis seines Vaters kommt.

1898 entdeckte Bram Stokers berühmter Vampir-Jäger Professor van Helsing die Aufzeichnungen Mirceas in einem russischen Kloster, aber erst als der Autor Peter Tremayne sie im Nachlaß der van Helsings findet, gelangen sie an das Licht der Öffentlichkeit *(Dracula Unborn,* 1977). Für alle Fans des unsterblichen Vampir-Grafen wird in diesem Buch zum ersten Mal die Geschichte seiner Herkunft und seines verruchten Lebens erzählt.

Peter Tremayne hat noch weitere Dracula-Romane verfaßt, von denen aber nur *Dracula Unborn* ins Deutsche übersetzt wurde. Bei dem Namen Peter Tremayne allerdings handelt es sich um ein Pseudonym, hinter dem der britische Schriftsteller Peter Berresford Ellis steckt, der vornehmlich von keltischer Mythologie beeinflußte Fantasy- und Horror-Romane schreibt.

Peter Tremayne lebt in London, in einem Bezirk, der Crouch End genannt wird. Sein Haus, das als »reizendes viktorianisches Haus in der Nähe des Friedhofs Highgate« beschrieben wird, ist nur wenige Minuten von dem malerischen viktorianischen Friedhof entfernt, wo der Schriftsteller Bram Stoker seine Sonntagnachmittage verbrachte.

Stoker benützt diesen Friedhof als Ort für das Grab der untoten Lucy Westenra, wobei er eine tatsächlich existierende Gruft beschrieb.

In Crouch End leben mehr Verleger, Agenten, Lektoren, Journalisten, Illustratoren und Schriftsteller pro Quadratmeter als in jeder anderen vergleichbaren Stadt Großbritanniens.

So wohnte zum Beispiel gleich um die Ecke von Peter Tremaynes Haus der Horror-Schriftsteller und Lovecraft-Epigone Brian Lumley.

Spitzzahnige Liebkosung

Treudl, Sylvia

Geboren 1959 in Krems/Niederösterreich. Studium der Politikwissenschaften/Japanologie. In ihrer Geschichte *In einer anderen Stadt* (1988) endet die Nacht mit »einer spitzzahnigen Liebkosung als Morgengabe«.

Werwolf, Ghoul, Vampir

Tubb, E. C.

Der 1920 in London geborene Autor schreibt anspruchslose Science-fiction nach der Parole »Abenteuer, Vergnügen, Entspannung«. Unter Pseudonym verfaßte E. C. Tubb eine Serie brutaler Weltraumabenteuer, die in den USA dem deutschen Groschen-Heft-Helden Perry Rhodan, der auf Millionenauflagen verweisen kann, Konkurrenz machen sollte. In seine Story *Der Neue (Fresh Guy,* 1963) – an einem anderen Ort wurde sie unter dem Titel *Der Parvenü* abgedruckt – sperrte E. C. Tubb einen knurrenden Werwolf, einen leichenknabbernden Ghoul und einen Vampir ein.

Ergebnis: ein fürchterlicher Unsinn, den man kaum noch als Parodie auf eine Vampir-Horror-Geschichte durchgehen lassen kann.

Vampir-Gespenst

Turgenjew, Iwan

Wenn Théophile Gautier im Jahre 1836 mit seiner Geschichte *Die liebende Tote* die sinnlichste Ausformung des Vampir-Motivs im 19. Jahrhundert schuf, dann verdanken wir Iwan Turgenjews (1818–1883) rund dreißig Jahre später erschienenen Novelle *Gespenster (Prizraki)* die spirituellste.

Das sanfte Gespenst, das den Ich-Erzähler Nacht für Nacht über die Erde trägt, das ihn auf seltsame Weise liebt und zugleich durch sein Blut neue Lebenskraft gewinnen möchte, ist eine idealistische Verklärung des Vampirs. Die Vernichtung ereilt es, ehe es wieder recht zu Leben kommen kann, und der Erzähler meint lapidar: »Ich muß übrigens sagen, daß ich das Aufhören dieser sonderbaren Bekanntschaft nicht gerade beklagte ...« Die nächtlichen Schwärmereien haben bei ihm mehr Angst als Ekstase evoziert. Eine Erfüllung dieser Unio mystica hätte es also ohnedies nicht gegeben, die spiritistischen Halluzinationen Gautiers liegen Turgenjew ganz fern. Seine Menschen leben im Diesseits, haben Güter, machen sich Sorgen über die Aufhebung der Leibeigenschaft. Nur manchmal, wenn sie in Vollmondnächten nicht schlafen können oder wenn von einem

Todesfall gesprochen wird, hören sie »diese durchdringend reinen und scharfen Töne, fast wie die Klänge einer Ziehharmonika ...«. »Der Gutsherr wird seinen Flügen mit dem lichten Vampir mitunter nachträumen wie den zarten philosophischen Idealen seiner Jugend, die ihn wie jene für die Prosa seines Alltags anämisch zu machen drohten, mit Nostalgie, doch ohne den Wunsch, sie mögen wiederkehren« (Sturm).

U

Vampir für kleine Gruselfreunde

Uebe, Ingrid

Vampire fürchten das Licht und lieben die Dunkelheit, von dem, was sie zwischen Sonnenuntergang und Sonnenaufgang treiben, erzählt Ingrid Uebe in sieben teils unheimlichen, teils witzigen *Vampirgeschichten* (1987): Das Eichhörnchen Hansi Nagezahn möchte unbedingt ein Vampir werden und erlebt eine Überraschung. Finettchen Fledermaus geht heimlich zum nächtlichen Tanz der Vampire. Und Willi Vampir hat einen ganz und gar ungewöhnlichen Berufswunsch. Das Buch, in dem die beliebten Fabelwesen mit den scharfen Eckzähnen die Hauptrolle spielen, ist ein Lesevergnügen für die kleinen Freunde spannender Gruselgeschichten. In dem Uebe-Buch *Rudi-Vampir beißt sich durch* ist für Rudi die Vampir-Schule aus, und die kleinen Vampire dürfen in die Nacht hinaus. Nur Rudi darf nicht: Lehrer Beißmich sperrt ihn zum Nachsitzen im Klassenzimmer ein. Bald wird es hell. Aber der Lehrer kommt nach einem Essen mit Blutwurst nicht zurück.

Dracula als Sex-Akrobat

Ungerer, Tomi

Unter dem Motto »Die Liebe als Phantasie ist viel besser als die Liebe in der Wirklichkeit« zeigt der begnadete Zeichner Tomi Ungerer in dreißig farbigen Bildern Figuren wie King Kong, Sherlock Holmes, Tarzan, Fraukensteins Monster und Graf Dracula bei gewissen akrobatischen Kunststükken, die nicht für die Augen Minderjähriger geeignet.

V

Verbrecher-Blut für den Vampir

Vanda, John P.

Unter dem Pseudonym John P. Vanda schrieb der Autor Manfred Böckel, möglicherweise am Feierabend, in den Jahren 1974 bis 1977 ein rundes Dutzend Horror-Heftromane. In einem dieser Hefte mit dem Titel *Der Vampir aus den Bleikellern* (1977) geht es folgendermaßen zu: »Der angekettete Mörder winselte vor Angst wie ein kleines Kind. Verzweifelt versuchte er, die ausgemergelten Arme aus den Eisenringen zu winden, die ihn an die Kerkerwand fesselten. Er zerrte so heftig, daß an den Gelenken die Haut platzte. Blut rieselte aus den Wunden, lief über die hochgereckten Arme und tropfte auf die nackte Brust des Eingekerkerten.

Dieser Anblick machte den Vampir nur noch gieriger. Er dreht total durch.

Vor einer Minute war er einfach durch die Wand gekommen, und nun näherte er sich langsam seinem Opfer. Seine gelblichen Augen mit den geschlitzten Pupillen hatten einen lüsternen Ausdruck. Der Gefangene begann zu schreien. Das machte keinen Eindruck auf Negromorte, den furchtbaren Blutsauger, der seit Monaten in den Bleikellern von Venedig sein Unwesen trieb. Hier, in dem gefürchteten Staatsgefängnis, hatte er bereits Dutzende von Opfern gefunden: Mörder, Straßenräuber, Diebe. Ja, Negromorte, der Vampir, war wählerisch. Schon lange genügte es ihm nicht mehr, das Blut gewöhnlicher Menschen zu trinken. Er brauchte das Blut von Verbrechern. Denn mit ihrem Blut trank er zugleich das Böse, das in diesen Menschen steckte. Um selbst noch gemeiner und noch gefährlicher zu werden. Bösartiger als ein reißendes Raubtier.«

Vampir-Rudel
Verne, Jules

Jules Verne (1828–1905) gilt als einer der wichtigsten Wegbereiter der Science-fiction. Seine Bücher wurden in 143 Sprachen übersetzt. Einige seiner Arbeiten weisen aber durchaus auch phantastische Züge auf, wie zum Beispiel sein Roman *Das Karpathenschloß (Le Château des Carpathes)* aus dem Jahre 1892. In diesem mit altbekannten Kulissen und Utensilien des Schauerromans ausgestatteten Text wimmelt es geradezu von Rudeln von Vampiren. Leider treten die Blutsauger nie in Aktion. Vernes Roman ist ein spätes Beispiel der durch Ann Redcliffe hundert Jahre früher in Mode gekommenen »erklärten Phantastik«.

Ruhrpott-Vampir
Vortmann, Ludger

»Meckern und Motzen. Das könnt ihr. Zum Kotzen!« So spricht – ein Vampir. Wer bisher vorurteilsbehaftet annahm, Vampire seien soignierte ältere Herren aus Rumänien, erfährt durch Ludger Vortmanns Romane *Müller – der Ruhrpottvampir* (1993) und *Müller – Die Ruhrpott-Oberbürgermeister-Hälse-Sammlung* (1994) von einem jugendlichen Vampir mit Familie, der aus dem deutschen Krisengebiet stammt, ohne festen Job ist und auch sonst nichts zum Beißen hat. Da kommt ein Angebot, als Detektiv zu arbeiten, wie gerufen. Merkwürdigerweise ist es die Polizei, die Müller die Aufklärung eines Falles von Fahrerflucht anbietet. Denn die Hüter von Recht und Ordnung haben Wichtigeres zu tun – sie untersuchen UFO-Phänomene. Müller trifft auf schöne Frauen, doch unterdrückt er aufgrund der berechtigten Befürchtung, mißverstanden zu werden, den Drang des Vampirs auf deren schöne Hälse. Müller leidet an Blutmangel und am Reimzwang. Müllers Arzt empfiehlt diesem unter Berücksichtigung seines Allgemeinzustandes und unter besonderer Berücksichtigung seiner Leberwerte eine Änderung des Lebenswandels, einen Ortswechsel und – Genuß von Knoblauch. Welche Ignoranz! Wo die Polizei die Fahrerflucht eines Unfalltäters vermutet, entdeckt Müller einen vertuschten Mordfall. Ob militante Tierversuchsgegner als Opfer einen Fabrikantensohn umbrachten oder gar dessen eigener Bruder, versucht Müller herauszufinden, bis er – versehentlich – den Fall aufklärt, wenngleich ihm die Lösung keineswegs gefällt.

Vortmanns Vampir-Romane sind eine ruhrpottschwarze Parodie auf den gängigen Vampir- und Detektiv-Roman made in Germany, eine amüsante Mischung aus Versatzstücken: die Menschen im Ruhrpott, unterdrückte und schließlich doch ausgelebte Begierden, die Sprache als Kaleidoskop der Zeit. »Vortmann versteht sich auf die Kunst der Pointe. Seine ›flapsigen‹ Sprüche, Pott-Jargon kunstvoll ›überhöhend‹, sind gewöhnungsbedürftig. Enttäuschend freilich ist der Versuch, vampirische Sprachbilder zu finden: Er vertraut auf den sprachlichen Wiedererkennungseffekt, wenn etwa Vampir-Müllers Mutter anmerkt: ›Weihnachten steht vor dem Schloß.‹ Hier bleibt Vortmann ohne Biß, obgleich ihm sonst zwei kurzweilige, bisweilen sogar blutvolle Romane gelungen sind« (Kurt Hofmann).

Ludger Vortmann, geboren 1969 in Marl, lebt als Radiomoderator, Student, Vegetarier und Passivraucher im südlichsten Zipfel des nördlichen Ruhrgebiets.

W

Vampir-Winzling

Waddell, Martin, und Joseph Wright

1986 setzten der Texter Martin Waddell und der Illustrator Joseph Wright in England eine kleine beißwütige Comic-Kreatur in die Welt, die sie auf den Namen *Dracula jun.* tauften (ohne jegliches Weihwasser, versteht sich). Seit 1993 kann man die bösen, bösen Streiche des giftgrünen Vampir-Winzlings auch lesen.
Der Jugendliche oder Erwachsene wird wahrscheinlich mehr Spaß an diesen Bilderbüchern haben als ein Säugling.

Vampir-Dame in der Moosburg

Wagner, Karl Edward

Der amerikanische Autor Karl Edward Wagner schreibt Sword-and-Sorcery und moderne Horror-Stories. Er gilt als später Nachfolger von Robert E. Howard. Wagner wurde als Nachfahr deutscher Einwanderer 1945 in Knoxville/Tennessee geboren. Sein Ur-Ur-Großvater war ein Bruder des berühmten Komponisten Richard Wagner. Wagner studierte an der University of North Carolina, wo er seinen Doktor im Fach Medizin machte. Danach arbeitete er als Psychiater, bis er in den siebziger Jahren sich ganz dem Schreiben widmete. Sein Debüt hatte er 1970 mit dem Roman *Darkness Weaves (Herrin der Schatten).*
Wagner schrieb auch an der zweiten Neuausgabe von Howards *Conan*-Saga mit. Sein Roman *Conan und die Straße der Könige* kommt dem Stil und den Intentionen Howards am nächsten. In zwei weiteren seiner Romane steht der Howard-Held Bran Mak Morn im Mittelpunkt des Geschehens. Wagners seit frühester Jugend anhaltende Begeisterung für die amerikanische Trivial-Literatur und ihre Mythen

führte dazu, daß er sich eine umfangreiche Sammlung von »Pulps« zulegte. Als Verleger seltener, limitierter Fantasy-Bände trat er ab 1973 mit seinem Spezial-Verlag Carsosa in Erscheinung. Wagner betätigt sich auch als Herausgeber und gibt mit *The Year's Best Horror Stories* eine der besten amerikanischen Anthologie-Reihen dieses Genres heraus. Außerdem verwaltet er den literarischen Nachlaß des 1986 verstorbenen Grusel-Altmeisters Manly Wade Wellman.

Wagner, der als hervorragender Stilist gilt, hat sich in den letzten Jahren den Ruf eines Meisters der modernen unheimlichen Geschichte erworben. Im deutschen Sprachraum liegen unter anderem folgende seiner Stories vor, die man sich in diversen einschlägigen Anthologien zusammenklauben muß: *Das vierte Siegel (The Fourth Seal), Kaliber .220 (Caliber .220), Rettungslos verliebt (Behind all Measure), Fluß der nächtlichen Träume (River of Dreams), Unter den Fichten (In the Pines), Wege zum Ruhm (More Sinned Against)*. Seine beste Geschichte dürfte wohl die in Lovecrafts Cthulhu-Mythos angesiedelte Story *Stöcke* – auch: *Stöcke und Stäbe* – *(Sticks)* sein, die 1974 mit dem British August Derleth Fantasy Award ausgezeichnet wurde.

Bekannt wurde Karl Wagner aber hauptsächlich durch seine Sword-and-Sorcery-Roman-Serie *Die Saga von Kane,* Geschichten um einen archaischen Muskelmann vom Stile Conans, die ihm den Ruhm einbrachten, der überzeugendste Nachfolger von Robert E. Howard zu sein. Kane, der Held von Wagners Romanen, ist eine erfrischende Kontrastfigur zu den Conan-Imitationen im Gefolge des Howard-Booms. Kane ist die Fantasy-Version des biblischen Brudermörders Kain. Ein halb vergessener Gott hat ihn einst verflucht und zur Unsterblichkeit verdammt. Wie Wagner selbst sagt, ist Kane die Mischung aus allen Schurken, die ihn seit frühester Jugend in den Geschichten stets mehr beeindruckten als die Guten. »Es gab Zeiten, in denen der Fluch der Unsterblichkeit unerträglich auf Kane lastete. Dann überkamen ihn lange Perioden elender Verzweiflung, in denen er sich völlig von der Welt abwandte und seinen Tag über düsteren Geheimnissen brütend verbrachte. In den Zeiten dieser dunkelsten Depressionen wanderten seine Gedanken ruhelos durch die Jahrhunderte, die er erlebt hatte, während in ihm ein ewig unbeantwortetes Verlangen nach Frieden brannte. Doch dann schmolz die kalte Hoffnungslosigkeit im schwarzen Feuer der Auflehnung gegen jenen alten Gott, der einst seinen Fluch gegen Kane geschleudert hatte.«

Ruhelos zieht Kane durch die Welt einer nicht näher bestimmten barbarischen Vorzeit – ein Ritter der Nacht, Geächteter, Söldner, Magier und der mächtigste Schwertkämpfer seines dunklen Zeitalters. Immer ist er auf der Suche nach Macht und Reichtum, doch am Ende der Geschichten zeigt sich immer wieder, daß alles, was man mit dem Schwert erobert, auch wieder durch das Schwert verlorengeht.

»Im Gegensatz zu Conan ist Kane kein einfältiger Barbarenkrieger, sondern er wirkt hochintelligent, schmiedet raffinierte Pläne und ist ein vielfältiger Charakter, äußerst wandlungsfähig wie ein hochintelligentes Chamäleon.

Vampir-GmbH

Walker, Hugh

Hugh Walker ist das Pseudonym des 1941 in Linz an der Donau geborenen Übersetzers, Schriftstellers und Redakteurs Hubert Strassl. Er besuchte in Linz die Realschule, legte die Matura ab und besuchte anschließend die Universität Wien, um ein Sprachstudium aufzunehmen. Strassl ist, nachdem er sich in österreichischen und bundesdeutschen Science-fiction-Fanzeitschriften einen Namen als Verfasser von Kurzgeschichten machte, mehr und mehr in die professionelle Science-fiction- und Fantasy-Szene vorgedrungen; zunächst als Übersetzer von Science-fiction-Heftromanen und -Taschenbüchern, dann als Autor von Science-fiction-, Horror- und Fantasy-Romanen. Sein mehrbändiger Fantasy-Zyklus über die imaginäre Welt *Magira* erschien auch in den Vereinigten Staaten. Als Herausgeber einer Fantasy-Taschenbuchreihe (von 1974 bis 1982) leistete er Verdienstvolles.

Hugh Walker alias Hubert Strassl verfaßte einige Horror-Heftromane, in denen Vampire und ein Blutsauger namens Drakula (mit »k«) im Mittelpunkt der Handlung stehen: *Vampire unter uns* (1972), *Die Blutgräfin* (1973), *Ich, der Vampir* (1973), *Die Blut GmbH* (1974), *Drakula lebt* (1974), *Drakulas Rache* (1974), *Die Blutpatrouille* (1975), *Das Heer der Untoten* (1976). Heute setzt sich Hugh Walker, zum großen Kummer seiner treuen und zahllosen Fans, nur noch selten an die Schreibmaschine.

Vampir-Mannequin
Warren, Earl

Ab 1974 gehörte Earl Warren, mit bürgerlichem Namen Walter Appel, zusammen mit Neal Davenport (das ist Kurt Luif) und Paul Wolf (das ist Ernst Vlcek) zu den Hauptautoren der Horror-Heftromanreihe *Dämonenkiller.* Für diese und andere Serien verfaßte er einige Dutzend Heft-Romane, darunter *Bei Vollmond wird gepfählt* (1974), *Der Kopf des Vampirs* (1974), *Der Vampir vom roten Mond* (1976), *Amoklauf der Vampire* (1977), *Die Vampir-Oma und ihre Kleinen* (1974), *Der Vampir kommt um Mitternacht* (1977) und *Das Vampir-Mannequin* (1983).

1975 stellte er sich in einem Brief an die Horror-Heftroman-Fangemeinde mit folgenden Worten vor: »Ich kann Euch versichern, daß ich in völlig normalen und recht geordneten Verhältnissen lebe. Irgendwelche okkulte Hobbys habe ich nicht, wenn man von der Lektüre guter Horrorromane absieht, persönlich bin ich bisher noch keinem Gespenst begegnet, habe keine übernatürlichen Erscheinungen erlebt und bin auch gar nicht scharf drauf.

Ich bin 1948 geboren, verdiente früher meine Brötchen nebst Butter als Industriekaufmann im Außendienst und schreibe seit Mitte 1973 hauptberuflich, weil mir das mehr Spaß macht. In meiner Freizeit betreibe ich Sport – Judo, Waldlauf, Schwimmen –, um mich für den harten Job an der Schreibmaschine fit zu halten. Der zweite Grund für mein ›Trimm Dich‹ ist, daß ich nicht in ein paar Jahren mit Bauch und Buckel herumlaufen und bei jeder Treppe keuchen will.

Ansonsten lese ich viel, höre gern

Schlagermusik und verreise ab und zu, und sei es nur übers Wochenende, um mal die Tapeten zu wechseln. Ich gehe auch gern aus, wobei es beim Tanzen meist kritisch wird. Trotz dreier Tanzkurse habe ich von Takt und Rhythmus keine Ahnung, dafür fehlt mir völlig das Gehör, und ich trample dann meist mit meinen zwei linken Füßen im Freistil durch die Gegend.

Da ich meine jeweilige Tanzpartnerin aber immer vorher warne, hat es bisher keine Komplikationen gegeben.

Außer Horror schreibe ich noch Krimis und Western, allerdings nicht alles unter Earl Warren.

Zu Anfang, als ich die ersten Horrorromane schrieb, konnte ich hinterher nur bei Licht einschlafen, obwohl ich keine ängstliche Natur bin. So hatte ich mich in die Materie hineingesteigert. Inzwischen hat sich das aber gegeben. Heute stelle ich die Schreibmaschine ab und schnarche zehn Minuten später friedlich. Das soll nicht heißen, daß ich mich weniger in die Materie hineindächte. Im Gegenteil, ich habe nur besser abschalten gelernt. Horror hat seine eigene Methodik. Es geht nicht nur darum, eine alltägliche Story zu schreiben und diese mit ein paar lebenden Toten, Vampiren etc. zu garnieren, sondern es ist mehr dabei. Eine Horror-Story muß ein Flair echten Grauens vermitteln, eine Ahnung grausig makabrer und unheimlicher Wesen und Dinge, unfaßlich dem Verstand, jenseits der Bereiche des Lichts, der Luft und des menschlichen Lebens, sonst ist sie wie eine Suppe ohne Salz.

Was wissen wir von diesen Dingen?

Nichts. Und gerade darum sind sie so faszinierend und geben dem Autor soviel Spielraum. Seit den Anfängen der Menschheit existiert die Furcht vor dem Übernatürlichen. Zu allen Zeiten gab es Erzählungen von Dämonen, Geistern und Spukereignissen.

Sollten all diese Erzählungen und Geschichten nur der menschlichen Phantasie entsprungen sein … oder ist da doch etwas?

Spüren wir instinktiv, daß sich hinter der Oberfläche der Dinge manches versteckt, von dem wir keine Ahnung haben, das besser für alle Zeiten unerkannt und vergessen bliebe?

Es liegt mir fern, Euch eine Gespensterfurcht einimpfen oder Euch etwas einreden zu wollen. Aber besonders wir in der westlichen Zivilisation praktizieren einen krassen Materialismus und einen Technikkult. Nur weil wir uns nie um die Dinge gekümmert haben, die abseits von unserem Wege liegen, so heißt das nicht, daß da nichts sein könnte.
Nun, was sollen wir uns den Kopf zerbrechen über Spekulationen und Hypothesen, wo wir alle genug reale und greifbare Probleme haben? Warum künstliche Schrecken zeugen wollen, wo es genug echte gibt, und weshalb im dunkeln tappen, wenn es im Licht genug zu finden gibt?
Wir wollen sie nicht zu ernst nehmen, die Horror- und Gruselstories. Aber ab und zu einen kleinen Ausflug in die Welt des Makabren, einen delektierlichen Abstecher in die Abgründe des Grauens, eine kleine Reise in die Dimensionen des Horrors und der Dämonen, die wollen wir uns doch gönnen.
Ich will mich nach Kräften bemühen, Euch auch in Zukunft ein wenig Gruseln und Gänsehaut zu vermitteln, vor allem aber eine gute und spannende Unterhaltung.«

Vampir-Rebell für die Hochzeit

Warrington, Freda

Freda Warringtons umfangreicher Roman *A Taste of Blood Wine* aus dem Jahre 1992 erschien in der Bundesrepublik unter dem Titel *Blut der Liebe.* Der deutsche Verlag wirbt für das Buch mit dem Text: »Sie dachten, Sie wüßten schon alles über Vampire? Freda Warrington belehrt Sie mit diesem unterhaltsamen Vampir-Roman eines Besseren.«
Es ist das Jahr 1923, und Madeleine Neville feiert ihren achtzehnten Geburtstag. Ihr Vater, Professor an der Cambridge University, hat illustre Gäste geladen. Unter ihnen ein gewisser Karl von Wultendorf, der, so hat Madeleine längst für sich entschieden, ihr zukünftiger Ehemann werden soll. Ausgerechnet an diesem Abend zeigt Madeleines Schwester, die stille und scheue Charlotte, zum ersten Mal so etwas wie Eigenwillen. Sie will den attraktiven Karl für sich haben. Ihre Liebe wird zu einer Obsession –

und bald zu einer Gefahr für das ganze Haus. Denn was keiner wahrhaben wollte, obwohl die Zeichen untrüglich waren, wird bald alptraumhafte Gewißheit: der distinguierte Karl ist ein Vampir. Ein Vampir obendrein, der aufbegehrt und rebelliert gegen seinen Herrscher, gegen die Grenzen seines Daseins.

Freda Warrington wurde 1956 in Leicestershire geboren und wuchs in der Umgebung von Charnwood Forest auf. Sie besuchte das Loughborough College of Art and Design, arbeitete als Grafikerin und Illustratorin, bevor sie 1986 ihren ersten Roman, *A Blackbird in Silver,* veröffentlichte. Seither schrieb sie einige Fantasy-Romane. Das *Blut der Liebe* eröffnet eine dreiteilige Vampir-Sequenz, deren zweiter Teil, *Advance in Blood Velvet,* in England 1994 erschienen ist. Unter dem Titel *Dracula – Der Untote kehrt zurück* schrieb sie eine Fortsetzung zu Bram Stokers Vampir-Klassiker *Dracula.* Freda Warrington zeigt 1997, als Stokers *Dracula* 100 Jahre alt wird, wie der legendäre Vampir-Klassiker klingt, wenn weibliche Erotik um das Jahr 2000 im Spiel ist. Selbst der recycelte Dracula wird bei Warringtons Teil-Zwei-Schmöker zum missionarischen Sex-Rebellen und gibt Mina eifrig antibourgeoise Verhaltens-Tips: »Und zu den spießbürgerlichen Regeln Ihrer ach so mitfühlenden Gesellschaft wollen Sie tatsächlich zurückkehren? Ich schere mich nicht einen Deut um deren kleinliche Wertvorstellungen! Sie halten mich für ein Ungeheuer? Und dennoch bin ich derjenige, der Sie niemals verurteilen oder verlassen wird. Ich werde Sie stets willkommen heißen, auch wenn Sie von mir gehen.« Die Ex-Illustratorin Warrington läßt Dracula mit seinem technisch versierten Widersacher Abraham van Helsing über Gut und Böse philosophieren. Die Liebe verwandelt den bösesten Blutsauger aller Blutsauger in einen stinknormalen Softie, der schon mal weint! An einem brodelnden Lava-See, dem Drachenkessel »Yadu Drakuluy«, nach dem Draculas Familie einst benannt wurde, wird der Vampir-Jäger van Helsing von einer Lanze durchbohrt. Der Satans-Schüler Beherit will Mina in den rotglühenden Teufelsschlund werfen. Dracula rettet sie und erlebt dabei die schönste Metamorphose vom Blut-Biest zum romantischen Edelmann: »All mein Lebenswille hing an dir, an deinem Blut und an deinem Fleisch und an deiner Seele. So sehr ich mein Leben auch geliebt habe, deines liebe ich mehr. Ich tue dies, damit deinem Sohn nicht die zärtlichste Liebe seiner Mutter vorenthalten wird.« Der geläuterte Blutsauger springt in die rotflüssige Erde.

Nosferatu tötet Dracula

Watt-Evans, Lawrence

In der Story *Der Name des Schrekkens (The Name of Fear,* 1991) beklagt der Vampir Nosferatu sein elendes Dasein. Die Menschen fürchten ihn nicht mehr und reißen Witzchen über ihn. Das Volk weiß, daß Vampire weder die Sonne ertragen noch Silber, noch Kreuz. Diese unreinen Wesen können nirgendwo eintreten, wohin sie nicht gebeten werden, können kein fließendes Wasser überqueren, Weihwasser verbrennt sie wie Säure, und einfacher Knoblauch ist ihnen ein Greuel. Da beobachtet der frustrierte Unhold im Jahre des Herrn 1476 den blutrünstigen Verrückten, Fürst Vlad III., Dracula, Sohn des Drachen, Fürst der Walachei und Geißel der Türken, bei seiner Lieblingsbeschäftigung, dem Pfählen Tausender von Gefangenen.
In seinem Vampir-Hirn beschließt Nosferatu, so zu werden wie der gnadenlose Fürst: gefürchtet und Angst und Schrecken verbreitend. Nosferatu lauert dem Fürsten auf und bricht ihm das Genick. Aber er säuft nicht das Blut des Getöteten. Einen neuen Vampir zu erschaffen paßt überhaupt nicht zu dem, was er für jetzt geplant hat. Nosferatu wollte keine Nebenbuhler.
Nosferatu trägt die Kleidung und die Krone, die er der Leiche abgenommen hat, fertigt sich aus Schweineborsten und Pferdehaar einen Bart, schneidet sich die Haare und kämmt sie wie der Fürst. Jetzt war ER Dracula.

Arzt hält seine Braut für Vampir-Weib

Wehner, Horst

1919 erschien in der von Karl Hans Strobl herausgegebenen Zeitschrift *Der Orchideengarten,*

die sich ausschließlich der phantastischen Literatur widmete, die Vampir-Erzählung *Das Tagebuch des Dr. Hedderson* von Horst Wehner, einem heute in Vergessenheit geratenen Schriftsteller. Ein opiumsüchtiger Arzt glaubt, seine Braut sei ein Vampir; er tötet sie in der Hochzeitsnacht. Der Polizeikommissar verfällt ebenfalls dem Rauschgift, das in ihm ganz dieselbe Wahnvorstellung erweckt; er tötet seine Frau auf die gleiche Weise.
Wollte man für die Interpretation dieser Erzählung das »kollektive Unbewußte« C. G. Jungs bemühen, würde das bedeuten, »daß in der Erzählung das zeitgenössische Überlegenheitsgefühl des Mannes zum Ausdruck kommt, der sich der als dämonisch empfundenen Frau nur mehr durch sadistische Gewaltanwendung erwehren kann« (Elis).

Örtliche Tageslicht-Vampirin

Weigand, Jörg

Mit einer besonderen Abart, einer Tageslicht-Vampirin, beschäftigt sich der bekannte Autor und Herausgeber Jörg Weigand: *Isabella oder Eine ganz besondere Liebe* ist eine »Novelle aus heutiger und vergangener Zeit«, in der ein arbeitsloser Computerspezialist aus Westdeutschland im armen Osten Deutschlands auf einen höchst anziehenden weiblichen Vampir trifft. Weigand, Jahrgang 1940, ZDF-Redakteur in Bonn und Sinologe, hat bisher sechs Bücher zur Kultur- und Geistesgeschichte Chinas geschrieben, aber auch schon viel im Bereich SF publiziert. Besonders als Herausgeber hat er sich viele Verdienste erworben. Von ihm als Autor gibt es im SF- und Fantasy-Bereich bisher nur kürzere Werke in Anthologien und Story-Sammlungen.

Vampir als Touristen-Schreck

Welles, Eva Anna

Der Vampir Aelanors haust ... *der Sage nach auf Santorin* ..., berichtet die unter Pseudonym schreibende Autorin (geboren 1947 in Wien) in ihrer Kurzgeschichte aus dem Jahre 1988. Der Insel-Unhold delektiert sich mit Vorliebe an Körper und Blut ausländischer Touristinnen.

Vampir-Satanisten im Erziehungsheim

Wellman, Manly Wade

Wellman wurde 1903 als Sohn eines Arztes in Kamundongo, Angola, geboren. Im Alter von sechs Jahren kam er in die USA. An der Witchita State University studierte er Literatur. Wellman bewegte sich im Bereich der phantastischen Horrorgeschichte, der Science-fiction, der Fantasy und des Krimis. Er gewann zahlreiche literarische Preise, unter anderem den »Edgar« und den H. P. Lovecraft Award. Seine erste Veröffentlichung hatte Wellman 1927 in *Weird Tales*. Der Autor starb 1986. Im Verlauf einer langen, abwechslungsreichen Karriere von über fünfzig Jahren hat Wellman Dutzende von Romanen und Hunderte von Kurzgeschichten veröffentlicht. Am meisten werden seine Horror-Geschichten geschätzt, von denen viele im Süden spielen und sich um John drehen, einen landfahrenden Folklore-Sänger, der mit seiner mit silbernen Saiten bestückten Gitarre in der Hand durch die Gebirge des Südens streift und allerhand unheimlichen Merkwürdigkeiten begegnet. Im Deutschen liegt zum Beispiel die John-Story *Das Feuerloch (Owls Hoot In The Daytime)* vor. Wellmans Erzählungen stehen teilweise in der Tradition eines Mark Twain. Sie sind bestechend einfach und reich an Lokalkolorit und Verständnis für das Denken des einfachen Mannes auf dem Lande.

In der BRD kennt man Wellman bereits seit Anfang der sechziger Jahre, als einige seiner Science-fiction-Sachen als Heftromane veröffentlicht wurden. Eine ausgezeichnete Spukhaus-Story gelang ihm mit *Wo's Engel graust.* Wellmans Werk ist literarisch von geringer Bedeutung, aber immer unterhaltsam. In seiner Schlitzohrigkeit erinnert er an seinen Landsmann Robert Bloch.

In Wellmans Story *Die Satansschüler (School for the Unspeakable,* 1967) wird der junge Jim Setwick in ein abgelegenes Internat gesteckt, das einen Sammeltopf für schwer erziehbare Jugendliche aus reichem Hause darstellt. Er macht wenig erfreuliche Bekanntschaft mit drei Schülern, die anscheinend ihre Freizeit damit zubringen, dem Herrn der Finsternis zu huldigen. Setwick weigert sich, bei den üblen Kulten der Satansschüler mitzumischen. Die gottlosen Kreaturen stürzen sich auf Setwick, um ihm »das Blut auszusaugen, um ihre eigenen abgestorbenen Adern damit zu mästen und ihn zu ihrer eigenen ekelhaften Existenz zu verdammen«. Setwick gelingt es zu entkommen und bekommt zu hören, daß das Internat bereits vor fünfzig Jahren zugemacht wurde, als der Heimleiter eines Tages in Wahnsinn verfiel und drei seiner Schüler ums Leben brachte. Zieht man von Wellmans Story die vampirischen Satanisten ab, dann ähnelt seine Schilderung Algernon Blackwoods ähnlich gearteter Geschichte *Schwarze Riten (Secret Worship).*

Ab 1943 schrieb Wellman nach dem Beispiel von Seabury Quinn eine Serie von Geschichten, in deren Mittelpunkt die Abenteuer des okkulten Detektivs John Thunstone stehen.

In einer Story aus dieser Serie *(Das letzte Grab von Lill Warran/ The Last Grave of Lill Warran,* veröffentlicht 1951 in *Weird Tales)* verquickt er auf eigenartige Weise das Werwolf-Motiv mit dem Vampir-Motiv. Er beruft sich in diesem Zusammenhang auf die Studien des englischen Phantastik-Spezialisten Montague Summers (1880–1948) zu diesem Thema – *The Vampire, His Kith and Kin* (1928) und *The Werewolf* (1933).

In einer anderen Vampir-Story von Manly Wade Wellman, die aus dem Jahre 1940 stammt – *Als der Mond schien (When it was Moonlight)* – macht der Autor ausgerechnet seinen Schreibkollegen Edgar Allan Poe zum Helden der Handlung. Manly Wade Wellman verpaßt dem Grusel-Kauz eine Knoblauchfahne (Fusel kriegt er keinen) und läßt ihn in einem Verschlag eine nächtliche Blutsaugerin fangen.

Als Ursache für das Entstehen vampirischer Untoter nennt Wellman in dieser Story übrigens das Mondlicht, das Leichen mit neuem Leben beseelt, einen Vorgang ähnlich dem, der Menschen bei Vollmond in Werwölfe verwandelt.

Pumuckl-Vampir
Welsh, Renate

Ja, da staunte Frau Lizzi nicht schlecht, als sie beim Saubermachen einen winzigkleinen Vampir in ihrer Wohnung entdeckte. Nach dem ersten Schrecken beschließt sie, das Vamperl mit der Flasche aufzuziehen – mit Milch versteht sich, nicht etwa mit Blut. So wächst der kleine Vampir heran und entwickelt ganz ungewöhnliche Eigenschaften: Wird nämlich ein Mensch zornig und böse, dann ist das Vamperl gleich zur Stelle. Er versetzt dem Wüterich einen Stich in die Galle und saugt das Blut aus ihr heraus. *Das Vamperl* erblickte 1981 das Licht der Welt. Seine geistige Mutter ist die Österreicherin Renate Welsh, eine hochdekorierte Autorin von Kinder- und Jugendbüchern. Ihre haarige Kreatur in Zwergpinscher-Format darf man sich als eine Kreuzung zwischen Plüsch-Fledermaus-Tier und Meister Eders Pumuckl vorstellen.

Casanova für Vampir-Töchter

Wiesner, Birgit

Bei Birgit Wiesners Vampir-Geschichte *Schloß Aschebisky* in dem Vampir-Story-Buch *Draculas Rückkehr* soll der neue Butler, ein ausgemachter Casanova-Typ, endlich die keusche Vampir-Tochter verführen. Antonio hält sich für den größten Frauenjäger aller Zeiten und beginnt mit dieser Aufgabe nur zu gerne seinen Dienst auf Schloß Aschebisky: »Unzählige weibliche Wesen habe ich schon erlegt. Doch egal wie begehrenswert sie mir auch schienen, keine konnte meine Gier befriedigen.« Auf dem Schloß waren zur Freude der Casanova-Kopie noch mehrere verlockende Frauen wie Tante Hiltrud und die Gemahlin des Schloßherren, die Antonio mit gierigen Augen taxierten: »Schau dir mal seinen Körper an. Oh, knackig! Zwei runde Brötchen. O ja, wie wohl sein Tommy ist?« Allerdings endet der Triumph über Charlottes Unschuld nicht sehr befriedigend für Antonio: Er wird von Mutter und Tante ausgesaugt.

PSI-Vampire

Wilkins-Freeman, Mary

Die amerikanische Schriftstellerin Mary Wilkins-Freeman hat einige atmosphärisch sehr dichte Gespenster-Geschichten geschrieben, die den Vergleich mit den verwandten Erzählungen eines Henry James oder einer Edith Wharton nicht zu scheuen brauchen. In den USA werden ihre *Collected Ghost Stories* bis zum heutigen Tage immer wieder gerne aufgelegt, beispielsweise zuletzt 1994 im legendären Arkham Verlag von August Derleth.

Im deutschen Sprachraum kennt man Mary Wilkins-Freeman nur durch ihre Geschichte *Luella Miller* aus dem Jahre 1902. Luella Miller ist ein Seelen-Vampir, der jeden umbringt, der einfältig genug ist, sich um sie zu sorgen und ihr zu helfen. Sie ist wie ein kleines Kind, mit einem Messer, das auf alles einsticht, ohne zu wissen, was es damit anrichtet.

Neben Mary Wilkins-Freeman haben sich auch andere Autoren wie Arthur Conan Doyle *(Der Parasit)*, Fritz Leiber *(Das Mädchen mit den hungrigen Augen)*, Jack Sharkey *(Die Dämonin)*, Colin Wilson *(Vampire aus dem Weltraum)* und in neuerer Zeit Kathe Koja *(Monstrositäten)* in ihren Erzählungen dem Seelen-Vampir zugewandt. Die englische Okkultistin Dion Fortune, eine Novizin des Ober-Satanisten Aleister Crowley, versucht in ihrem Buch *Psychic Self Defense* (deutscher Titel: *Selbstverteidigung mit PSI)* aus dem Jahre 1931 dem Phänomen des Seelen-Vampirismus auf die Spur zu kommen. Sie verbindet den Vampirismus unmittelbar mit dem »bösen Blick« und negativen paranormalen Kräften. In diesem Zusammenhang steht auch ihre Schilderung über eine Schulleiterin, die einen »psychischen Anschlag« auf sie verübte. Sie gibt darüber im ersten Kapitel ihres Buches Auskunft, und es klingt alles andere als »paranormal«. Dion Fortune suchte sie auf, um ihr mitzuteilen, daß sie die Schule verlassen werde – obwohl sie von einer Kollegin gewarnt worden war, die ihr sagte, sie werde, wenn sie der Schulleiterin erst einmal gegenüberstehe, die Schule niemals verlassen. Die Angriffsmethode der Frau bestand darin, Dion Fortune zu suggerieren, daß sie unfähig und ohne Selbstvertrauen sei. Sie wiederholte diese Behauptung immer wieder, vier Stunden lang. »Ich hatte als kräftiges, gesundes Mädchen ihr Zimmer betreten und kam seelisch und körperlich als Wrack wieder heraus; drei Jahre lang war ich dann krank.«

Ob die Leiterin tatsächlich paranormale Methoden anwandte, sei dahingestellt, ihr Angriff jedoch bewirkte, daß sich Dion Fortunes Interesse dem Bereich der Psychologie und später dem Okkultismus zuwandte.

Dion Fortunes kurzes Kapitel über Vampirismus ist wahrscheinlich die einfühlsamste Darstellung, die zu diesem Thema existiert. Sie beschreibt Fälle, die ihr in ihrer Praxis als Psychiaterin begegneten, wo ein Ehepartner dem anderen anscheinend alle Energie entzieht oder ein Elternteil sich von der psychischen Lebenskraft des Kindes nährt. (Sie ist der Meinung, daß der Ödipuskomplex in den meisten Fällen darauf zurückzuführen ist.) »Aufgrund unseres Wissens über Telepathie und die magnetische Aura scheint mir die Annahme nicht unberechtigt, daß auf irgendeine Weise, die wir noch nicht völlig verstehen, der negative Partner einer solchen Beziehung sich an den positiven Partner kurzschließt. Dadurch verliert er Lebenskraft, die der dominierende Partner sozusagen bewußt aufnimmt, wenn nicht sogar bewußt aussaugt.«

Dion Fortune berichtet im weiteren über den Vampirismus unter den Berberlangs der Philippinen, die sozusagen als Ghoulen oder Dämonen ihrem Vampirismus frönen, indem sie ihren »Astralkörper« vom physischen Körper loslösen und die Lebenskraft anderer – also kein Blut – aussaugen. Sie beschreibt dann einen Fall, den sie aus eigener Anschauung kannte. In einem Haus sprang jeden Abend zur gleichen Zeit die Fenstertüre auf, die auf die Veranda führte, ganz gleich, wie man sie verbarrikadierte. Einer der Hausbewohner, ein junger Homosexueller, befand sich in psychiatrischer Behandlung. Es handelte sich um einen noch nicht Zwanzigjährigen, dem jegliche Lebenskraft zu fehlen schien. Eines Abends, als die Hunde in einem benachbarten Zwinger wieder zu bellen anfingen und die Fenstertür sich öffnete, war auch ein Adept zugegen. Er erklärte sogleich, daß eine unangenehme unsichtbare Entität eingetreten sei. »Die Anwesenden löschten fast alle Lichter und konnten dann ein schwaches Glühen in einer Ecke des Zimmers erkennen …; als die

Beteiligten ihre Hände in dieses Glühen hielten, spürten sie ein Prickeln, wie man es erfährt, wenn man seine Hände in elektrisch geladenes Wasser steckt.« Der Okkultist vernichtete den Geist, indem er ihn aus Mitleid »absorbierte«.

Der junge Homosexuelle behauptete, die Ursache des Problems zu kennen. Es handelte sich um seinen Vetter, ebenfalls ein Homosexueller, den man auf den Schlachtfeldern in Frankreich in flagranti ertappte, als er an toten Soldaten Nekrophilie beging, und zur psychiatrischen Behandlung nach England zurückgeschickt hatte. Der junge Mann wurde häufig verpflichtet, ihn zu besuchen, und es kam zu sexuellen Beziehungen. (Bei einer Gelegenheit biß er den Jungen in den Hals und saugte Blut aus.) Nachdem sich die beiden getrennt hatten, tauchten die Phänomene zum ersten Mal auf. Der Junge hatte Alpträume; er träumte, von einem Geist angegriffen zu werden, der ihm die Energie aussaugte.

Der Okkultist, sagt Dion Fortune, war davon überzeugt, daß der nekrophile Vetter in diesem Fall nicht der primäre Vampir war, sondern selbst ein Opfer. Ihrer Theorie nach stammten einige der Soldaten an der Westfront aus osteuropäischen Ländern – insbesondere aus Ungarn –, von denen wiederum einige gewisse traditionelle Kenntnisse in Schwarzer Magie besaßen und, was am bedeutsamsten war, wußten, wie man den »zweiten Tod« vermeidet, das heißt die Auflösung des Astralkörpers nach dem Tode des physischen Körpers. »Sie behaupteten sich im ätherischen Doppel, indem sie Verwundete vampirisierten. Nun ist aber Vampirismus ansteckend; eine vampirisierte Person, der die Lebenskraft genommen ist, fungiert als PSI-Vakuum, das von jedem absorbiert, der vorbeikommt, um die entleerten Vorräte seiner Vitalität wieder aufzufüllen. Er lernte bald aus Erfahrung die Tricks eines Vampirs, ohne ihre Bedeutung zu erkennen, und bevor er weiß, was geschieht, ist er selbst ein voll erblühter Vampir, der andere vampirisiert.«

Jedenfalls glaubte der Okkultist nicht, daß der nekrophile Vetter der Vampir war. Er war der Meinung, daß der Astralkörper eines getöteten Magyaren den Nekrophilen ausbeutete, der dann durch den Biß in den Hals an den jungen Vetter weitergegeben wurde. Das mag alles sehr absurd erscheinen, was sich Dion Fortune da so alles zusammengereimt hat, doch es entbehrt nicht einer gewissen immanenten Logik, und es erklärt den Vampirismus auf eine Weise, wie es anderen Autoren nie gelungen ist.

Vampire aus dem Weltraum
Wilson, Colin

In C. L. Moores Vampir-Stories aus den dreißiger Jahren beschränkt die blutsaugende Brut fremder Sterne ihr vampirisches Treiben noch auf die Planeten Venus und Mars. In Colin Wilsons Roman *Vampire aus dem Weltraum (The Space Vampires,* 1976) dagegen versucht das unreine Gezücht aus den Tiefen des Universums sich auf der Erde breitzumachen.

Vampire aus dem Weltraum ruhen in einem riesigen Raumschiff, fast fünfzig Meilen lang und fünfundzwanzig hoch. Es sieht aus wie ein riesiges, am Himmel schwebendes Schloß. Astronauten von der Erde untersuchen das Raumschiff und entdecken darin einige Dutzend im Tiefkühlschlaf verharrender humanoider Lebewesen. Die Erdlinge bergen zunächst drei der Geschöpfe und schaffen sie zur Erde in ein Forschungslabor. Die Wesen kriechen aus ihren Tiefkühltruhen und schlagen sofort zu. Eines ihrer ersten Opfer, ein junger Mann, wird in diesem Zustand aufgefunden: »Die Lippen waren weggeschrumpft und hatten die Zähne freigelegt, die grau und rissig waren. Das Gesicht erweckte den Eindruck, als wäre es von einem grauen Spinnengewebe überzogen. Dann stellte man fest, daß es ebenfalls zusammengeschrumpft war und der Effekt durch Falten hervorgerufen wurde. Es war das Gesicht eines alten Mannes geworden. Das schwarze Haar färbte sich grau. Auch die Hände waren faltig geworden, und das Fleisch war durchscheinend, als hätte es sich in graues Zelluloid verwandelt.«

Die Wissenschaftler der Erde kapieren schnell, daß sie es mit vampirischen Wesen zu tun haben, die den Menschen die Lebensenergie absaugen. Der Trick mit dem gestrandeten Raumschiff, das sozusagen vor der Haustüre nur darauf wartet, entdeckt zu werden, wird bald durchschaut. Die Vampire verbleiben in ihrer Raumschiffgruft und murren hungrig und enttäuscht ob ihres mißlungenen Plans, die Erde zu erobern. Die drei auf die Erde verbrachten Vampire werden von Wissenschaftlern zur Strecke gebracht, die alle mit umfangreichen Arbeiten zum Thema Vampirismus ihren Doktor gemacht haben. In Colins 240 Seiten starkem Roman werden die Kreaturen aus dem Weltall bereits auf den ersten vierzig Seiten als Vampire entlarvt. Danach geht es nur noch krimimäßig ab; die berufsmäßigen Vampirologen legen den lebenskraftstehlenden Bösewichtern das Handwerk. So manche Stelle in dem Buch erinnert frappierend an die Phantastereien eines Erich von Däniken. Die Kritiker verleihen dem Roman das Prädikat »Superior Science Fiction«.

Der Wilson-Roman wurde 1985 von Poltergeist-Regisseur Tobe Hooper verfilmt und flimmerte unter dem Titel *Lifeforce – Die tödliche Bedrohung* in bundesrepublikanischen TV-Glotzen.

Der Autor Colin Wilson wurde 1931 in Leicester/England geboren. Neben seiner Tätigkeit als Schriftsteller hatte er Gastprofessuren an mehreren amerikanischen Universitäten inne. Wilson ist auch Schallplattenkritiker und ein Kenner der klassischen Musik. Die literarischen Schwerpunkte des autodidaktisch gebildeten, sehr produktiven Autors liegen im psychologischen, okkulten und übersinnlichen Bereich. Sein 1956 erschienenes Erstlingsbuch *The Outsider* machte Furore und wurde zu einem literarischen Standardwerk der Subkultur der sechziger Jahre. Er wurde als der »angry young man« der neuen Schriftstellergeneration in England gepriesen. Sein Buch *Das Okkulte* wurde ein weiterer Welterfolg. Sein phantastischer Roman *Die Seelenfresser (The Mind Parasites)*, ein an Lovecrafts »Cthulhu-Mythos« angelehntes Werk, wurde zu einem Kultbuch in San Francisco wie in Moskau. Sachtitel mitgerechnet, hat Wilson an die einhundert Bücher veröffentlicht.

Virus-Vampir
Wilson, Frank

In Frank Wilsons Roman *Expedition des Grauens* werden die Mitglieder einer Urwald-Expedition durch einen unbekannten Virus in wilde Vampire verwandelt. Armee und Präsident müssen ran.

Vampire und Ungeziefer
Windsperger-Polsterer, Margarete

Eine besonders schaurig-schöne Kurzgeschichte stammt von Margarete Windsperger-Polsterer, die sie 1988 in New Haven/Connecticat schrieb; sie handelt von Ungeziefer, Ratten, Vampiren und Männern, die im Hirn und um die Beine ihrer Protagonistin huschen. *Wenn du einen siehst,* ist der Titel der Story: »Den ersten, den du siehst, mußt du zertreten.«

Die Vampir-Frau Esmeralda
Wolf, Paul

Unter dem Pseudonym Paul Wolf veröffentlicht der 1941 in Wien geborene Ernst Vlcek dutzendweise Horror-Romane. Seit 1970 ist der ehemalige Büromaschinentechniker als freier Schriftsteller tätig. Gelegentlich produzierte er auch *Perry Rhodan*-Taschenbücher oder schrieb für die Sword-and-Sorcery-Serie *Dragon, Söhne von Atlantis* und die Serie *Atlan – Im Auftrag der Menschheit.*

Zusammen mit seinem Kollegen Neal Davenport alias Kurt Luif heckte er 1972 die Heftroman-Serie *Dämonenkiller* aus. Seither hat Paul Wolf für alle *Dämonenkiller* die Exposés geschrieben. Er erfand das Grundthema und skizzierte die Handlung. 1974 wurde in dieser Serie mit dem Dämonen-Killer Dorian Hunter von Paul Wolf unter anderem der Heftroman *Die Vampirin Esmeralda* veröffentlicht. Esmeralda ist »ein vom Schicksal gezeichnetes Mädchen, das als Vampir endet«.

Vampir der Neuen Welt
Worrell, Everil

In der Story *The Canal* (1927) von Everil Worrell verkriecht sich ein Vampir-Mädchen auf der Flucht vor ihren Häschern in einem Hausboot, das in einem wasserlosen alten Kanal vor sich hin gammelt. Als der Kanal dann schließlich wieder Wasser führt, kann die kleine Blutsaugerin ihren Verschlag nicht mehr verlassen. Der Vampir als satanischer Gegensatz zu Gott – Jesus konnte auf Wasser laufen – kann kein fließendes Wasser überschreiten.

Ebenso wie Carl Jacobis Erzählung *Larlas Bücher,* die mitten im industriellen Dreck der Neuen Welt angesiedelt ist, mußte auch *Das Mädchen vom Hausboot* – so der deutsche Titel der Story von Everil Worrell – notgedrungen auf viele alte Traditionen des Vampir-Genres verzichten. Der unbestimmte Schluß, der den Leser im Zweifel über den Ausgang der Geschichte läßt, erinnert an manche alten Dracula-Filme, in denen die Handlung nach Ende des Filmes in einer Fortsetzung weitergeht.

Z

Miss Dracula
Zana

Die Geschichte *Miss Dracula* (Originaltitel *Dracula Retold)* von der Autorin Zana ist in der Anthologie *Draculas Töchter* enthalten. Lucy Harker, die Frau von Jonathan Harker (genau, der junge Immobilienagent aus Bram Stokers Dracula-Roman!), langweilt sich nach ihrer Hochzeit mit Jonathan fürchterlich: »Ein Tag war dem anderen verteufelt ähnlich, und ihre Abenteuer erschöpften sich in Kochexperimenten aus dem Zettelkasten.« Gott sei Dank hat sie eine neue Nachbarin. Eine etwas ältere Dame mit dem Namen Dracula, die gerne unter schattigen Bäumen sitzt und Bücher wie *Sexualpolitik* liest. Eine Vampirin meint zu Lucy: »Wegen Typen wie ihm hast du dich, wie andere auch, jahrhundertelang verstecken müssen. Ich hab's total satt, den ganzen Tag wie'n Zombie rumzulaufen – zartes Lächeln, rasierte Beine, Büstenhalter und dann noch für'n paar mickrige Kröten dämliche Jobs zu machen.«
Die Schriftstellerin Zana kommt aus kleinbürgerlichen Verhältnissen, ist jüdisch und behindert. Sie arbeitet gerne im Gemüsegarten, wo sie sich durch die Höhen und Tiefen ihrer Wechseljahre tragen läßt. *Miss Dracula* stammt aus den der Anthologie *Lesbian Bedtime Stories* (Herausgeberin Terry Woodrow), die ursprünglich im Verlag Tough Dove 1989 erschien.

Faschings-Vampire
Zietsch, Uschi

Uschi Zietsch ist eine waschechte Münchnerin. Jahrgang 1961, Tochter eines bayerischen Ministers, studierte an der Uni München und arbeitet seither im Bereich Marketing/PR. Seit ihrer Schulzeit verfaßte sie Geschichten, und 1986 erschien ihr

Fantasy-Roman *Sternwolke und Eiszauber.* Unterstützt wird sie in ihrem Schaffen von Mann, Hund und Kater.

»Warum lieben die Vampire die Faschingszeit so sehr?« fragt die Autorin in ihrer Erzählung aus dem Jahre 1994. Und ihre blutsaugenden Helden antworten darauf. »Weil dies die einzige Zeit ist, zu der wir uns nicht verkleiden müssen, sondern uns so zeigen können, wie wir wirklich sind, und keinem fällt es auf.«

Vampirismus wird gesellschäftsfähig

Zuzak, Eleonore

Die 1925 in Wien geborene Autorin formuliert in dem kurzen Text *Die Zählung* (1988) folgende ausbaufähige Idee: »Vampirismus ist eine Krankheit, und daß man sich ihrer schämt, ist typisch. Die Folge ist der Wunsch, sie zu verbreiten. Wenn viele darunter leiden, wird sie gesellschaftsfähig.«

BIBLIOGRAPHIE – Sekundär-Literatur

Allwörden, Horst von: Dan Shockers phantastische Welten, Jürgen Grasmücks Hauptwerke, in: Fantasia 61/62, Passau (Erster Deutscher Fantasy Club e.V.), 1991.

Alpers, H. J., Fuchs, W., Hahn, R. M.: Dokumentation der Science Fiction ab 1926 in Wort und Bild, Celle (Tandem), 1978.

Alpers/Fuchs/Hahn/Jeschke: Lexikon der Science Fiction Literatur, München (Heyne), 1987.

Anonymus: Geistergrusel locker aus dem Handgelenk – 20 Jahre John Sinclair, in: Presse und Buch News im Bahnhof, 1993.

Baumann, D. Hans: Horror – Die Lust am Grauen, Weinheim und Basel (Beitz), 1989.

Beahm, George (Hrsg.): Die Welt des Stephen King – Was Sie schon immer über den »Meister des Horrors« wissen wollten, München (Heyne), 1992.

Becker, Günther: Vampire sind ja gar nicht so, in: Tageblatt (Heidelberg), 28.3.1980.

Bergmann, Ed: Sneak Preview – Bram Stoker's Dracula, in: Necropolitan, 1/93.

Bloch, Robert: Einführung zur Anthologie »Cthulhu's Schüler« (Hrsg.), Edward P. Berglund, Bergisch Gladbach (Bastei-Lübbe), 1980.

Borges, Jorge Luis: Vorwort zur Sammlung »Der entwendete Brief« von Edgar Allan Poe, München (Goldmann), 1989.

Borges, Jorge Luis: Vorwort zur Sammlung »Apollos Auge« von G. K. Chesterton, München (Goldmann), 1989.

Brittnacher, Hans Richard: Ästhetik des Horrors. Gespenster, Vampire, Monster, Teufel und künstliche Menschen in der phantastischen Literatur. Frankfurt am Main (Suhrkamp), 1994.

Collings, Michael R.: Stephen King und seine Filme, München (Heyne), 1989.

Compart, Martin (Hrsg.): Das Sherlock Holmes-Buch, Zum 100sten Geburtstag des Meisterdetektivs, Frankfurt/M. – Berlin (Ullstein), 1987.

Coppola, Francis Ford, und James V. Hart: Bram Stoker's Dracula – Der Film und die Legende, Bergisch Gladbach (Bastei-Lübbe), 1993.

De Camp, L. Sprague: Lovecraft, Eine Biographie, Frankfurt/M – Berlin (Ullstein), 1989.

Del Rey, Lester: Vorwort zur Sammlung »Shambleau« von C. L. Moore, München (Heyne), 1990.

Doerry, Martin: Die Wiederkehr des Vampirs – Gruselspektakel aus Hollywood, in: Der Spiegel Nr. 49, 1994.

Dreßler, Doris: Der Vampir eines Vergessenen. Höhepunkte einer englischen TV Operninszenierung, in: Vampire, Bochum (Fantastisches Forum Nr. 13), 1994.

Duwald, Frank: Königin der Vampire – Die Bestseller-Autorin Anne Rice, in: Nachtschatten, Berlin, Nr. 10, 1991.

Elis, Ingeborg: Das Vampir-Motiv in einigen deutschen »Horror«-Geschichten, in: Franz Rottensteiner (Hrsg.), Quarber Merkur, Aufsätze zur Science Fiction und Phantastischen Literatur, Frankfurt am Main (Suhrkamp), 1979.

Farson, Daniel: The Man who wrote Dracula, A Biography of Bram Stoker, London, 1975.

Gerlach, Hildegard: Nachwort zur Sammlung »Der Zauberer« von Nikolai Gogol, Freiburg im Breisgau (Herder), 1980.

Gerlach, Hildegard: Nachwort zur Sammlung »Die Botschaft des Gehängten« von Alexander Dumas, Freiburg im Breisgau (Herder), 1981.

Görden, Michael: Karl Edward Wagner – Die Saga von Kane, in: ders., Das große Buch der Fantasy, Bergisch Gladbach (Bastei-Lübbe), 1990.

Görden, Michael (Hrsg.): Phantastische Literatur 83, Bergisch Gladbach (Bastei-Lübbe), 1983.

Görden, Michael (Hrsg.): Phantastische Literatur 86, Bergisch Gladbach (Bastei-Lübbe), 1986.

Grossi, Sabine: Pierre Kast – »Die Vampire von Lissabon«, aus der Sendung »Buchreport – Von Verlagen und neuen Büchern«, Österreichischer Rundfunk, Landesstudio Salzburg, 15.12.1979.

Haining, Peter (Hrsg.): Einleitung zu Bram Stoker »Midnight Tales« – »The Dream in the Dead House«. London, 1990.

Haining, Peter: Das große Gespenster-Lexikon, Geister, Medien und Autoren, Herrsching (Pawlak), 1991.

Hofmann, Kurt: Blutrünstiges – Der flapsige Vortmann-Vampir, in: Buchkultur, 2/94.

Hoven, Dieter: Katalex 3, Sämtliche deutschen Horror-Heftroman-Reihen mit Pseudonymschlüssel, Autoren- und Titelindex, Passau

Erster Deutscher Fantasy Club) o. J.
King, Stephen: Danse Macabre – Die Welt des Horrors in Literatur und Film, München (Heyne), 1992.
King, Stephen: Einleitung zur Anthologie »Unheimliches – Horror und übersinnliche Geschichten«, (Hrsg.), Bill Pronzini, Barry N. Malzberg und Martin H. Greenberg, München (Heyne), 1987.
Kirde, Kalju: Algernon Blackwood – Geisterseher und Weltenbummler, Nachwort zur Sammlung »Der Griff aus dem Dunkel« von Algernon Blackwood, Frankfurt/M. (Suhrkamp), 1979.
Kirde, Kalju: H. P. Lovecraft – Schöpfer kosmischer Mythen, Nachwort zur Sammlung »Das Ding auf der Schwelle« von H. P. Lovecraft, Frankfurt am Main (Suhrkamp), 1980.
Körber, Joachim: Notizen aus der toten Zone: Die Romane von Stephen King, in: ders., (Hrsg.), Das Stephen King Buch, München (Heyne), 1990
Körber, Joachim (Hrsg.): Vorwort zur Anthologie »Horror vom Feinsten 2«, München (Heyne), 1993.
Körber, Joachim (Hrsg.): Das erste Buch des Horrors, München (Heyne), 1991.
Körber, Joachim (Hrsg.): Das zweite Buch des Horrors, München (Heyne), 1991.
Koseler, Michael: Algernon Blackwood, in: Franz Rottensteiner (Hrsg.), Die dunkle Seite der Wirklichkeit, Frankfurt/M. (Suhrkamp), 1987.
Krichbaum, Jörg: Der Malpertuiseffekt (oder wieviel Räume hat ein Haus), in: Jean Ray, Malpertuis, Frankfurt am Main (Suhrkamp), 1986.
Kronsbein, Bernd: Batman – Roter Regen, in: Comic Speedline, München (Verlag Thomas Tilsner), Januar 1994.
Kuhr, Carsten: Ray Garton – Hinter schwarzen Gardinen, in: science fiction media, München (Verlag Thomas Tilsner), Nr. 111, August 1993.
Lovecraft, Phillips Howard: Unheimlicher Horror, Das übernatürliche Grauen in der Literatur, Frankfurt/M. – Berlin (Ullstein), 1987.
Lustbader, Eric van: Was wäre, wenn …, Vorwort zu Batman – Der Schwur der Vampire, Hamburg (Carlsen Verlag), 1994.
Manguel, Alberto, und Gianni Guadalupi: Von Atlantis bis Utopia. Ein Führer zu den imaginären Schauplätzen der Weltliteratur, München (Christian Verlag), 1981.
Märtin, Ralf-Peter: Dracula, das Leben des Fürsten Vlad Tepes, Frankfurt/M. (Fischer), 1991.
McCauley, Kirby (Hrsg.): Vorwort zur Anthologie »Acht Stationen des Grauens«, Rastatt (Moewig), 1984.

McCauley, Kirby (Hrsg.): Einführung zur Anthologie »Stille Nacht, grausame Nacht«, Rastatt (Moewig), 1985.
Menardeau-Wittkopp, Gabrielle: E. T. A. Hoffmann, Reinbek bei Hamburg (Rowohlt), 1970.
Meurer, Hans, und Uwe Sommerlad: Die Lüge stirbt nie! Francis Ford Coppolas »Dracula«-Adaption, in: Necropolitan, Nr. 3, Mai 1993.
Meurer, Hans: Einleitung zur Filmographie »Die Dracula-Filme« von Karsten Prüßmann, München (Heyne), 1993.
Page, Michael, und Ingpen, Robert: Faszinierende Welt der Phantasie, Augsburg (Weltbild), 1991.
Praz, Mario: Liebe, Tod und Teufel, Die Schwarze Romantik, München (dtv), 1988.
Prüßmann, Karsten: Die Dracula-Filme, München (Heyne), 1993.
Pütz, Susanne: Vampire und ihre Opfer, Der Blutsauger als literarische Figur, Bielefeld (Aisthesis-Verlag), 1992.
Ray, Jean: Einleitung zu Thomas Owens »Les chemins étranges«, in: Rein A. Zondergeld (Hrsg.), Phaicon 1, Almanach der phantastischen Literatur, Frankfurt am Main (Insel), 1974.
Reimers, Dietrich: Der Mann, der Sherlock Holmes erfand, Die Geschichte des Arztes und Schriftstellers Sir Arthur Conan Doyle, in: »Lesart«, Journal für Literatur, Bonn (Protext-Verlag), Heft 2/1994.
Rottensteiner, Franz: Bram Stoker, in: Joachim Körber (Hrsg.), Bibliographisches Lexikon der utopischen Literatur, Bd. 6, 8. Erg.-Lfg., Meitingen (Corian-Verlag), 1986.
Rottensteiner, Franz (Hrsg.): Über H. P. Lovecraft, Frankfurt am Main (Suhrkamp), 1984.
Rottensteiner, Franz (Hrsg.): Der Einsiedler von Providence, Lovecrafts ungewöhnliches Leben, Frankfurt am Main (Suhrkamp), 1992.
Sammon, M. Paul: Outlaws und Ketzer, Nachwort zur Anthologie »Splatterpunk – Horror extrem«, München (Heyne), 1992.
Schulz-Sempten, Malte, und Uwe Sommerlad: Robert Bloch Special, Necropolitan Nr. 3, Mai 1993.
Sembten, M. S.: Patrick McGrath, in: Necropolitan, 1/93.
Sieg, Ursula: Das Haus als wichtiges Raumelement in den phantastischen Erzählungen Thomas Owens, in: Franz Rottensteiner (Hrsg.), Die dunkle Seite der Wirklichkeit, Frankfurt am Main (Suhrkamp), 1987.
Sommerlad, Uwe: Anne Rice »The Tale of the Body Thief«, in: Necropolitan Nr. 3, Mai 1993.
Sporck, Heinrich: Der Mann, der

Dracula schrieb, in: Vampire, Bochum (Fantastisches Forum Nr. 13), 1994.
Sturm, Dieter, und Völker, Klaus: Vom Erscheinen der Vampire, Dokumente und Berichte, München (dtv), 1973; (Teilabdruck aus »Von denen Vampiren oder Menschensaugern«).
Sturm, Dieter: Literarischer Bericht zur Anthologie »Von denen Vampiren und Menschen-Saugern«, Herrsching (Pawlak), o. J.
Summers, Montague: The Vampire, His Kith and Kin, New York, 1960.
Summers, Montague: The Vampire in Europe, New York, 1961.
Tomlinson, Dorothy: Einführung zur Anthologie »13 Gespensterstories«, München (Heyne-Anthologie 46), 1975.
Tuck, H. Donald: The Encyclopedia of Science Fiction and Fantasy, Chicago, 1974.
Urbanek, Hermann: Ronald Chetwynd-Hayes, in: Körber, Joachim (Hrsg.), Bibliographisches Lexikon der utopischen Literatur, 31. Erg.-Lfg. September 1992, Meitingen (Corian), 1992.
Vent, Klaus Michael: Dracula lebt, in: Fantasia 14, Passau (Erster Deutscher Fantasy Club), 1982.
Vito, Robert: Belle Dame Sans Merci: Nancy Collins und die reale Welt, Nachw. zu Nancy A. Collins' Roman »Der Todeskuß der Sonja Blue«, München (Goldmann), 1992.
Weigand, Jörg: Ich darf alles schreiben, was ich kann und will. Interview mit dem Phantastik-Bestseller-Autor Wolfgang Hohlbein, in: Schriftzeit, Das aktuelle Magazin der Leselust, Nr. 1, 1994.
Wilson, Colin: Das Okkulte, München (Heyne), 1986.
Winkler, Willi: Die Freiheit, ein Sarg, in: Die Zeit, Nr. 14, 2. April 1993.
Wolf, Leonard (Editor): The Essential Dracula, The Definitive Annotated Edition of Bram Stoker's Classic Novel, New York (Plume), 1993.
Wolf, Leonard: Einführung zur Anthologie »Das Beste von Dracula«, herausgegeben von Byron Preiss, Bergisch Gladbach (Bastei-Lübbe), 1992.
Wydmuch, Marek: Lovecraft – oder sich treiben lassen, Nachwort zu »Der Fall Charles Dexter Ward«, Zwei Horrorgeschichten von H. P. Lovecraft, Frankfurt am Main (Suhrkamp), 1982.
Zondergeld, Rein A.: Der unsichtbare Prinz, Nachwort zur Sammlung »Maler Schalken und andere Geistergeschichten« von Joseph Sheridan Le Fanu, Frankfurt am Main (Suhrkamp), 1983.
Zondergeld, A. Rein: Lexikon der

phantastischen Literatur, Frankfurt am Main (Suhrkamp), 1983.
Zondergeld, Rein A.: Thomas Owens Mitleid mit dem Schatten, in: Thomas Owen, Wohin am Abend?, Frankfurt am Main (Suhrkamp), 1983.

Bibliographie

Alberts, Jürgen: J. B. Cool sucht gellen Zahn, in: Arno Löb (Hrsg.), Draculas Rückkehr, Stuttgart (Weitbrecht), 1996.
Allen, Woody: Graf Dracula, in: Wie du dir, so ich mir, Reinbek bei Hamburg (Rowohlt), 1992.
Anonymus (Hrsg.): Vampire, Anthologie, München (Heyne), 1969.
Anonymus: Das Nest der Vampire, Aachen (Verlag der Freibeuter).
Anonymus: Anonymrono-Vampire, Bergisch Gladbach (Der Hexer Nr. 5, Bastei-Lübbe), 1985.
Anonymus: Jacula, die Königin der Vampire, Der Leichenball, Anthologie: Zip und Jacula, Die Königin der Vampire, Aachen (Verlag Der Freibeuter).
Anscombe, Roderick: Das geheime Leben des László Graf Dracula, München (btb) 1997.
Arnold, Theodor: Der Vampir, Schneeburg, 1801.
Artmann, H. C.: Dracula, Dracula, (Verlag der Österreichischen Staatsdruckerei), 1988.
Atwood, Margaret: Horror-Comics, in: Die Giftmischer, Frankfurt am Main (Fischer), 1993.
Bach, Susanna: B. Rausch, Anthologie: Barbara Neuwirth (Hrsg.), Blaß sei mein Gesicht, Vampir-Geschichten von Frauen, Frankfurt am Main (Suhrkamp), 1990.
Bagnall, Brian, und Uschi: Momodoch, München (Heinrich Hugendubel Verlag), 1982.
Baker, Nancy: Blutgesang, Bergisch Gladbach (Bastei-Lübbe), 1995, und Der Vamp, Ullstein, 1997.
Balmore, Cedric: Der Vampir der Oper, Bergisch Gladbach (Bastei-Lübbe, Dämonen-Land Nr. 59), 1992.
Barnaure, Mircea: Der Name Dracula, Unkel/Rhein und Bad Honnef (Horlemann-Verlag), 1993.
Barthel, Irmgard: Zwei ungewöhnliche Freunde, Anthologie: Sonja Hartl (Hrsg.), Gespenster- und Vampirgeschichten Würzburg (Arena), 1993.
Benesch, Kurt: Das Schloß der Vampire, Anthologie: Carola Henke (Hrsg.), Monster, Drachen und Vampire, Ravensburger Buchverlag, 1993,
Benesch, Kurt: Das Schloß der Vampire, Anthologie: Ilse Strasmann (Hrsg.), Das Gruselbuch, Ravensburger Buchverlag, 1983.

Benson, E. F.: Das geheimnisvolle Turmzimmer, Anthologie: James Dickie (Hrsg.), 14 Horror-Stories, München (Heyne-Anthologie Nr. 38), 1973.

Benson, E. F.: Das Turmzimmer, Anthologie: Michael Görden (Hrsg.), Phantastische Literatur 86, Bergisch Gladbach (Bastei-Lübbe), 1986.

Benson, E. F.: Das Wesen in der Halle, Anthologie: Michael Görden (Hrsg.), Der Mann, der zu weit ging, Frankfurt am Main (Suhrkamp), 1994.

Benson, E. F.: Die Turmstube, Anthologie: Mary Hottinger (Hrsg.), Gruselgeschichten, (Unveränderte Neuauflage des 1961 unter dem Titel »Panik« erschienenen Werkes), Zürich (Buchclub Ex Libris).

Benson, E. F.: Mrs. Amworth, Anthologie: Mary Hottinger (Hrsg.), Der Mann, der zu weit ging, Frankfurt am Main (Suhrkamp), 1994.

Benson, E. F.: Mrs. Amworth, Anthologie: Vampire, Die besten Vampirgeschichten der Weltliteratur, München. (Heyne), 1973.

Benson, E. F.: Mrs. Amworth, Anthologie: Kurt Singer (Hrsg.), Horror 3, München (Heyne), 1974.

Benson, E. F.: Negotium, Perambulans, Anthologie: Franz Rottensteiner (Hrsg.), Gespenstergeschichten aus England, Frankfurt am Main (Fischer), 1980.

Benson, E. F.: Negotium, Perambulans, Anthologie: Franz Rottensteiner (Hrsg.), Der Mann, der zu weit ging, Frankfurt am Main (Suhrkamp), 1994.

Benson, E. F.: Und es singt kein Vogel, Anthologie: Peter Haining (Hrsg.), Stunde der Vampire, Frankfurt am Main (Fischer), 1974.

Bergstrom, Elaine, Ein Kind der Finsternis, in: Pam Keesey (Hrsg.), Draculas Töchter, Frankfurt am Main (Fischer) 1997.

Billson, Anne: Biß für Biß, München (Goldmann), 1994.

Blackwood, Algernon: Die Übergabe, Anthologie: Der Griff aus dem Dunkel, Frankfurt am Main (Suhrkamp), 1979.

Blackwood, Algernon: Mortons befremdlicher Tod, Anthologie: Rächendes Feuer, Frankfurt am Main (Suhrkamp), 1993.

Blask, Falko, Vampire im Netz, in: Arno Löb (Hrsg.), Draculas Rückkehr, Stuttgart (Weitbrecht), 1996.

Bloch, Robert: Der lebende Tote, Anthologie: Peter Haining (Hrsg.), Stunde der Vampire, Frankfurt am Main (Fischer), 1974.

Bloch, Robert: Der Umhang, Anthologie: Kleine Bettlektüre mit nachtschwarzen Vampirgeschichten, Ausgewählt von Ursula Gail, Bern–München–Wien (Scherz Verlag).

Bloch, Robert: Der Umhang, Anthologie: Edward Reavis (Hrsg.), 13 × Frankenstein wie er mordet und lacht, München (Goldmann), 1985.

Bloch, Robert: Marsmädchen haben spitze Zähne, Anthologie: Peter Haining (Hrsg.), Ungeheuer, Frankfurt am Main (Fischer), 1976.

Bloch, Robert: Ungarische Rhapsodie, Anthologie: Ich küsse deinen Schatten, Zürich (Diogenes), 1989.

Bofinger, Manfred: Das Gänsehautbuch – ein Abc des Grauens für tapfere Kinder und Eltern, Frankfurt am Main (Eichborn Verlag), 1994.

Boge-Erli, Nortrud: Bianca Vampirutschi oder Die Wahrheit über Vampire, München (dtv), 1993.

Borrmann, Norbert: Vampirismus oder die Sehnsucht nach Unsterblichkeit, München (Diederichs Verlag), 1998.

Boucher, Anthony: Der Todesbiß, Anthologie: Michel Parry (Hrsg.), Raritäten aus des Teufels Küche, Rastatt (Pabel), 1976.

Bradbury, Ray: Der Untermieter, Anthologie: Vampire, Anthologie: Anonymus (Hrsg.), München (Heyne), 1969.

Braem, Harald: Die Toten kommen, in: Arno Löb (Hrsg.), Draculas Rückkehr, Stuttgart (Weitbrecht), 1996.

Breccia, Alberto: Dracula, Hamburg (Carlsen Verlag), 1994.

Brezina, Thomas: Der Tortendracula von Wien, Wien–Stuttgart (Neuer Breitschopf Verlag), 1993.

Brezina, Thomas: Die Nacht der Weißwurst-Vampire, Wien–Stuttgart (Neuer Breitschopf-Verlag), 1992.

Brite, Poppy, Z.: Verlorene Seelen, Bergisch Gladbach (Bastei-Lübbe), 1992.

Büchner, Barbara: Seelenblut, Anthologie: Barbara Neuwirth (Hrsg.), Blaß sei mein Gesicht, Vampirgeschichten von Frauen, Frankfurt am Main, (Suhrkamp), 1990.

Butterfield, Moira, und Mike Gordon: Rette sich, wer kann – Gruselige Spiele mit Gespenstern und Vampiren, Hamburg (Carlsen Verlag), 1993.

Capuana, Luigi: Ein Vampir, Anthologie: Die besten Vampirgeschichten der Weltliteratur, München (Heyne), 1977.

Carson, Gay D.: Der Vampir von Venedig, Rastatt (Dämonenkiller Nr. 69, Erich Pabel-Verlag), 1975.

Carson, Gay D.: König der Vampire, Rastatt (Vampir Heft-Roman Nr. 146, Erich Pabel-Verlag), 1976.

Cauvin: Die Nacht der Vampire, Hamburg (Carlsen Comics), 1993.

Cave, Hugh B.: Bluthochzeit, Anthologie: Das Schnurren der Katze, München (dtv), 1981.

Cerbian, Antonio: Die Ketchup-

Vampire, Hamburg, (Xenos-Verlag), 1992.
Chambers, Aidan: Wenn die Geisterstunde schlägt, München–Wien (Schneider), 1977.
Charnas, Suzy McKee: Der Vampir Baldachin, München (Knaur), 1984.
Chesterton, G. K.: Der Marquis von Marne, Anthologie: Das Geheimnis des Pater Brown, München/Zürich (Knaur),
Carr, John Dickson: Der verschlossene Raum, Köln (DuMont), 1993.
Chetwynd-Hayes, R.: Der Fluchtdämon, Anthologie: Michael Görden (Hrsg.), Vampirnächte, Bergisch Gladbach (Bastei-Lübbe), 1985.
Chetwynd-Hayes, R.: Der konservierte Urgroßvater, Anthologie: Leichenschmaus, Rastatt (Erich Pabel Verlag), 1975.
Cocker, Phyllis: Das Vampirweib, Hamburg (Martin Kelter Verlag, Geister-Krimi-Tb. Nr. 13), 1975.
Copper, Basil: Dr. Porthos, Anthologie: Peter Haining (Hrsg.), Stunde der Vampire, Frankfurt am Main (Fischer), 1974.
Coppola, Francis Ford, James V. Hart: Dracula – Der Film und die Legende; Bergisch Gladbach (Bastei Lübbe) 1995.
Crawford, F. Marion: Denn das Blut ist Leben, Anthologie: Martin Greenberg und Charles G. Waugh (Hrsg.), Vampire – 16 × Grauen mit Frauen, Bergisch Gladbach (Bastei-Lübbe), 1988.
Crawford, Francis Marion: Denn das Blut ist das Leben, Anthologie: James Dickie (Hrsg.), 14 Horror-Stories, München (Heyne-Anthologie Nr. 38), 1973.
Damon, Roger: Die Untoten von St. Tropez, Rastatt (Silber-Grusel-Krimi Nr. 180, Zauberkreis-Verlag), 1976.
Danger, Damion: Aufstand der Vampire, Rastatt (Vampir-Horror-Roman Nr. 359, Pabel-Verlag), 1979.
Dark, Jason: Die Vampir-Flotte, Bergisch Gladbach (John Sinclair-Tb, Bastei-Lübbe), 1991.
Dark, Jason: Die Vampir-Polizei, Bergisch Gladbach (John Sinclair-Tb, Bastei-Lübbe), 1986.
Dark, Jason: Disco Dracula, Bergisch Gladbach (John Sinclair-Tb, Bastei-Lübbe), 1991.
Dark, Jason: Dracula II, Bergisch Gladbach (John Sinclair-Tb, Bastei-Lübbe), 1990.
Dark, Jason: Draculas Eisleichen, Bergisch Gladbach (John Sinclair-Tb, Bastei-Lübbe), 1991.
Dark, Jason: Hüte dich vor Dracula, Bergisch Gladbach (John Sinclair-Tb, Bastei-Lübbe), 1989.
Dark, Jason: Vampir-Expreß, Bergisch Gladbach (John Sinclair-Tb, Bastei-Lübbe), 1984.

Davenport, Neal: Der untote Kreuzritter, Rastatt (Dämonenkiller Nr. 160, Erich Pabel-Verlag), 1986.
Davenport, Neal: Die Bluteule, Rastatt (Dämonenkiller Nr. 113, Erich Pabel-Verlag), 1976.
De la Mare, Walter: Seatons Tante, Anthologie: Aus der Tiefe, Frankfurt am Main (Insel), 1972.
Delfs, Rainer, Mette, Michael: Das John-Sinclair-Lexikon, Bergisch Gladbach (Bastei-Lübbe), 1997.
Delgado, Ryder: Höllenhaus der Vampire, Bergisch Gladbach (Damona King Nr. 102, Bastei-Lübbe), 1983.
De Lorca, Frank: Die Mordnacht des Vampirs, Bergisch Gladbach (Gespenster-Krimi Nr. 19, Bastei-Lübbe), 1974.
De Lorca, Frank: Und nachts kam der Vampir, Bergisch Gladbach (Gespenster-Krimi Nr. 86, Bastei-Lübbe), 1975.
Dempf, Peter: Der Meister des Bambino Visto, in: Arno Löb (Hrsg.), Draculas Rückkehr, Stuttgart (Weitbrecht), 1996.
Derleth, August: Fledermausruh, Anthologie: Peter Haining (Hrsg.), Stunde der Vampire, Frankfurt am Main (Fischer), 1974.
Desmond, Carol: Die Blutgräfin, Bergisch Gladbach (Bastei-Geheimnis-Roman 154).
Diesel, Andreas: Bekennerbrief (1997) in Schattenspiegel, Saarbrükken (Logos), 1997.
Disney, Walt Elias: Der schwarze Diamant, Anthologie: Walt Disneys Lustiges Taschenbuch Nr. 195, Leinfelden-Echterdingen (Ehapa-Verlag), 1994.
Dönges, Günter: Der Vampir mit den blonden Haaren, Rastatt (Zauberkreis-Verlag, Butler Parker Nr. 143 – Neuauflage).
Dönges, Günter: Parker sperrt den Vampir ein, Rastatt (Zauberkreis-Verlag, Butler Parker Nr. 104 – Neuauflage).
Doyle, Arthur Conan: Der Parasit, Anthologie: Michael Görden (Hrsg.), Phantastische Literatur 84, Bergisch Gladbach (Bastei-Lübbe), 1984.
Doyle, Arthur Conan: Der Vampir von Sussex, Anthologie: Der Vampir von Sussex, Köln (Delphin Verlag), 1990.
Durian, Sibylle: Benjamin und der Schatz der Vampire (Dritter Teil der Vampirgeschichte vom bissigen Benjamin), Berlin (Der Kinder Buch Verlag), 1991.
Dybek, Stuart: Der Horrorfilm, Anthologie: Manfred Kluge (Hrsg.), Nosferatu und andere Vampirgeschichten, München (Heyne), 1979.
Eichhorn, Gisela (Hrsg.): Das Beste

vom Bösen, München (Scherz), 1997.
Ekker, Ernst: Baronesse Draculesse, Anthologie: Carola Henke (Hrsg.), Monster, Drachen und Vampire, Ravensburger Buchverlag, 1993.
Eliade, Mircea: Fräulein Christine, Frankfurt am Main (Suhrkamp), 1992.
Ewers, Hanns Heinz: Alraune. Die Geschichte eines lebenden Wesens. München (Georg Müller), 1925.
Ewers, Hanns Heinz: Das weiße Mädchen, Anthologie: Das Grauen. Seltsame Geschichten. München – Leipzig (Georg Müller), 1912.
Ewers, Hanns Heinz: Die Tomatensoße, Anthologie: Das Grauen. Seltsame Geschichten. München – Leipzig (Georg Müller), 1912.
Farris, John: Blutfluch, München (Heyne), 1993.
Forest, Katherine V., O Captain, mein Captain, in: Pam Keesey (Hrsg.), Draculas Töchter, Frankfurt am Main (Fischer), 1997.
Fox, Damian: Die Rückkehr des Blutgrafen, Bergisch Gladbach (Bastei-Gespenster-Krimi Nr. 574).
Freynik, Kalle: Schöne Grüße aus Transkastanien, Anthologie: Sonja Hartl (Hrsg.), Gespenster- und Vampirgeschichten, Würzburg (Arena), 1993.
Fuchs-Gamböck, Michael, Der Kuß vor dem Tango, in: Arno Löb (Hrsg.), Draculas Rückkehr, Stuttgart (Weitbrecht), 1996.
Gabelentz, Georg von der: Das Rätsel Choriander, Leipzig, 1929.
Gabelentz, Georg von der: Der Vampir, Anthologie: Das weiße Tier, Berlin, 1904.
Gail, Rolph: Der Vampir beim Zahnarzt, Anthologie: Kleine Bettlektüre mit nachtschwarzen Vampirgeschichten, Ausgewählt von Ursula Gail, Bern–München–Wien (Scherz Verlag).
Gail, Ursula (Hrsg.): Kleine Bettlektüre mit nachtschwarzen Vampirgeschichten, Bern/München/Wien (Scherz Verlag).
Garfield-Wellman, Frances: Ein Abend zu Hause, Anthologie: Dreizehn Teufelsweiber, Eingeladen von Birgit und Uwe Luserke, München (dtv), 1994.
Garton, Ray. Hinter schwarzen Gardinen, München (Heyne), 1993.
Gauthier, George: Der Vampir mit der Maske, Rastatt (Erich Pabel Verlag, Vampir Horror-Roman Nr. 234), 1977.
Gautier, Théophile: Die liebende Tote, Anthologie: Dieter Sturm und Klaus Völker (Hrsg.), Von den Vampiren oder Menschen-Saugern, Suhrkamp, 1994.
Gautier, Théophile: Die tote Geliebte, Anthologie: Vampire – Die be-

sten Vampirgeschichten der Weltliteratur, München (Heyne), 1973.

Gernhardt, Robert: Ein Tag, in: Arno Löb (Hrsg.), Draculas Rückkehr, Stuttgart (Weitbrecht), 1996.

Giles, Raymond: Blutwitterung, Anthologie: Manfred Kluge (Hrsg.), Nosferatu und andere Vampirgeschichten, München (Heyne), 1979.

Giles, Raymond: Nacht der Vampire, München (Heyne), 1973.

Glut, Donald F.: Frankenstein trifft Dracula, Rastatt (Vampir Heft-Roman Nr. 161, Erich Pabel-Verlag), 1976.

Glut, Donald F.: Frankensteins Kampf mit Dracula, Rastatt (Vampir Heft-Roman Nr. 370, Erich Pabel-Verlag), 1980.

Goethe, Johann Wolfgang von: Die Braut von Korinth, in: Dieter Sturm, Klaus Völker: (Hrsg.), Von den Vampiren, Frankfurt am Main (Suhrkamp), 1994.

Gogol, Nikolai: Der Wyi, Anthologie: Christian Strich (Hrsg.), Noch mehr Horror, Zürich (Diogenes), 1993.

Gogol, Nikolai: Der Wyi, Anthologie: K. B. Leder (Hrsg.), Vampire und Untote, Gütersloh (Bertelsmann),

Gogol, Nikolai: Wij, Anthologie: Anonymus (Hrsg.), Vampire – Die besten Vampirgeschichten der Weltliteratur, München (Heyne), 1973.

Golden, Christie: Schloß der Vampire, München (Goldmann), 1993.

Görden, Michael (Hrsg.): Das große Buch der erotischen Phantastik, Bergisch Gladbach (Bastei-Lübbe), 1991.

Gomez, Jewelle, Louisiana: 1850, in: Pam Keesey (Hrsg.) Draculas Töchter, Frankfurt am Main (Fischer), 1997.

Grant, Charles L. (Hrsg.): Das große Grusel-Kabinett, München (Heyne), 1984.

Grant, David: Die Fledermäuse, Anthologie: Manfred Kluge (Hrsg.), Nosferatu und andere Vampirgeschichten, München (Heyne), 1979.

Greenberg, Martin, und Charles G. Waugh (Hrsg.): Vampire – 16 × Grauen mit Frauen, Bergisch Gladbach (Bastei-Lübbe), 1988.

Grendon, Stephen: Treibender Schnee, Anthologie: Peter Haining (Hrsg.), Stunde der Vampire, Frankfurt am Main (Fischer), 1974.

Guggenmos, Josef: Gesang zur Nacht, Anthologie: Carola Henke (Hrsg.), Monster, Drachen und Vampire, Ravensburger Buchverlag, 1993.

Haefs, Gisbert: Der Vampir und das Infranet, in: Arno Löb (Hrsg.), Draculas Rückkehr, Stuttgart (Weitbrecht), 1996.

Hahn, Ronald M.: Vampire wie du und ich, Reutlingen (Ensslin & Laiblin Verlag), 1991.

Hall, Willis: Der letzte Vampir, Hamburg (Dressler), 1983.

Hall, Willis: Urlaubsgrüße vom Vampir, Hamburg (Dressler), 1992.

Hambly, Barbara: Jagd der Vampire, Bergisch Gladbach (Bastei-Lübbe), 1992

Hambly, Barbara: Gefährten des Todes, Bergisch Gladbach (Bastei-Lübbe), 1999.

Handford, Martin: Anthologie: Walters wilde Abenteuer, Ein Walter-Such-und-Finde-Wimmel-Bilder-Buch, Aarau-Frankfurt am Main – Salzburg (Verlag Sauerländer), 1991.

Hare, Augustus: Der Vampir von Croglin Grange, Anthologie: Peter Haining (Hrsg.), Stunde der Vampire, Frankfurt am Main (Fischer), 1974.

Hawkins, Colin: Anthologie: Vampire, Berlin (Verlag Karl Nitzsche), 1993.

Heine E. W.: Liebe deinen Vampir wie dich selbst, in: Arno Löb (Hrsg.), Draculas Rückkehr, Stuttgart (Weitbrecht/Ullstein), 1996/1997.

Henke, Carola (Hrsg.): Monster, Drachen und Vampire, Ravensburger Buchverlag, 1993.

Herzog, Werner: Nosferatu, Phantom der Nacht, Anthologie: Drehbücher III Strozek, Nosferatu, Zwei Filmerzählungen, München (Hanser), 1979.

Hall, Willis: Der letzte Vampir, München (dtv), 1993.

Herzog, Werner: Nosferatu, Phantom der Nacht (Auszug), Anthologie: Manfred Kluge (Hrsg.), Nosferatu und andere Vampirgeschichten, München (Heyne), 1979.

Hoffmann, E. T. A.: Hyänen, Anthologie: Michael Görden (Hrsg.), Vampirnächte, Bergisch Gladbach (Bastei-Lübbe), 1985.

Hoffmann, E. T. A.: Der Vampir, Anthologie: K. B. Leder (Hrsg.), Vampire und Untote, Gütersloh (Bertelsmann).

Holder, Nancy: Schauergeschichte, Anthologie: Dreizehn Teufelsweiber, Eingeladen von Birgit und Uwe Luserke, München (dtv), 1994.

Holleyman, Sonia: Vampir Mona, Köln und Zürich (Parabel-Verlag), 1991.

Horler, Sydney: Sie werden nicht erlöst, Anthologie: Peter Haining (Hrsg.), Stunde der Vampire, Frankfurt am Main (Fischer), 1974.

Ivancsics, Karin: Die Farbe der Liebe, Anthologie: Barbara Neuwirth (Hrsg.), Blaß sei mein Gesicht, Vampirgeschichten von Frauen, Frankfurt am Main, (Suhrkamp), 1990.

Jacobi, Carl: Laras Bücher, Anthologie: James Dickie (Hrsg.), 14 Horror-Stories, München (Heyne-Anthologie Nr. 38), 1973.

Jelinek, Elfriede: Krankheit oder Moderne Frauen, Anthologie: Spektakulum 47, Frankfurt am Main (Suhrkamp), 1988.

Jennings, Gary: Geisterbeschwörung, Anthologie: Manfred Kluge (Hrsg.), 14 Vampir-Stories, München (Heyne-Anthologie Nr. 57), 1978.

Jungmann, Ann: Der Vampir Vladimir – Die Abenteuer beginnen, Würzburg (Benziger Edition im Arena Verlag), 1993.

Jungmann, Ann: Der Vampir Vladimir – Ein neuer Superstar, Würzburg (Benziger Edition im Arena-Verlag), 1993.

Jungmann, Ann: Der Vampir Vladimir – Panik im Hotel, Würzburg (Benziger Edition im Arena-Verlag), 1993.

Kast, Pierre: Die Vampire von Lissabon, Rastatt (Moewig), 1984.

Keesey, Pam (Hrsg.): Draculas Töchter, Frankfurt am Main (Fischer), 1997.

Kelasker, Hivar: Die Sklaven des Vampirs, Rastatt (Dämonenkiller, 2. Auflage, Erich Pabel Verlag), 1984.

Kelasker, Hivar: Die Sklavin des Vampirs, Rastatt (Dämonenkiller Nr. 51, Erich Pabel Verlag), 1975.

Kelasker, Hivar: Flitterwochen mit dem Tod, Rastatt (Dämonenkiller, Nr. 85, Erich Pabel Verlag), 1976.

Keller, David H.: Erbanlagen, Anthologie: Martin Greenberg und Charles G. Waugh (Hrsg.), Vampire – 16 × Grauen mit Frauen, Bergisch Gladbach (Bastei-Lübbe), 1988.

Keller, Silvia (Zweibrücken): Nächte mit Tepes (1997) VAMPYR JOURNAL im Internet unter http://www.dracula.ro/keller.htm).

Kemske, Floyd: Bilanz der Vampire, München (Schneekluth), 1997.

Van Keulen, Mensje: Die Freunde des Mondes, Berlin (Twenne Verlag), 1992.

King, Stephen: Brennen muß Salem, München (Heyne), 1985.

King, Stephen: Der Nachtflieger, Anthologie: Alpträume, Nightmares and Dreamscapes, Hamburg (Hofmann und Campe), 1993.

King, Stephen: Einen auf den Weg, Anthologie: Nachtschicht, Bergisch Gladbach (Bastei Lübbe), 1993.

King, Stephen: Popsy, Anthologie: Alpträume – Nightmares and Dreamscapes, Hamburg (Hoffmann und Campe), 1993.

Kinkel, Tanja: Unsterblich, in: Arno Löb (Hrsg.), Draculas Rückkehr, Stuttgart (Weitbrecht), 1996.

Kirchner, Gottfried: Terra X – Schatzsucher, Ritter und Vampire, München (Heyne), 1997.

Klee, Constanze: Champagnerblut, Berlin (edition q), 1993.

Klotz, Claude: Der Vampir von Paris,

Frankfurt/M. – Berlin/Wien (Ullstein), circa 1976.

Kluge, Manfred (Hrsg.): Nosferatu und andere Vampirgeschichten, München (Heyne), 1979.

Kneifel, Hanns: König der Vampire, Rastatt (Dragon Söhne von Atlantis Nr. 6, Pabel-Verlag), 1973.

Kneifl, Edith. Vollmondnächte, Anthologie: Barbara Neuwirth (Hrsg.), Blaß sei mein Gesicht, Vampirgeschichten von Frauen, Frankfurt am Main, (Suhrkamp), 1990.

Knight, Mallory T.: Draculas Hochzeit, Anthologie: Manfred Kluge (Hrsg.), Nosferatu und andere Vampirgeschichten, München (Heyne), 1979.

Knight, Mallory T.: Über Vampire und Vampirismus, Anthologie: Manfred Kluge (Hrsg.), 14 Vampir-Stories, München (Heyne-Anthologie 57), 1978.

Köpf, Gerhard: Fliegende Ameisen, in: Arno Löb (Hrsg.), Draculas Rückkehr, Stuttgart (Weitbrecht), 1996.

Koja, Kathe: Monstrositäten, Anthologie: Joachim Körber (Hrsg.), Horror vom Feinsten 2, München (Heyne), 1993.

Kubin, Alfred: Die Jagd auf den Vampir, Anthologie: Aus meiner Werkstatt, München (Nymphenburger), 1973.

Kuttner, Henry: Maskerade, Anthologie: Manfred Kluge (Hrsg.), 14 Vampir-Stories, München (Heyne-Anthologie 57), 1978.

Lang, Othmar Franz: Flattertiere wie Vampire, Berlin (Erika Klopp Verlag), 1992.

Lauria, Frank: Dark City, Berlin (Ullstein), 1998.

Lautréamont: Die Gesänge des Maldoror, Reinbek bei Hamburg (Rowohlt), 1992.

Leder, K. B.: Draculas Betthupferl, Bergisch Gladbach (Gustav Lübbe Verlag), 1969.

Lee, Tanith: Nunc Dimittis, Anthologie: Charles L. Grant (Hrsg.), Das große Grusel-Kabinett, München (Heyne), 1984.

Lee, Tanith: Sabella – Der letzte Vampir, Bergisch Gladbach (Bastei-Lübbe), 1982.

Lee, Tanith: Rot wie Blut (Story), Skarabäus-Zyklus: Unstillbares Verlangen – Unheimliche Ferne, Ägyptische Nacht, Das Blut der Rosen: Der dunkle Engel, Der Gott des Waldes.

Le Fanu, J. Sheridan: Carmilla, Anthologie: K. B. Leder (Hrsg.), Vampire und Untote, Gütersloh (Bertelsmann).

Le Fanu, J. Sheridan: Carmilla, der weibliche Vampir, Zürich (Diogenes), 1979.

Le Fanu, J. Sheridan: Carmilla, Anthologie: Vampire – Die besten Vampirgeschichten der Weltliteratur, München (Heyne), 1973.

Limat, Maurice: Der Schatten des Vampirs, Rastatt (Vampir Heft-Roman Nr. 12, Erich Pabel-Verlag), 1973.

Lindpaintner, P. v.: Vampyr, Oper, Text von C. M. Heigl, München, 1828.

Livia, Anna: Minimax, in: Pam Keesey (Hrsg.), Draculas Töchter, Frankfurt am Main (Fischer), 1997.

Löb, Arno (Hrsg.): Draculas Rückkehr, Stuttgart (Weitbrecht), 1996.

Löb, Arno (mit Friedhelm Schneidewind): CD-ROM Draculas großes Vampir-Lexikon, Feldkirchen (DMV-Franzis'), 1998.

Loring, F. G.: Sarahs Grab, in James Dickie (Hrsg.), 14 Horror-Stories, München (Heyne Anthologie Nr. 38), 1973.

Loring, F. G.: Sarahs Grab, Anthologie: James Dickie (Hrsg.), 14 Horror-Stories, München (Heyne-Anthologie Nr. 38), 1973.

Lory, Robert: Dracula kehrt zurück, Rastatt (Erich Pabel Verlag), 1974.

Lory, Robert: Draculas Opfer, Rastatt (Erich Pabel-Verlag), 1974.

Lovecraft, H. P.: Der Fall Charles Dexter Ward, Frankfurt am Main (Suhrkamp), 1990.

Van Lustbader, Eric: Engel der Finsternis, Anthologie: Charles L. Grant (Hrsg.), Das große Gruselkabinett, München (Heyne), 1984.

Märtin, Ralf-Peter: Dracula – Das Leben des Fürsten Vlad Tepes, Berlin (Wagenbach), 1996.

Marschner, August H.: Angaben zur CD; The Vampyr, A Soap Opera, Highlights from the BBC 2 TV Production, Virgin Classics 7 9 59294 2.

Marschner, August H.: Der Vampyr, Romantische Oper in zwei Akten, für die Bühne musikalisch und textlich neu eingerichtet von Hans Pfitzner, (Text von W. A. Wohlbrück), Berlin, 1925.

Martin, David: Vampire küßt man nicht, München (Scherz), 1994.

Martin, George R. R.: Fiebertraum, München (Heyne), 1991.

Matheson, Richard Christian: Vampir, Anthologie: Joachim Körber (Hrsg.), Horror vom Feinsten 2, München (Heyne), 1993.

Matheson, Richard: Ich, der letzte Mensch, München (Heyne), 1970.

Matheson, Richard: So was wie Vampire gibt es nicht, Anthologie: Kleine Bettlektüre mit nachtschwarzen Vampirgeschichten, Ausgewählt von Ursula Gail, Bern–München–Wien Scherz Verlag).

Matheson, Richard: Trink mein Blut, Anthologie: Peter Haining (Hrsg.), Stunde der Vampire, Frankfurt am Main (Fischer), 1974.

McNaughton, Colin: Draculas Gruft, Wien – Heidelberg (Betz), 1998.
Minkoff, Svetoslav: Der Vampyr, Anthologie: Richard Hoffmann und W. A. Oerley (Hrsg.), Der Vampyr, Berlin–Darmstadt–Wien (Deutsche Buch-Gemeinschaft), 1963.
Minkoff, Svetoslav: Der Vampyr, Anthologie: Richard Hoffmann und W. A. Oerley (Hrsg.), Der Vampyr, Die besten unheimlichen Geschichten Europas, München (Goldmann), Erscheinungsjahr: Als die Postkarte noch 15 Pfennig Porto kostet.
Minns, Karen Marie Christa, Lilith, in: Pam Keesey (Hrsg.) Draculas Töchter, Frankfurt am Main (Fischer), 1997.
Mohr, Thomas; Niemeyer, Patrick; Vito, Robert (Hrsg.): Der Vampir-Rabe, Magazin für jede Art von Literatur – Nummer 49, Zürich (Haffmans), 1997.
Moore, Christopher: Lange Zähne, München (Goldmann), 1995.
Moore, C. L.: Chambleau, in: dies., Shambleau, München (Heyne) 1990.
Moore, C. L.: Schwarzer Durst, Anthologie: dies., Shambleau, München (Heyne), 1990.
Morales, Adelaida Garcia: Die Logik des Vampirs, Frankfurt am Main (Suhrkamp), 1993.
Morecambe, Eric: Die Vampire von Gurgelbeiß, Stuttgart (Boje-Verlag), 1983.
Morecambe, Eric: Wilde Rache in Gurgelbeiß, Stuttgart (Boje-Verlag), 1984.
Muschg, Adolf: Das Licht und der Schlüssel, Erziehungsroman eines Vampirs, Frankfurt am Main (Suhrkamp), 1984.
Muth, Jon J: Dracula – Symphonie des Grauens, Stuttgart (Ehapa Verlag), 1993.
Nemecek, Gisela: Tod einer Tänzerin, Anthologie: Barbara Neuwirth (Hrsg.), Blaß sei mein Gesicht, Vampirgeschichten von Frauen, Frankfurt am Main, (Suhrkamp), 1990.
Neuwirth, Barbara (Hrsg), Anthologie: Blaß sei mein Gesicht, Vampirgeschichten von Frauen, Frankfurt am Main, (Suhrkamp), 1990.
Neuwirth, Barbara: Eine von IHNEN, Anthologie: Barbara Neuwirth (Hrsg.), Blaß sei mein Gesicht, Vampirgeschichten von Frauen, Frankfurt am Main, (Suhrkamp), 1990.
Newman, Kim: Dracula A. D. 1888, Haffmans, 1994.
Niebisch, Jackie: Die kleine Schule der Vampire, Reinbek bei Hamburg (Rowohlt), 1992.
Niedermeier, Rainer Anton: Postmodernes Vampir-Fragment, in: Arno Löb (Hrsg.), Draculas Rückkehr, Stuttgart (Weitbrecht), 1996.

Nöstlinger, Christine: Florence Tschinglbell, Anthologie: Carola Henke (Hrsg.), Monster, Drachen und Vampire, Ravensburger Buchverlag, 1993.

O'Mara, Michael: Mein schaurig schöner Gruselkoffer, Bindlach (Gondrom), 1997.

Owen, Thomas: Die Gefahr, Anthologie: Manfred Kluge (Hrsg.), Nosferatu und andere Vampirgeschichten, München (Heyne), 1979.

Owen, Thomas: Die Gefahr, Anthologie: Wohin am Abend und andere seltsame Geschichten, Frankfurt am Main (Suhrkamp), 1983.

Pataki, Heidi: böse miene zum bösen spiel oder wie man Vampire tötet, Anthologie: Barbara Neuwirth (Hrsg.), Blaß sei mein Gesicht, Vampirgeschichten von Frauen, Frankfurt am Main, (Suhrkamp), 1990.

Perucho, Joan: Der Nachtkauz, München – Wien (Carl Hanser Verlag), 1990.

Pierce, Meredith Ann: Engel der Nacht, München (Knaur), 1986.

Pike, Christopher: Der blonde Vampir Teil I bis III, Bergisch Gladbach (Bastei-Lübbe), 1996.

Pinetz-Hochedlinger, Christine: Miriam, Anthologie: Barbara Neuwirth (Hrsg.), Blaß sei mein Gesicht, Vampirgeschichten von Frauen, Frankfurt am Main, (Suhrkamp), 1990.

Poe, Edgar Allan: Berenice, Anthologie: Gesammelte Schriften, Band 2, übersetzt von Hedda Möller-Bruck und Hedwig Lachmann, Berlin (Melzer).

Poe, Edgar Allan: Berenice, Anthologie: Ligeia und andere Erzählungen, übertragen von Arno Schmid, Frankfurt am Main (Ullstein), 1985.

Polidori, John: Der Vampyr, Anthologie: Peter Haining (Hrsg.), Stunde der Vampire, Frankfurt am Main (Fischer), 1974.

Polidori, John: Ein Vampir, Anthologie: K. B. Leder (Hrsg.), Vampire und Untote, Gütersloh (Bertelsmann).

Polidori, William: Der Vampyr, Anthologie: Dieter Sturm und Klaus Völker (Hrsg.): Von denen Vampiren oder Menschensaugern, Frankfurt/M. (Suhrkamp), 1994.

Preiss, Byron (Hrsg.): Das Beste von Dracula, Bergisch Gladbach (Bastei-Lübbe), 1992.

Preuss, Gunter: Beiß mich doch!, Bindlach (Loewe), 1993.

Przybyszewski, Stanislaw: De profundis, Anthologie: De profundis und andere Erzählungen, Paderborn (Igel Verlag), 1990.

Quinn, Seabury: Ruhelose Seelen, Anthologie: Martin Greenberg und Charles G. Waugh (Hrsg.), Vampire – 16 × Grauen mit Frauen, Bergisch Gladbach (Bastei-Lübbe), 1988.

Radel, Jutta und Angela Weinhold: Vampire und Gespenster, Ein Mitmachbuch für Gruselfreunde, Würzburg (Benziger Edition), 1993.

Randa, Peter: Zu Gast bei Mr. Vampir, Rastatt (Erich Pabel Verlag, Vampir Horror-Roman Nr. 77), 1974.

Raven, Simon: Chriseis, Anthologie: Anonymus (Hrsg.), Vampire – Die besten Vampirgeschichten der Weltliteratur, München (Heyne), 1973.

Ray, Jean: Der Friedhofswächter, Anthologie: Manfred Kluge, (Hrsg.), Nosferatu und andere Vampirgeschichten, München (Heyne), 1979.

Ray, Jean: Der Friedhofswächter, Anthologie: Die Gasse der Finsternis, Frankfurt am Main (Suhrkamp), 1984.

Reichenstetter, Friederun: Roter Saft für Roland Vampir, Zwei Vampir-Geschichten, Aarau (Aare), 1999.

Reimann, Hans: Ewers. Ein garantiert verwahrloster Schundroman in Lumpen, Fetzchen, Mätzchen und Unterhosen von Hanns Heinz Vampir. Hannover – Paris – Tripstrill (Paul Steegemann), 1921.

Remmers, Elisabeth: Marie und der Prater-Vampir, in: Arno Löb (Hrsg.), Draculas Rückkehr, Stuttgart (Weitbrecht), 1996.

Rosniek, Mike: Eine kleine Nachtmusik, 1985

Ribera, Julio, Comic: Dracurella, 1994.

Rice, Anne: Gespräch mit dem Vampir, Chronik der Vampire I, München (Goldmann), 1990.

Rice, Anne: Der Fürst der Finsternis, Chronik der Vampire II, München (Goldmann), 1990.

Rice, Anne: Die Königin der Verdammten, Chronik der Vampire III, München (Goldmann), 1993.

Rice, Anne: Gespräch mit dem Vampir, München (Goldmann), 1991.

Rice, Anne: Nachtmahr, München (Goldmann), 1995.

Rice, Anne: Memnoch der Teufel, München (Goldmann) 1996.

Rick, Karl: Anthologie: Der junge Mann und seine Lehrerin, Anthologie: Barbara Neuwirth (Hrsg.), Blaß sei mein Gesicht, Vampirgeschichten von Frauen, Frankfurt am Main, (Suhrkamp), 1990.

Rosendorfer, Herbert: Der Bettler vor dem Cafe Hippodrom, 1981, Anthologie Draculas Rückkehr (Weitbrecht/Ullstein), 1996/1997.

Rosendorfer, Herbert: Der Ruinenbaumeister, München (dtv), 1991.

Ross, Marilyn: Sein erstes Opfer, Bergisch Gladbach (Bastei-Lübbe, Dämonen-Land Nr. 43), 1991.

Rymer, James Malcolm: Die Nacht im Knochenhaus, Anthologie: Manfred Kluge (Hrsg.), 14 Vampir-

Stories, München (Heyne-Anthologie 57), 1978.
Rymer, James Malcolm: Varney der Vampir erhält Besuch, Anthologie: Manfred Kluge (Hrsg.), Nosferatu und andere Vampirgeschichten, München (Heyne), 1979.
Samuels, Victor: Zu Gast bei Drakula, Rastatt (Erich Pabel Verlag, Dämonen-Killer-Tb. Nr. 23), 1976.
Sargent, Carl & Gascoigne, Marc, Shadowrun (Reihe), Nosferatu 2050, München (Heyne), ab 1995.
Saxon, Peter: Das Schloß der Vampire, Rastatt (Vampir-Horror-Roman Nr. 30, Pabel Verlag), 1973.
Schafranek, Dorothea: Der Blutsauger, Anthologie: Barbara Neuwirth (Hrsg.), Blaß sei mein Gesicht, Vampirgeschichten von Frauen, Frankfurt am Main, (Suhrkamp), 1990.
Schami, Rafik: Die Wahrheit über Vampire und Knoblauch, Anthologie Draculas Rückkehr (Weitbrecht/ Ullstein), 1996/1997.
Scheffler, Ursel: Lucy und die Vampire, Bindlach (Loewe Verlag), 1991.
Scheffler, Ursel: Lucy und Dr. Acula, Bindlach (Loewe Verlag), 1992.
Schiffels, Waltraud: Der Vampyr von St. Johann, in: dies., Hexen. Erotische Geschichten, Saarbrücken, (Lehnert).
Schnaider, Renate: Mara und die Fremde, Anthologie: Barbara Neuwirth (Hrsg.), Blaß sei mein Gesicht, Vampirgeschichten von Frauen, Frankfurt am Main, (Suhrkamp), 1990.
Schneidewind, Friedhelm: Geworfen in die Ewigkeit. Eine Sammlung von Geschichten, Saarbrücken (Logos Verlag), 1997.
Schneidewind, Friedhelm: Carmilla. Das Buch zum Theaterstück, Saarbrücken (Logos Verlag), 1994.
Schneidewind, Friedhelm (mit Arno Löb): CD-ROM Draculas großes Vampir-Lexikon, Feldkirchen (DMV-Francis'), 1998.
Schneidewind, Friedhelm, und Ulrike: Prosit, in: Arno Löb (Hrsg.), Draculas Rückkehr, Stuttgart (Weitbrecht), 1996.
Schniebel, Jan P.: 15 Jahre Fuchs-Jux, Reinbek bei Hamburg (Rowohlt), 1987.
Schuyler-Miller, P.: Über den Fluß, Anthologie: Peter Haining (Hrsg.), Stunde der Vampire, Frankfurt am Main (Fischer), 1974.
Schwob, Marcel: Die Gabe an die Unterwelt, Anthologie: Michael Görden (Hrsg.), Phantastische Literatur 85, Bergisch Gladbach (Bastei-Lübbe), 1985.
Schwob, Marcel: Die singenden Vampire, Anthologie: Kleine Bettlektüre mit nachtschwarzen Vampirgeschichten, Ausgewählt von Ursula Gail, Bern–München–Wien (Scherz Verlag).

Schwob, Marcel: Die Vampire, Anthologie: Dieter Sturm und Klaus Voelker (Hrsg.): Von denen Vampiren oder Menschensaugern, Frankfurt/M. (Suhrkamp), 1994.

Shadow, Mike: Die Vampir-Klinik, Bergisch Gladbach (Gespenster-Krimi Nr. 340, Bastei-Lübbe), 1980.

Shadow, Mike: Draculas Höllen-Heer, Bergisch Gladbach (Gespenster-Krimi Nr. 342, Bastei-Lübbe), 1980.

Shepard, Lucius: Die Spur des goldenen Opfers, Bergisch Gladbach (Bastei Lübbe), 1997.

Shocker, Dan: Attacke der Untoten, Rastatt (Macabros Nr. 3, Zauberkreis-Verlag).

Shocker, Dan: Die Blutsauger von Tahiti, Rastatt (Silber-Grusel-Krimi Nr. 26, Zauberkreis-Verlag).

Shocker, Dan: Lady Draculas Vampir-Villa, Rastatt (Silber-Grusel-Krimi Nr. 318, Zauberkreis-Verlag).

Shocker, Dan: Marotsch, der Vampir-Killer, Rastatt (Silber-Grusel-Krimi Nr. 111, Zauberkreis-Verlag).

Simmons, Dan: Kinder der Nacht, München (Heyne), 1993.

Simmons, Dan: Kraft des Bösen, München (Heyne), 1997.

Sitter, Wolfhard: K. o. beim ersten Biß, in: Arno Löb (Hrsg.), Draculas Rückkehr, Stuttgart (Weitbrecht), 1996.

Sommers, Robbi: Lilith, in: Pam Keesey (Hrsg.), Draculas Töchter, Frankfurt am Main (Fischer), 1997.

Skipp, John und Craig Spector, Das Licht im Abgrund, München (Goldmann), 1989.

Sky, Frank: Das Grab des Vampirs, Bergisch Gladbach (Bastei-Lübbe, Dämonen-Land Nr. 53), 1991.

Smith, Clark Ashton: Das Tor zum Saturn, Anthologie: Das Haupt der Medusa, Frankfurt am Main (Suhrkamp), 1988.

Smith, Clark Ashton: Die Blumenvampire, Anthologie: Das Haupt der Medusa, Frankfurt am Main (Suhrkamp), 1988.

Smith, Clark Ashton: Ilalothas Tod, Anthologie: Planet der Toten, Frankfurt am Main (Suhrkamp), 1983.

Smith, Clark Ashton: Rendezvous in Averoigne, Anthologie: Planet der Toten, Frankfurt am Main (Suhrkamp), 1983.

Smith, Clark Ashton: Teichlandschaft mit Erlen und Weide, Anthologie: Saat aus dem Grabe, Frankfurt am Main (Suhrkamp), 1982.

Smith, L. J.: Das Tagebuch des Vampirs, 4 Heftromane (Das Erwachen, Der Kampf, Der Zorn, Die Rache), Berlin (Super Mystery, Cora Verlag), 1993 und 1994.

Sommer-Bodenburg, Angela: Der kleine Vampir (Die ersten vier Ge-

schichten in einem Band), Frankfurt am Main und Wien (Büchergilde Gutenberg), 1993, weitere Geschichten bei rororo und Omnibus,
Somtow, S. P.: Ich bin die Dunkelheit, München (Goldmann), 1989.
Spuill, Steven: Sohn der Nacht, Bergisch Gladbach (Bastei-Lübbe), 1995.
Stableford, Brian: Das Reich der Angst, Frankfurt/M. – Berlin (Ullstein), 1990.
Starkie, Walter: Vampire in der Familie, Anthologie: James Dickie (Hrsg.), 14 Horror-Stories, München (Heyne-Anthologie Nr. 38), 1973.
Stein, Leonhard: Der Vampyr, Anthologie: Das Ballett des Todes, Jena (Landhausverlag), 1918.
Stenbock, Eric: Wie uns ein Vampir besuchte, Anthologie: James Dickie (Hrsg.), 14 Horror-Stories, München (Heyne-Anthologie Nr. 38), 1973.
Stoker, Bram: Dracula, Aus dem Englischen von Stasi Kull, München (Hanser), 1992.
Stoker, Bram: Dracula, Aus dem Englischen übersetzt von Wulf H. Bergner, München (Heyne), 1993.
Stoker, Bram: Dracula, aus dem Englischen von Karl Bruno Leder, Frankfurt am Main (Insel), 1988.
Stoker, Bram: Dracula, ins Deutsche übertragen von Bernhard Willms, Bergisch Gladbach (Bastei-Lübbe), 1993.
Stoker, Bram: Draculas Gast, Anthologie: Draculas Gast, Sechs Gruselgeschichten, Zürich (Diogenes), 1974.
Stoker, Bram: Draculas Gast, Anthologie: Im Haus des Grafen Dracula, Erzählungen, Frankfurt am Main (Insel), 1993.
Stoker, Bram: Draculas Gast, Anthologie: K. B. Leder (Hrsg.), Vampire und Untote, Gütersloh (Bertelsmann).
Stoker, Bram: Draculas Gast, Anthologie: Manfred Kluge (Hrsg.), Nosferatu und andere Vampir-Geschichten, München (Heyne), 1979.
Storm, Constantine: Schattengräber, München (Heyne), 1990.
Strauss, Botho: Marlenes Schwester, München (dtv), 1980.
Strieber, Whitley: Der Kuß des Todes, München (Heyne), 1991.
Strobl, Karl Hans: Das Aderlaßmännchen, Anthologie: Michael Görden (Hrsg.), Die besten Schauergeschichten der deutschsprachigen Literatur, Bergisch Gladbach (Bastei-Lübbe), 1983.
Strobl, Karl Hans: Das Grabmal auf dem Père Lachaise, Anthologie: Franz Rottensteiner (Hrsg.), Gespenstergeschichten aus Öster-

reich, Frankfurt am Main (Fischer), 1979.

Sturgeon, Theodore: Blutige Küsse, Frankfurt am Main (Fischer), 1975.

Sturm, Dieter, und Klaus Völker (Hrsg.): Von denen Vampiren oder Menschensaugern – Dichtungen und Dokumente, Frankfurt am Main (Suhrkamp), 1994.

Tarantino, Quentin (Hrsg.): From Dusk Till Dawn. Das Buch zum Film, Reinbek (rororo), 1996.

Tolstoi, Alexej K. B.: Die Familie der Wurdalaken, Anthologie: Unheimliche Geschichten, Ausgewählt von Walther Meier, Zürich (Manesse Verlag), 1956.

Tolstoi, Alexej K. B.: Die Familie des Vampirs, Anthologie: Anonymus (Hrsg.), Vampire, München (Heyne), 1969.

Tremayne, Peter: Die Chronik der Draculas, Bergisch Gladbach (Bastei-Lübbe), 1979.

Trenton, Olsh: Drakulas Bluthochzeit, Rastatt (Pabel-Verlag, Vampir-Horror-Roman Nr. 339), 1979.

Tubb, E. C.: Der Neue, Anthologie: John Carnell (Hrsg.), Panoptikum des Schreckens, Rastatt (Pabel), 1974.

Tubb, E. C.: Der Parvenue, in Edward Reavis (Hrsg.), 13 × Frankenstein wie er mordet und lacht, München (Goldmann), 1985.

Turgenjew, Iwan: Gespenster, in Dieter Sturm und Klaus Völker (Hrsg.), Von denen Vampiren oder Menschensaugern, Frankfurt/M. (Suhrkamp), 1994.

Turgenjew, Iwan: Gespenster, Anthologie: Dieter Sturm und Klaus Völker (Hrsg.), Von denen Vampiren oder Menschensaugern, Frankfurt am Main (Suhrkamp), 1994.

Uebe, Ingrid: Vampir-Geschichten, Bindlach (Loewe), 1993.

Ungerer, Tomi: Erzählungen für Erwachsene, München (Heyne), 1992.

Vanda, John P.: Der Vampir aus den Bleikellern, Rastatt (Vampir-Horror-Roman Nr. 220, Pabel-Verlag), 1977.

Verne, Jules: Das Karpathenschloß, Zürich (Diogenes), 1977.

Vortmann, Ludger: Müller – der Ruhrpottvampir, München (Piper), 1993.

Vortmann, Ludger: Müller – Die Ruhrpott-Oberbürgermeister- Häl- se- Sammlung, München, (Piper), 1994.

Waddell, Martin, Wright, Joseph: Dracula jun., 4 Bände (Der erste Biß, Biß und Spaß am Strand, Beißt den Weihnachtsmann, Beißprüfung), Hamburg (Carlsen), 1993.

Wagner, Karl Edward: Die Schattenburg, Anthologie: Michael Görden (Hrsg.), Das große Buch der Fantasy, Bergisch Gladbach (Bastei-Lübbe), 1990.